Owen Nicholls

DIES IST KEIN Liebesfilm

Roman

Aus dem Englischen von
Juliane Zaubitzer

ATLANTIK

Die Originalausgabe erschien 2019 unter dem Titel *Love Unscripted*
bei Headline Review / Headline Publishing Group, London.

Atlantik Bücher erscheinen im
Hoffmann und Campe Verlag, Hamburg.

1. Auflage 2020

www.hoffmann-und-campe.de *www.atlantik-verlag.de*
Umschlaggestaltung: Vivian Bencs © Hoffmann und Campe
nach einem Originalentwurf von Patrick Insole
© Headline Publishing Group Ltd
Umschlagillustrationen: © Patrick Insole
© Emeraldora / Shutterstock (Figuren)
Satz: Pinkuin Satz und Datentechnik, Berlin
Gesetzt aus der Trump Mediäval und der URW Geometric
Druck und Bindung: GGP Media GmbH, Pößneck
Printed in Germany
ISBN 978-3-455-00846-3

HOFFMANN UND CAMPE

Ein Unternehmen der
GANSKE VERLAGSGRUPPE

FÜR NINA – MEINE WAHRE LIEBE

PROLOG

Als wir elf waren, erzählte mir Leon Woodward von seinem Plan, Sally Carter zu küssen.

Er wollte mit ihr ins Kino zu Disneys *Aladdin*, ein Film, den er bereits dreimal gesehen hatte, um dahinterzukommen, in welchem Moment ein Mädchen von Sallys Gemüt am empfänglichsten wäre. Er wählte den Moment, in dem die Prinzessin Aladdin zum ersten Mal als den erkennt, der er wirklich ist.

Es funktionierte so gut, dass Leon es in der darauffolgenden Woche mit Sallys bester Freundin Hannah Jenkins gleich wieder tat.

Trotz meines zarten Alters fand ich das eine miese Nummer. Aus zwei Gründen.

Erstens mochte ich Sally Carter. Sie war lustig und nett und hatte schönes Haar und verdiente es nicht, das erste Versuchskaninchen in Leons sexuellem Blitzkrieg gegen sämtliche Mädchen der Schule zu sein.

Zweitens mochte ich die Stelle im Film. Mir kam es unredlich vor, eine Schlüsselszene, in der das wahre Ich zweier Charaktere zum ersten Mal enthüllt wird, für etwas zu unterbrechen, das locker bis zum Abspann Zeit hatte.

Andererseits küsste Leon viele Mädchen.

Und ich nicht.

1

Ich denke immer noch über den Kuss von Leon Woodward und Sally Carter nach, als es anfängt zu brennen. Es ist kein großer Brand, nur ein drei Zentimeter langes Stück Plastik, das schmilzt, aber der Rauch löst den Alarm aus. Ich hebe den Film vom Projektor und trample die Flammen aus, als ein äußerst besorgter und sehr verschwitzter Seb in den Vorführraum gehetzt kommt.

»Scheiße, was ist passiert?«, fragt er genervt, was vermutlich weniger mit dem naheliegenden Problem und mehr mit dem Papierkram zu tun hat, den er deshalb später erledigen muss.

»Die Lichtklappe hat geklemmt, die Lampe war an. A plus B gleich Feuer«, erkläre ich.

»Nick, du musst die Lampe ausschalten, nachdem du den Projektor angehalten hast.«

Ich kratze die Haare auf Kinn und Wangen, den Zweiwochenbart eines *Boyfriend in a Coma.*

»Sollte ich wissen. Sorry.«

Nicht, dass ich ein schlechtes Gedächtnis hätte. Ich kann den ganzen Pacino/De Niro-Coffeeshop-Dialog aus *Heat* rezitieren und weiß die genaue Reihenfolge, in der die elf Geschworenen in *Die zwölf Geschworenen* von Henry Fonda umgedreht werden: Geschworener Nr. 9, Geschworener Nr. 5, Geschworene Nr. 11, Nr. 2 und Nr. 6 gleichzeitig, Geschworener Nr. 7, dann Geschworener Nr. 12 und Geschworener Nr. 1. Der Geschworene Nr. 12 ändert seine Meinung, überlegt es sich zusammen mit den Geschworenen Nr. 10 und Nr. 4 aber wieder anders, bis nur noch Lee J. Cobb übrig bleibt, der als Geschworener Nr. 3 in der letzten Filmrolle einknickt. Aber die entscheidenden Fakten über das Innenleben der Projektoren kann ich mir einfach nicht merken. Irgendwie habe ich das Gefühl, sie könnten ihre Magie verlieren, wenn ich genau weiß, wie sie funktionieren. Wenn ich das Seb gegenüber jemals erwähne, wird er mich vermutlich feuern.

»Ich bin sicher, Humphrey ... Humphrey ist doch richtig, oder?«, fragt Seb.

Ich nicke. Es war meine Idee, die Projektoren nach meinen Kinohelden zu benennen, und im Vorführraum 3 stehen Humphrey und Katharine für die Säle 6 und 7.

»Ich bin sicher, Humphrey wird wieder«, sagt Seb. »Und du?«

Ich weiß, worauf er hinauswill.

»Mir geht es gut.«

Er macht das internationale Gesicht für »Echt?«

»Mir geht es ausgezeichnet. Es war nur ein kleiner Streit.«

Seine hochgezogenen Augenbrauen setzen ein Ausrufezeichen hinter das »Echt?«. Und ein »Echt?!« ist schon schwerer zu ignorieren.

»Ellie hat nämlich gesagt ...«

»Du hast mit Ellie gesprochen?«

Er hätte nicht mit Ellie sprechen sollen.

»Sie hat mich angerufen. Sie wollte sich vergewissern, dass es dir gut geht.« Er zögert – nicht um einen dramatischen Effekt zu erzeugen, obwohl es den hat. »Sie hat gesagt, sie ist ausgezogen.«

Das stimmt. Sie ist vor einer Woche ausgezogen, aber ich habe mir eingeredet, sie würde so schnell zurückkommen, dass ich es niemandem erzählen muss. Ich war noch etwa zwei Tage davon entfernt, mir ihre Sachen anzuziehen und den Leuten vom Fenster aus zuzuwinken, um Freunde und Nachbarn davon zu überzeugen, dass alles in Ordnung sei.

»Es war kein kleiner Streit«, gestehe ich.

Sebs »Echt?!-Gesicht« bröckelt und drückt jetzt so ein Mitleid aus, dass mir fast die Tränen kommen. Wir schlagen beide gleichzeitig eine Zigarettenpause vor.

»Ich glaube, das Feuer ist aus«, meint Seb zu meiner Beruhigung.

»Genau das hat sie auch gesagt«, antworte ich.

2

4. November 2008 – 23:21 GMT
Obama 0
McCain 0
erforderliche Mehrheit 270

Zum ersten Mal begegnete ich Ellie auf einer Wahlnachtparty, die ein gemeinsamer Freund gab, der zufällig ein Libertärer war. Normalerweise würde ich einen großen Bogen um jeden machen, der sich als solcher bezeichnet, aber Tom besaß ein großes Haus, gutes Gras und ein enzyklopädisches Wissen über das asiatische Kino. Dass er der Einzige in Südlondon war, der wollte, dass John McCain gewann, konnte all diese Vorzüge nicht in den Schatten stellen, und dass er nur circa dreißig Leute eingeladen hatte, alle Mitte zwanzig, alle geistig gesund und nicht libertär, war typisch für ihn. Er hasste Leute, die seiner Meinung waren, liebte die Konfrontation und begann praktisch jeden Streit mit der Formulierung: »Ich mein ja nur.«

Er wandte sich an eine Fünfergruppe.

»Ich mein ja nur, ihr Linken schwärmt alle für Obama, aber seine Politik hat mehr Gemeinsamkeiten mit Cameron als mit Brown.«

Ein ahnungsloser Typ mit Mütze tappte in die Falle.

»Du willst also vier weitere Jahre derselben regressiven republikanischen Agenda, die uns zwei Kriege eingebracht hat?«

Ellie kam in mein Leben, während sie gerade mit einem Auge David Dimbleby verfolgte, der uns informierte, dass die Wahllokale in Kentucky, Indiana und Georgia in neunundvierzig Minuten schlossen, und mit dem anderen, wie Tom sich mit dem Hipster anlegte. Ein schiefes Lächeln huschte über ihr Gesicht. Sie wusste ganz genau, was er da tat. Es war dieses Lächeln, mit dem sie mich kriegte. Ich kann keinem Lächeln widerstehen, aber ein schiefes Lächeln haut mich um.

Ihr Lächeln war eines der ersten Dinge, die ich an Ellie mochte. Das zweite war, wie sie sich ihr Haar hinter die Ohren strich. Es lag so eine Selbstsicherheit in der Geste. Vielleicht kam mir das so vor, weil ich als Teenager wegen meiner Segelohren gehänselt wurde. Ich ließ mir sogar das Haar lang wachsen, um sie zu verstecken. Und als ich sah, dass jemand sie absichtlich zur Schau stellte, hätte ich am liebsten *Bravo!* gerufen.

Hab ich natürlich nicht.

Dass sie in einem bestimmten Licht aussah wie Holly Hunter, als Holly Hunter Ende zwanzig war – also die Holly Hunter der *Nachrichtenfieber*-Ära –, machte sie nicht gerade weniger anziehend für mich. Sie hatten die gleichen fragenden Augenbrauen, die gleiche makellose Haut. Außerdem hatte sie Kate Winslets neonrotes Haar aus *Vergiss mein nicht!* und trug eine unauffällige graue Kapuzenjacke und blaue Jeans, als wollte sie nicht auffallen, dabei aber gleichzeitig schreien: »Seht mich an!«

Es dauerte ewig, bis ich mich traute, sie anzusprechen. Ich machte mir Sorgen, dass ich sie angestarrt und sie es bemerkt haben könnte und sich jetzt fragte, wer dieser Spinner mit den riesigen Ohren und … Sekunde … Hatten wir etwa genau die gleiche Kapuzenjacke an?

Das war ein Zeichen.

Ich holte zwei Bier aus der Küche, drückte ihr eins in die Hand und meinte: »So wie du lächelst, kennst du Toms Masche schon.«

Sie kniff die Augen leicht zusammen, musterte mich mit angemessener Skepsis und nahm das Bier.

»Er hat eindeutig das Bedürfnis, sich unbeliebt zu machen«, sagte sie und dehnte dabei das *ü* in Bedürfnis – eine ellieeske Eigenart, die ich inzwischen ebenso liebe wie hasse.

Wir beobachteten, wie Tom seinen Angriff mit ein paar Fragen über den Unterschied zwischen Abgeordnetenhaus und Senat zuspitzte und eher aggressiv als passiv die Sehgewohnheiten seines Gegners in Bezug auf britische Wahlsendungen zu sondieren versuchte, was der Hipster nur mit einem Kopfschütteln beantworten konnte.

Tom löschte seinen Feind mit einem Lächeln in den Augen aus. Ich sah, wohin das führte, und weihte Ellie ein.

»Wenn der Typ von Hoffnung oder Wandel anfängt, ist er geliefert.«

Und prompt …

»Also«, sagte er ein wenig zu selbstgefällig, »glaubst du nicht an Hoffnung? Du glaubst nicht an Wandel?«

Tom explodierte.

»Leck mich am Arsch!«

Der Hipster war total verdattert und sah sich hilfesuchend um, aber niemand stand ihm bei. Im Gegenteil, hätte es Popcorn gegeben, wäre es jetzt geöffnet und zum Showdown herumgereicht worden.

»Ich diskutiere gern mit dir über das Für und Wider des Gesundheitssystems, der Militärausgaben oder des vorsintflutlichen Strafvollzugs in Amerika. Aber ich werde mich in meinem eigenen Haus nicht mit billigen Slogans abspeisen lassen. Heilige Scheiße. Hoffnung. Wandel. Du Schwachkopf. Auf den Plakaten könnte ebenso gut *Kätzchen* und *Welpen* stehen. Niemand ist gegen Hoffnung. Oder Wandel. Jeder liebt Wandel, solange er vage genug ist. Ich hatte ehrlich Respekt vor dir, als du die Einzelheiten der Außenpolitik erörtert hast. Aber das. Das ist unter meiner Würde.«

Es klingelte an der Tür, und Tom tätschelte seinem Opfer kurz den Arm und ging aufmachen. Nicht ohne mir und Ellie auf dem Weg dorthin zuzuzwinkern.

»Er ist gut«, sagte sie in einem Tonfall, der mich ein bisschen eifersüchtig machte, und zog das Wort wieder mit einigen zusätzlichen Vokalen in die Länge.

»Mich hätte er fast überredet, seiner Anti-Steuer-Gruppe beizutreten, als wir an der Uni waren«, sagte ich und unterbrach mich, um einen Schluck zu trinken. »Bis mir einfiel, dass ich Straßen und Krankenhäuser und Bibliotheken mag und dass ich kein Arschloch bin.«

»Daher kennst du ihn? Von der Uni?«

»Ja. Und du? Du gehörst doch nicht zu seiner Anti-Steuer-Gruppe, oder? Wenn doch, vergiss sofort, was ich gerade gesagt habe, also dass das alles Arschlöcher sind.«

Sie lachte schrill auf, ihre braunen Augen funkelten, und mir ging das Herz über. »Am liebsten würde ich ja sagen, um zu sehen, wie schnell du deine Prinzipien über Bord wirfst.«

»Ich halte es mit Groucho: ›Dies sind meine Prinzipien und …‹«

»›… wenn sie Ihnen nicht gefallen, habe ich andere.‹«

Als ich daraufhin mit ihr anstoßen wollte, wurde die Geste nicht erwidert. Vielleicht hatte sie es nur nicht mitbekommen, aber schon bei dieser klitzekleinen Zurückweisung brach mir der kalte Schweiß aus.

»Ich war mit seiner Schwester befreundet, als wir klein waren. Als ich nach Clapham gezogen bin, hat sie mir seine Nummer gegeben, weil er im selben Viertel wohnt. Aber er hat irgendwie schon recht damit, dass es seltsam ist, sich so für die Wahl in einem anderen Land zu interessieren«, sagte Ellie und tilgte damit mein Unbehagen über das ausgebliebene Zuprosten. »Bist du für die letzte Wahl in Großbritannien aufgeblieben?«

»Nö«, sagte ich.

»Warum dann für diese? Warum schwärmen wir alle so für diesen Typen?«

Bis zu diesem Augenblick hatte ich mir keine Gedanken darüber gemacht, warum wir alle (außer Tom) so begeistert von der Aussicht waren, dass Barack Obama der 44. Präsident eines Landes werden könnte, mit dem die allermeisten von uns nichts zu tun hatten.

»Erstens seinetwegen«, sagte ich. »Von ihm geht ein Zauber aus. So ein Zauber, dass ein Hetero aus Südengland sagen kann, ›von ihm geht ein Zauber aus‹, ohne sich auch nur zu fragen, warum er so ein romantisches Wort benutzt.«

Ellie ließ ein Grinsen aufblitzen, das ihr schiefes Lächeln um Längen schlug.

Angespornt von diesem Grinsen, fuhr ich fort. »Aber ich habe amerikanische Politik schon immer geliebt. Mich fasziniert, wie Amerika sich darstellt. Wahrhaftigkeit, Recht, Freiheit. Das ganze Zeug. In einem Land, das noch relativ jung ist …«

Sie sah tief in meine Seele und ergänzte: »Sind die Möglichkeiten unbegrenzt.«

3

Uns bleibt immer noch Barack«, sage ich zu Seb, als ich meine zweite Zigarette ausdrücke. Aber er kapiert weder das Zitat noch die Anspielung.

»Was heißt das?«

»Ich und Ellie. Wir haben uns bei der Wahl 2008 kennengelernt.«

»Ach, ja. Ist das schon dreieinhalb Jahre her?«

Seit er Vater geworden ist, reagiert Seb besonders empfindlich auf das Fortschreiten der Zeit und kommentiert zehnjährige Jubiläen von Alben, die er sich damals gekauft hat, regelmäßig mit demselben Refrain. Kürzlich ist er zum Chefvorführer befördert worden, was für mich völlig in Ordnung geht. Er ist mein Freund, er arbeitet hart, und obwohl ich schon drei Jahre länger im Kino bin, habe ich keine Lust auf die zusätzliche Arbeit und den Stress, der mit der Beförderung verbunden wäre.

»Zweitausendacht? War das nicht eure *Before-Sunrise*-Nacht?«

Eigentlich hatte ich sie meine *In-Search-of-a-Midnight-Kiss*-Nacht genannt, aber den Film hat Seb immer noch nicht gesehen, und als ich ihm erklärte, dass *In Search of a Midnight Kiss* ein schlichter amerikanischer Indie-Film über zwei Menschen ist, die sich begegnen und die ganze Nacht reden und sich kennenlernen und ineinander verlieben, sagte er immer wieder: ›Wie *Before Sunrise*‹. Offenbar sind die beiden in seinem Kopf miteinander verschmolzen.

Mir ist nicht danach, ihn zu korrigieren, weil er unglaublich viel Verständnis für meinen derzeitigen Beziehungsstatus aufbringt. Allein, dass ich ihm nicht scheißegal bin, obwohl er nach der Geburt seines zweiten Kindes gerade erst wieder angefangen hat zu arbeiten – und mit drei Stunden Schlaf pro Nacht auskommen muss –, ist ein superheldenhafter Akt der Freundschaft.

Hätte mir damals, als ich Seb kennengelernt habe, jemand gesagt, dass er eines Tages die Verantwortung für zwei echte menschliche Wesen tragen würde, hätte ich ihn schnellstmöglich kastrieren lassen. Aber sieben Jahre sind eine lange Zeit, und der dreiundzwanzigjährige Seb mit Wuschelkopf und rotem Gandalf-Bart, der auf LSD über die Dächer parkender Autos springt, ist durch eine gepflegtere, ordentlichere Version ersetzt worden, die jede Woche joggen geht und ihren Großen zum Kinderyoga fährt.

»Du weißt, dass du mich jederzeit anrufen kannst, Nick. Falls du reden willst«, sagte er. »Ich schlafe sowieso nicht.«

Ich nicke schweigend.

»Ich muss mit Lizzie Übergabe machen. Bleibst du noch hier?«

Wieder nicke ich, und Seb lässt mich rauchend auf der Feuertreppe zurück.

Es geht auf fünf zu, und das bedeutet Schichtwechsel. Ich habe die mittlere Schicht von eins bis neun. Seb hatte die erste Schicht, neun bis fünf, und Lizzie die letzte, fünf bis Mitternacht. Sie muss den neuen *Judge-Dredd*-Film, *Dredd (2012)*, checken, sich vergewissern, dass er nicht zerkratzt ist. Der Zustand, in dem manche Filme hier ankommen, ist zum Heulen.

Wir hinken der Zeit ein wenig hinterher. Es ist 2012, und die meisten Kinos rüsten auf, um hundert Prozent digital zu werden. Wir haben nur zwei Projektoren, die Cary und Ingrid (benannt nach Grant und Bergman) durch digitale Projektion ersetzt. Wenn alle acht Leinwände digital bespielt werden, gibt es unseren Job so nicht mehr. Da wir ein (einigermaßen) kleines, (einigermaßen) unabhängiges Kino sind, hoffe ich, dass die da oben uns noch ein paar gute Jahre lassen.

Für mich fühlt sich nur 35 mm echt an. Klar macht es mir die Fingerkuppen kaputt, und ich weiß, dass ich vom Schleppen der Filmrollen von Vorführraum zu Vorführraum später mit einem Buckel rumlaufen werde. Aber es ist das einzig Wahre. Es macht einen Unterschied. Digitales Kino ist nur Code und Bits. Und digitales Kino bedeutet auch, dass man keine Filme mehr aufbauen muss. Dass man die neuesten Filme nicht mehr lange vor der Öffentlichkeit zu sehen bekommt.

Und echter Film wird mich immer an Ellie erinnern.

Sie hat auf jedem Zentimeter ihre Spuren hinterlassen. Wenn ich zu dem Tisch hinüberschaue, wo wir den Film zusammenbauen, sehe ich, wie sie mir bei der Abendschicht Gesellschaft leistet, während ich den Film aufwickle. Wenn ich durch das Fenster auf Leinwand 4 blicke, erinnere ich mich daran, wie wir uns einmal zum Spaß einen der vielen schlechten Woody-Allen-Filme der späten Nullerjahre angeschaut und dabei alle Plätze im Saal ausprobiert haben, um herauszufinden, welcher der bequemste ist.

Einen ganzen Kinosaal für sich zu haben ist wohl eine der wunderbarsten Erfahrungen, die das Leben zu bieten hat, unabhängig vom Film.

Ich wäre noch geblieben, um Lizzie zu helfen, aber Lizzie ist eine der anstrengendsten Vorführerinnen. Ich fürchte Schichten, die sich mit ihren überschneiden, und ich glaube, Seb weiß das, weil wir selten zusammen eingeplant sind.

Früher haben wir uns gut verstanden. Als sie angefangen hat, haben wir uns die ganze Zeit über Film und Fernsehen unterhalten. Sie hat mir sogar einen Mix mit all ihren Lieblingsserien auf CD gebrannt. Aber ich muss irgendetwas getan haben, was sie verärgert hat, denn inzwischen spricht sie kaum noch mit mir. Was schade ist, weil Lizzie einer der wenigen Menschen ist, die im Kino weder quatschen noch die ekligen Nachos fressen, die wir verkaufen. Außerdem sind ihre Kommentare danach phantastisch.

Insgesamt gibt es fünf Vorführer. Mich, Seb, Lizzie, Dave und Ronnie.

Dave ist ein großartiger Vorführer. Sein Vater war Mechaniker, weshalb Dave einen Projektor in seine Bestandteile zerlegen und wieder zusammenbauen kann. Notfalls mit verbundenen Augen. Aber er hat auch den schlechtesten Filmgeschmack, den man sich vorstellen kann. Würde Michael Bay einen Film mit Adam Sandler machen, wäre Dave der Erste an der Kinokasse.

Der fünfte Vorführer, Ronnie, ist Springer. Wenn jemand in den Urlaub fährt oder sich krankmeldet, rufen wir Ronnie an. Er ist über fünfzig und ein bisschen ausgebrannt. Er hat Haare wie Neil aus *The Young Ones* und war der Erste, der mich auf Powell und Pressburger aufmerksam gemacht hat, zwei britische Regisseure, die zwischen 1940 und 1951 eine Reihe von Klassikern gedreht haben, die seit sechzig Jahren unübertroffen sind. Und er ist äußerst feinfühlig. Wenn man seine Ruhe haben will, spürt Ronnie das instinktiv. Manchmal lange bevor man selbst es spürt. Aber wenn du Lust auf einen tiefschürfenden, ausgiebigen Seelenstriptease hast, setzt er Teewasser auf, zündet auf der Feuertreppe einen fetten Joint an und nickt zustimmend zu jeder THC-induzierten lebensverändernden Erkenntnis, die dir kommt, Erkenntnisse, die – obwohl in der Nachtluft wahnsinnig profund – in der kalten, harten Realität des nächsten Morgens verschrumpeln und sterben.

Wenn man in einem Vorführraum arbeitet, ist die Fähigkeit, die Stimmung des anderen zu spüren, äußerst wichtig. Die Decke ist niedrig, die Klimaanlage funktioniert selten, und jeder Raum, der weniger als neun Quadratmeter misst – sechs davon beanspruchen allein die lauten, schmutzigen Projektoren –, kann schnell zu einer feindseligen Atmosphäre führen, wenn man schlechte Laune oder – keine Ahnung – Beziehungsprobleme hat. Es ist fast ein Segen, dass Lizzie die Schicht übernimmt, weil ich mich dann nicht zusammenreißen muss.

Ich habe mir vorgenommen, nicht ständig auf meinem Handy nachzusehen, ob Ellie mir geschrieben hat, und beschränke mich deshalb auf einmal pro Stunde.

Immer noch nichts.

Ich habe außerdem mit mir selbst abgemacht, dass ich nur alle vier Stunden auf ihre Facebook-Seite gehen darf, was bedeutet, dass ich noch bis um acht Uhr warten muss. Obwohl ich finde, da ich die Hälfte meiner Schicht hinter mir habe, kann ich eine Ausnahme machen. Außerdem sind das ja auch nur grobe Richtlinien, keine Regeln.

Nichts. Seit fünf Tagen nichts. Seit sie ein paar sehr coole Fotos von unserem Scrabble-Abend hochgeladen hat, inklusive der Behelfsbuchstabenplättchen, weil uns ein K, beide Js, ein H und zwei Es fehlen.

Das könnte am Ende unser letzter schöner gemeinsamer Abend gewesen sein. Und selbst da hatten wir einen ziemlich heftigen Streit über die Punktzahl des fehlenden Js.

Sie hatte recht. Es war acht wert.

Sie hatte immer recht.

Nur diesmal nicht.

4

5. November 2008 – 00:04 GMT
Obama 3
McCain 8
erforderliche Mehrheit 270

Es wurde laut gebuht, als der Senator für Arizona die frühe Führung übernahm.

Tom war fuchsteufelswild und schrie seine Gäste an: »Ihr Stümper kapiert noch nicht mal das Wahlsystem. Dass McCain Kentucky nicht verliert, war doch klar. Eure Dummheit widert mich an. Wenn ihr so weitermacht, werfe ich euch alle raus, bevor Iowa bekannt gegeben wird.«

Die Buhrufe des Publikums wandten sich jetzt gegen Tom, und es flogen diverse Snacks in Richtung Gastgeber.

Ich trank am Anfang des Abends viel zu schnell und hatte schon mein drittes billiges, aber nicht übles europäisches Lager aus dem Spirituosenladen geleert. Ellie hatte an dem Bier, das ich ihr gegeben hatte, kaum genippt. Ich schob Panik, dass sie durch mein Knausern beim Bierkauf den Eindruck gewinnen könnte, ich sei geizig.

Die Vermutung lag nahe. Ich arbeitete als Filmvorführer. Meine Eltern waren beide im öffentlichen Dienst. Ich hatte noch nie einen vierstelligen Betrag auf meinem Kontoauszug gehabt, vor dem kein Minus stand.

Nach einer kleinen Gesprächslücke siegte meine Paranoia.

»Ist das Bier okay?«

Ellie roch daran, nahm einen Schluck und spülte ihren Mund damit.

»Es ist gut.« Diesmal zog sie den Vokal nicht in die Länge. »Bierig mit leichter Biernote.«

Ich spielte mit.

»Ich schmecke ganz deutlich College heraus.« Ich trank noch einen Schluck. »Und einen Hauch unerwiderte Liebe und ... ist das etwa Kummer und Scham?«

Sie lachte und sagte: »Du bist witzig.«

Hätte sie nur Letzteres gesagt, ohne vorher unwillkürlich zu lachen, ich weiß nicht, ob ich mich weiter um sie bemüht hätte. Menschen, die nicht lachen, sind meiner bescheidenen Meinung nach die schlimmsten.

Vier Jahre später weiß ich, hätte ich diese Einsicht Ellie gegenüber zum Ausdruck gebracht, hätte sie so etwas gesagt wie: »Ein Mann könnte also eine Busladung Waisenkinder von einer Brücke in die Tiefe stürzen, aber solange er dabei lacht, hältst du ihm seine *joie de vivre* zugute.«

Und ich hätte gesagt: »Durchaus.«

Sie hätte es gesagt, weil sie diese wunderbare Art hatte – und immer noch hat –, Überspitzungen zu verharmlosen, ohne dass der andere sich wie das letzte Arschloch fühlte.

Dass ich mir verkniff zu behaupten, Humorlosigkeit sei schlimmer als Faschismus, gehörte zu den Dingen, die diese Nacht so besonders machten. Es gab so viele Momente, in denen ich das Falsche hätte sagen oder tun können, und alles wäre den Bach runtergegangen; ich wäre allein nach Hause gegangen, hätte Joni Mitchell aufgelegt und billigen Gin mit irgendwas, was gerade im Kühlschrank war, getrunken.

Doch ich ließ meinen inneren Monolog in meinem Innern und sagte stattdessen: »Ich bin Nick.«

Und sie sagte: »Ich bin Ellie.«

Dann schüttelten wir uns die Hand. Wie ganz normale Leute.

Und dann fragte sie: »Und was machst du so, Nick?«

Und ich sagte: »Ich bin Vorführer im Royalty.« Und ich wartete. Ich wartete auf eine der vier Reaktionen.

Reaktion Nummer eins war irgendeine anerkennende Bemerkung darüber, dass es »cool« war, im Kino zu arbeiten. Vielleicht gefolgt von der Frage nach Freikarten. Was okay ist, denn ich mag es, wenn die Leute ins Kino gehen.

Reaktion Nummer zwei war die Frage, was zur Hölle ein Vorführer sei. Diese Reaktion war immer enttäuschend.

Reaktion Nummer drei war unter Umständen noch schlimmer als Nummer zwei, schon allein wegen der unzähligen Male, die jeder Vorführer sie zu hören bekommt. Ich hoffte von ganzem Herzen, dass sie diese Reaktion vermied, nämlich: »Schneidest du manchmal einzelne Bilder aus Pornos in Familienfilme, so wie in *Fight Club*?« Hätte sie sich für Reaktion Nummer drei entschieden, hätte es für sie möglicherweise abermals kein Comeback gegeben, trotz der coolen Haare und der spektakulären Augen, und wisst ihr was, mir gefiel auch ihr unaufgeregtes Outfit, es ist ein Ding an sich.

Dann gab es noch Reaktion Nummer vier. Reaktion Nummer vier hatte ich erst zweimal erlebt. Einmal von einem alten Italiener, der mit meinem Vater Squash spielte, und das andere Mal von einem supernerdigen Typ namens Barry, der als Platzanweiser arbeitete und eigentlich Vorführer sein wollte, aber alle Vorführer waren sich einig, dass wir auf keinen Fall den ganzen Tag mit Barry auf engstem Raum eingesperrt sein wollen.

Wundersamerweise antwortete Ellie mit Reaktion Nummer vier.

»Wie in *Cinema Paradiso.*«

Ungefähr da verliebte ich mich.

5

Die Wohnung fühlt sich leer an ohne Ellie.

Ich ertappe mich dabei, wie ich auf ihre Seite des Bettes starre und ihre Art zu schlafen vermisse.

Ich habe nicht gerade mit vielen Frauen in einem Bett geschlafen, deshalb habe ich keinen Vergleich. Aber ich bin ziemlich sicher, dass kein anderer Mensch auf diesem Planeten so schläft wie Ellie. Sie liegt immer auf dem Bauch, die linke Handfläche an die Stirn gepresst, wie Homer J. Simpson, wenn er genervt stöhnt. Ihre rechte Hand liegt in ihrem Kreuz, und ihre Beine sind leicht angewinkelt und zu den Seiten gespreizt, ihr Becken auf die Matratze gedrückt.

Ich frage mich, ob sie in diesem Moment so schläft. Oder ob sie überhaupt schläft. Oder ob sie schon mit jemand anderem schläft.

Bei Ellie war ich nie eifersüchtig. Klar, wenn jemand sie zum Lachen brachte, starb etwas in mir, so geht es wohl den meisten vernünftigen Männern, aber ich habe nie auch nur einen Blick auf ihr Telefon geworfen, und die Anonymität ihrer Schubladen und Habseligkeiten wird von EU-Recht geschützt. Zu Recht.

Wenn ich sie per SMS frage, was sie treibt, dann weil mich wirklich interessiert, was sie treibt, nicht weil ich glaube, dass sie mit Darren aus der Marketingabteilung schläft.

Man kann durchaus sagen, dass Ellie meine erste richtige Beziehung war. Ich hatte vorher zwar schon Freundinnen gehabt, aber es hielt nie lange. Dafür sorgten meine Unsicherheit und durch lähmende Selbstzweifel bedingtes Klammern.

Die Beziehung vor Ellie hielt etwa vier Monate und endete, weil ich überzeugt war, dass sie fremdging. Später begriff ich, dass ich mir das nur eingeredet hatte, um als Held aus der Geschichte hervorzugehen, als der Typ, dem das Herz gebrochen worden war und den alle verkuppeln wollten – »Ja, seine Ex hat hinter seinem Rücken mit anderen rumgemacht, deshalb ist er ein bisschen sensibel. Aber er würde super zu dir passen.«

Ich erzähle das nicht, um Absolution zu erhalten, sondern weil ich herausfinden will, ob es gerade wieder passiert.

Denn jetzt, allein im Bett, bin ich sicher, dass Ellie mit Darren aus der Marketingabteilung schläft.

Mein Telefon vibriert. Es ist eine Nachricht von Ellie.

Wie geht es dir?

Sie benutzt nie Chat-Sprache oder Smileys und achtet immer auf richtige Zeichensetzung. Wie hatte ich sie gehen lassen können? Ich zögere kurz, um zu überlegen, ob es ihr einen Vorteil verschafft, wenn ich sofort antworte, und mir fällt prompt ihr Mantra aus der Nacht unseres Kennenlernens ein. Kein Bullshit, keine Psychospielchen. Jetzt und für immer.

Es geht mir gut. Soll ich dich anrufen?, tippe ich schnell und drücke Senden.

Wenn man auf eine Antwort von einem Partner wartet, von dem man sich kürzlich getrennt hat – und der Grund für die Trennung noch im Nebel der Verwirrung liegt –, schleicht die Zeit. Es ist nicht wie bei einer Unterhaltung, wo eine bedeutungsschwangere Pause unbehaglich sein kann. Schweigen per SMS ist lähmend. Ein beobachtetes Telefon vibriert nie.

Wie zum Beweis kommt die Nachricht erst, als ich auf die Uhr schaue: 11:21.

Ich würde lieber nur schreiben, wenn das okay ist? Ich hasse es, zu telefonieren.

Dass sie es für notwendig hält, den letzten Satz überhaupt zu schreiben, löst eine Gedankenlawine aus, die in einen Abgrund aus Fragen stürzt. Denkt sie, ich weiß nicht, dass sie nicht gern telefoniert? Denkt sie, ich habe ihr in den letzten vier Jahren nicht zugehört?

Mir fällt unwillkürlich ein passender Songtext von Paul Simon ein, den er über Carrie Fisher geschrieben hat.

Ich weiß, antworte ich. *Worüber willst du schreiben?*

Uns.

Meinst du noch immer, was du letzte Woche gesagt hast? Senden.

Es vergeht keine Sekunde, bevor:

Ja.

Dann gibt es nichts mehr zu sagen. Ich will nicht mit jemandem zusammen sein, der …

Ich weiß nicht, wie ich den Satz beenden soll. Säßen wir einander gegenüber, würde ich den Rest unausgesprochen lassen, und wir wüssten beide, was ich meine. Aber geschrieben bekommt es so eine Endgültigkeit. Es wird zum Beweismaterial. Ich lösche alles und schreibe: *Ich weiß nicht, was ich sagen soll.*

Tut mir leid, tippt sie. *Ich wünschte, es wäre anders.*

Damit sind wir schon zwei. Ich weiß, dies wird die letzte Nachricht für heute sein, aber trotzdem warte ich auf das beruhigende Vibrieren.

Morgen ist Sonntag, und wir sind zum Mittagessen bei meiner Schwester eingeladen. Meine Mutter hat Geburtstag. Ich sehe jetzt schon, wie mich alle anstarren, wenn ich allein dasitze.

Alle werden warten, wer sich als Erstes traut zu fragen: »Wo ist Ellie?«

Eine Hälfte von Simon & Garfunkel singt wieder über Prinzessin Leia.

6

5. November 2008 – 00:44 GMT
Obama 3
McCain 21
erforderliche Mehrheit 270

Ellie und ich saßen draußen vor der Hintertür und rauchten, als die Ergebnisse aus South Carolina und West Virginia mit einem weiteren Schwall aus Buhrufen begrüßt wurden.

Wieder schäumte Tom vor Wut, dass seine Gäste sich über Staaten aufregten, deren Ergebnisse, wie er wusste, ausgemachte Sache waren, doch sein Zorn stieß zusehends auf taube Ohren, da die Partygäste dabei waren, die Grenze von reichlich beschwipst zu total besoffen zu überschreiten.

Bei mir war es andersrum.

Während die Unterhaltung in einem angenehmen, wenn nicht gar atemberaubenden Tempo lief, trank ich jetzt in Zeitlupe. Mit der Ausnüchterung setzte auch die Nervosität wieder ein, und ich sehnte mich plötzlich nach einer Zigarette. Ich wusste, die Offenbarung einer so schmierigen, ekelhaften (siehe auch: bezaubernden, geselligen) Angewohnheit besaß das Potenzial, all meine bisherigen Fortschritte bei Ellie zunichte zu machen. Aber wie sollte eine Beziehung funktionieren, die darauf basierte, dass ich mein Laster verheimlichte? Und nach der *Cinema-Paradiso*-Antwort war eine Beziehung das, was ich anstrebte.

Glücklicherweise war Ellie Gelegenheitsraucherin und betrachtete den heutigen Abend als Gelegenheit zu rauchen.

Als wir in den Garten gingen, setzte ich den einzigen Kniff aus meinem persönlichen *Handbuch der Verführung* ein: Fragen stellen.

»Wo bist du aufgewachsen?«, »Wie findest du das Leben in London?« und »Wo wohnst du jetzt?« wurden hintereinander beantwortet mit: »Canterbury«, plus einer Zusammenfassung von Vor- und Nachteilen der Kathedralenstadt (Vorteile: nahe an London und der Küste; Nachteile: dürftige Musikszene, nirgends kann man Converse kaufen). »Anstrengend, aber lustig« und »In der Silver Street neben Chicken Cottage, aber nicht zu nah an Chicken Cottage.«

Die Silver Street lag zu Fuß etwa fünf Minuten von meiner derzeitigen Wohnung, und ich war begeistert, dass sie so nah wohnte, malte mir aus, wie unkompliziert es in der Anfangszeit unserer ganz und gar unausweichlichen Verbindung sein würde, uns zu treffen.

Ellie fiel das Haar ins Gesicht, und sie strich es wieder hinter ihre Ohren.

»Was wäre dein großer, verrückter, Traum, wenn du zaubern könntest?«, fragte ich und hoffte, sie würde sagen: »Auf einer Party einen süßen Typ kennenlernen, heiraten und Kinder kriegen.«

Tat sie aber nicht.

»Gute Frage. Ich bin jetzt siebenundzwanzig, und ich habe immer gesagt, dass ich spätestens mit dreißig in New York leben will. In New York City.« Sie sang die letzten Worte, als wäre es die letzte Zeile der ersten Strophe von *Mona Lisas and Mad Hatters.*

»Und du?«, fragte sie.

»Na ja, ich bin erst sechsundzwanzig, da habe ich noch ein bisschen mehr Zeit, an meinem Traum zu arbeiten.«

»Lass mich raten. Du willst Filme machen?«

Ich schüttelte vehement den Kopf.

»Vor einem Haufen Leute stehen und ihnen sagen, was sie tun sollen? Nichts erfüllt mich mit mehr Angst.«

Sie musterte mich kritisch, kniff die Augen zusammen, und der Groschen fiel.

»Du schreibst!«

Ich nickte.

»Drehbücher?«

Wieder nickte ich.

»Das sehe ich an deiner Kapuzenjacke und deiner Abneigung gegens Rasieren und dem Ausdruck in deinen großen blauen Augen.«

»Was für ein Ausdruck?«

»Als wüsstest du das nicht.«

Ich wollte gerade nachhaken, als ein betrunkenes Mädchen in einem Metallica-T-Shirt nach draußen gestürmt kam, in der Hand einen mit Erbrochenem gefüllten Turnschuh.

»Hey, jemand hat gerade in einen Schuh gekotzt!«, erklärte sie, bevor sie besagtes Schuhwerk in den Garten schleuderte. Dann sank sie zwischen mich und Ellie und fragte: »Weiß einer von euch, wo ich Ketamin kriegen kann?«

Erst jetzt fiel mir auf, dass das Mädchen nur einen Turnschuh trug und mit ziemlicher Sicherheit selbst in den anderen gekotzt hatte.

»Nicht an einem Mittwochmorgen«, sagte ich.

»Etwa zwei Meilen südlich gibt es eine Grundschule, da könntest du es versuchen.«

Das betrunkene Mädchen beugte sich zu Ellie und starrte sie bedrohlich an. Ich war aufrichtig besorgt, dass sie zuschlagen würde, und ich gestehe, ein Teil von mir hätte gern gesehen, wie Ellie sich bei einer Rauferei gemacht hätte. Hauptsächlich weil ich auf der Lover-Fighter-Skala am gegenüberliegenden

Ende von Muhammad Ali angesiedelt war und es super gefunden hätte, wenn meine zukünftige Frau in der Lage wäre, unsere Familie zu beschützen.

Stattdessen küsste Ellie das Mädchen auf die Nase.

Und so wurde, wahrscheinlich zum Wohl aller Beteiligten, Gewalt abgewendet, denn das Mädchen warf ihr einen Luftkuss zu und lächelte ein derangiertes Lächeln, das eher an ein Faultier als an einen Menschen erinnerte.

»Zwei Meilen südlich, sagst du?«, fragte sie und hickste innerhalb des einen kurzen Satzes drei Mal.

Ellie nickte. »Frag einfach nach Mr Benson.«

Fräulein Ein-Schuh stand auf, salutierte und verschwand in den Garten.

Sie war gerade zehn Meter gegangen, als sie rief: »Ich hab meinen Schuh gefunden!«, und das Bewusstsein verlor.

»Wir sollten sie wahrscheinlich reintragen«, sagte ich. »Oder ihr wenigstens eine Decke bringen.«

Ellie sah mich an und sagte voller Ernst: »Du bist einer von den Guten, oder?«

Das Kompliment freute und verunsicherte mich gleichzeitig, was ich mit Selbstironie zu überspielen versuchte, die ich in eine Einladung verpackte, mehr Zeit mit mir zu verbringen.

»Es ist noch viel zu früh für derartige Schlussfolgerungen.«

»Du hast recht«, sagte sie und spielte mit. »Ich gebe dir bis Texas, mich vom Gegenteil zu überzeugen.«

7

Fast vier Jahre glaubte ich zu haben, wonach ich mich immer gesehnt hatte. Ihr müsst verstehen, dass Liebe alles für mich ist. Rick und Ilsa. Harry und Sally. Han und Leia. George und Mary. Peter und June. Wall-E und EVE.

Am Ende unseres großen Trennungsstreits machte ich dicht. Das war nicht besonders reif, aber ich hatte ehrlich keine Ahnung, wie ich sonst damit umgehen sollte, und sie kam ständig mit neuen, immer abgedroscheneren Plattitüden, die mich trösten sollten und genau das Gegenteil bewirkten.

Ich blieb stumm wie Buster Keaton, und so saßen wir zwischen zehn und dreißig Minuten da. Ich starrte auf den Teppich. Sie starrte auf ihre verschränkten Hände, während sie an beiden Daumen gleichzeitig kaute.

Schließlich stand sie auf.

»Ich bin in einer Stunde mit meiner Mutter verabredet. Wir reden später.«

Ich schwieg, und sie ging.

Ich war überzeugt, dass es danach nie wieder so wie vorher sein würde. Das war jetzt fast drei Wochen her, und wir hatten seitdem nicht miteinander gesprochen – abgesehen von gelegentlichen Nachrichten.

Doch ich habe vor, das zu ändern.

Von allen möglichen Orten für ein potenzielles Rendezvous steht das Haus von Ellies Vater ganz unten auf meiner Liste. Richard hat mich nie gemocht, und die Ereignisse der vergangenen drei Wochen werden wenig dazu beigetragen haben, eine Kehrtwende zu bewirken.

Es gibt auch wenig, was ich an ihm mag, außer seiner Tochter. Und seine große Wohnung mit Blick auf den Battersea Park. Sie hat riesige Fenster und absurde Möbel. Man müsste nur ein Möbelstück verkaufen, um eine ganze Einzimmerwohnung neu einzurichten. Das Haus hat diese beklemmenden Doppeltüren mit Sicherheitskameras, die einen aus jedem Winkel filmen. Irgendwo habe ich gelesen, dass Elizabeth Taylor in den Fünfzigern hier gewohnt hat.

Ist Ellie extra zu ihrem Vater gezogen, weil sie weiß, dass ich dort nicht vorbeikommen würde?

Neben den Klingeln stehen keine Namen, deshalb muss ich mich auf mein Erinnerungsvermögen verlassen, das mir nie besonders gute Dienste geleistet hat. Ich drücke den obersten Knopf. Eine Stimme, von der ich nicht genau weiß, ob es Richards ist, sagt: »Hallo.«

»Hier ist Nick«, antworte ich.

Das knappe, gereizte »Und?« verrät mir, dass ich die richtige Klingel gedrückt habe. Ich sehe ihn vor mir mit seinem dreiteiligen Anzug, frisch rasiert, weltmännisch wie Colin Firth.

Wenigstens weiß ich, dass ich kein Vaterersatz war.

»Kann ich rauf kommen?«

»Nö.«

Eine lange Pause, gefolgt von: »Sie ist nicht hier.«

»Macht es dir etwas aus, wenn ich auf sie warte?«, frage ich so wenig feindselig wie möglich.

»Sie kommt heute Abend nicht zurück.«

Vom Drücken der Gegensprechanlage tut mein Finger allmählich weh.

Ich lasse trotzdem nicht locker. »Weißt du, wo sie ist?«

»Schreib ihr doch eine Nachricht.«

Das ist ein vernünftiger Vorschlag, auf den ich keine vernünftige Antwort habe, außer dass ich gehofft hatte, mein spontaner, romantischer Besuch könnte bewirken, dass sie sich von Neuem in mich verliebt.

»Hör zu, sie hat ihren Fahrradhelm bei uns liegen lassen, und jetzt, wo das Wetter besser wird, dachte ich …«

»Du kannst ihn draußen hinlegen.«

Wieder Schweigen.

Ich erwäge ein abschließendes: »Kannst du ihr wenigstens sagen, dass ich hier war?«, aber erstens klingt das ein bisschen verzweifelt und zweitens kann ich nicht sicher sein, dass er es ihr ausrichtet. Ich bin mir sogar sicher, dass er es nicht tun wird, wenn ich mir meine Verzweiflung anmerken lasse.

Ich drücke trotzdem noch mal auf den Knopf.

»Verdammte Scheiße, das ist wirklich hilfreich, Richard. Danke. Du weißt schon, dass es nicht meine Schuld ist?«

Ob er es nun gehört hat oder nicht, ich glaube, es ist das erste Mal, dass ich in Gegenwart von Ellies Vater geflucht habe.

Auf jeden Fall ist es das erste Mal, dass ich ihn angelogen habe.

8

5. November 2008 – 00:57 GMT
Obama 44
McCain 24
erforderliche Mehrheit 270

Zu Toms Kummer stieg die Stimmung in seinem Haus, als die Waagschale sich zu Obamas Gunsten neigte.

Ich weiß noch, dass ich mich fragte, was er sich davon versprach, herumzustapfen und jedem, der zuhörte – viele waren es nicht –, zu erzählen: »Bob Barr ist der Mann, der wirklich etwas ändern würde«, worauf er von jedem Einzelnen den eingängigen Refrain: »Wer zum Teufel ist Bob Barr?« zu hören bekam. Hatte er ernsthaft geglaubt, dass McCain erdrutschartig gewinnen würde und alle Partygäste niedergeschlagen noch vor zwei Uhr nach Hause schlichen?

Tom kam mir immer vor wie jemand, dem es wichtiger war, recht zu haben, als glücklich zu sein.

Was mich und Ellie anging, fühlte es sich gut an, die beiden am wenigsten besoffenen Leute auf der Party zu sein, so als würde uns das verbinden. Wir gegen die. Die Nüchternen gegen die Betrunkenen. Die, die in Schuhe kotzten, und wir, die das nicht taten.

Entscheidend war, dass wir wirklich miteinander reden und einander zuhören konnten, trotz der immer lauter werdenden Musik. Jemand drehte The Shins auf, und alle männlichen Partygäste wippten mit den Köpfen hin und her, mich eingeschlossen. Ich hielt inne, als ich Ellies schiefes Lächeln zurückkehren sah.

»Was?«, fragte ich eher neugierig als streitlustig.

»Du magst The Shins?«

»Klar«, erwiderte ich, jetzt doch eher streitlustig.

»Okay.« Sie zögerte und musterte mich von oben bis unten. »Und den Film *Garden State*?« Das schiefe Lächeln erreichte ein Höchstmaß an Schiefheit.

»Der ist nicht schlecht«, sagte ich abweisender als beabsichtigt.

»Verstehe.«

Ich weiß, wann jemand stichelt, und das war eine erstklassige Stichelei.

»Was? Was soll das heißen?«

»Nichts.«

Ich drehte mich zu ihr, um sie anzusehen, und sie drehte sich zu mir.

»Was soll das heißen?«

»Na ja, wir unterhalten uns jetzt ungefähr eine Stunde.«

»Und?«

»Ich versuche nur, mir eine Meinung über dich zu bilden.«

Ich widerstand dem Impuls, »aha!« zu sagen.

»Und mein Eingeständnis, dass ich The Shins und *Garden State* mag, hat zu einem Urteil geführt?«

»Keinem eindeutigen, nein.«

»Und wie lautet das nicht eindeutige Urteil, das dich so überheblich grinsen lässt?«

Sie tat gekränkt.

»Wie sehr magst du *Garden State*?« Sie verengte den Blick, als ahnte sie, dass ich ihr eine Lüge auftischen würde.

»Ein bisschen.«

»Hast du den Soundtrack?«

Ich verzog das Gesicht. »Vielleicht.«

»Hast du ihn mehr als einmal im Kino gesehen?«

Wenn jemand anders versucht hätte, mich auf diese Weise zu verhören, wäre ich echt sauer geworden. Aber ich mochte sie längst, und das wusste sie.

»Kann schon sein.«

»Und ich vermute, da du im Kino arbeitest, hast du irgendwo bei dir ein Filmplakat hängen.«

»Jetzt guckst du wirklich selbstgefällig.«

»Aber ich habe recht?«, fragte sie, obwohl sie die Antwort kannte.

»Du hast recht.«

Sie machte einen kleinen Siegessprung, inklusive einer kleinen Drehung mit erhobener Faust in der Luft. Ich wartete, bis sie wieder gelandet war.

»Und was verrät das deiner bescheidenen Meinung nach über mich?«

»Eigentlich nichts. Nur, dass du grob einem Typus entsprichst. Romantisch, ein wenig naiv, verträumt …«

Ich ließ kokett die Wimpern flattern und sagte mit südkalifornischem Teenie-Akzent: »Du hältst mich für verträumt?«

»Gelassen. Bis zu einem gewissen Punkt. Du neigst dazu, dich in Humor zu flüchten, wenn du dich unbehaglich fühlst, du bist ziemlich egozentrisch …«

»Bitte, rede weiter.«

»Uuund …«, da war das Eine-Sekunde-Wort, das auf fünf gezogen wurde, »es verrät mir, das die Funktion einer Frau für dich darin besteht, in dein Leben zu schweben und dich zu retten, ohne Rücksicht auf ihre eigenen emotionalen Bedürfnisse, weil du das Zentrum des Universums bist, und sie ist nur ein Statist.«

An dieser Stelle wich ich vor Schreck buchstäblich einen Schritt zurück, so akkurat war ihre Psychoanalyse aufgrund meiner Vorliebe für einen einzigen Film. Ich hatte das Gefühl, als wäre ich von einem wunderschönen und wahnsinnig aufmerksamen Laster überrollt worden.

»Wow, das kam unerwartet.«

»Sorry. War das ein bisschen viel? Die gute Nachricht ist, global betrachtet sind das vergleichsweise kleine Charakterfehler.«

Ich nickte, während ich den Schlag noch verarbeitete.

»Jedenfalls, egal ob wir uns nur diese Nacht kennen oder noch eine Million Nächte mehr, ich bin sicher, ich kann dir zu Diensten sein.«

Sie informierte mich, dass sie mir ein Bier holen würde, und war schon weg, bevor ich etwas erwidern konnte.

Ich rief ihr nach.

»Du weißt schon, dass du mir gerade angeboten hast, in mein Leben zu schweben und mich zu retten!«

Sie drehte sich um, machte einen Knicks und verschwand in der Küche.

9

Meine Schwester Gabby ist supercool, und ich liebe sie mit jeder Faser meines Herzens.

Ja, sie hat mich geschminkt, als wir klein waren. Ja, sie bezeichnet mich als die Schwester, die sie immer haben wollte. Und ja, einmal – als sie von den Dämonen der Pubertät besessen war – hat sie mich die Treppe runtergeschubst. Aber sie ist absolut loyal und fürsorglich.

Als ich sechzehn war, hat sie mich zu coolen Konzerten mitgenommen, mir Bier gekauft, und ich durfte dabei sein, wenn sie sich mit ihren hübschen Freundinnen traf. Solange ich mit ihr unterwegs war, trank sie niemals zu viel, ließ mich niemals allein nach Hause gehen. Ich kam für sie immer an erster Stelle. Kaum hatte ich angedeutet, dass ich nach Hause wollte, saßen wir schon zusammen im Taxi, egal wie viel Spaß sie gerade hatte. Und Gabby hatte sehr viel Spaß an der Schwelle zum Erwachsenwerden.

Da waren Anthony, Bill, Callum, Daniel, Dave, David, David 2 (in alphabetischer Reihenfolge, nicht chronologisch). Geographisch gab es Eric aus Amerika und Trey aus Australien. Dutch Butch, der Holländer war, und Butch Rich aus der Schweiz. Dann gab es noch François, der so typisch französisch war, dass es nervte. Er war ihr vorletzter Freund, und eine Weile machte ich mir Sorgen, er könnte der letzte sein. Er kam aus einer Stadt namens Sisteron in Südfrankreich und sagte gruselige Sachen wie: »Ich bin aus Sisteron, das heißt so viel wie: ich bin *auf* deiner Schwester.«

Die meisten dieser Typen waren lustig, manche waren gemein. Ein paar waren eine Weile sehr lustig und wurden dann sehr, sehr gemein.

Wenn Gabby je heiraten würde – und es war immer ein großes Wenn –, dann einen Promi oder Surfer oder einen Promi, der surft. Ich hätte nie gedacht, dass sie jemanden wie Andrew heiratet.

Andrew ist so langweilig, dass er es vorzieht, Andrew genannt zu werden. Wer macht so was? Welcher normale Mensch würde den Namen nicht zu Andy abkürzen?

Er sieht aus wie ein Buchhalter, und das ist er praktisch auch. Andrew, der Buchhalter. Oh, Gabby, du hättest etwas Besseres haben können. Andrew, der Buchhalter, der, wenn man ihn fragt, welche Musik er mag, so einen Mist erzählt wie: »Ach, ein bisschen von allem.« Aber würde man ihm etwas aus den Achtzigern von Tom Waits oder irgendwas von The Paper Chase vorspielen, würde sein Kopf explodieren.

Versteht mich nicht falsch, er ist kein Arschloch. Er ist superhöflich, gepflegt und belesen. Er ist die Art Mann, die dir beim Abendessen einen Stuhl hervorziehen und darauf bestehen, dass du das letzte Stück Brot isst, und er bezahlt die Rechnung. Und zwar noch bevor die Vorspeise serviert ist. Meine Eltern lieben ihn. Und meine Eltern lieben niemanden.

Außer Ellie. Ellie lieben sie auch.

Und jetzt muss ich ihnen das Herz brechen und ihnen sagen, dass ihr Traum, ihre beiden Kinder glücklich zu sehen, so tot ist wie Sean Bean in jedem Film, in dem Sean Bean je mitgespielt hat. Doch als ich den Mund aufmache, erheben sich Gabby und Andrew von ihren Stühlen.

»Wir haben euch etwas mitzuteilen«, sagte Andrew. Als würde er den Quartalsbericht eines Klempnerbetriebs verlesen.

Gabby zieht zwei kleine quadratische weiße Umschläge

hervor und reicht einen unseren Eltern und einen mir. Wir öffnen sie und sehen einen winzigen Fötus in Schwarz-Weiß.

»Wir werden Mama und Papa. Ihr werdet Großeltern.«

Sie dreht sich zu mir.

»Und du wirst Onkel. Onkel Knick-Knack.«

Und ich fange einfach an zu heulen. Richtig ekelhaft zu flennen. Und ich weiß, das sollte ich nicht, weil Gabby unseren Eltern nie von ihren Schwierigkeiten erzählt hat, schwanger zu werden. Sie hat es ihnen nicht erzählt, weil sie wusste, sie würden ihr haarsträubende Ratschläge geben und nur sich selbst dabei sehen. Doch mir hat sie sich anvertraut, und ich weiß, wie viel ihr dieser Moment bedeutet. Sie nimmt mich in den Arm und flüstert mir ins Ohr: »Sind die Tränen unseretwegen oder deinetwegen oder weil ich *Die Addams Family* zitiert habe?«

Und ich schluchze: »Beides. Alles drei. Ich weiß nicht.« Und sie nimmt mein Gesicht zwischen ihre Hände, und wir bemerken, dass alle weinen. Außer Andrew. Der vermutlich keiner Tränen fähig ist, weil sonst sein Schaltkreis feucht wird.

Es gibt eine Gruppenumarmung, und ich weiß jetzt, dass es das Gute auf der Welt gibt und dass vielleicht auch für mich alles gut wird. Deshalb kann ich nach drei Wochen Kummer nicht aufhören zu weinen. Und alle lachen über ihre emotionale Reaktion, wie Briten es eben tun, wenn sie sich mal gehen lassen.

»Hast du einen Stichtag?«, fragt Mum.

Es entsteht eine peinliche Pause, in der Gabby und ich einen Blick wechseln, weil wir wissen, was kommt. Mum und Dad wechseln einen Blick, weil sie es definitiv nicht wissen.

»Mitte November«, antwortet Gabby mit einem gequälten Lächeln, dass sie aussehen lässt, als wäre sie wieder sieben und hätte gerade gestanden, dass sie alle Kekse aus der Dose geklaut hat.

Mum rechnet kurz nach. »Mitte November? Das heißt, du bist …«

»Schon im vierten Monat.« Gabby stellt sich hin und zeigt ihren gut kaschierten Bauch, den keiner von uns vorher bemerkt hat.

»Im vierten Monat!«, stimmt Dad endlich ein. »Das ist ja schon fast die Hälfte.«

Ich widerstehe dem Drang, Bon Jovis größten Hit anzustimmen, denn ich weiß, wie schwierig das folgende Gespräch für Gabby wird. Meine Eltern sind keine schlechten Menschen, aber selbst Nicolas Cage würde ihnen manchmal raten, etwas weniger melodramatisch zu sein.

»Warum hast du uns nicht früher davon erzählt?«, fragt Mum mit schriller Stimme.

Gabby sieht mich hilfesuchend an.

»Wir hatten ein paar Unfälle.«

»Ein paar Unfälle?«, fragt Dad und stellt sich absichtlich dumm.

»Fehlgeburten, Dad. Fehlgeburten. Wir wollten uns nicht zu sehr freuen, bis alles …«

»Geladen, gespannt und gesichert ist!«, melde ich mich zu Wort.

Gabby belohnt den Spruch mit einem Lacher, sehr zu Andrews Verdruss, und unsere Mutter tadelt mich. »Jetzt ist nicht der richtige Zeitpunkt für Scherze, Nicholas.«

Die Verwendung des vollständigen Namens Nicholas ist eine Warnung.

»Warum hast du uns nichts von … den Unfällen erzählt?«

Obwohl sie das Wort »Fehlgeburt« eigens nicht ausspricht – dabei ist es schon in der Welt –, nuschelt sie, als würde sie auf einem Kirchenbasar eine rassistische Bemerkung fallen lassen.

Ich sehe, dass Gabby immer gereizter wird.

»Herrgott. Wir haben es euch nicht erzählt, weil es persönlich ist. Wir hatten uns, und … auch andere Hilfe.«

Dad erhebt sich von seinem Stuhl. »Du hast Nick erzählt, dass ihr es versucht, stimmt's? Du hast es deinem Bruder erzählt, aber uns nicht!«

»Das sollten doch gute Nachrichten sein«, werfe ich möglichst unaufgeregt ein.

»Ich verstehe nur nicht, warum du Geheimnisse vor uns hast«, sagt Dad und liefert Mum eine Steilvorlage für den perfekten Bodyslam aus Schuldgefühlen.

»Sind wir denn keine guten Eltern?«

»Um Himmels willen. Wir sind erwachsen!«, schreit Gabby, wobei ihr Teenie-Nörgelton das Argument etwas untergräbt. »Wir entscheiden selbst, wem wir etwas erzählen und wann! Nächstes Mal, wenn ich eine Fehlgeburt habe, setze ich euch auf den verdammten Verteiler.«

Es herrscht Stille.

Andrew rutscht nervös auf seinem Stuhl hin und her. Man sieht, dass er es sein will, der das Schweigen bricht, der die Familie mit seiner Schlagfertigkeit rettet.

Er sieht mich an, und ich bete zu Gott, dass jetzt nicht kommt, was ich denke, das kommt.

»Nick, wie geht es Ellie?«

Ich schlucke.

»Sie … äh … Sie ist … tja …«

Gabby schnallt es sofort und bedenkt mich mit dem gleichen Blick wie Seb.

Natürlich weiß sie, dass etwas nicht stimmt. Sie merkt immer, wenn etwas nicht stimmt, seit ich vier war und Richie von nebenan meine ThunderCats-Turnschuhe geklaut hat.

»Kann ich dir was im Auto zeigen?«, fragt sie scheinheilig, während ich mir die restlichen Tränen von eben aus dem Gesicht wische.

Wir entschuldigen uns und schleichen nach draußen zu ihrem und Andrews blütenweißem Mercedes.

Andrews Beruf hat auch etwas für sich, denke ich, als wir die paar Schritte zum Auto laufen. Gabby öffnet die Tür, und ich steige ein.

»Das ist ein wirklich schönes Auto«, sage ich, um abzulenken.

»Was ist passiert?«, fragt Gabby.

Ich starre auf meine Schuhe und schlage sie gegeneinander. »Sie hat gesagt, sie liebt mich nicht mehr.«

Gabby kneift die Augen zusammen, wie sie es immer tut, wenn sie weiß, dass ich nicht die volle Wahrheit sage.

»Hat sie das so gesagt?«

Ich spiele mit dem Handschuhfach.

»Nicht wörtlich. Aber das war der Tenor.«

Die Kombination aus ihrem Schweigen und ihrem sehr durchdringenden Blick zwingt mich, zu Boden zu schauen, als ich gestehe: »Vielleicht war es auch eher ›Ich liebe dich nicht so, wie ich sollte‹ oder etwas in der Richtung.«

Als ich aufschaue, sehe ich, dass Gabby, wie Oliver Twist, auf mehr wartet. Nach einer Pause, die sich in die Länge zieht, begreift sie, dass nichts mehr kommt.

»Das ist alles?«

»Was meinst du mit: ›Das ist alles?‹. Wie würdest du dich fühlen, wenn Andrew dir sagt, dass er dich nicht liebt? Wie würde Andrew sich fühlen, wenn du ihm sagst, dass du ihn nicht liebst?«

»Erstens bin ich nicht sicher, ob ich Andrew je gesagt habe, dass ich ihn liebe. Er sagt es mir jeden Tag, und ganz ehrlich, nach viereinhalb Jahren geht es mir langsam ein bisschen auf die Nerven. Zweitens, zu sagen, dass man jemanden anders liebt, ist nicht dasselbe, wie zu sagen, dass man ihn nicht mehr liebt.«

Dass Gabby Andrew nie gesagt hat, dass sie ihn liebt, ist eine dicke Lüge. Auf ihrer Hochzeit, auf der ich mich amtlich besoffen habe, hat Gabby dafür gesorgt, dass ich nicht allein trinke. Das führte dazu, dass sie einen Flying Hirsch nach dem anderen kippte und ihrem frisch gebackenen Ehemann ihre Liebe öfter erklärte als der Leadsänger von 2 Unlimited in dem Song *No Limit* das Wort *Nein* sagt.

Was zweitens angeht, weniger Liebe ist immer noch weniger Liebe.

»Und das ist erst der Anfang«, sage ich. »Im Laufe der Zeit liebt sie mich immer weniger, und wir werden eins von diesen Paaren, deren Beziehung immer flauer wird, bis wir in einer lieblosen Trance vor uns hinleben uns dann doch trennen. Mit der Ansage hat sie den Startschuss für das Ende unserer Beziehung abgefeuert.«

Ich kann Gabbys Gesicht nicht genau lesen, aber ich sehe, dass sie mir nicht zustimmen wird.

»Euer Streit ist lächerlich. Tut mir leid für dich, dass du traurig bist, aber du wirst es überleben.«

»Sie ist schon ausgezogen.«

»Was?!«

Gabbys Schrei ist so laut, dass ein ziemlich besorgter Andrew aus dem Fenster schaut. Er hält den Daumen hoch, um zu fragen, ob alles in Ordnung ist, und sie verscheucht ihn, als wäre er eine Taube, die ihr eine Pommes klauen will.

»Warum ist sie ausgezogen?«

Ich schüttle den Kopf, genervt.

»Das habe ich dir doch gerade erzählt.«

»Nein, du hast gesagt, sie liebt dich nicht so, wie sie sollte … oder so ähnlich.«

»Ganz genau.«

Jetzt ist Gabby genervt.

»Und warum ist sie ausgezogen, wenn das alles ist?«

Ich atme tief durch. Vermutlich beeinträchtigen die Schwangerschaftshormone meine sonst so intelligente Schwester.

»Du kapierst es nicht, oder?«

»Sieht verdammt danach aus!«, schreit sie, und ich sehe, wie Andrew den Vorhang wieder zucken lässt.

Ich lege eine Hand an die Autotür und blicke Gabby ins Gesicht.

»Kannst du es Mum und Dad sagen? Bitte?«

»Ihnen was sagen?«

»Ich muss los.«

10

5. November 2008 – 01:08 GMT
Obama 83
McCain 34
erforderliche Mehrheit 270

»Wir müssen gehen«, beschwöre ich Ellie.

Mein plötzliches Bedürfnis, eine der besten Partys zu verlassen, auf der ich seit Jahren war, rührte daher, dass Ellie mir offenbart hatte, sie sei Fotografin. Wir unterhielten uns seit über einer Stunde, und obwohl ich meine Verführungstaktik des Ausfragens eingesetzt hatte, und obwohl sie mir schon ihren Traum offenbart hatte, in New York zu arbeiten, hatte ich es versäumt, sie zu fragen, was sie beruflich macht. Die Antwort war, dass sie als Fotografin für die *Clapham Gazette* arbeitete.

Nachdem ich gedanklich all die coolen Fotografen der Kinoleinwand aufgelistet hatte – Jimmy Stewart in *Das Fenster zum Hof*, David Hemmings in *Blow Up*, Alexandre Rodrigues in *City of God*, und ich denke, man könnte sowohl Giovanni Ribisi als auch Scarlett Johansson in *Lost in Translation* durchgehen lassen, obwohl Letztere nur »in einer Phase« Fotos von ihren Füßen gemacht hat –, befand ich die heutige Nacht für so bedeutungsschwanger, dass Ellie irre wäre, diese nicht zu dokumentieren.

»Mir Irrsinn zu unterstellen«, erwiderte Ellie, »nur weil ich Beruf und Freizeit trenne, ist ziemlich gewagt.«

»Es *ist* irre«, konterte ich. »Würde ich Beruf und Freizeit trennen, könnte ich mir nie Filme ansehen.«

»Aber streng genommen ist es ja auch nicht dein Beruf, Filme anzusehen, oder?«

»Woher willst du das wissen?«

»Weil ich ein paar Filme darüber gesehen habe.«

»Touché. Ich habe neulich den Trailer für den neuen Tarantino gesehen. Er heißt *Inglorious Basterds*, und darin spielt irgendeine französische Schauspielerin eine Filmvorführerin, die einen Haufen Nazis tötet.«

»Klingt super.«

»Oder? Lass uns deine Kamera holen.«

Ich bot ihr meine Hand, und sie nahm sie. Wir waren schon fast an der Tür, als ein durchtrainierter und lächerlich gut aussehender Typ – der, wie ich später erfahren sollte, Nathaniel hieß – sich uns in den Weg stellte.

»Du gehst schon?«, fragte er feindselig.

Ellie antwortete kühl und einsilbig.

»Japp.«

Sie ging um ihn herum, und ich folgte ihrem Beispiel, während ich hoffte, dass dieser Adonis nicht Ellies ehemaliger oder, schlimmer noch, aktueller Freund war.

Ich versuchte, mir Alternativen vorzustellen, vor allem zu der Möglichkeit, dass sie mich nur als Schachfigur in ihrem persönlichen Drama missbrauchte. Vielleicht war er ja ihr Vermieter, und sie hörte immer um drei Uhr morgens ganz laut Death Metal, und er musste früh zur Arbeit. Vielleicht waren sie Konkurrenten im Job, und er war ihr Fotografie-Erzfeind, der Eddie Brock zu ihrem Peter Parker. Vielleicht war er nur gereizt, weil sie ihm jedes Jahr im Winterschlussverkauf die besten Angebote vor der Nase wegschnappte.

Damit ich mir nicht den ganzen langen, kalten Weg zu Ellies Wohnung weiter den Kopf zerbrechen musste, wartete ich, bis wir draußen und außer Hörweite des schönen Bob oder wie er hieß waren, und fasste den Mut, sie zu fragen.

»Dein Ex?«

Sie fröstelte, trotz der Jacke.

»Ja.«

»Wir lange seid ihr …«

»Ungefähr einen Monat.«

»Und wie lange wart ihr …«

»Zwei Monate, glaube ich. Insgesamt.«

Möglicherweise ist mir daraufhin ein »Puh!« herausgerutscht.

Ich habe eine Regel, nach der man bei einer Trennung mindestens zehn Prozent der Beziehungsdauer braucht, um darüber hinwegzukommen. Wenn man also ein paar Monate zusammen war, dauert es eine Woche, bis man die Sache seelisch verarbeitet hat. Wenn man fünf Jahre zusammen war, braucht man sechs Monate, um sich davon zu erholen.

»Hast du gerade ›Puh‹ gesagt?«, fragte sie.

»Ich glaube nicht. Ich habe nur ausgeatmet.«

Sie gab mir zu verstehen, dass sie mir das nicht abkaufte, indem sie ihr ganzes Gesicht runzelte. Ihre bezaubernden Ohren eingeschlossen. »Er war so jemand, der einen retten will«, erklärte sie. »Oder zumindest verbessern. Er hat versucht, mich dazu zu bringen, besser zu essen und jeden Fitnesstrend auszuprobieren. Ich finde, man sollte es den Leuten selbst überlassen, sich zu finden.«

An dieser Stelle kamen mir zum ersten Mal Zweifel an unserer Kompatibilität. Als jemand, der um seine Fehler weiß und täglich gegen die eigenen Dämonen kämpft, hatte ich immer geglaubt, dass eines Tages jemand in mein Leben tritt, der mich zu einer besseren Version meiner selbst macht.

»Ich dachte, er wäre vielleicht dein Freund. Aktuell, nicht Ex. Und um ganz offen zu sein, ich genieße den Abend und …«

»Und?« Sie wirkte verstimmt.

»Ich dachte, du unterhältst dich vielleicht nur mit mir, um ihn eifersüchtig zu machen.«

Sie blieb stehen.

»Oder so«, fügte ich hinzu.

»Nur dass ich das richtig verstehe, Schätzchen.«

Das »Schätzchen« war eine herrlich herablassende Wortwahl.

»Du dachtest, ich versuche, meinen Ex eifersüchtig zu machen, indem ich mich ein paar Stunden mit dir unterhalte? Obwohl ich bis vor dreißig Sekunden nicht einmal wusste, dass er auf die Party geht? Und obwohl du *mich* angesprochen hast?«

»War nur so ein Gedanke.«

»Na, dann vergiss den mal ganz schnell wieder.«

Wir gingen eine Minute schweigend nebeneinander her, und ich zerbrach mir den Kopf, wie ich meinen Fauxpas wiedergutmachen konnte. Ellie blieb erneut stehen. Diesmal brach sie das Schweigen auf spektakuläre Weise.

»Hör mal. Ich hoffe – und glaube –, dass deine Bemerkung von eben eher deiner Unsicherheit geschuldet ist als der Annahme, ich wäre kalt genug, dich zum Deppen zu machen, um jemand anders zum Deppen zu machen.« Trotz der Eiseskälte holte sie tief Luft. »Aber das Leben ist kurz, zu kurz für Bullshit und Psychospielchen. Deshalb zur Hölle damit. Jetzt und für immer.«

Sie ging weiter.

Ich hatte das Gefühl, sie wäre einfach immer weitergegangen, egal ob ich ihr folgte oder nicht.

11

»Soll ich eine Replik der Statue aus *Die Spur des Falken* kaufen?«

»Nein.«

»Kostet nur zweitausend.«

»Hast du zweitausend?«

Ich schließe die eBay-Seite und gebe ein anderes Suchwort ein. Seb schaut kurz von seiner Büroarbeit auf und schüttelt den Kopf. Es ist 21:45 Uhr, und er wollte schon vor einer Stunde fertig sein.

»Für nur tausend könnte ich eine Replik des *Millennium Falken* kaufen.«

»Nick.« Er klickt mit dem Stift. »Ich versuche zu arbeiten.«

»Ich hindere dich nicht daran.«

»Irgendwie schon.«

Er blickt prüfend auf den Bildschirm, wo alle Filme aufgelistet sind, die wir gerade zeigen. Insgesamt sind es zwei. In einem Multiplex mit acht Sälen buhlen nur zwei Filme um die Gunst des Publikums. *The Avengers* gegen *The Dark Knight Rises.* Marvel gegen DC. Wer auch gewinnt, das komplexe Erzählkino verliert.

»Werbung und Trailer in 7 sind gerade vorbei. Setz dich ruhig rein, ich habe nichts dagegen.«

»Schon gesehen. War okay. Das ganze Spandex in letzter Zeit geht mir auf den Sack. Den neuen Wes Anderson kriegen wir nicht, aber dafür je vier Kopien von Gruff Rhys Bale und Robert Downey Jr., der spielt, als wäre er wieder auf *C-c-c-c-c-cocaine.*«

Vor ein paar Wochen hätte Seb mich für die exzellente Anspielung auf Queens of the Stone Age noch abgeklatscht. In letzter Zeit geht's bei ihm nur noch um Arbeit, Arbeit, Arbeit. Wie zur Bestätigung seufzt er schwer. »Dann geh nach Hause. Nimm dir frei. Ich hab wirklich nichts dagegen, aber ich muss das hier fertig machen.«

»Geht nicht.« Ich gebe »Replik Teppich Dude« als Suchbegriff ein. »Ich brauche das Geld.«

»Wofür?«

Ich drehe den Computer zu ihm.

»Diesen hübschen Teppich.«

Er klickt wieder mit seinem Kuli und legt ihn diesmal auf seine Notizen.

»Nick. Ich weiß, du hast es gerade nicht leicht, aber versprich mir, dass du dein bisschen Geld nicht für irgendeinen Unfug ausgibst.«

Ihm steht aufrichtige Sorge ins Gesicht geschrieben, und ich gerate in Panik.

»Okay. Versprochen.«

»Und geh nach Hause. Ich trage die volle Schicht ein. Ich kann für dich abschließen. Ich brauche hier sowieso noch.«

Seb tut anderen Leuten gern einen Gefallen, aber nicht, wenn das bedeutet, unsere kapitalistischen Herrscher zu übervorteilen.

»Bist du sicher?«

Er nickt, und obwohl das ganz untypisch für Seb ist, warte ich keine Sekunde. Ich schnappe mir meine Jacke und Tasche.

»Danke, Bruder. Dann heute Ashby-Doppelvorstellung. Ich habe über meinen Freund in den Staaten die Criterion-Ausgabe von *Harold und Maude* und *Willkommen, Mr. Chance* bestellt.«

Der besorgte Gesichtsausdruck ist wieder da.

»Keine Angst«, sage ich, um die Bestie zu besänftigen. »War ein Sonderangebot.«

»Vergiss nur nicht die Besprechung Ende Juli. Am dreißigsten. Die ist Pflicht. Alle müssen kommen.«

»Ich weiß, was Pflicht bedeutet. Worum geht es bei der Besprechung eigentlich?«

»Das wirst du in drei Wochen erfahren.«

»Du willst deinem dienstältesten Freund keine streng geheimen Insider-Informationen verraten?«

»Komm einfach.«

Bud Cort erhängt sich gerade mit einem Vorhangschal, und Cat Stevens jault im Hintergrund, als mein Telefon klingelt. Ich kenne die Nummer nicht, aber es ist ein Ortsgespräch. Ich zünde mir eine Zigarette an, bevor ich rangehe. Ein Vorteil des Singledaseins ist, dass ich meiner Nikotinsucht frönen kann, ohne das Gefühl zu haben, meinen Pakt mit Ellie zu brechen, wenigstens zu versuchen, krebsfrei zu bleiben. Was mich betrifft, bedeutet keine Ellie – keinen Pakt, und deshalb bin ich seit fast einem Monat wieder auf Marlboros.

»Hallo.«

Die Stimme wiederholt dasselbe.

»Wie kann ich helfen?«

Ich trinke einen Schluck von meinem Gin mit Dr. Pepper. Er erfüllt seinen Zweck.

»Hier ist Terry.«

»Okay?«

»Ihr Vermieter.«

Sofort drückte ich die Zigarette aus und wedele den Rauch weg, weil ich kurzzeitig vergessen habe, dass Terry am anderen Ende der Leitung ist und die Technologie, Gerüche über 3G zu übertragen, noch nicht existiert. Blöde Technologie.

»Hey, Terry, wie geht's?«

»Ich verkaufe das Haus.«

»Welches Haus? Dieses Haus?« Ich springe auf, wobei Asche auf den Boden fällt. Ich verreibe sie mit nackten Zehen.

»Nein, ich verkaufe das andere Haus, das mir gehört. Ich dachte nur, ich bringe Sie mal auf den neuesten Stand bezüglich meines Immobilienportfolios.«

Ich warte, dass er seinen Sarkasmus als solchen zu erkennen gibt.

Es kommt nichts.

»Das war sarkastisch, oder?«

»Kluger Junge.«

»Arschloch«, brumme ich vor mich hin und vergesse diesmal, dass die Technologie, Schallwellen von Telefon zu Telefon zu übertragen, schon existiert.

»Was war das?«

»Nichts. Das war im Fernsehen. Wie viel Zeit bleibt mir?«

»Ihnen und«, – ich höre Papier rascheln – »Miss Ellie Brown bleiben vier Wochen, um auszuziehen.«

Weil ihm der Gedanke, mich aus meiner Wohnung zu schmeißen, so großes Vergnügen zu bereiten scheint, erwäge ich, ihm zu verraten, dass, haha, er der Angeschmierte ist, weil Ellie schon vor ein paar Wochen ausgezogen ist. Ich beschließe jedoch, den Mund zu halten, als mit auffällt, dass diese Information mir in keiner Weise einen Vorteil verschafft.

»Schön.«

»Gut.«

»Okay.« Ich zögere. »Wie schnell kann ich die Kaution zurückbekommen?«

»Ich würde mir keine allzu großen Hoffnungen machen, Mr Marcet. Schließlich steht in unserem Vertrag ausdrücklich, dass im Haus nicht geraucht werden darf.«

»Weshalb ich nie darin geraucht habe!«

»Der überquellende Aschenbecher, den ich heute früh gesehen habe, gehört also nicht Ihnen?«

»Sie können nicht einfach unangekündigt herkommen und in meinen Sachen rumschnüffeln!«

Gerechter Zorn, wenn ich im Unrecht bin, ist eine meiner Stärken.

»Ich habe Miss Brown benachrichtigt, dass ich vorbeikomme, um die Rauchmelder zu prüfen. Hat sie Ihnen nicht Bescheid gesagt?« Die Schadenfreude in seiner Stimme ist zu viel.

»Arschloch.«

»Wir sehen uns in vier Wochen, Mr Marcet.«

Weil diese Information äußerst relevant für mein Leben im Allgemeinen ist und gleichzeitig dazu führen wird, den Rest Gin, der vor mir steht, zu vernichten, ist es wohl eine gute Idee, mir das Gespräch zu notieren. Sonst besteht die Möglichkeit, dass ich alles für einen Traum halte, wenn ich aufwache und am 1. August eine böse Überraschung erlebe.

Als ich nirgendwo in der Wohnung Papier und Stift finde, lache ich hohl darüber, dass ich je den Gedanken gehegt habe, Schriftsteller zu werden. An unserem ersten Abend habe ich Ellie erzählt, dass ich gern ein berühmter Drehbuchautor wäre, wie mein Held William Goldman, der nicht nur Filme jedes Genres geschrieben hat – *Butch Cassidy und Sundance Kid, Misery, Die Unbestechlichen, Die Braut des Prinzen* –, sondern auch ein paar Memoiren über Hollywood, und ich träumte davon, eines Tages in seine Fußstapfen zu treten.

Ellie drängte mich bei verschiedenen Gelegenheiten, meinen Traum zu verwirklichen (mal nett, das letzte Mal nicht mehr so nett), doch ich fand immer eine Entschuldigung, es nicht zu tun, obwohl ich es so sehr wollte. Der Titel meiner Memoiren wäre *Die Inkonsequenz des Mr Marcet.*

Ohne die nötige Ausrüstung, um auch nur eine Einkaufsliste zu schreiben, verfluche ich meine naiven literarischen Ambitionen und trinke Gin.

Der Film ist seit einer halben Stunde zu Ende. Die Flasche war schon zehn Minuten vorher leer.

In meinem lethargischen betrunkenen Zustand weiß ich, dass es kein Ding ist, rüber ins Schlafzimmer zu gehen. Aber es fühlt sich Lichtjahre entfernt an. Ich könnte einfach hier einschlafen und um drei Uhr morgens mit steifem Nacken aufwachen. Oder ich stehe auf, gehe zehn kleine Schritte und schlafe bis mittags.

Um 2:58 Uhr wache ich auf, und mein Nacken fühlt sich an, als hätte André the Giant mich in den letzten neunzig Minuten im Schwitzkasten gehabt. Ich bin ziemlich sicher, dass ich mich nicht übergeben muss – gottlob bin ich bei einer Droge geblieben –, aber ich fühle mich definitiv nicht gut, weder körperlich noch emotional oder spirituell. Aspirin und Orangensaft. Das brauche ich jetzt.

Doch wie bei meiner vorherigen Suche nach Stift und Papier scheitere ich, bis ich eine innere Eingebung habe und in Ellies Nachttischschublade sehe. Darin befindet sich alles, wonach ich gesucht habe: eine Schachtel Aspirin von Tesco, eine Packung mit vier blauen Kugelschreibern, ein ordentlich gebundener Notizblock und ein Post-it, auf dem steht: *Für Nick, falls du es brauchst. Ellie x*

Selbst jetzt, wo sie nicht mehr da ist, denkt sie noch an mich. Mein Herz tut jetzt mehr weh als mein Kopf.

Ich will eine To-do-Liste schreiben und fange mit *Neue Wohnung suchen* an. Dann streiche ich es wieder durch und schreibe etwas viel Wichtigeres auf. Ich nenne die Liste *Warum Ellie mich verlassen hat,* und ganz oben schreibe ich in großen Buchstaben: *1. WIR HABEN ES ÜBERSTÜRZT.*

Ich beabsichtige mit diesem Schriftstück zweierlei: Erstens will ich dafür sorgen, dass ich nicht immer wieder dieselben Fehler mache. Und zweitens will ich bereit sein. Ich will mich für das unvermeidliche Wiedersehen mit eindeutigen Beweisen wappnen. Ich will meine Aussage vorbereiten und die Wahrheit auf meiner Seite haben. Sie soll einsehen, welchen Fehler sie begangen hat, soll erkennen, dass ich ihrer Liebe wert bin.

Ich lege den Block in die Schublade neben meinem Bett, denn dort findet der Großteil meiner Grübeleien statt. Und auch weil ich nicht will, dass zufällig jemand dieses unsägliche Dokument des Selbstmitleids entdeckt.

Doch ich kann nicht einschlafen.

Also hole ich den Block wieder heraus.

Und dann fange ich an, etwas anderes aufzuschreiben.

ERSTE
UNTERBRECHUNG

Das Mädchen und der Junge waren erst sieben kurze Wochen zusammen. Zum ersten Mal seit langer Zeit war er von sich und der Möglichkeit, die ebenbürtige Hälfte eines Ganzen zu sein, überzeugt. Auch wenn die Glücksgefühle des Mädchens nicht ganz so überschwänglich waren wie seine, so hatte es doch in sich und dieser Zweisamkeit einen lange vermissten Frieden gefunden.

Als es darum ging, wo Nick und Ellie ihr erstes Weihnachten als Paar feiern sollten, musste Nick sich schwer beherrschen. Er bemühte sich, eine lockere Haltung an den Tag zu legen, doch Ellie durchschaute ihn sofort. Sie spürte, dass sie ihn ein bisschen lenken musste, damit ihn die Feiertage (und deren vermeintliche Bedeutung) nicht überforderten, und deshalb schlug sie als Kompromiss vor, den Tag mit der jeweiligen Familie zu verbringen und den Abend zu zweit.

In der ersten Hälfte des zweigeteilten ersten Weihnachtstags packte Ellie ein weiteres Kleidungsstück von ihrer Mutter aus. Es war hübsch, wie vieles, was ihre Mutter ihr schenkte, und würde deshalb nie getragen werden – jedenfalls nicht ohne massive Änderungen. Sie lächelte trotzdem, denn es war ja die Absicht, die zählte.

Im Wohnzimmer waren nur Ellie und ihre Mutter Margaret, winzige Gestalten unter der hohen Decke. Ein gigantischer, perfekt geschmückter Baum stand in einer Ecke des Zimmers und steigerte den Eindruck ihrer Winzigkeit. Richard, ihr

Vater, blieb in der Küche, bis alles fertig war, und informierte sie sporadisch, dass das Essen in x Stunden serviert würde.

Ellie sah ihrer Mutter beim Auspacken der Geschenke zu und achtete auf verräterische Zeichen. War ihr Lächeln aufrichtig? Kam ihre Reaktion zu schnell? Wie viel von ihrer Mutter steckte in ihr?

Eigentlich hatten sie die gleichen dunklen Haare, doch keine von ihnen war mit dem zufrieden gewesen, was die Natur ihnen mitgegeben hatte. Stattdessen fanden sie Trost in einer Flasche, Ellies leuchtend rot, die ihrer Mutter platinblond. Sie hatten beide dunkle Augen und perfekte Haut. So schön, dass es nicht mehr schön ist, hatte eine ehemalige Klassenkameradin mal gesagt.

Margaret packte ihr Geschenk aus. Es war ein Tuch mit Füchsen drauf, abwechselnd braun mit weißen Schwänzen und weiß mit braunen Schwänzen. Sie legte es sich um die Schultern.

»Ellie, es ist perfekt«, sagte sie. Und Ellie lächelte und dachte: Wenn sie es wirklich nicht mag, ist sie eine begnadete Schauspielerin.

»Wie läuft es mit Nick?«

»Sehr gut«, antwortete Ellie und verdrängte das unbehagliche Gefühl, das daher rührte, dass sie mit ihrer Mutter eigentlich nie über Jungs sprach.

»Oh, gut.« Margaret machte eine Pause, bevor sie zur Sicherheit noch ein weiteres »gut« hinzufügte. Sie deutete auf den Plattenspieler, ein minimalistisches Spitzengerät, das »Ja, wir leben sehr komfortabel, danke der Nachfrage!« schrie.

»Soll ich?«

Die Stille, bevor die Musik einsetzte, war ohrenbetäubend. Kaum hatten die Chöre zu singen angefangen, kam Richard herein.

»Das Essen wird in einer Stunde serviert.«

Drei Stunden zuvor und eine Stunde und dreiundfünfzig Minuten entfernt, je nach Verkehr (er hatte die Entfernung diverse Male bei Google Maps eingegeben, unter Berücksichtigung sämtlicher Widrigkeiten von Staus bis zu globalen Katastrophen), zählte Nick die Augenblicke, bis er mit Ellie zusammen sein konnte.

Er hatte die Einladung seiner Eltern angenommen und Heiligabend zusammen mit seiner Schwester Gabby und ihrem Verlobten Andrew in seinem Elternhaus verbracht, wie fast jedes Jahr seit seiner Kindheit. Dass alle vier um sieben Uhr morgens in sein Zimmer platzten, gute vier Stunden, bevor er normalerweise aufwachte, war ebenso nervig wie vorhersehbar.

»Komm schon, komm schon. Zeit für Geschenke«, grölte sein Vater.

Nick hatte Mühe, die Augen zu öffnen und die Lawine aus positiven Gefühlen und glücklichen Gesichtern nachzuvollziehen. Selbst für Gabby, die sich ihrer Gleichgültigkeit gegenüber freudigen Momenten rühmte, war der 25. Dezember der Tag, an dem sie allem Menschenhass entsagte. Vierundzwanzig Stunden Glückseligkeit.

Er schielte zur Uhr, stöhnte und vergrub den Kopf unterm Kissen.

»Nur noch fünf Minuten.«

»Nur noch fünf Minuten«, skandierte das Quartett.

»Tradition ist Tradition«, sagte seine Mutter und stupste ihre Tochter an, die ihm ein ordentlich eingepacktes Geschenk in die Hand drückte.

Die Neugier war stärker als die Müdigkeit, und Nick setzte sich auf, der Enthusiasmus der anderen so ansteckend wie eine Zombie-Plage.

»Das ist ein Buch«, sagte er mit ausdruckslosem Gesicht.

»Ach nee«, erwiderte Gabby, und er packte es gierig aus, wie ein kleiner Hund, der sein Spielzeug hören, aber nicht sehen kann. Nachdem er sekundenlang wie im Rausch Papier zerfetzt hatte, kam ein Kompendium mit den für jeden Cineasten wichtigsten Filmen zum Vorschein, dessen Titel ziemlich unheilvoll klang: *1001 Filme, die Sie sehen sollten, bevor das Leben vorbei ist.*

»Danke, Sis.«

»Stirb nicht, bevor du sie alle gesehen hast!«, sagte sie mit einem irren Grinsen im Gesicht.

»Zeit zum Aufstehen!« Die Stimme seines Vaters wurde immer lauter.

»Nein!«, protestierte Nick lautstark, als die anderen an seiner Decke zogen.

»Komm schon!«, riefen sie, und es begann ein Tauziehen mit der Bettdecke.

Endlich schrie Nick: »Ich bin splitterfasernackt, okay?«

Einer nach dem anderen sprang vom Bett, ihre Gesichter leicht angewidert. Außer Andrew, der nicht wusste, wo er hinsehen sollte, und Trost in seinen Füßen fand.

Seine Mutter schüttelte den Kopf, als sie der Reihe nach hinausgingen.

»Ich weiß jedenfalls, was ich ihm nächstes Jahr zu Weihnachten schenke«, fügte Gabby hinzu.

Für Ellie und ihre Eltern war der erste Weihnachtstag eher ein Tag, den es zu überstehen galt, als einer, auf den man sich freute. Die Weihnachtszeit rief die Geister der Vergangenheit auf den Plan. Als sie am Tisch saßen, fiel Ellie immer mehr auf, dass ihre Mutter und ihr Vater einander kaum noch zur Kenntnis nahmen.

Ellie wurde von beiden zum Ziehen des Knallbonbons ausgewählt und gebeten, sämtliche Schüsseln anzureichen, vom Rosenkohl (mit Speck und Maronen) bis zur Bratensoße (nie gekauft, immer selbst gemacht). Jedes Gespräch wurde über sie als Mittelsperson geführt, und das wurde schnell anstrengend. Sie fragte sich, ob ihr die Lieblosigkeit zwischen ihren Eltern nur auffiel, weil sie selbst endlich jemanden gefunden hatte. Oder ob sich etwas ankündigte. Das große Finale einer Verbindung, die von dem Mantra *Keep calm and carry on* getragen wurde. Sie verdrängte den Gedanken, denn ihr fiel ein, dass der Anlass – künstlicher Baum, künstlicher Schnee, künstliches Lächeln – stets Melancholie und Traurigkeit in ihr auslöste. Stets nur vorübergehend.

Stattdessen konzentrierte sie sich auf das Positive und kehrte mit ihren Gedanken zu Nick zurück. Obwohl sie ihn noch nicht lange kannte, war sie sich darüber im Klaren, was ihm dieser Abend heute bedeuten würde. Er würde Pläne schmieden und sich Gedanken und Sorgen machen, damit ja alles perfekt wäre, und deshalb hatte sie dasselbe Maß an Einsatz gebracht wie voraussichtlich er.

Die Geschenke waren eins zu eins danach ausgesucht worden, was er ihr vermutlich schenken würde. Er würde, so nahm sie an, nicht große Geldsummen für »Dinge« ausgeben. Veranstaltungen, möglicherweise. Gesten, mit ziemlicher Sicherheit. Aber keine Dinge. Und deshalb hatte sie, um jeglicher Verschwendung vorzubeugen, ein Limit von 10 Pfund vorgeschlagen. Auf diese Weise machte der Zeitaufwand den wahren Wert des Geschenks aus.

Ihr Gedankengang geriet ins Stolpern, als Ophelia, die getigerte Katze, auf den Tisch sprang. Ihr Vater erhob weder die Stimme noch verscheuchte er das Tier, stattdessen schob er seinen Stuhl zurück, legte seine großen Hände um Ophelias Körper und setzte sie auf den Boden.

»Da ich schon mal stehe«, sagte er, »möchte noch jemand etwas aus der Küche?«

Margaret schüttelte den Kopf, deshalb erfand Ellie einen Wunsch, nur damit er sich nützlich fühlte.

»Etwas Wasser zum Wein wäre schön, danke, Dad.«

Sie musterte das Gesicht ihrer Mutter lange genug, um die Frage zu provozieren, ob alles in Ordnung sei. Ellie nickte und sagte leise: »Schon gut.«

Richard kam zurück, stellte das Wasser vor Ellies Teller und setzte sich wieder. Ellie löste den Blick von ihrer Mutter und richtete ihn auf ihren Vater. Dann starrte sie geradeaus. Dorthin, wo sein Stuhl hätte stehen sollen.

Unwillkürlich stellte sie sich vor, wie er jetzt aussehen würde. Wäre seine niedliche Dinosaurier-Stupsnase noch dieselbe? Hätte er Aknenarben aus der Jugend davongetragen? Hätte er die Haare lang gelassen oder sie abgeschnitten wie alle anderen?

Wie einzigartig wäre er wohl gewesen?

Der Weihnachtstagtraum führte zur Erinnerung an seinen ersten Schultag. Da Ellie all das schon zwei Jahre vorher durchgemacht hatte, suchte er ihren Rat und überstand das bedeutsame Ereignis mit Bravour. Er strahlte übers ganze Gesicht, als er triumphierend zurückkehrte, und stellte seinen Ranzen auf den Küchentisch. Seine stolzen Eltern warteten.

»Was hast du an deinem ersten Tag gelernt?«, fragte Richard.

»Ähm« – in dem Alter fing er jeden Satz mit *ähm* an – »Ich habe den *Boat Song* gelernt und dass Billy Simpson Schildkröten mag.«

Ellie erinnerte sich, dass Richard Margaret voller Hingabe und Stolz angelächelt hatte, die Frau, die diesen kleinen Jungen für ihn zur Welt gebracht hatte. In dieser Erinnerung nahm ihr Vater den Ranzen seines Sohnes und packte ihn für den nächsten Tag. Zu seiner Überraschung entdeckte er das Sandwich, dass er ihm sieben Stunden zuvor gemacht hatte, ein bisschen flach gedrückt, aber unangerührt.

»Warum hast du dein Brot nicht gegessen?«, fragte er geduldig.

»Es ist eklig«, kam prompt zur Antwort.

Um dem Jungen zu beweisen, dass er unrecht hatte, biss Richard einen Riesenhappen ab und rieb sich den Bauch. »Nein. Siehst du. Es ist lecker.«

Der Vierjährige sah zu seiner Mutter und zu seiner großen Schwester.

»Nein, es ist eklig. Es ist mir runtergefallen, und Billy Simpson ist aus Versehen draufgetreten.«

Margaret hielt sich die Hände vor den Mund. Der sechsjährigen Ellie klappte die Kinnlade runter. Und dann setzte das Gelächter ein. Es war ein Lachen, wie sie es noch nie zuvor und nie wieder erlebt hatte. Ihre Körper zuckten. Es tat richtig weh. Aber es war ein schöner Schmerz. Ihr Vater, die Zielscheibe des Spottes, lachte am lautesten. Und ihr Bruder war selig vor Glück, diesen Heiterkeitsausbruch verursacht zu haben.

Am Tisch musterte Ellie erneut das Gesicht ihrer Mutter, diesmal versuchte sie, Lachfalten darin zu finden. Es gab keine, doch sie war fasziniert von den Falten oberhalb der Nase. Zwei horizontale, zwei vertikale. Wenn man sie verband, hatte man ein Quadrat von der Größe eines Medaillons. Ellie wusste, welches Bild perfekt zwischen diese Falten passen würde.

Nicks Mutter hörte man hektisch singen. Die Tonlage ihrer Stimme korrelierte mit ihrem Stresslevel, und hätten nebenan Delphine gewohnt, hätten sie jetzt gegen die Wand geklopft. Dass sein Vater Harry auf dem Sofa eingeschlafen war, obwohl sie noch nicht gegessen hatten, machte es nicht besser.

»Tut mir leid, dass es so lange dauert«, rief Karen. Bevor sie gereizt hinzufügte: »Wenn ich nicht alles allein machen müsste …«

»Wir haben dir unsere Hilfe doch angeboten«, erinnerte Gabby sie.

»Euch meine ich doch gar nicht. Ihr seid unsere Gäste.« Und damit leerte sie ihr Glas Rotwein, bedachte ihren Mann mit einem hasserfüllten Blick und verschwand wieder hinter dem Perlenvorhang, der die Küche vom Wohnzimmer trennte.

Weil sie selten Gäste hatten, gab es nicht genug Sitzgelegenheiten. Nick fläzte sich auf dem Boden, während seine Schwester und Andrew das Sofa für sich beanspruchten. Zwischen ihnen stand der Couchtisch mit einer halb fertig gespielten Runde Trivial Pursuit. Links von ihnen saß in seinem zerschlissenen braunen Fernsehsessel ihr schlafender Vater.

Nick spielte gegen die anderen beiden, die ein Team bildeten. Da Gabby und Andrew bald heirateten, hielten sie es für nötig, alles als Team zu machen. Sie waren erst seit ein paar wenigen Monaten verlobt.

Seit Andrew Paris für seinen Heiratsantrag gewählt hatte, fühlte Nick sich seinem zukünftigen Schwager irgendwie überlegen. Als würde diese eine klischeehafte Aktion ihn auf ewig vorhersehbar machen.

Gerade hatte Nick einen weiteren Spielstein für sein Rad ergattert, als eine Schimpfkanonade aus der Küche ertönte. Das abschließende »Scheiße« wurde von einem Scheppern begleitet. Nick und Gabby warfen sich den üblichen »Es ist wieder so weit«-Blick zu, als Harry sich endlich rührte.

»Es ist alles ruiniert. Die Kartoffeln sind verkocht, und der Vogel ist verkohlt. Wir können ebenso gut Pizza bestellen!«, schrie Karen und rannte zur Treppe.

Aufzuspringen und hinter ihr herzulaufen, gehörte dazu. Es war ein vertrautes Ritual, aber für ihren Nachwuchs nicht minder quälend mitanzusehen. Falls Gabby sich sorgte, welchen Eindruck dieser Schnappschuss ihres Familienlebens auf ihren Partner machte, so ließ sie sich nichts anmerken. Vielleicht, dachte Nick, weil Gabby so viele Nummern zu groß für Andrew war, dass höchstens kaltblütiger Mord ihn auf den Gedanken bringen könnte, sie wäre seiner Liebe nicht wert.

Und selbst dann würde er ihr wahrscheinlich dabei helfen, das Grab auszuheben, und die Schuld auf sich nehmen.

Als Bruder und Schwester die Küche betraten, fanden sie eine nur mäßige Unordnung vor. Der angeblich verkohlte Vogel war nur etwas dunkel, die Kartoffeln auf jeden Fall genießbar, und das Geschirr in wenigen Minuten weggeräumt. Diese Überreaktion hatten sie schon Tausende Male zuvor erlebt, und sie machten kein Aufhebens davon.

So schnell wie die elterliche Hysterie ausgebrochen war, war sie auch wieder vorbei und vergessen. Auf einen Außenstehenden wie Andrew musste es seltsam wirken, dachte Nick, doch Melodramen dieser Art hatten bei den Marcets Tradition. So waren sie eben. Wenn Andrew zur Familie gehören wollte, fand er sich besser damit ab.

Ellie kam um kurz nach sieben, bewaffnet mit zwei Paketen. Ein kleines und ein so riesengroßes, dass Nicks Kinnlade fast den Boden berührte.

»Frohe Weihnachten!«, rief sie und schwang ihre Geschenke.

Nick nahm ihr die Pakete ab und küsste sie leidenschaftlich, bevor er einen nordischen Akzent unbekannter Herkunft nachahmte. »Kumm rin, min Deern. Ich heize ja nicht für die Straße.«

Ellie sah ihn an, als wäre er nicht ganz dicht, und lachte. Es war eine einstudierte Abfolge, und er liebte es.

Ihr riesiges Geschenk die Treppe hinaufzumanövrieren, erwies sich als nicht ganz leicht. Das Haus bot bequem Platz für eine Zweier-WG, doch der Vermieter hatte sich dazu entschieden, vier Personen darin unterzubringen. Die langwierige Expedition in den dritten Stock bot Nick Gelegenheit, sich zu fragen, womit Ellie ihn wohl überraschen würde und ob sie die von ihr selbst aufgestellte Budget-Regel womöglich gebrochen hatte.

In seinem winzigen Zimmer, das mehr von einer Studentenbude als der Wohnung eines gestandenen Endzwanzigers hatte, stellte sich die Frage, ob sie die Geschenke auf- oder sich die Kleider vom Leib reißen sollten.

Eine halbe Stunde später packten sie die Geschenke aus.

»Wir hatten uns auf ein Limit von zehn Pfund geeinigt, oder?«, fragte Nick nervös.

Ellie nickte, als er das Geschenkpapier, das möglicherweise allein schon mehr wert war als 10 Pfund, vom DVD-Werbeaufsteller einer seiner jüngsten Lieblingsfilme riss.

»Eigentlich«, sagte sie, »habe ich gar nichts dafür bezahlt. Ich habe eine sehr nette Kassiererin bei Sainsbury's an der Kasse ganz lieb gefragt, und sie meinte, ich bekomme es, wenn ich ein kleines bisschen spende.«

Gerührt über das Geschenk und den Gedanken dahinter machte Nick die obligatorischen Bemerkungen, um die Erwartungen runterzuschrauben – »Das Geschenk ist ein Volltreffer«, »Da kann ich nicht mithalten« usw. usw. –, und überreichte ihr ein hübsch eingewickeltes Päckchen, das hübsch einzuwickeln er seine Schwester vor einer Woche gebeten hatte.

»Das ist ein Buch …«, sagte sie, so wie man es sagt, wenn es sich offensichtlich um ein Buch handelt. Er geriet in Panik, dass es nicht gut genug sein könnte, und fing an, in Lichtgeschwindigkeit zu reden.

»Weil du mir erzählt hast, wie sehr du die Band gemocht hast, als du jünger warst.«

Ihr Gesicht hellte sich auf, als sie das Titelcover sah, ein nachdenkliches Bild ihres Lieblingssängers. Sie schaffte es, ein »Das ist super« einzuwerfen, bevor er zu dem altbekannten Refrain ansetzte: »Du hast es schon, oder? Ich kann es umtauschen.«

Um ihn zum Schweigen zu bringen, nahm Ellie sein Gesicht und erklärte: »Nein, ich habe es noch nicht. Das ist sehr aufmerksam, und wie der Zufall es will …«

Sie überreichte ihm das kleinere zweite Geschenk. Eine Mix-CD mit dem Titel *My Phonic Youth.* Sie erklärte: »Das sind ein paar der Bands, die ich geliebt habe, als ich jünger war. Viel von diesem Typ hier«, sie hielt das Buch hoch, »und viel von Bands, die ihn inspiriert haben. The Vaselines sind besonders geil und krass und krass geil.«

»Ich habe dir auch ein Geschenk selbst gemacht«, sagte Nick und holte das zweite Päckchen, das er zunächst versteckt hatte, für den Fall, dass er die Stimmung falsch eingeschätzt hatte.

»Wenn uns jemand sehen würde, müsste er sicher kotzen, oder?«, fragte sie, nicht ganz unberechtigt.

Sie öffnete den kleinen Schuhkarton und fand darin Andenken an ihre ersten gemeinsamen Monate. Sie ging sie einzeln durch.

»Unser erster Kinobesuch … Ein Plan vom Museum … Da ist alles drin. Das ist so lieb.« Sie zögerte. »Du hast aber nicht die Kondomverpackung von unserer ersten Nacht aufbewahrt, oder?«

»Nicht mal ich bin so sentimental«, log er.

Ellie setzte sich in seinem Bett auf und befasste sich eingehend mit ihrem neuen Geschenk, wobei sie gelegentlich einzelne Bilder ihres Kindheitshelden hochhielt.

»Wie geht's deinen Eltern?«, fragte Nick.

»Ganz gut. Weihnachten ist immer hart. Es wirkt immer alles ein bisschen … inszeniert? Ja, ein bisschen inszeniert.«

Obwohl sie noch nicht lange zusammen waren, konnte Nick schon ganz gut einschätzen, ob Ellie über etwas reden wollte, oder froh war, wenn er darüber hinwegging. Er hatte das Gefühl, in diesem Fall handelte es sich um Letzteres und wurde prompt bestätigt, als sie forsch-fröhlich meinte: »Alsoooo, wie ist der Plan?«

Er sprang aus dem Bett und schnappte sich seine Requisiten. »Essen.« Er hielt eine Tüte Gourmet-Chips und eine Packung Malteser hoch. »Trinken.« Eine Flasche Rotwein und eine Flasche Weißwein. »Und zur Unterhaltung mein Lieblingsweihnachtsfilm.«

»Klingt perfekt.«

»Obwohl ich dazusagen muss, dass es kein Weihnachtsfilm im eigentlichen Sinne ist, er hat aber weihnachtliche Momente.«

Ellie verzog das Gesicht. »Bitte sag nicht *Stirb langsam*. Ich hasse es, wenn Leute – und mit Leute meine ich vorrangig Männer – sagen, dass *Stirb langsam* ihr Lieblingsweihnachtsfilm ist.«

Nick beruhigte sie hastig. »Es ist nicht *Stirb langsam*. Aber würdest du mich hassen, wenn ich dir erzähle, dass ich den jedes Weihnachten gucke?«

»Nein. Versteh ich. Ist ein guter Vorwand, um einen großartigen Film zu sehen. Ich hasse nur, wie selbstgefällig die Leute aussehen, wenn sie das sagen. Als würde der Film besser zur Jahreszeit passen als beispielsweise *Buddy – Der Weihnachtself* oder *Gremlins* oder *Ist das Leben nicht schön?* Ist es *Ist das Leben nicht schön?*«

»Ich weiß nicht, ob ich will, dass du mich so früh in unserer Beziehung schon so viel weinen siehst.«

»Dafür ist es ein bisschen spät, schon vergessen? Das Kino? Die Cornflakes-Werbung?«

Nick wurde rot.

»Es war das Geschenk, das er sich immer gewünscht hat! Außerdem ist die Misere des George Bailey etwas ganz anderes. Ich weine in der ersten Szene. Ich weine, wenn Mr Gower auf sein taubes Ohr schlägt …«

Ein Schatten legte sich über Ellies Gesicht, als Nick die düsteren Momente von jedermanns Lieblingswohlfühlweihnachtsfilm aufzählte.

»Es ist ein überraschend trauriger Film«, sagte sie. »Wenn es kein Film wäre, sondern die Wirklichkeit, gäbe es keinen Engel und George Bailey wäre in den Tod gesprungen. Am Heiligabend. Und hätte eine Frau und vier Kinder hinterlassen.«

Bei diesen niederschmetternden Worten machte Nick so große Augen, dass er aussah wie eine Comicfigur. Wenn er ganz ehrlich war, störte ihn am meisten die Formulierung »Wenn es kein Film wäre, sondern die Wirklichkeit«.

»Jedenfalls …« Er zog eine DVD von *Das Appartement* hinter seinem Rücken hervor. »… habe ich das ausgesucht.«

Ellie las den Titel auf dem Cover laut vor und ließ ihn wissen, dass sie den Film noch nie gesehen hatte. »Wovon handelt er?«

»Von diesem Trottel, der bei einer Versicherung arbeitet. Er ist in eine Frau verliebt, die eine Affäre mit seinem Chef hat, und weil er niemandem auf den Schlips treten will, stellt er ihnen für ihre Schäferstündchen seine Wohnung zur Verfügung.«

»Gut gewähltes Wort, ›Schäferstündchen‹.«

Er dankte ihr für das Kompliment und legte den Film ein. Aus dem Augenwinkel beobachtete er Ellie dabei, wie sie der Story folgte.

Nur Sekunden nachdem Shirley MacLaine einen der besten letzten Sätze in der Geschichte des Kinos gesagt hatte, erklärte Ellie, dass ihr der Film sehr gefiel. Dann fügte sie mit einem Funkeln in den Augen hinzu: »Gut, ich muss dann los.«

Nick durchschaute ihren Bluff, spielte aber eine Weile mit, und beide taten so, als würde Ellie tatsächlich aufbrechen, bis Nick es nicht mehr aushielt.

»Okay, okay, okay«, wiederholte er. »Ich verbiete dir, zu gehen.«

»Klingt schon besser. Aber wenn du sagst: ›Ich habe dir ja noch gar nicht mein richtiges Geschenk gegeben‹, töte ich dich im Schlaf.«

»Das ist nur gerecht.«

Plötzlich erfüllte diese seltene Mischung aus Erregung und Nervosität das Zimmer. Das Gefühl, jemandem nah zu sein, ihn zu kennen, und in der nächsten Sekunde zu begreifen, dass einem der Mensch, dem man gegenübersteht, völlig fremd ist. Für einen Moment verloren sie sich ineinander, und er hörte sich selbst die Worte »Ich liebe …« formen.

Er unterbrach sich.

»Du kannst es ruhig sagen«, sagte Ellie, bevor sie ihn küsste und seinen Dialog für ihn beendete.

»Ich liebe dich auch.«

An jenem Weihnachten lächelte das Mädchen, während der Junge neben ihr schlief. Sie lächelte über die Erinnerungen an den Tag. Sie lächelte über genau diesen Augenblick. Doch vor allem lächelte sie über sich selbst. Über alles, was sie getan hatte, um diesen Abend besonders zu machen. Und ihr größtes Geschenk war, ihm das Gefühl zu geben, es sei sein Verdienst.

ENDE DER ERSTEN
UNTERBRECHUNG

12

5. November 2008 – 01:21 GMT
Obama 103
McCain 45
erforderliche Mehrheit 270

Ellie legte auf dem Weg zu sich nach Hause ein ganz schönes Tempo vor.

Ich wusste nicht, ob es am Wetter lag (Temperaturen um die null Grad), daran, dass wir die Party verpassten oder, schlimmer noch, an der plötzlichen Erkenntnis, dass sie praktisch mit einem Fremden durch die Nacht lief.

Ich sprach die letzte Möglichkeit direkt an.

»Ich bin übrigens ganz sicher kein Serienkiller. Wenn ich Blut sehe, werde ich ohnmächtig.«

»Schon gut. Ich habe einer Freundin gesagt, wo ich hingehe und mit wem. Außerdem bürgt Tom für deinen Charakter. Du kannst dich entspannen. Ich fühle mich wohl.«

Sie musterte mich von Kopf bis Fuß.

»Und ehrlich gesagt, wenn es hart auf hart käme, könnte ich es mit dir aufnehmen. Du hast sehr dürre Arme.«

Sie hatte recht. Das hatte ich und habe ich noch immer.

Sie fuhr fort. »Hier ist eine Analogie, die dir gefallen wird. Ich finde die Stimmung heute Abend hat eher etwas von Nora Ephron als von John Carpenter. Und ich habe normalerweise ein Gespür für Stimmungen. Obwohl du gesagt hast, dass Frauen nur Statisten im Film deines Lebens sind.«

Ich blieb stehen.

»Nein!«, korrigierte ich sie. »*Du* hast das über mich gesagt.«

Sie blieb ebenfalls stehen, schaute nach oben und nach rechts.

»Ach jaaa.« Wieder so ein gedehntes Wort, gefolgt von einem schnellen Rat-a-tat-tat. »Ich nehm's zurück.«

Dann ging sie weiter.

Ich fand es irgendwie spektakulär, wie schnell sie den Fehler eingestanden hatte, statt bockig zu widersprechen. Schwamm drüber. Ein kleiner Irrtum wurde begangen, er wurde richtiggestellt, bitte gehen Sie weiter.

Sie verspürte nicht einmal den Drang, sofort das Thema zu wechseln, stattdessen gingen wir einige Minuten relativ einträchtig schweigend nebeneinanderher. Doch einträchtiges Schweigen funktioniert nur, solange man nicht darüber nachdenkt. Kaum war es in meinem Kopf, musste ich es beenden.

»Wie weit ist es denn noch, zehn Minuten?«

»Fünf.«

Ich wusste, ich brauchte Fragen, auf die man nicht einsilbig antworten konnte.

»Ich habe Hunger.«

»Wie wär's mit Chicken Cottage?«, schlug sie vor.

»Das ist eine ekelhaft gute Idee.«

Sie lächelte.

»Isst du da immer?«, stichelte ich, um mich für die Sache mit den spindeldürren Armen zu revanchieren. »Morgens, mittags und abends?«

Wieder lächelte sie. Meine Quote traf offenbar zu.

»Man nennt mich dort Chicken Lady, und es hängt ein Foto von mir an der Wand.«

»In echt?«

»Nein, Nick. Nicht in echt.«

Erneutes Schweigen für ein paar weitere Hundert Meter.

»Sind deine Mitbewohner noch wach?«

»Mitbewohner, Singular. Und nein, Jamie ist nicht da.«

»Jamie, ist er …«

»Sie …«

Ich verkniff mir ein weiteres Puh.

»Sie besucht diese Woche ihre Großeltern.«

Ich verkniff mir auch eine Bemerkung darüber, dass wir dann allein wären, stattdessen rutschte mir heraus:

»Du siehst hübsch aus.«

Sie wurde rot und wandte den Blick ab.

»Tut mir leid, das war schräg. Das klang, als wären wir ein altes Ehepaar und du hättest dich zum Ausgehen fein gemacht und würdest die Treppe runterkommen. ›Du siehst hübsch aus.‹ Ich meine, das tust du, aber ich weiß nicht, warum ich das gesagt habe.«

»Schon gut. Danke. Es ist schön, gesagt zu bekommen, dass man hübsch aussieht.«

Ich nickte und sah sie wieder an. Nur um sicherzugehen.

»Tja. Das tust du.«

Die grelle Beleuchtung von Chicken Cottage kam in Sicht.

13

Sich von jemandem zu trennen, ist teuer.

Ich würde gern mal erleben, dass ein Ehepaar, das im Lotto gewonnen hat, bei seiner Pressekonferenz offiziell erklärt: »Was wir mit dem Geld machen? Wir lassen uns natürlich scheiden.«

Der Ehemann wird seine zukünftige Exfrau glücklich ansehen und sagen: »Das wollten wir schon seit Jahren, aber wir konnten es uns nie leisten.«

Die Ehefrau strahlt. »Ohne diesen Gewinn hätten wir die letzten Jahre unseres Lebens sicher gemeinsam verbracht. Aber jetzt. Jetzt können wir getrennt Häuser kaufen, getrennt in den Urlaub fahren. Wozu sollten wir noch zusammenbleiben, wenn wir finanziell nicht mehr voneinander abhängig sind?«

Und dann lachen sie, ein hartes, zynisches Lachen, und den Vertretern der Presse – die ein glückliches Märchen von wahr gewordenen Träumen erwartet haben und die jetzt mit dieser Lars-von-Trier-Trostlosigkeit des wirklichen Lebens konfrontiert werden – steht der Mund offen.

Ein so misanthropischer Gedanke wäre mir vor drei Wochen nie in den Sinn gekommen, aber jetzt ist es ein Bewältigungsreflex. Die Liebe hat mir den Rücken zugekehrt, deshalb muss alle Liebe sterben.

Dass ich eine neue Wohnung suchen muss, hätte zu keinem schlechteren Zeitpunkt kommen können. Vor einer Woche wurden zwei weitere digitale Projektoren installiert, sodass

Humphrey und Katharine neben Ingrid und Cary auf dem Schrotthaufen des Lebens gelandet sind. Jetzt gibt es nur noch James und Donna (Stewart und Reed, die Hauptdarsteller in *Ist das Leben nicht schön?*) und Billy und Meg (also: Crystal und Ryan).

Mehr digitale Projektoren gleich weniger Personal, und Ronnie wurde seit Wochen von niemandem gesehen. Als Chefvorführer arbeitet Seb immer noch Vollzeit, während Lizzie, Dave und ich uns um die restlichen Zeitschnipsel streiten.

Der Juli ist fast vorbei, und die Mitarbeiterbesprechung – bei der Seb sicher darauf beharren wird, dass ich flexibel sein muss, was bedeutet, ich soll ein paar Schichten im Foyer übernehmen, Popcorn verkaufen, Karten abreißen etc. – ist in einer Woche. Allein der Gedanke, den Kinogästen gegenübertreten zu müssen, nachdem ich mich zehn Jahre versteckt habe, erfüllt mich mit Unbehagen. Ich stelle mir alte Lehrer vor und Mädchen, die ich in der Schule mochte und die jetzt mit ihren Familien auftauchen und mich in einer Ben-&-Jerry's-Schürze sehen. Sie werden lächeln und »hey« sagen, aber im Stillen werden sie denken: »Scheiße, der arme Nick. Ich dachte immer, der macht was aus seinem Leben.«

Die Alternative zu den Schichten im Foyer wäre, mein Dach über dem Kopf zu verlieren. Ich kann mich nicht entscheiden, ob die Schürzen-Demütigung schlimmer ist, als eine Woche vor meinem dreißigsten Geburtstag wieder zu meinen Eltern zu ziehen. Nüchtern betrachtet ist es weniger wahrscheinlich, dass Freunde und Feinde bei meinen Eltern anklopfen als dass sie sich den neuesten *Harry Potter* ansehen wollen, also bliebe meine Schande hinter verschlossenen Türen besser verborgen.

Ich habe seit dem Tag, als Gabby ihre Neuigkeiten verkündet hat, nicht mehr mit meinen Eltern gesprochen und ihre zahlreichen Anrufe erfolgreich ignoriert. Wahrscheinlich wollten sie sich erkundigen, wie es mir ohne Ellie ergeht.

Ich habe einen netten, gut besuchten Pub für das Treffen mit ihnen ausgewählt. Wo die Tische so dicht beieinanderstehen, dass man keine Szene machen kann. Die Angst, der Nachbartisch könnte mithören, wird dafür sorgen, dass sie sich zusammenreißen.

Sie kommen zehn Minuten zu spät, und Mum begrüßt mich mit einer Entschuldigung.

»Tut mir leid. Tut mir leid. Tut mir leid.«

»Entschuldigungen verlieren durch Wiederholung ihre Bedeutung«, erwiderte ich, ein Spruch, den ich mir von ihr in meiner Kindheit oft anhören musste.

Dad schnaubt, als er seine Jacke auszieht.

»Schön, dass du gute Laune hast. Hast du schon bestellt?«

»Noch nicht. Ich war so höflich, auf euch zu warten«, sage ich.

»Man bezahlt bei der Bestellung, oder?«

Ich hätte ihn fragen können, was er damit meint, aber ich weiß genau, was er damit meint, und ihn darauf anzusprechen, hätte möglicherweise zur Folge gehabt, dass ich mein Essen am Ende selbst bezahlen müsste.

Er schnaubt erneut. »Also, was nimmst du?«

»Das Steak.«

»Karen?«

Mum braucht immer übertrieben viel Zeit, um sich zu entscheiden, und wählt dann die gesündeste Option. Es ist jedes Mal dasselbe. Braucht ewig, um zu bestellen. Bestellt den Salat. Jammert, wünschte, sie hätte das genommen, was ich esse, sodass ich bei jedem Bissen ein schlechtes Gewissen habe.

Manchmal beschleicht mich das Gefühl, meine Eltern laben sich an meinem schlechten Gewissen. Es verleiht ihnen Macht.

»Äh …«

Los geht's.

»Ich nehme …«

Ich verdrehe die Augen, und sie sieht es.

»Den Cheeseburger, bitte, Liebes, mit Bacon. Und eine Cola.«

Dad lächelt und zwinkert ihr zu, dann lädt er mich zu einem Bier ein.

»Welches magst du noch mal so gern, Blue Moon?«

Ich nicke, und er fängt an, seine Version von Elvis' Version des Songs zu singen, was mich mega nervt. Mum schaut selbstzufrieden drein, als ich bei ihrer Bestellung stutze, als wäre sie George Clooney und hätte gerade ein paar Kasinos ausgeraubt, statt einer Frau mittleren Alters, die endlich mal bestellt hat, worauf sie Lust hat.

Irgendetwas an ihnen geht mir heute auf die Nerven. Dads frecher Spruch wegen des Bezahlens, der Stolz in Mums Augen, als sie einen Burger bestellt. Ich schweige, in der Hoffnung, dass sich im Laufe des Abends von allein ergeben wird, was sie im Schilde führen.

Wir sitzen schweigend da, während Dad zur Bar geht, um die Getränke zu bestellen.

Mum lächelt wieder, worauf ich erneut die Augen verdrehe.

»Also«, sage ich schließlich, »willst du mich nicht endlich fragen, wie es mir geht?«

»Wie geht es dir, Schatz?«

»Schlecht.«

»Oh, das tut mir leid. Was ist los?«

Dann dämmert es mir.

Diese bescheuerte Gabby. Sie hat es ihnen nicht erzählt.

»Gabby hat es euch nicht erzählt?«

Dad kehrt mit den Getränken von der Bar zurück.

»Uns was erzählt?«

»Nichts. Schon gut.«

Er stellt die Gläser vor uns hin und wartet, sieht mich wegen irgendetwas an, das ich sicher gleich erfahren werde.

»Ich muss euch um einen Gefallen bitte«, sage ich.

»Typisch«, schnaubt er.

»Was?«, frage ich, zugegebenermaßen ziemlich gereizt, aber daran sind sie selbst schuld mit ihrem komischen Gesumme und ihrer komischen Zufriedenheit.

Mum schaltet sich ein. »Lass ihn ausreden.«

»Bitte, rede weiter«, sagt Dad großzügig.

»Ich brauche für eine Weile eine Bleibe.«

Sie wechseln einen verschwörerischen Blick.

»Soll ich?«, fragt Mum Dad.

Er streckt seine Hand aus, um ihr den Vortritt zu lassen.

»Wir wollten es dir schon neulich bei Gabby sagen, aber na ja, erst hat sie ihre Neuigkeiten verkündet, und dann bist du plötzlich weg gewesen, ohne dich zu verabschieden. Wir haben versucht anzurufen, aber …«

Dad unterbricht sie. »Wir wollen nach Neuseeland.«

Erst der Burger. Jetzt das. Was ist nur los mit den beiden?

»Cool. Bis ihr wieder zurück seid, habe ich sicher eine neue Wohnung gefunden.«

Wieder dieser verschwörerische Blick.

»Wir wandern aus«, sagt Dad.

»Für immer«, sagt Mum.

Ich setze mein Bier ab.

»Das ist nicht euer Ernst«, sage ich.

Ihr selbstzufriedenes Grinsen ist anmaßend.

»Ich denke doch«, erwidert Dad.

»Wann? Warum? Das geht nicht. Was ist mit dem Baby? Mit eurem Enkelkind? Ihr wollt einfach abhauen?«

»Nun, wenn wir das Haus verkaufen, haben wir genug, um zu Besuch zu kommen, wann immer wir wollen«, kontert Mum.

»Ihr verkauft das Haus?!«

»Wir haben schon einen Käufer.«

Ich stehe unter Schock, aber mit einem überraschenden Anteil Ehrfurcht. Meine Eltern überraschen mich selten, und ich glaube, ich bin in diesem Augenblick aufrichtig stolz auf sie.

»Warum Neuseeland?«

»Na ja, wir mochten die Filme, die du früher immer gesehen hast, die mit den kleinen Kerlen und den Männern mit den spitzen Ohren. Es sah so schön dort aus.«

Der Stolz verpufft.

»Mum, Neuseeland sieht doch nicht wirklich so aus wie in *Der Herr der Ringe.* Die benutzen unglaublich viele digitale Effekte. Ihr könnt doch nicht alles hinschmeißen, um in ein Land zu ziehen, nur weil Peter Jackson und Weta es ›so schön‹ aussehen lassen.«

Sie schüttelt den Kopf, weil sie nicht weiß, was ein Weta ist oder Peter Jackson.

Ich frage weiter.

»Warum ausgerechnet jetzt?«

Dad holt tief Luft, um zu zeigen, dass er diese Frage beantworten will.

»Ich hoffe, eines Tages wirst du das selbst erfahren, aber Kinder großzuziehen ist wahnsinnig hart. Am Anfang schreien sie. Viel. Und schlafen weit weniger, als sie sollten. Dann bereiten sie einem Kopfzerbrechen, jeden einzelnen Tag. So geht es bis in die Pubertät und wird noch schlimmer, wenn sie Teenager werden und weit mehr schlafen, als sie sollten.

Wahrscheinlich holen sie den Schlaf nach, den sie als Babys nicht zu brauchen glaubten. Früher gingen sie mit achtzehn ihren eigenen Weg, und als Eltern konnte man endlich tun, wozu man Lust hatte. Irgendein blöder Hund scheint das Alter auf dreißig hochgesetzt zu haben. Nun, jetzt sind wir dran. Du hast einen einigermaßen ordentlichen Job, ein nettes Mädchen, und ich bin sicher, die Sache mit der Wohnung wird sich schon regeln. Du wirst nächste Woche dreißig, und das sollte doch alt genug sein, um seinen Scheiß geregelt zu kriegen. Und keine Ursache für das Bier und das Essen.«

»Apropos …« Mum zieht ein Geschenk aus ihrer Tasche. »Alles Gute zum Geburtstag, mein Liebling.«

Es handelt sich offensichtlich um ein Buch, und ich wette, es ist ein Reiseführer für Neuseeland.

»Ich hoffe, du bist nicht zu enttäuscht, Schatz. Das Haus ist zwar verkauft, aber bis Ende des Monats gehört es noch uns. Du und Ellie könnt nächste Woche gern dort wohnen. Wir machen eine kleine Abschiedstour durchs Land und besuchen alte …«

»Mum.«

Sie hört auf zu reden.

»Ich und Ellie, wir haben uns getrennt.«

Es ist keine Zeit, mehr dazu zu sagen, weil das Essen kommt.

14

5. November 2008 - 01:33 GMT
Obama 103
McCain 45
erforderliche Mehrheit 270

Obwohl es für mich nichts Ungewöhnliches war, nachts um halb eins etwas zu essen zu bestellen, war es mir plötzlich irgendwie peinlich, mich vor einem Mädchen, das ich nicht kannte, aber ganz sicher mochte, über einen Eimer frittierter Hähnchenteile herzumachen.

Ich durchsuchte die Speisekarte nach etwas, von dem man nicht vor Hühnerfett und Salz triefte, fand aber keine befriedigende Alternative.

Vielleicht war das der Grund, warum das Restaurant leer war. Der Mangel an gesunden Alternativen.

»Was nimmst du?«, fragte Ellie, als gerade ein Dutzend eklig aussehende Vogelkadaver unter eine flackernde Wärmelampe geworfen wurde.

»Ich weiß nicht«, flüsterte ich zurück. »Plötzlich bin ich gar nicht mehr so hungrig.«

Sie nickte und stieg auf meinen Flüsterton ein.

»Ich auch nicht. Normalerweise bin ich viel betrunkener, wenn ich herkomme.«

»Was machen wir jetzt?«, fragte ich.

»Hast du schon Blickkontakt aufgenommen?«

Ich schüttelte den Kopf.

»Dann mach's wie ich.«

Sie fing an, langsam rückwärts aus dem Laden zu gehen, die Augen die ganze Zeit auf die Speisekarte gerichtet. Ich folgte ihrem Beispiel, obwohl ich wusste, wie bescheuert wir aussahen, denn es war mir egal.

Da dachte ich zum ersten Mal: Dieses Mädchen mag mich. Ich meine, musste sie doch, oder? Um sich so albern aufzuführen? Und sicher dachte sie dasselbe über das stinkende, fettige Essen wie ich. Vielleicht dachte sie, es würde etwas passieren. Vielleicht dachte sie, es würde heute Nacht passieren.

Ich strahlte.

Doch als wir uns umdrehten und losrennen wollten, machte etwas, genauer gesagt jemand, diese kleine Phantasie zunichte.

Ich hatte Vicky Johnson zwei Monate vor Ellie bei einer berüchtigten Fleischbeschau in einem Club nördlich des Flusses kennengelernt.

Es war die Art Club, wo ich nicht mal in meinen wildesten Albträumen hingehen würde, doch wir feierten Sebs Verlobung, und seine Freunde hatten wenig Geschmack und noch weniger Urteilsvermögen. Obwohl der Preis für das geringste Urteilsvermögen an jenem Abend definitiv an mich ging. Ich wünschte, ich wäre zu Hause geblieben und hätte einen Michael-Haneke-Marathon gemacht. Er wäre glücklicher ausgegangen. Als ungeübter Trinker wurde ich zu hundert Prozent das Opfer von Gruppenzwang und war schon vor elf Uhr stockbesoffen. Ich erinnere mich an sehr wenig von jenem Abend, aber Seb – der nach dem, was seine Freunde ihm einflößten, im Koma hätte liegen müssen – informierte mich darüber, dass ich zum Charmebolzen mutiert war. Er sagte, er hätte gehört, wie ich Vicky mit Komplimenten überschüttete, Interesse für Themen heuchelte, die ich hasste, und ihr in allem zustimmte, selbst wenn ich anderer Meinung war, und zwar auf eine Art, die er als »betörend« beschrieb. Seine genauen Worte lauteten: »Du warst so bezaubernd, dass selbst ich an dem Abend mit dir geschlafen hätte.«

Es war nicht das erste Mal, dass ich Alkohol benutzt hatte, um mein plumpes Selbst einzulullen, damit meine Nervosität und mein Selbsthass nicht jeden meiner Schritte infrage stellen konnten. Doch es war das erste Mal, dass mein Mr Hyde so viel Macht erlangt hatte, dass ich mit jemandem ins Bett ging, den ich gerade erst kennengelernt hatte.

Und obwohl das an sich ja nicht verwerflich war – ich war Single, sie war Single, wir waren erwachsen –, fühlte ich mich bei der Vorstellung, dass ich, nur um Sex zu haben, jemand geworden war, der nichts mit mir zu tun hatte, billig und unredlich; und schon kurz nachdem wir es hinter uns gebracht hatten, unglaublich unerfüllt. Einen One-Night-Stand, den man bereut, vergaßen die meisten gleich wieder, doch für mich fühlte er sich noch Wochen danach an wie eine Schlinge um meinen Hals.

Am nächsten Morgen hätte ich jede Gelegenheit gehabt, einen Abgang zu machen. Einen ehrenvollen. Sie machte es mir leicht.

»Wenn das hier nur ein One-Night-Stand war, ist das okay«, sagte sie, als ich mich anzog. »Aber falls du mich wiedersehen willst, gebe ich dir meine Nummer.«

Sie schrieb sie auf, dann hielt sie mir einen Stift und einen Zettel hin. Als ich beides nicht sofort nahm, verschwand die Luft aus dem Zimmer. Dass ich schwieg, machte es nicht besser.

Zögernd zog sie die Hand zurück.

»Letzte Nacht kam es mir so vor, als hätten wir viele Gemeinsamkeiten.«

»Tatsächlich?«

Das Fragezeichen war eine schlechte Wahl.

»Ja, die Fun Runs, die Tanzfestivals, Urlaub in der Sonne.«

Ich hasste all diese Dinge.

»Ach, ja«, log ich. »Total.«

»Dann hast du nicht einfach gelogen, um mich ins Bett zu kriegen?« Sie stupste mich in die Rippen, was sicher lustig gemeint, aber in Wahrheit ziemlich schmerzhaft war. Damals dachte ich, dass sie wahrscheinlich von dem ganzen Gerenne und Getanze so stark war.

»Nein. Natürlich nicht.«

»Also …«

Sie wedelte mit dem Stift. Weil ich nicht unhöflich sein wollte und nicht hinterlistig genug war, um einfach zwei Ziffern auszutauschen, gab ich ihr meine Nummer.

Innerhalb von zwölf Tagen erhielt ich insgesamt elf verpasste Anrufe und einundzwanzig Nachrichten. Die erste schickte sie, als ich noch im Treppenhaus war.

Zu sagen, dass Vicky nicht gerade erfreut war, mich und Ellie um 1:30 morgens kichernd wie Kinder mit leeren Händen aus einem Chicken Cottage kommen zu sehen, war eine Untertreibung vom Ausmaß der *Avatar*-Verkaufszahlen. Man sah ihr sofort an, dass sie angetrunken war. Ihre Schminke war verschmiert, ihre Lider waren schwer. Ihre beiden Freundinnen, die sie im Schlepptau hatte, wirkten vergleichsweise nüchtern, stanken aber nach Jägermeister und Bier.

»Wenn das nicht Nick, der Wichser, ist«, lallte Vicky.

Ellie blinzelte zweimal und wartete auf eine Erklärung meinerseits, woher ich diese halb bekleidete, halb bewusstlose Furie kannte.

»Hallooo«, sagte ich und dehnte das Wort bis zur Belastungsgrenze, um auf ihren Namen zu kommen.

»Mein Name ist V…«

»Vicky«, sagte ich und baute darauf, dass es nicht viele Vivians und Veronicas unter dreißig gab.

»Oh, du erinnerst dich also an meinen Namen?«

»Allerdings.«

Ellie blieb an meiner Seite, entschied sich jedoch klugerweise für die Rolle des unbeteiligten Zuschauers. Jetzt wandte Vicky sich an sie und lächelte höhnisch.

»Und wer zur Hölle bist du? Will er dich vögeln, um dich danach fallenzulassen?«

Jetzt kein unbeteiligter Zuschauer mehr, öffnete Ellie den Mund, um etwas zu sagen, aber ich wollte dieses Feuer selbst löschen.

»Das ist meine Freundin Ellie.«

Vicky musterte uns beide von oben bis unten, was gefühlt Stunden zu dauern schien.

»Aha.«

Sie rülpste.

»Wie läuft's mit der Band? Ich habe euer Album noch nicht in den Charts entdeckt.«

Ellie machte große Augen. So groß, dass ich, obwohl ich am liebsten im Erdboden versunken wäre, gern noch ein paar Sekunden auf der Erde gehabt hätte, nur um sie anzusehen.

»Wenn man dich googelt, stellt sich übrigens heraus, dass die Hälfte von dem, was du mir erzählt hast, erstunken und erlogen ist. Kleiner Tipp – setz dein Facebook-Profil auf nicht öffentlich, wenn du Mädchen an die Wäsche willst.«

Ich musste ihren Boshaftigkeiten ein Ende machen, dabei aber beide Personen im Publikum berücksichtigen.

»Es tut mir leid. Ich hätte anrufen sollen.«

»Oh, jetzt erzählst du mir wahrscheinlich, dass du meine Nummer verloren hast.«

Mein promptes, brutales Nein sollte sowohl ihr als auch Ellie zeigen, dass ich keinerlei Absicht hatte – und nie gehabt hatte –, sie wiederzusehen. Im Nachhinein war es ziemlich kaltherzig, und ich spürte Ellies Unbehagen.

»Vicky. Es tut mir leid. Ich war an dem Abend total betrunken – nicht, dass das eine Entschuldigung wäre, aber nüchtern hätte ich nie im Leben …«

»Oh, danke!«

»Nein, so meinte ich das nicht. Du scheinst wirklich nett zu sein …«

»Weißt du was? Fick dich, Nick. Ich dachte, du bist ein netter Typ, aber das bist du nicht, du bist ein beschissener Lügner und Dreckskerl. Wenn es dir also nichts ausmacht, hol ich mir jetzt mein Scheißhähnchen.« Und damit rempelte sie mich aus dem Weg.

Ich hielt Ellie die Tür auf, als klägliche Entschuldigung für die verschwendeten Minuten ihrer Zeit. Sie nahm sie an, und wir gingen an Vickys Freundinnen vorbei in die eisige Nacht. Meine Wangen waren nicht nur von der kalten Luft gerötet.

»Ellie …«, setzte ich an, das Chicken Cottage nur noch eine ferne, erniedrigende Erinnerung.

»Nick, mach dir keinen Kopf.«

»Echt?« Der aufsteigende Tonfall der Frage klingt schrill und wahnsinnig unmännlich.

»Ja. Wenn mir einer leid tut, dann du.«

»Ich?« Noch schriller.

»Ja. Ich meine, vor fünf Minuten lief noch alles super für dich. Und jetzt, pfff, sind deine Chancen, heute noch Sex zu haben, gleich null.«

Ich lächelte breit, und mir ging ein Gedanke durch den Kopf, von dem ich Schmetterlinge im Bauch bekam.

Es gab doch noch eine Chance.

15

Wenn diese Wände reden könnten.

Würden sie mir sagen, dass ich ein Idiot bin.

Vierundzwanzig Monate haben wir in dieser Wohnung gewohnt. Und bis vor kurzem hätte ich die meisten dieser Monate als phänomenal beschrieben. Was man von der Bude selbst nicht behaupten konnte.

Eine stinknormale Zweizimmerwohnung, achthundert Meter von der nächsten U-Bahn-Station entfernt. Niemandem war beim Bau des Hauses daran gelegen gewesen, ein ausgefallenes Biotop zu schaffen. Aber das Biotop kam von selbst, und zwar in Form von Schimmel.

Er war im Schlafzimmer, in der Küche, im Wohnzimmer und im Bad. Es dauerte nur vier Wochen, bis er durch die Farbe drang, die der Vermieter hastig drübergepinselt hatte, um ahnungslose Mieter anzulocken. Ich bestand darauf, dass wir uns eine neue Wohnung suchten, aber Ellie war eben Ellie und führte einen Kampf gegen den Schimmel, der Alexander Flemings würdig gewesen wäre.

Als unser Vermieter sagte, es habe nie vorher Probleme damit gegeben, beschloss sie, sich selbst darum zu kümmern. Erst sprach sie mit den Nachbarn, dann durchforstete sie das Internet nach langfristigen Lösungen. Sie war unermüdlich, aber nie besessen. Ich an ihrer Stelle – und ich wäre niemals an ihrer Stelle gewesen, denn mein Plan war von Anfang an auszuziehen – hätte wie ein Wahnsinniger Tapeten von den Wänden gerissen und unnötige Löcher gehämmert.

Ellie dagegen war einfach nur unbeirrbar. Sie hatte ein klares Ziel. Die Ursache zu finden. Das Problem zu beseitigen. Bis zum Ende des ersten Sommers waren keine Schimmelpilze mehr da.

Es gab noch andere Plagen. Die Wasserhähne funktionierten nach eigenen Gesetzen, mal tröpfelten sie wie bei Chlamydien, mal brach man sich im harten Wasserstrahl fast die Zehen. Die Sicherungen sprangen raus, wenn man mehr als zwei Lampen gleichzeitig anschaltete. Es zog durch Fenster und Türen.

Aber es war unser Zuhause. Und wir liebten es.

Wir liebten unsere völlig bekloppten Nachbarn und ihre völlig bekloppten Haustiere. Wir liebten es, dass die Wohnung sowohl nah an unserer Arbeit als auch an unserem Lieblingspub und dem verdammt noch mal besten China-Imbiss lag.

Wir hatten einen Fünfjahresplan für die Wohnung. Aber hier stehe ich, im zweiten Jahr, und packe unsere – jedoch hauptsächlich meine – Habseligkeiten in Kisten, bereit, Abschied zu nehmen.

Die Kartons mit Erinnerungen sehe ich mir immer nur an, wenn ich umziehe. Sie wohnen als Staubfänger unter dem Bett und werden nur gelegentlich geöffnet, um etwas hineinzutun.

Außer am Tag vor einem Umzug, wenn das Bett auseinandergebaut wird und die Schachteln ans Tageslicht kommen.

In einem sind nur Kinokarten, von *Zurück in die Zukunft 2* (da war ich sieben) bis *Angriff der Klonkrieger* (der letzte Film, für den ich Eintritt bezahlt habe). Ich durchstöbere die Schnipsel und finde es ein bisschen deprimierend, dass es keinen Beweis für Hunderte, möglicherweise Tausende Filme gibt, die ich gesehen habe, seit ich im Kino arbeite. Ich weiß, es sind noch ein paar Tickets in anderen Kartons, hauptsächlich aus

Urlauben und von besonderen Anlässen, und ich werde bald darauf stoßen, da ich zwangsläufig tief in die Vergangenheit abtauche.

Ich lege den Deckel wieder auf den Karton und öffne den nächsten, der mit *School Dayz* beschriftet ist.

In diesem sind hauptsächlich Fotos, ein paar Krawatten und ein T-Shirt, auf das mit Kugelschreiber diverse Grüße und Beleidigungen gekritzelt sind. Die Grüße stammen hauptsächlich von den Mädchen in meinem Jahrgang und die Beleidigungen – hauptsächlich Zeichnungen von Penissen oder Variationen des Wortes »Penis« – von den Jungs. Das war so üblich und spiegelt in keiner Weise, ob ich einen Schlag bei den Mädchen oder Animositäten mit Jungs hatte.

Nichts in diesem Karton interessiert mich wirklich, und ich weiß, ich sehe mir die Sachen nur an, um das Unvermeidliche hinauszuzögern. Seufzend greife ich nach dem Karton mit der Aufschrift *Ellie und Nick.*

Das Fehlen von Fotos ist noch deprimierender als das Fehlen der Kinokarten.

Da Ellie die Fotografin ist, hat sie automatisch das Sorgerecht bekommen, aber ein paar wenige Fotos von besonderen Momenten in unserer Beziehung habe ich doch. Die, die sie in der Wohnung zurückgelassen hat. Noch in den Rahmen.

Mein Lieblingsfoto ist ein Selfie, das sie von uns gemacht hat, lange bevor Selfies überhaupt Selfies genannt wurden. Wir sitzen auf dem Rücksitz unseres Autos auf dem Weg zu einem Wochenendbesuch bei ihren Eltern in Sheffield. Da waren wir zwei Jahre zusammen, und wir waren immer noch so verrückt nach einander wie in den ersten Monaten. Ich dachte ehrlich, das würde nie aufhören.

Auf dem Foto lacht sie und beißt mir ins Ohr und macht das Foto, alles auf einmal.

Es hätte leicht ein verwackeltes Bild mit halben Köpfen

und der Decke eines VW Polos werden können. Wurde es aber nicht. Es ist perfekt. Es hat unser Glück eingefangen.

Natürlich könnte ich die Kartons wegpacken und auf Facebook gehen und mir Album für Album von *Schottland-Trip* bis *Bier Festival '09* ansehen, aber darum geht es nicht. Das käme mir seltsam und stalkermäßig vor, außerdem habe ich das schon die letzten zwei Wochen gemacht. Stattdessen nehme ich das Andenken, das unter den gerahmten Fotos aus glücklicheren Zeiten liegt, zur Hand.

Es ist ein Tagebuch, das ich angefangen habe, nachdem ich bei *Schmetterling und Taucherglocke* total zusammengebrochen bin – ein Film über einen Typ mit Locked-in-Syndrom, der nur über Augenblinzeln kommunizieren kann.

Er hat ein Buch darüber geschrieben, das ich besitze, aber nie gelesen habe.

Der Film gab mir jedenfalls das Gefühl, der weltgrößte Versager zu sein, weil ich die Werkzeuge zum Schreiben besaß, aber es dennoch nicht hinbekam. Ich dachte: Wenn der jeden Tag einen Absatz schreiben kann, werde ich doch wohl zehn Minuten des Tages aufbringen können, um zu dokumentieren, was ich tue.

Im Januar 2010 kaufte ich das Tagebuch.

Im März 2010 hörte ich auf zu schreiben.

Solche Phasen durchlaufe ich hin und wieder. Sie dauern nie lange. Sehr zu Ellies Verdruss. Sie wollte immer, dass ich mir außer »für immer Vorführer sein« ein Ziel setze.

Ein paar Monate vor unserer Trennung waren wir an einem Sonntagnachmittag auf dem Borough Market gemütlich etwas trinken. Es war kalt für April, und der Wind peitschte über die Themse.

»Willst du nicht irgendetwas anderes machen?«, fragte sie.

»Was zum Beispiel? Chefvorführer werden?«

»Na ja, das wäre eine Verbesserung.«

»Seb hat schon gesagt, dass er sich auf die Stelle bewirbt, und er kann sie haben. Ich hab keine Lust auf den Stress.«

»Weil dein Leben ja so stressig ist«, sagte sie, und die Worte trieften vor Sarkasmus.

»Das wäre es in der Tat«, konterte ich, »wenn ich Chefvorführer wäre.«

Sie nippte an ihrem Bier. An diesem Tag kam es mir irgendwie vor, als wäre sie sehr weit weg. Sie hatte diesen leicht bedrückten Gesichtsausdruck, als wir über die London Bridge gingen. Als würde sie alles, woran wir schon tausendmal vorbeigegangen sind, in einem völlig anderen Licht sehen.

»Ich weiß auch nicht. Hast du keine Geschichten zu erzählen?«

»Eigentlich nicht.«

»Was ist mit Drehbüchern?«

»Eher schaffe ich es in die NFL, als dass ich es als Drehbuchautor schaffe«, sagte ich und plapperte einen Satz nach, den ich gerade im *Guardian* gelesen hatte.

»Was ist die NFL?«

»American Football.«

»Oh.« Sie zögerte. »Warum kannst du nicht einfach sagen, du schaffst es eher als Profifußballer?«

Sie hatte nicht ganz unrecht.

»Keine Ahnung, hab ich irgendwo gelesen. Willst du, dass ich American Football spiele? Dann mach ich das.« Ich sang, um sie aufzuheitern. »Für diiiiiich.«

»Warum sollte ich wollen, dass du American Football spielst?«

»Das war ein Witz.«

Erklären zu müssen, dass meine Witze Witze sind, macht mir immer schlechte Laune, und so herrschte eine Weile jene unbehagliche Stille, die sich in letzter Zeit unbehaglich häufig einstellte.

»Okay, du willst also kein berühmter Drehbuchautor sein, der irgendwann einen Oscar bekommt?«

»Doch natürlich, aber die Chance …«

»Wie wäre es mit einem Kurzfilm?«

»Worüber?«

»Über irgendetwas!« Sie wurde immer ungeduldiger, deshalb versuchte ich, den Spieß umzudrehen.

»Was ist mit dir? Willst du nicht mehr aus deinem Leben machen?«

»Doch. Genau darum geht es.«

»Und was hast du vor?«

Ein weiterer Windstoß wehte vom Wasser herüber und gab der Unterhaltung etwas noch Frostigeres.

»Ehrlich gesagt, habe ich angefangen, mich nach einem neuen Job umzusehen. Etwas, das mein Leben verändert.«

Ich weiß noch, dass ich beunruhigt war.

»Muss sich in deinem Leben denn etwas ändern?«

Sie legte eine Hand auf meine, um mich zu trösten, und ich zog sie weg wie ein pampiger, übellauniger Idiot und suchte stattdessen Trost in meinem Bier.

»Sagen wir, weiterentwickeln«, schlug sie als Kompromiss vor. »Mein Leben soll sich weiterentwickeln. Du vergisst, dass ich älter bin als du. Mir bleibt weniger Zeit, bevor ich vor meinen Schöpfer trete.«

»Sollte dein Schöpfer je versuchen, dich mir wegzunehmen, bringe ich ihn um. Oder sie.«

Ich streckte meine Hand aus, und sie nahm sie.

»Es wäre nur schön, wenn du dich mit mir weiterentwickelst.«

»Dann werde ich mein Leben so was von durchdarwinieren. Ich werde eine Liste mit machbaren und befriedigenden Jobs erstellen und alles daransetzen, einen davon zu bekommen. Wer keine Lust hat, sich in London einen Job zu suchen, hat doch im Grunde die Lust am Leben verloren.«

Sie kam um den Tisch herum, setzte sich neben mich und kuschelte sich im Dunstschleier des verschwendeten Wochenendes an mich. Mit neu gewonnener Zuversicht, dass ihre Entscheidung vor all den Jahren die richtige gewesen war. Durch die Körperwärme fühlte sich der Tag plötzlich wohliger an.

»Was willst du heute Abend machen?«, fragte sie.

Ich zuckte die Schultern.

»Einen Film gucken?«

Sie nickte knapp, und ich verpasste total, dass ihr Vertrauen schon wieder verpufft war.

»Okay, Nick. Klingt gut.«

Wenn ich jetzt zurückblicke, voller Melancholie und auf der Suche nach Antworten, muss ich das wohl auf die *Warum-Ellie-mich-verlassen-hat*-Liste setzen. Für sie war ich festgefahren und antriebslos, ein Betonklotz, der sie, wenn sie daran festhielt, in die Tiefe ziehen würde.

Wer will schon ein Betonklotz sein?

Ich nehme den Notizblock, der schon ein wenig zerfleddert aussieht, und schreibe den zweiten Grund, *ICH BIN EIN KLOTZ*, direkt unter *WIR HABEN ES ÜBERSTÜRZT*. Die Geschichte ist so alt wie die Menschheit. Junge trifft Mädchen. Mädchen will etwas aus ihrem Leben machen. Junge nicht. Mädchen verlässt Junge.

Allmählich begreife ich, warum sie mich verlassen hat. Oder ich glaube es zumindest. Hinterher ist man immer schlauer. Ich lege das Tagebuch beiseite und nehme eine Weihnachtskarte vom Dezember 2008 aus der Kiste. Unser erstes gemeinsames Weihnachten.

Darunter hatte sie geschrieben: *Für mich wirst du immer »Nick, der Wichser« sein.*

16

5.November 2008 - 01:47 GMT
Obama 103
McCain 49
erforderliche Mehrheit 270

Weißt du, Nick, der Wichser ist eigentlich gar kein schlechter Spitzname«, meinte Ellie, nachdem wir Vicky und ihre Kohorte ihrem Post-Party-Schmaus überlassen hatten.

»Tut mir echt leid, das gerade eben«, sagte ich hoffnungslos.

»Klang irgendwie, als wärst du ein testosterongesteuerter Scheißkerl. Und«, sie imitierte den Tonfall eines Radiomoderators, »wann kommt dein Album raus?«

Ich blieb stehen und vergrub mein Gesicht in den Händen, teils, um meine knallroten Wangen zu verbergen, teils in der Hoffnung, dass die Welt um mich herum dann verschwinden würde.

Tat sie nicht.

»Wer rechnet denn mit so was?«

»Sag du es mir, Loverboy. Treffen wir unterwegs noch mehr von deinen Eroberungen?«

Es fing an, mich zu nerven, was der Situation natürlich nicht förderlich war, aber bitte.

»Können wir das lassen? Das Ganze tut mir wirklich aufrichtig leid.«

Sie sah mich mit einer Mischung aus Verwirrung und Mitleid an.

»Warum hast du sie dann nicht einfach angerufen?«

»Das klingt jetzt sicher sehr selbstherrlich, aber ... ich wollte sie einfach nicht enttäuschen.«

»Ja, sie wäre sicher am Boden zerstört gewesen.« Ellie blieb stehen und legte eine Hand auf meinen Arm. »Tut mir leid, das war fies.«

Ich wollte nichts sagen, damit sie ihre Hand nicht fortnahm.

»Schon gut. Ich muss mich wohl daran gewöhnen, dass Sarkasmus zu deinen Werkseinstellungen gehört.«

Sie nahm ihre Hand weg und sagte mit alberner Heliumstimme – stellt euch eine Mischung aus Christopher Lloyd am Ende von *Falsches Spiel mit Roger Rabbit* und Mickey Rooney in *Frühstück bei Tiffany* vor –: »Oh, verstehe. Sarkasmus ist was für Loser, ja?!«

Ich lächelte und kicherte und lächelte wieder und vergaß Vicky und mein schlechtes Gewissen und alles andere auf der Welt. Ellie schien sehr stolz darauf, dass sie mich zum Lachen gebracht hatte. Sie schaute an dem Haus hoch, vor dem wir standen.

»Hier wohne ich.«

Wenige Augenblicke später stand ich in ihrem Zimmer, und Wände, Boden, Möbel und Bett strotzten vor Persönlichkeit. Ich hatte dieses wohlige Gefühl, so als wäre ich schon hundertmal hier gewesen.

Wäre ich in dieses Zimmer gekommen, ohne Ellie zu kennen, hätte ich mich trotzdem in sie verliebt. Alles war bescheiden und provisorisch und unordentlich und ganz sie. Ich setzte mich auf den Rand des Bettes und nahm alles in mir auf, während sie sich aus »Badezimmer-Gründen« entschuldigte.

Ich war kurz davor, mich auf meine Hände zu setzen, damit ich ja nichts anfasste. Bei dem Gedanken, sie könnte reinkommen, während ich versehentlich etwas Verbotenes befingerte, brach mir der kalte Schweiß aus.

Nur gucken, nicht anfassen.

Unbestreitbar war das Zimmer ebenso bemerkenswert für das, was fehlte, wie für das, was da war. Es gab keinen Fernseher, keine Vorhänge und keinen Schrank. Statt Letzterem standen zwei Kleiderstangen – hauptsächlich Kapuzenpullis und Jeans – am Fußende des Bettes. Die Einrichtung erinnerte an einen Secondhandladen, und der Boden – so wie er war, mit dem Rest ihrer Klamotten überall verteilt – an die Umkleidekabine eines Secondhandladens.

Wie bei so vielen, die nach 1980 geboren sind, ersetzte ein großer Mac-Bildschirm den normalen Fernseher. Der Bildschirmschoner war eine Diashow aus beeindruckenden Fotos. Ich weiß noch, wie ich dachte, dass ich den wechselnden Bildern stundenlang zusehen könnte und dass sie unfassbar talentiert war, falls es ihre waren. Ich weiß auch noch, dass mir plötzlich Zweifel kamen, ob das, was ich mir erhoffte, tatsächlich im Bereich des Möglichen lag. Ich konnte mir vorstellen, auf jemanden attraktiv zu wirken, der hübsch war, oder auf jemanden, der talentiert war, aber nicht auf jemanden, der beides war.

Ich machte weiter.

An einer Seite befand sich ein pollockeskes Wandbild aus Fotos von verschiedener Größe und Gestalt und Qualität. Ellie selbst war auf einigen wenigen dieser Bilder, deshalb nahm ich an, dass es sich nicht um ihre Mappe handelte.

Links von der Galerie befanden sich zwei Regale, oberhalb von besagtem Mac, der auf einem unordentlichen Schreibtisch stand. Ein Regal war voll mit Büchern über Adams, Arbis und Avedon. Das andere konnte ich anfangs nur als eine Art Schrein beschreiben. Drei Fotos von einem jungen Mädchen, von dem ich, allein wegen seiner Niedlichkeit und Augenfarbe, annahm, dass es Ellie war. Ich tippte mal, dass sie ihr Haar mit sieben noch nicht rot gefärbt hatte. Auf jedem Foto war auch ein kleiner blonder Junge. Zwei Jahre auf dem einen, vielleicht vier oder fünf auf den anderen beiden. Wieder konnte ich nur schätzen, dass das Mädchen auf den Fotos ein paar Jahre älter war und die beiden Geschwister waren. Außerdem sah Ellie auf diesen Fotos glücklicher aus als auf allen anderen.

Neben den Bilderrahmen – deshalb kam ich auf die Bezeichnung Schrein – standen zwei Kerzen und ein Teddybär. Es war auch der einzige Teil des Zimmers, der regelmäßig geputzt zu werden schien. Ich streckte gerade die Hand aus, um den Teddy anzufassen, als Ellie zurückkam. Ich zog die Hand zurück und tat so, als würde ich mich am Kopf kratzen.

Ich erwartete, dass sie sich für die Unordnung entschuldigte, doch es kam nichts.

»Dauert nicht lange, ich brauche nur ein paar Objektive und einen Blitz. Glaubst du wirklich, das ist eine gute Idee?«

»Das ist ein historischer Moment. Ich glaube, du wirst es dein Leben lang bereuen, wenn du es nicht tust.«

Sie schüttelte den Kopf wegen der Übertreibung.

»Japp. Ich sehe es vor mir. Ellie Brown. Geboren 1980. Gestorben 2102. Hatte ein erfülltes Leben, bereute aber zeitlebens, auf einer Party, auf der sie mal war, keine Fotos gemacht zu haben.«

»Jetzt hol schon deine verdammte Kamera. Bis wir zurück sind, haben die schon Georgia ausgezählt.«

Sie warf mir ein Kissen an den Kopf.

»Wo ist deine Musik?«

»Da drauf.« Sie zeigte auf den Mac.

»Keine CDs? Keine Schallplatten?«

»Und keine Kassetten oder Minidisketten. Du kannst dir meine Playlists ansehen, wenn du willst. Für den Fall, dass du meinen Wert als Mensch oder potenzielle Freundin bestimmen willst.«

»Das habe ich schon vor Stunden getan«, sagte ich, während ich vom Bett zum Stuhl neben dem Computer ging.

Ich war nicht sicher, ob die Dinge, die ich tat, um den richtigen Partner anzulocken, dieselben Dinge waren, die andere Leute taten. Wie T-Shirts mit Bands tragen, die ich mochte, oder mit obskuren Filmzitaten. Meine Hoffnung war, dass eines Tages ein verrücktes Mädchen auf mich zukommen und sagen würde: »Coole Band«, und ich würde sagen: »Ja«, und dann: »Ich habe sie vor ein paar Jahren in der Union Chapel gesehen«, und sie würde sagen: »Ich auch«, und wir würden uns unsterblich ineinander verlieben. Doch wenn ich jemand anders in einem T-Shirt mit einer Band, die ich mochte, oder einem obskuren Filmzitat sah, rätselte ich, ob sie es ausgesucht hatten, um einen Partner zu umgarnen, oder ob sie das T-Shirt einfach nur cool fanden.

Was mich zu Ellies Playlists bringt.

Sie waren erstaunlich. Witzig, gut strukturiert, cool, aber dann auch wieder total uncool. Während ich sie studierte – mit Titeln wie *You forgot to buy coffee, you damn fool* und *Songage for a snoggage* – wurde mir klar, dass sie akribisch ausgetüftelt und auf wundersame Weise durch Themen und Wortspiele verbunden waren. Hatte sie all das nur für diesen einen Moment vorbereitet, wenn ein (halbwegs) großer, (halbwegs) gut aussehender Fremder zu Besuch kam? Und spielte das eine Rolle?

»Deine Playlists haben phantastische Namen«, sagte ich.

»Danke«, erwiderte sie aufgeräumt. »Sie haben alle eine Geschichte.«

Ich las weiter. »›Du hast mit mir Schluss gemacht. Nein, ich hab mit dir Schluss gemacht. Ad Infinitum‹?«

»Der perfekte Mix aus deprimierenden Trennungsliedern und triumphierenden Trennungsliedern.«

»Ein paar sind allerdings nicht so ganz nachvollziehbar.«

Sie hörte auf zu packen und beugte sich von hinten über meine Schulter, um auf den Bildschirm zu gucken. Bei so viel Nähe zog sich mein Magen zusammen. Ihr Atem in meinem Nacken brachte mich fast um.

»Was ist das hier? Stevie Wonder, Ben Folds, Divine Comedy. Schöne Songs für so einen aggressiven Titel.«

»›Tut mir leid, dass deine Genitalien das mitmachen mussten‹. Das war für meine Freundin, die ein Kind bekommen hat.«

»Du hast eine Freundin, die ein Kind bekommen hat? Wie alt warst du noch mal?«

Sie nahm das Kissen, das sie nach mir geworfen hatte, und schlug mich damit.

»Siebenundzwanzig.«

»Das ist pervers«, erwiderte ich. »Du lockst jüngere Männer in deinen Sündenpfuhl.«

»Allmählich glaube ich, dass du ein Idiot bist.«

»Hör ich nicht zum ersten Mal.«

Mir war schon wieder albern zumute, deshalb wandte ich mich dem Bildschirm zu, um cool zu bleiben.

»Und die hier, ›Sexgeräusche‹?«

»Das sind Songs, in denen der Sänger irgendwann Sexgeräusche macht.«

»Daher so viel James Brown.«

Sie packte weiter.

»Spiel *The Apocalypse Song* von St. Vincent.«

Ich tat, wie mir geheißen, und war froh, dass ich es getan hatte. Eine punkige Sängerin mit rauchiger Stimme sang von Zeit und Licht und Kohle über einer scheppernden Gitarre.

»Sie ist gut.«

»Sie ist meine neueste Heldin. Ich habe sie letzten Monat im Roundhouse gesehen. Sie ist nicht nur eine tolle Sängerin, sie spielt auch hinreißend Gitarre.«

Ich nahm mir vor, mir jeden Song anzuhören, den diese St. Vincent je aufgenommen hatte und mich per E-Mail über alle anstehenden Auftritte informieren zu lassen. Und da war es, nach einer Textzeile über »einen kleinen Tod«, ein orgastisches Zucken.

»Sexy, hm?«, fragte Ellie mit genau dem richtigen Maß an Lächerlichkeit. »Und, habe ich deinen Musiktest bestanden?«

»Um das Zehnfache«, antwortete ich, vielleicht ein wenig zu atemlos. Ich räusperte mich. »Ich hatte gehofft, du hättest irgendwo eine DVD-Sammlung, damit ich dich richtig einschätzen kann.«

»Nee. Ich mache mir nichts aus Filmen.« Ihr Lächeln wurde breiter, als mein Gesicht in sich zusammenfiel. Dann befreite sie mich mit einem schlichten »Reingefallen!« aus meinem Elend.

Ich ließ mich dramatisch wieder aufs Bett sinken.

»Ich wollte schon sagen, wer mag denn keine Filme? Jeder mag Filme.«

Sie musterte mich wieder, wie ein Uhrmacher, der versucht, die Ursache des Tickens herauszufinden.

»Ist das der Grund, warum *du* Filme magst?«

»Was meinst du?«

Stichwort für das siebzehnte breite, wissende Lächeln des Abends.

»Nichts. Schon gut.«

Ich musterte sie ebenfalls. Doch sie war nicht halb so leicht zu lesen.

Ich frage mich, wo wir jetzt wären, wenn es anders wäre.

17

Sämtliche Erinnerungen sind ausgepackt.

Vor mir liegt das ganze Zeug, das sich im Lauf unserer vierjährigen Beziehungen angesammelt hat. Von Quittungen feiner Restaurants bis zu Valentinstagsgeschenken und allen möglichen sentimentalen Souvenirs dazwischen.

Prokrastination in diesem Ausmaß, nämlich genau das Gegenteil von dem tun, was ansteht, hätte es unter Ellies Herrschaft nicht gegeben. Doch jetzt, da ich allein über mein Königreich herrsche, kann ich mir selbst so viel schaden, wie ich will.

Dieses zeitlich schlecht gewählte Brüten über unserer Andenkenkiste hat jedoch eine Trilogie aus Dokumenten zum Vorschein gebracht, die den Verdacht erhärtet, dass Ellie mich wegen meiner Antriebslosigkeit verlassen hat.

Die fraglichen Dokumente sind drei Listen mit Dingen, die wir tun wollten, bevor wir sterben. Wir haben sie bei einem *Große Träume, große Häuser*-Serienmarathon an einem Winterwochenende vor zweieinhalb Jahren erstellt. Wegen einer blöden Randbemerkung darüber, dass ich eines Tages gern ein eigenes Haus bauen würde, fragte Ellie sich, wie ich auf so eine abgehobene Reiche-Leute-Kapriole kam, obwohl ich doch ärmer als eine Kirchenmaus vor dem Zahltag war.

Sie drückte mir einen Zettel und einen Stift in die Hand und nahm sich auch einen.

Wir erstellten unsere persönlichen Listen, dann verschmolzen wir sie zu einer namens *10 Dinge, die wir tun sollten, bevor wir zu Asche und Staub werden.*

Ganz oben auf meiner Liste stand *Ein Haus bauen.*

Ganz oben auf ihrer Liste stand *Ein Haus besitzen.*

Ich wollte durch die Welt reisen.

Sie nach San Francisco, São Paulo und Tokio.

Ich sagte: *Ich möchte die nächsten Coen-Brüder (oder Wachowski-Schwestern) großziehen.*

Sie sagte: *Ich möchte Kinder.*

Damals fanden wir es super, wie sehr unsere Träume und Ziele und Ambitionen übereinstimmten. Rückblickend beweist es nur – wenn es überhaupt Beweise braucht –, wie vernünftig sie war und wie … tja, was auch immer ich bin.

Ich notiere Nummer 3 auf der Liste mit Gründen, warum sie mich verlassen hat – *PRAGMATISMUS (sie) vs. IDEALISMUS (ich)* –, und nehme ein Tagebuch von 2010 zur Hand. Es liefert weitere Beweise für meine schlimmsten Ängste, doch meine Pilgerfahrt in die Vergangenheit wird von einem Anruf unterbrochen. Ein stocksaurer Seb erinnert mich an die absolut verbindliche, unter keinen Umständen zu verpassende Besprechung, die ich gerade verpasse.

Ich schnappe mir meine Sachen, renne zur Hintertür hinaus und wünschte, ich hätte nicht wieder zu rauchen angefangen, als ich innerhalb weniger Sekunden aus der Puste bin.

Ich beschließe, gemessenen Schrittes zu gehen, weil ich mir sage, dass Seb ja nicht noch grantiger werden kann, und denke über den Inhalt des Tagebuchs nach, das ich wenige Augenblicke zuvor gelesen habe. Es dokumentiert einen sehr ereignislosen Februar, in dem Ellie und ich nichts machten, weil wir nach einem sehr ereignisreichen Weihnachten und Silvester pleite waren.

Mir fällt auf, wie wenig Zeit wir der Normalität und dem Alltag widmeten. Die Einträge beschäftigen sich hauptsächlich damit, welche Serien wir 2010 verschlungen haben – *Spooks, Mad Men* etc. – und in welchen Pubs es den besten

Sonntagsbraten gibt. Ich weiß, dass es ursprünglich meine Absicht war, unser gemeinsames Leben ironisch zu beleuchten, doch diese Absicht manifestiert sich nur in einigen Zitaten von ihr. Nämlich: »Glaubst du, Morrissey guckt heimlich *Verdammt lecker!*?« und »Wenn es einen Gott gibt, warum hat sie Ameisen erschaffen?«

Keins von beidem liefert tiefere Einblicke in den Stand unserer Beziehung nach zwei Jahren, und die Banalität spricht Bände. Es gab keine Beschwerden darüber, was sie getan oder gesagt hatte, keine Einträge, in denen ich meine Sorge kundtue, wie es mit uns weitergehen soll.

Das Leben war einfach, und einfach war gut.

Vielleicht hätten wir mehr streiten sollen. Seb und seine Frau Tracy streiten wie Pudel und Persianer, und nicht erst seit sie Minis von sich hervorgebracht haben. So manches Mal hörte ich, wie er sie unten bei den Mülltonen am Telefon zum Rasen brachte oder beschwichtigte.

Und jetzt sind sie eine Familie. Kinder, Autos und eine Hypothek. Schwankungen mussten für irgendetwas gut sein. Ich und Ellie waren ausgeglichen, eine gerade Straße, eine Einschienenbahn. Und wohin hat es uns gebracht?

Um 10:14 Uhr bin ich am Kino, und Lucy, eine der Teamleiterinnen (siehe: Speichellecker, dem man einen Titel und ein Pfund mehr pro Stunde gibt, damit er die Arbeit des Kinoleiters erledigt), sagt mir, dass alle in Kinosaal 6 sind und auf mich warten.

»Ist Seb sauer?«, erkundige ich mich.

Sie nickt begeistert und grinst süffisant.

Als ich Saal 6 betrete, sitzen Lizzie, Dave und Ronnie schweigend in der ersten Reihe, während Seb vor der Leinwand auf und ab läuft.

»Tut mir leid. Tut mir leid. Die schmeißen mich aus meiner Wohnung raus. Ich habe die Besprechung vergessen, okay, können wir mir vergeben und das Ganze aus dem Gedächtnis streichen?«

Ich werfe meine Tasche neben Ronnie und zeige ihm das internationale »Ich-fürchte,-ich-stecke-in-Schwierigkeiten«-Gesicht: mit offenem Mund und zusammengebissenen Zähnen.

»So!«, sagt Seb, »da wir jetzt alle hier sind …«

Ich hebe die Hand, als wäre ich in der Grundschule.

»Hab ich noch Zeit, mir schnell einen Kaffee zu holen?«

Sebs Blick legt nahe, dass ich die Antwort auf die Frage herausfinden kann, während ich die Antwort auf die Frage herausfinde, wie viel Schmerzen er mir mit einem Holzlöffel zufügen kann.

»Oooookay«, sage ich.

Er versucht es noch mal.

»Da wir jetzt alle hier sind, habe ich Neuigkeiten. Neuigkeiten, die schwer zu verkünden und Neuigkeiten, die schwer zu verkraften sind. Aber Neuigkeiten, mit denen wir alle, wenn wir ehrlich sind, schon lange rechnen.«

Er schluckt schwer, und wir tun es ihm gleich. Mein Magen macht abwechselnd Vorwärtssaltos und Rückwärtssaltos.

»Ab nächsten Monat sind wir ein komplett digitales Kino, mit einem vollautomatischen System. Der letzte Projektor wird am 1. September ausrangiert, und dann werden wir keine 35-mm-Filme mehr zeigen.«

Er fährt fort. »Gleichzeitig hat man uns gebeten zu fragen, ob irgendjemand sich selbst für eine freiwillige Kündigung melden möchte.«

Er sieht ganz elend aus vor schlechtem Gewissen.

»Es wurde beschlossen, dass alle Vorführer noch vor Jahresende entlassen werden, aber Mandy hat mir versichert, dass es für jeden, der im Foyer arbeiten will, auch einen Job gibt. Ihr würdet direkt als Teamleiter einsteigen …«

Lizzie und Dave stöhnen, aber Seb macht weiter.

»... und eure Erfahrung im Vorführraum kommt euch bei zukünftigen Beförderungen zugute.«

Wieder Stöhnen.

»Hat irgendjemand Fragen?«

Ronnies Hand geht hoch.

»Wer bedient die neuen Projektoren?«

»Bis zum Ende des Jahres ich und wer sonst noch hier ist, aber das ultimative Ziel ist, dass die Vorstellungen zu hundert Prozent automatisch laufen. Die Mitarbeiter werden geschult, Playlists zu erstellen, Dateien hochzuladen und so weiter.«

Daves Hand ist die nächste.

»Und was ist mit der Wartung? Lampen auswechseln und ausrichten?«

»Irgendwann soll die ganze Technik von externen Ingenieuren betreut werden. Ich habe ein paar Informationen über die Firmen beschafft, mit denen wir zusammenarbeiten werden. Dave, ich weiß, du kannst es locker mit jedem Einzelnen von denen aufnehmen und leite deine Unterlagen gern mit einer Empfehlung weiter.«

Obwohl ich nicht daran zweifle, dass Dave diese Chance völlig verdient, bin ich mehr als nur ein bisschen eifersüchtig, dass mein Freund mir nicht dasselbe Kompliment zollt.

Lizzie meldet sich nicht, sie fragt einfach: »Und du?«

»So wie die Mitarbeiter im Foyer geschult werden, die digitalen Projektoren zu bedienen, werde ich in ihren Aufgabenbereichen geschult.«

Seb wirkt nicht gerade begeistert von der Aussicht, aber sein Mitgefühl und seine Aufmerksamkeit gilt dem Rest von uns.

»Nick, hast du irgendwelche Fragen?«

»Gibt es einen Sozialplan?«

Er kann sein Mitleid nicht verbergen.

»Ein Monatsgehalt für jedes Jahr, das du hier gearbeitet hast. Plus zehn Prozent für alle, die freiwillig kündigen.«

Angesichts der unmittelbaren finanziellen Vorteile fühlen wir uns gleich ein bisschen besser, und es wird beifällig gemurmelt.

»Jeder kann so lange darüber nachdenken, wie er will. Wir brauchen heute keine Antworten.«

»Ich mach's.«

Mir ist gar nicht bewusst, dass ich es gesagt habe, bis ich es gesagt habe und alle mich anstarren.

Seb wiederholt seinen Rat, in Ruhe darüber nachzudenken.

»Muss ich nicht. Ich mach's. Ende des Jahres sind wir alle arbeitslos. Hat doch keinen Sinn, es auszusitzen.«

Meine Stimme zittert nicht direkt, aber es liegt eine Unsicherheit darin, die den anderen ein bisschen Unbehagen bereitet.

Seb nutzt den Augenblick, um die Besprechung zu beenden, und ich bin der Erste, der zum Ausgang geht. Ich will nur nach Hause und die ganze andere geballte Scheiße in meinem Leben klären. Um diesen jüngsten Rückschlag kümmere ich mich später.

Ich bin noch keine hundert Meter vom Kino-Eingang entfernt und überrascht, als ich erkenne, wer mir da nachrennt und ruft, ich solle warten.

Ich hätte auf Seb gesetzt, der mir wieder mal einen Vortrag über Reife und Verantwortung halten will, dicht gefolgt von Ronnie mit seinen von Marihuana geschwängerten Weisheiten. Aber nein, es ist Lizzie, die mir bis auf die Straße folgt und darauf beharrt, dass ich stehen bleibe und eine Entscheidung überdenke, die praktisch sofort das Ende des besten Jobs einleitet, den ich je hatte.

Als sie mich eingeholt hat, ist sie ein wenig außer Atem, und durch die Sommersonne haben sich bereits Schweißperlen um ihren sandblonden Kurzhaarschnitt gebildet. Sie beugt sich vor und stützt die Hände auf die Knie.

»Du solltest weniger rauchen, Lizzie.«

Sie holt eine Zigarette raus und zündet sie an.

»Scheiße, bist du schnell.«

Offenbar sehe ich dem aufsteigenden Rauch sehnsüchtig nach, denn sie bietet mir eine Zigarette an.

»Nur, wenn ich irgendwo wegwill, bevor ich etwas Idiotisches mache oder von mir gebe«, sagte ich, bevor ich eine nehme.

Sie fängt sich wieder, das Nikotin wirkt wie Popeyes Spinat.

»Wie geht es dir?«, fragt sie.

Ich zucke die Schultern und inhaliere.

Sie nickt. »Die Sache stinkt zum Himmel. Ich bin so progressiv und fortschrittlich wie jede andere auch, aber warum müssen sie uns die Scheißprojektoren wegnehmen?«

»Obwohl sie nicht kaputt sind …«, sage ich.

»Lasst sie verdammt noch mal in Ruhe.«

Es ist schon eine Weile her, seit ich mehr als halbe Sätze mit Lizzie gewechselt habe. Fast vier Jahre, um genau zu sein. Und wir haben uns definitiv noch nie so lange über etwas anderes als die Bedienung eines Kinoton-FP-40-Projektors unterhalten.

Ich hatte vergessen, wie viel sie flucht.

»Tut mir übrigens leid, das mit dir und Ellie.«

Ich bin kurz davor, Lizzie daran zu erinnern, dass sie, als Ellie und ich ganz frisch zusammen waren und ich Lizzie erzählte, wie glücklich ich mit meiner neuen Freundin sei, ausgerastet ist und so was gesagt hat wie: »Wenn du sie unbedingt auf ein Podest heben willst, bitte schön.«

Doch dann fällt mir ein, dass die Kino-Neuigkeiten auch für sie hart sind, und zucke nur wieder die Schultern.

Sie fährt fort: »Ich würde gern sagen, dass sie ein Miststück ist, aber ich weiß, das ist sie nicht, und ich weiß, was sie dir bedeutet, also …«

»Es war unvermeidlich«, sage ich.

Lizzie sieht mich verblüfft an.

»Wie das?«

»Wie heißt es in *Cinema Paradiso*? ›Auch die größte Liebe erlischt irgendwann‹.«

»Glaubst du das wirklich?«

»Ich glaube an alle von Alfredos Weisheiten.«

Wir lehnen uns gleichzeitig an die Mauer hinter uns, nehmen einen Zug und schauen sehnsüchtig zu dem Gebäude auf der anderen Straßenseite. Das Gebäude, das für uns jahrelang ein zweites Zuhause war.

Lizzie dreht sich um und fragt: »Hast du Lust, nächste Woche ins Kino zu gehen? Wir beide? Die Coens haben einen neuen. Sie haben ihn nur geschrieben, aber du weißt ja, ein Film, der von den Coen-Brüdern geschrieben ist, muss besser sein als die Hälfte der anderen Exkremente da draußen.«

Sie stammelt ein bisschen, und sicher liegt es daran, dass sie mich aus Mitleid fragt.

»Ich geb dir Bescheid«, sage ich. »Ich muss mir einen Job suchen, eine Wohnung und eine neue Freundin, also …«

»Gib mir dein Handy.«

Ich tu, wie mir geheißen.

Sie drückt ein paar Tasten und gibt es mir zurück.

»Das ist meine neue Nummer. Vielleicht kann ich ja irgendwie behilflich sein.«

Etwa eine halbe Stunde nachdem ich mich von Lizzie verabschiedet hatte, rief Seb an. Ich bin sicher, es war nicht als Standpauke gemeint, aber es klang definitiv wie eine, lauter Lebensweisheiten und Belehrungen wie »Du musst dies« und »Du musst das«.

Am meisten schien er sich über die Schnelligkeit aufzuregen, mit der ich meine Entscheidung getroffen hatte, und über die finanzielle Unsicherheit, die meine drohende Arbeitslosigkeit bringen würde. Ich versuchte zu argumentieren, dass der Sozialplan mir mehr Geld brachte, als ich je besessen hatte, und dass ich mit mehr freier Zeit schneller einen neuen Job finden würde.

Er konterte damit, dass es mir durchaus erlaubt sei, mich nach einem neuen Job umzusehen, während ich noch im Kino arbeitete, und dass ich im Foyer fast genauso viel verdienen würde wie vorher. Ich beendete das Gespräch mit ein paar bedauernden Worten über das »Lebenslänglich im McJob«, und dass ich, im Gegensatz zu manch anderem, an niemanden gebunden war und dieser Zeitpunkt so gut war wie jeder andere, um einen Schlussstrich zu ziehen.

Verständlicherweise konnte er darauf nicht viel erwidern, und ich hatte kurz das Gefühl, einen kleinen Sieg errungen zu haben, weil ich das letzte Wort gehabt hatte. Doch noch bevor ich zu Hause ankam, war das Gefühl verpufft.

Zurück in der Wohnung, aus der man mich rauswerfen wird und in der ich mit meiner Freundin gewohnt habe, die mit mir Schluss gemacht hat, und kurz davor, vorübergehend zu meinen Eltern zu ziehen, die es für angebracht halten, das Land zu verlassen, denke ich über meinen neuen Status als Arbeitsloser nach und zerfließe seit ziemlich langer Zeit mal wieder vor Selbstmitleid.

Ich hasse dieses Gefühl. Wenn man sich gehen lässt, und es zu nichts führt, und deshalb kämpfe ich mit den einzigen mir verfügbaren Mitteln dagegen an. Ich denke an die traurigsten Filme, die ich kenne. Ich denke an Björks Selma in *Dancer in the Dark* und den Satz »Verabschiede dich von Frankie« aus *In America.* Ich denke an den jungen George Bailey, der in *Ist das Leben nicht schön?* von Mr Gower geschlagen wird.

Ich denke an das Pärchen in den ersten fünf Minuten von *Oben,* und ich denke an den Hund in dieser einen Folge von *Futurama.*

Und dann denke ich an Ellie mit sieben Jahren.

Und ich denke, Nick, egal, wie traurig deine Geschichte ist, es gibt immer jemanden, der noch schlimmer dran ist als du.

18

5. November 2008 – 01:55 GMT
Obama 103
McCain 55
erforderliche Mehrheit 270

Du kommst zu spät! Du kommst zu spät! Du kommst so was von zu spät! Eine Playlist, mit der man laut Ellie morgens in die Gänge kommt, spuckte PJ Harveys *This Wicked Tongue* aus.

Normalerweise hätte ich es unzumutbar gefunden, um zwei Uhr morgens so laut Musik zu hören, doch Ellie hatte keine Nachbarn (das Haus nebenan stand schon ewig zum Verkauf), und ihre Mitbewohnerin war zu Besuch bei ihren Großeltern.

Außerdem war die Lautstärke notwendig, da wir beide gerade abschlafften. Unsere Mission – Ellies Kamera holen und zur Party zurückgehen – hatten wir aus dem Auge verloren, stattdessen diskutierten wir seit zwanzig Minuten darüber, ob es sinnvoll war, schlechte Songs auf gute Playlists zu setzen, nur weil sie passten.

Sie fand ja. Ich protestierte.

Ich argumentierte engstirnig, dass ein schlechter Song ein schlechter Song sei. Sie widersprach, dass Songs, die man verabscheute, im richtigen Kontext zu Songs werden konnten, die man liebte, und führte als Beispiel *Hip to Be Square* von Huey Lewis and the News in der Verfilmung von *American Psycho* an.

Sie hatte verdammt noch mal recht.

Als Polly Jean ein Crescendo erreichte und Ellie mir noch einen Whisky einschenkte, wurde mir bewusst, dass ich eigentlich gar nicht auf die Party zurück wollte.

Was, wenn sie dort einen alten Freund traf? Was, wenn sie dort einen Typ traf, den sie schon ewig mochte und der endlich Notiz von ihr nahm? Was, wenn einer meiner Freunde sich in unsere Unterhaltung einmischte?

Hier im Heiligtum von Ellies Zimmer gab es keine Ablenkung in Menschengestalt. Ihre ganze Aufmerksamkeit war auf mich gerichtet und meine auf sie.

Hier konnte ich lahme Witze über »PJ Tage« machen, ohne dass jemand fragte: »Was meinst du damit, Tage im Pyjama?« Worauf ich erklären musste, dass ich damit Tage meinte, an denen ich PJ Harvey hörte, gefolgt von peinlichem Schweigen, das immer folgt, wenn man einen Witz erklären muss.

»Ha, hab ich jetzt erst kapiert«, sagte sie, als der Song zu Ende war. Sie zeigte auf den Mac. »Ein PJ Tag, ein Tag, an dem man PJ hört.«

Ich zuckte demonstrativ lässig die Schultern und formte dann still die Worte: »Heirate mich.«

Um allein mit ihr hierzubleiben, würde ich sie weiter mit Fragen ablenken müssen, vorzugsweise zu Gegenständen, die sich im Zimmer befanden. Ich beschloss, dass Fotos die beste Option waren.

»Sind das deine Eltern?«

Sie imitierte eine steife, vornehme Stimme. »In der Tat.«

Ich stieg darauf ein. »Wie reizend.«

»Sie sind liebe Menschen. Deine?«

»Sie sind in Ordnung, schätze ich. Bisschen öde.«

Obwohl es keinerlei Anhaltspunkt gab, der meine Behauptung bewies oder widerlegte, schien sie stellvertretend gekränkt.

»Alle finden ihre Eltern immer langweilig, aber ich wette, sie haben alle möglichen Geheimnisse, die dich umhauen würden.«

»Nun, ich bezweifle, dass sie Attentäter sind oder einen Piratensender haben, aber ich könnte mich irren.«

»Könntest du. Und tust du. Das sind nämlich die beiden Gründe, warum ich dich hierher gelockt habe. Um die Machenschaften von Mr und Mrs ... Name ...«

»Marcet.«

»Um den Auftragsmorden und dem seichtem Mainstreamradio von Mr und Mrs Marcet ein Ende zu machen.«

Ich trat einen Schritt auf sie zu und sah ihr in die Augen.

»Wie kannst du es wagen zu behaupten, dass meine Eltern Mainstream hören?«, rief ich theatralisch und versuchte, Modest Mouse zu übertönen, die Charles Bukowski gerade erklärten, dass er ein Arschloch sei. »Und seit wann gilt John Denver überhaupt als Mainstream?«

Jetzt trat sie einen Schritt auf mich zu, und als sie das tat, berührten sich unsere Nasen fast. Sie ließ die Fassade fallen, um eine andere aufzusetzen.

»Ich liebe John Denver.«

»Ich auch.«

Und statt sie einfach zu küssen, dachte ich: »Ich werde sie küssen, ich werde sie definitiv küssen. Jetzt sofort«, und zwar so lange, bis die Möglichkeit, sie tatsächlich zu küssen, nicht länger gegeben war.

Es gab ein Zeitfenster für so etwas, und ich hatte es verpasst. Ich trat zurück, räusperte mich und drehte mich zu dem Regal hinter mir um.

»Und das.«

Ich nahm eines der drei Fotos, von denen ich annahm, dass es Kinderfotos von Ellie waren, vom Regal mit dem Teddy und den Kerzen.

»Das bist du?«

Auf dem Foto waren ein kleines Mädchen, vielleicht sechs, und ein Junge, vielleicht vier, die lächelten und an einem Strand Sandburgen bauten.

Sie wandte mir den Rücken zu und antwortete mit einem knappen »Japp«.

»Sehr süß«, bemerkte ich und vermied es bewusst, a) mich zu überschwänglich über die Niedlichkeit der Sechsjährigen zu äußern oder b) eine peinliche Bemerkung darüber zu machen, wie hübsch unsere Kinder einmal wären.

»Und dieser Junge?«, sagte ich und zeigte auf den im Sand hockenden Jungen, der den Eimer hielt. »Sollte ich mir Sorgen um ihn machen?«

Mir fiel nicht auf, dass ihre Stimme kaum mehr als ein Flüstern war.

»Das ist mein Bruder Lucas.«

»Ellie und Lucas. Deine Eltern haben schöne Namen ausgesucht. Was macht er?«

Und als ich mich umdrehte, um ihr Gesicht zu sehen, kannte ich die Antwort, bevor sie sie ausgesprochen hatte, den Grund für die Kerzen und den Teddy und den Ehrenplatz auf einem Regal abseits der anderen Fotos. Den Grund, warum sie plötzlich mit gedämpfter, ehrfürchtiger Stimme sprach.

»Er ist gestorben.«

»Oh, Ellie, das tut mir leid, ich …«

»Schon gut«, sagte sie und setzte sich auf den Rand des Bettes, als wären ihre Beine plötzlich nicht mehr in der Lage, ihren Job zu erledigen.

»Wie war er so?«, fragte ich.

Sie sah zu mir auf und schüttelte den Kopf. Ihr Gesichtsausdruck war eigenartig, eine Mischung aus Zerstreutheit und tiefer Dankbarkeit. Warum, sollte ich in wenigen Sekunden erfahren.

»Weißt du, ich hatte längere Beziehungen mit Typen, vielleicht sechs, sieben Monate, Typen, die unzählige Male hier übernachtet haben, und sie haben mich nie gefragt. Kein einziges Mal.«

Unsicher, wie ich mich verhalten sollte, nickte ich.

»Ich würde dir gern von ihm erzählen, wenn das okay ist? Und was passiert ist?«

Ich ging zu ihr und setzte mich neben sie.

»Es war ein Jahr, nachdem dieses Foto entstanden ist. Ich war sieben. Er war fünf. Unser jährlicher Familienurlaub. Wir sind immer nach Oban in Schottland gefahren, jedes Jahr, weil mein Vater da schon mit seinen Eltern hingefahren ist. Sagte er jedenfalls. Mum sagte, weil er sich mit Whisky eindecken wollte. Nicht dass er ein Säufer war oder so. Ich erinnere mich nur, dass er gelegentlich im Urlaub oder zu besonderen Anlässen etwas trank. Warst du schon mal da? In Oban?«

Ich schüttelte den Kopf, nein, und überlegte, ob ich ihr erzählen sollte, dass es der Drehort einer grandiosen romantischen Komödie mit dem Titel *Ich weiß wohin ich gehe* war, doch mir wurde bewusst, dass es nicht der richtige Zeitpunkt für belangloses Filmwissen war.

Sie fuhr fort

»Wir waren den ganzen Tag gefahren, und als wir ankamen, haben Mum und Dad gesagt, wir könnten uns ein Eis holen. Lucas wollte dieses riesige Ding mit einem albernen Namen bestellen, Chocopalypse Now oder so ähnlich. Wir waren im Urlaub, deshalb erlaubten Mum und Dad es ihm. Obwohl er nur die Hälfte schaffte, war es trotzdem eine außerordentliche Portion für einen Jungen seiner Größe. Wie du siehst, war er ziemlich dürr. Als er anfing, über Bauchschmerzen zu klagen, dachten wir deshalb, das käme vom Eis. Wir machten uns darüber lustig, dass seine Augen wohl größer gewesen waren als sein Magen.«

Sie atmete tief durch, für den schwersten Teil.

»Sein Blinddarm ist geplatzt, vermutlich auf dem Weg zurück ins Ferienhaus. Normalerweise geht das nicht so schnell, und selbst wenn, hat man noch Zeit. Wäre er früher im Krankenhaus gewesen …«

Sie verstummte, bevor sie sich wieder fasste.

»Das war, bevor es Handys und das Scheiß-WLAN und all diese modernen Sachen gab, die sein Leben hätten retten können.«

Seit Ellie mir erklärt hatte, was sie von Psychospielchen hielt, hatte ich sie nicht mehr fluchen hören. Bei ihr war Fluchen etwas Besonderes. Sie setzte es ganz gezielt ein. Irgendwie war ich sauer auf mich selbst, weil ich selbst so verschwenderisch damit umging, ohne mir groß Gedanken zu machen.

Vielleicht brauchte ich es eines Tages.

Sie streichelte den Bilderrahmen.

»Je älter ich werde, desto mehr Mitgefühl habe ich mit meinen Eltern. All die ›Warum-haben-wir-nicht?‹-Fragen, die sie sich zwanghaft immer wieder stellten. ›Warum sind wir nicht früher mit ihm ins Krankenhaus gefahren?‹ ›Warum haben wir ihn nicht ernst genommen, als er zu jammern anfing?‹«

Sie schüttelte den Kopf, als wollte sie die Fragen aus ihrem Kopf herausschütteln.

»Irgendwo habe ich gelesen, dass das Gehirn darauf angelegt ist, schlechte Erinnerungen besser zu speichern als gute. So ein Kampf-oder-Flucht-, Darwin-, Evolutionsding. Man ist darauf gepolt, sich die schlechten Sachen zu merken, damit man nächstes Mal besser damit fertig wird.«

Sie saß neben mir, doch sie war Jahre entfernt.

»Ich nicht. Ich kann mich an keinen einzigen schlechten Moment mit ihm erinnern. Er wollte immer nur neben mir sitzen und kuscheln.«

Ein schwerer Seufzer deutete an, dass sie nicht mehr darüber nachdenken wollte, und sie schloss die Geschichte mit folgenden Worten: »Man kann auf zwei Arten damit umgehen: die Welt und ihre willkürliche Grausamkeit hassen oder beschließen, dass man nur ein Leben hat und man es leben sollte, weil es nicht ewig währt. Ich habe Ersteres gewählt, so lange ich konnte. Ich bevorzuge Letzteres.«

Die ganze Zeit, während sie mir ihre Geschichte erzählte, fühlte ich, wie sämtliche Muskeln in meinem Gesicht absackten, spürte das vertraute Brennen munter werdender Tränenkanäle in meinen Augenwinkeln. Sie starrte auf das Foto von ihr und Lucas, deshalb hatte sie es nicht bemerkt, doch schließlich schaute sie auf und entdeckte das Häufchen aus Rotz und Tränen neben sich auf dem Bett.

Sie lachte überrascht auf, als sie meine traurige Erscheinung sah, jedoch ohne jede Bosheit.

»Nick.«

»Tut mir leid, ich …«

»Schon gut.«

»Tut mir leid.«

»Es muss dir nicht leidtun.«

Sie sah mich mitfühlend an. Diese Person, die mir gerade von ihrem Verlust erzählt hatte, tröstete mich, machte sich Sorgen um mich, während sie sich an die schwerste Zeit ihres Lebens erinnerte.

Und dann küsste sie mich.

19

Ich lehnte Lizzies Einladung zum neuen Film der Coen-Brüder (Drehbuch, nicht Regie) ab, da ich sie für eine Geste des Mitleids mit einem Loser hielt. Stattdessen beschloss ich, allein zu gehen.

Ich ging etwas früher hin, um mich vorher noch bei Seb zu entschuldigen. Er war so ekelhaft großmütig, dass sofort wieder Wut in mir aufstieg und ich kurz davor war auszurasten und ihm Beleidigungen an den Kopf zu werfen. Ich weiß, er will nur mein Bestes. Er möchte, dass ich hier arbeite, bis ich einen anderen Job gefunden habe, weil er glaubt, dass ich die Sicherheit brauche. Doch auch wenn ich mich im Ton vergriffen hatte, meinte ich das mit der Ungebundenheit ernst.

Es ist eine Gelegenheit.

Eine einzigartige Gelegenheit.

Die Trailer sind fast vorbei, und ich bin immer noch der Einzige im Saal. Normalerweise bete ich, dass keine Nachzügler kommen, sich vor mich setzen, ununterbrochen quatschen und dabei Popcorn mampfen. Natürlich lasse ich das nie durchgehen. Diverse Male habe ich entweder einen Vorführkollegen zu Hilfe geholt oder die Vorstellung selbst angehalten. Einige Male ist es dabei fast zu Handgreiflichkeiten gekommen, doch das Endergebnis – ein respektvolles, stilles Kinopublikum – ist es allemal wert.

Heute jedoch ... heute fühle ich mich als einziger Kinobesucher irgendwie einsam.

Heute suche ich die Konfrontation.

Die Filmkritiken waren bestenfalls naserümpfend. Nicht, dass ich etwas darauf gebe, was die Kritiken sagen. Trotzdem lese ich Filmzeitschriften, habe, ehrlich gesagt, einige abonniert. Ich habe sogar selbst schon Artikel eingeschickt, aber nie eine Antwort erhalten. Vielleicht könnte das mein nächster Job sein. Vielleicht könnte ich mir mehr Mühe geben.

Ich wünschte, Ellie wäre hier.

Es ist fast sieben Wochen her, seit sie gegangen ist, um mir »Raum« und »Zeit« zu geben. Ich bin nicht sicher, ob ich damit etwas Vernünftiges angefangen habe.

Ich könnte sie anrufen. Wir sind schließlich noch Freunde. Wir haben doch darüber gesprochen, dass wir Freunde sein wollen, oder? Die Erinnerung ist schon ein bisschen verschwommen. Vielleicht hat sie Lust, sich mit ihrem alten Kumpel Nick zu treffen und einen Film zu sehen. Ich könnte rausgehen und uns zwei Karten für die Vorstellung um 17:30 Uhr kaufen.

Es macht mir nichts aus, die ersten zehn Minuten noch mal zu sehen. Ich habe keine Ahnung, was passiert. Colin Firth ist sauer auf Alan Rickman, weil er ein Arschloch ist, und jetzt macht er sich an Cameron Diaz ran. Ist der Altersunterschied nicht obszön? Ein schneller Blick in die IMDb auf meinem Handy. Schon okay, außer mir ist niemand hier. Zwölf Jahre. Nach Hollywood-Standard nicht grotesk. Shit. Cameron Diaz ist vierzig. Gott, ich bin alt. Ich erinnere mich noch an den Auftritt in *Die Maske.* Von einer Sekunde auf die andere war ein Star geboren. Wie oft passiert so etwas heutzutage noch?

Heutzutage. Deprimierendes Adverb. Direkter Vergleich mit der Vergangenheit.

Heutzutage geht Nick allein ins Kino.

Heutzutage geht Nick allein nach Hause.

Heutzutage holt Nick sich vor dem Einschlafen einen runter.

Dieser Film ist haarsträubend. Oder es liegt an meiner

schlechten Stimmung. Ich frage mich, wie viele Filme schon unfair beurteilt wurden, weil ein Kritiker oder ein Studioboss einen Scheißtag hatten. Wäre *Citizen Kane* neu geschnitten worden, wenn George J. Schäfer bei der ersten Vorführung verkatert gewesen wäre? Hätte George Lucas *Star Wars* in die Tonne kloppen müssen, wenn Alan Ladd Jr. beim Pitch schlechte Laune gehabt hätte?

Ich wollte mich nur ablenken. Ich hätte mir etwas mit Explosionen und Autojagden und Gewalt aussuchen sollen. Was Lautes, Knalliges, Buntes, Glitzerndes. Etwas, was mich auf andere Gedanken bringt.

Stattdessen lasse ich jeden Tag unserer gemeinsamen Zeit Revue passieren. Urlaube scheinen sich auf dem Temporallappen irgendwie stärker festzusetzen als andere Tage, und im Moment konzentriere ich mich auf den zweiten Abend unserer Reise nach Istanbul.

Zweifellos einer der besten Tage meines Lebens.

Es war unser drittes gemeinsames Weihnachten, und statt des üblichen »Wessen Eltern besuchen wir?«, »Waren wir nicht letztes Jahr bei deinen?«, »Können wir bitte wieder zu deinen?«, beschlossen wir, uns aus England zu verziehen.

Das Ziel hatte Ellie ausgesucht, weil sie in der Tate eine Fotoausstellung gesehen hatte. Als sie wiederkam, hatte sie von den Perspektiven der Gebäude und der Pracht der Altstadt geschwärmt, und ich hatte beschlossen, sie mit einer Winterreise zu überraschen, auch weil die Hitze in der Türkei mich zu jeder anderen Jahreszeit umgebracht hätte.

Wenn man die Stunden, die man wach ist, in einem spärlich beleuchteten, fensterlosen Vorführraum verbringt, hat das negative Auswirkungen darauf, wie man mit den Elementen draußen klarkommt. Für mich ist zu viel Sonne wie Kryptonit. Mein Job hat mich in einen *Lost Boy*, einen *Nosferatu*, einen *Dracula – Tot aber glücklich* verwandelt.

Die Reise war erwartungsgemäß die höllische Kombination aus überfülltem Zug nach Stansted und Billigflug mit easyJet. Wir beschränkten die abfälligen Bemerkungen auf ein Minimum und schworen uns, früh ins Bett zu gehen und am nächsten Morgen voll durchzustarten.

Und das taten wir.

Mehr noch als alle anderen Erinnerungen an Ellie, ist diese wie eine Fotomontage. Zwei Frischverliebte in einem unbekannten Land.

A. Unser Pärchen liegt mit ineinander verschränkten Gliedmaßen im Bett. Nach dem Aufwachen albert es unter der Decke herum.
B. Der Zimmerservice kommt, und das halbnackte Mädchen versteckt sich hinter der Tür, während der Junge den Frühstückswagen hereinrollt und die Rechnung unterschreibt. (Obwohl sie die Extras bezahlt, wie immer.)
C. Sie essen das köstliche, exotische Frühstück, während die Morgensonne durchs Fenster scheint.
D. Draußen auf der Straße gehen sie Arm in Arm. Ein Bündel aus zwei dicken Jacken – unmöglich zu sehen, wo die eine aufhört und die andere anfängt.
E. Sie beobachten ein anderes Pärchen, das leidenschaftlich miteinander streitet. Sie lächeln sich an. Wir nicht. Wir werden nie so sein.
F. Ein Essen in einem feinen Restaurant. Der Kellner versucht, dem Jungen etwas zu vermitteln, damit der auch wirklich bestellt, was er glaubt zu bestellen. Der Junge entlässt ihn mit einem Kopfnicken und leicht herablassendem Lächeln. Der Kellner bringt das Essen und wartet, bis der Junge den ersten Bissen in den Mund steckt. Der Junge schnappt nach Luft, wegen der Schärfe des Essens. Er greift nach seinem Glas. Als er bemerkt, dass es leer ist, greift

er nach dem des Mädchens. Das Mädchen lacht so heftig, dass es vom Stuhl kippt.

G. Mehr Alkohol. Mehr Lachen. Mehr Händchenhalten. Mehr Küsse. Mehr Sex.

H. Und die Montage hört auf, wie sie angefangen hat. Das Pärchen im Bett. Umhüllt von weicher Bettwäsche und von einander.

Der Soundtrack dazu war früher euphorisch und quietschvergnügt.

Etwas von Feist.

Oder *Impossibly Beautiful* von Julie Feeney.

Oder einer der ersten vier Tracks auf *Begin to Hope* von Regina Spektor.

Jetzt ist es gefühlsduselige Musik. Ausschließlich instrumental. Eine Note, die immer wieder gespielt wird. Ein Soundtrack bevorstehenden Grauens.

Ich bin in meinem ganzen Leben erst aus drei Filmen gegangen.

Der erste war *Vertigo*. Ich weiß, ich weiß. Aber zu meiner Verteidigung, ich war dreizehn und hielt *Terminator 2 – Tag der Abrechnung* für den größten Film aller Zeiten. Ich habe *Vertigo* einfach nicht kapiert. Ich wurde erwachsen, sah ihn noch einmal und habe mich seither für meinen jugendlichen Fehltritt kasteit.

Der zweite war ein Remake von *Texas Chain Saw Massacre* von 2003, mit dem orthographisch verbesserten Titel *Texas Chainsaw Massacre*. Ich gehöre nicht zu den Leuten, die Remakes an sich falsch finden. Ohne sie gäbe es nicht *Die Spur des Falken* (1941), es gäbe kein *Scarface* (1983), und Tim Burton hätte überhaupt nur einen Film gedreht.

Der dritte war *Eine für 4*. Nichts gegen den Film. Er war nur nichts für mich, und ich war nichts für ihn. Eine halbe Stunde nach Beginn trennten wir uns einvernehmlich.

Dies hier wird mein vierter sein.

Vielleicht dauert er noch zehn Minuten, vielleicht noch eine Stunde. Ich habe keine Ahnung. Ich habe nicht auf die Handlung geachtet. Ich war woanders.

An einem schöneren Ort.

Als ich meine Sachen nehme und aufstehe, um zu gehen, fällt mir mein Notizblock aus der Tasche. Ich schaue mich im Kinosaal um und sehe, dass ich immer noch allein bin. Ich mache die Taschenlampe in meinem Handy an und beginne im Halbdunkel zu schreiben.

ZWEITE
UNTERBRECHUNG

Das Mädchen maß Glück nicht dieselbe Bedeutung bei wie er. Sie war schon einige Zeit ganz gut ohne zurechtgekommen, deshalb war sie nicht so darauf fixiert. Doch der Junge, der mit Happy Ends aufgewachsen war, glaubte, sie glücklich machen zu können.

Es war Nicks siebenundzwanzigster Geburtstag. Das Todesalter der Rockstars. Janis, Jim und Jimi.

Er versuchte Ellie klarzumachen, dass dieses Jahr vielleicht sein letztes auf Erden war, weil Gevatter Tod dazu neigte, die Besten bei einer Stiege und sieben Jahren zu holen.

Nachdem sie ihn dankenswerterweise daran erinnert hatte, dass man etwas aus seinem Leben machen musste, um sich einen Platz im 27er Club zu verdienen, lenkte Ellie ein und meinte: »Wenn das so ist, ist es meine Pflicht, dafür zu sorgen, dass du einen letzten Geburtstag bekommst, den du nie vergisst.«

Mit Elan machte sie sich daran, sein Geschenk vorzubereiten. Flüge buchen, das richtige Hotel aussuchen. Doch am meisten Freude bereitete ihr die Einladung. Nachdem sie einen alten Karton mit Bastelmaterial entstaubt hatte, verbrachte sie einen ganzen Sonntagnachmittag damit, eine perfekte Einladung zu entwerfen. Die Karte selbst bestand aus kleinen Bildern von Filmrollen und Projektoren, und in der Mitte stand in Schönschrift: *SIE SIND HERZLICH EINGELADEN ZU DEN FILMFESTSPIELEN VON CANNES 2009.*

»Das ist … Ich bin … Ich weiß nicht, was ich sagen soll«, stammelte Nick, als er die Karte öffnete.

»Das Hotel ist eine Absteige«, entgegnete Ellie. »Das sage ich dir lieber gleich. Ich glaube, es hat nicht mal einen Stern, aber um die Jahreszeit erhöhen alle ihre Preise, und …«

Er stürzte sich auf sie, küsste ihren Hals und psalmodierte dabei seinen Dank, während sie weiter bemüht war, seine Erwartungen zu dämpfen.

»… Es sind nur zwei Tage, mehr konnte ich mir nicht leisten. Aber wir können ja versuchen, länger zu bleiben. Vielleicht am Strand zelten? Und es sind Superbilligflüge.«

Nick bewegte seinen Mund auf ihren zu, um ihr zu verstehen zu geben, dass sie genug Vorbehalte geäußert hatte.

»Du.«

Er küsste sie.

»Bist.«

Sie fing an, sein Hemd aufzuknöpfen.

»Unglaublich.«

Ellie tat ihr Bestes, das Datum runterzuspielen. In zwei Tagen wären sie in Südfrankreich, doch sie wusste, ihre Gedanken würden in Schottland sein. Sie hatte so sehr versucht, sich einzureden, dass ihr ein Tapetenwechsel guttun würde. Dass die üblichen Erinnerungsrituale sie nur traurig machen würden. Sie glaubte wirklich, dass dies ihre Chance war, einen traurigen Geburtstag durch einen glücklichen zu ersetzen. Unsere erste gemeinsame Reise, dachte sie. Was kann da schon schiefgehen?

Während sie im strömenden Regen am Bahnsteig standen, kam zum x-ten Mal die Durchsage – in einer unangemessen unbekümmerten Stimme: »Dies ist ein Sicherheitshinweis. Bitte beachten Sie, dass der Boden aufgrund der Nässe gefährlich glatt sein kann.«

Sie waren seit fünfundvierzig Minuten am Bahnhof Clapham Junction und hatten noch keinen einzigen Zug gesehen. Nick sagte ein Mantra vor sich her, um die Dämonen abzuwehren: »Um diese Zeit heute Abend werden wir in Südfrankreich sein.« Ellie rieb seinen Arm.

Nach der siebenundfünfzigsten Durchsage, dass »dieser Bahnhof zu Ihrer eigenen Sicherheit videoüberwacht« ist, hörten sie zufällig, wie ein Bahnangestellter das Wort »Personenschaden« fallen ließ und zählten eins und eins zusammen.

Nick fühlte sich kurz an die ziemlich vorhersehbare – aber nicht unwitzige – göttliche Komödie *Bruce Allmächtig* erinnert. Da steht Titelheld Bruce im Stau, nachdem ein schwerer Unfall passiert war, und lamentiert darüber, was für ein Pech er immer hat. Bisher hatte er die Charakterentwicklung für platt gehalten, doch als jetzt im mustergültig britischen Klima auf einem immer voller werdenden Bahnsteig stand, begann er sich Bruce sehr, sehr nah zu fühlen.

Ellie, pragmatisch wie immer, suchte nach Lösungen.

»Ich werde jetzt nicht sagen, dass du dir wegen der Zeit keine Sorgen machen musst, denn ich weiß, das bringt nichts, aber wir haben immer noch eine Stunde bis zum Abflug.«

»Schon gut«, erwiderte Nick, bemüht, nicht den forschfröhlichen Tonfall der Durchsagen nachzuahmen, konnte jedoch die nervöse Hippeligkeit, die in jedem Muskel seines Körpers pulsierte, nicht verbergen.

Die Anzeige sprang von »15 Minuten« auf »30 Minuten«, und ein kollektives Stöhnen stieg in den Himmel auf, aus dem es niederprasselte.

»Lass uns ein Taxi nehmen«, schlug Ellie vor. »Das kostet nur dreißig Pfund. Wir können uns heute Abend etwas kochen, statt essen zu gehen.«

Nick schaute auf die Schienen, als könnte er dadurch den

Zug herbeizwingen. Da nichts geschah, nickte er und nahm ihre Taschen.

Während sie sich die Treppen hinunterkämpften, an deren Rutschfestigkeit man offenbar keinerlei Gedanken verschwendet hatte, griff die kollektive Intelligenz bei den anderen Passagieren, und sie stürmten ebenfalls zum Taxistand. Nick und Ellie stellten sich in eine Schlange und beteten die nächsten zwanzig Minuten, dass ihr Zug nicht kommen möge.

Das tat er natürlich in der Sekunde, als ihre Taschen im Kofferraum waren.

»Vermutlich«, dachte Nick laut, »ist es weit weniger ärgerlich, einen Flug um zwei Stunden zu verpassen als um dreißig Sekunden.«

Es war die Art Bemerkung, die keine Antwort erforderte. Doch als tatsächlich keine kam, war er gekränkt und malte sich in düsteren Farben aus, warum sie ihn ignorierte.

Es sei kein bestimmter Grund, hätte sie ihm erklärt, wenn er gefragt hätte. Sie war müde, sie bekam ihre Tage, eine negative Bemerkung im Job ging ihr nicht aus dem Kopf. Und vor allem hatte sie gerade für einen neuen Flug bezahlen müssen, sodass es nächsten Monat noch enger wurde. Was sie nicht erwähnt haben würde, war der wahre Grund: dass sie nicht aufhören konnte, an Lucas zu denken.

Am Tag zuvor hatte sich der perfekte Moment ergeben, um Nick von dem unglücklichen Timing zu erzählen, sich alles von der Seele zu reden. Ihren Gedanken freien Lauf zu lassen, die jetzt stattdessen in einer dunklen Ecke ihres Herzens schmollten. Doch der Augenblick verstrich, und jetzt waren sie hier.

Sie setzten sich auf ihre Plätze, tauschten ein wortloses »alles gut« und nahmen ihr In-Flight-Entertainment zur Hand. Seine Lektüre war wenig anspruchsvoll, ein zerfleddertes

Exemplar von *Jurassic Park*, das er besaß, seit er zehn war. Ihre war intellektueller, aber ebenso abgegriffen: *Liebe in den Zeiten der Cholera.* Zwischendurch hatten sie die Bücher getauscht, doch keiner hatte auch nur das erste Kapitel des anderen Romans geschafft. Ellie meinte, es läge daran, dass sie diese Wälzer aus rein nostalgischen Gründen lasen. Nick fürchtete, es könnte womöglich an seinem bekloppten Geschmack liegen.

Dass ihr nächster Flug sich um genau die Zeitspanne verspätete, um die sie ihren ersten Flug verpasst hatten, war eine so köstliche wie unnötige Ironie.

Nach dem Start gingen Nicks Ohren zu, sodass er nichts mehr hörte, vor allem nicht, dass Ellie ihn fragte, ob er ihr die Wasserflasche reichen könne, aus der er gerade trank. Als er die letzten Millimeter der kostbaren Flüssigkeit leerte, blickte sie ihn mit einer Verachtung an, die er an ihr nicht kannte. Er sah ihren Mund, »herzlichen Dank«, und seine Ohren gingen gerade rechtzeitig wieder auf, um seine Untat zu erkennen.

Vor Hunger bekamen beide allmählich schlechte Laune – da wussten sie noch nicht, dass sechsundneunzig Prozent aller Streits zwischen Menschen, die sich nahestanden, durch Hunger verursacht wurden –, wollten jedoch nicht 2,90 Pfund für ein Twix ausgeben. Die feindselige Stimmung nahmen sie aus dem Flugzeug mit.

Aufgrund von Zug- und Flugverspätungen – sowie einem Vorfall bei der Gepäckausgabe, der bis heute ungeklärt ist – hatten sie sechs Stunden ihres Achtundvierzig-Stunden-Urlaubs eingebüßt. Ein kleiner, aber sehr präsenter Teil von Ellie betrachtete die Komplikationen als Segen. Sie boten Ablenkung, und Ablenkung war genau das, was sie brauchte.

Nachdem sie sämtliches Zuckerzeug aus den Münzautomaten auf dem Flughafen Saint-Geoirs geleert und beiderseitige Kratzbürstigkeit beschwichtigt war, ähnelten sie wieder ihrem normalen, glücklichen Selbst.

Die Sonne stand schon ziemlich tief, als sie den Mietwagen abholten. Jetzt, noch gut zwei Stunden von ihrem Ziel entfernt, war der Himmel pechschwarz. Ellie war noch nie gern nachts gefahren, hatte sich diesmal jedoch angeboten, als extra Ablenkung vom Rauschen in ihrem Kopf. So konnte Nick mit seinem iPod spielen und für die Unterhaltung sorgen.

»Ist es seltsam, dass ich noch jede Zeile von jedem Song kenne, obwohl ich das Album seit ungefähr zehn Jahren nicht mehr gehört habe?«, fragte er.

»Ist es seltsam, dass ich es seltsam finde, dass du *Jagged Little Pill* mit derselben Hingabe gehört hast wie ich als Vierzehnjährige?«, antwortete sie.

Er seufzte erleichtert auf, weil er wusste, dass die Spannungen dieser Reise damit auf das Level »lästig« zurückgestuft worden waren. Ellie fing wieder an mitzusingen.

Während sie synchron im Takt der Pause mit den Köpfen wackelten, gab es ein schauderhaftes Geräusch.

Ellie bremste, dass die Reifen quietschten.

»Was zum Teufel war das?«, sagte sie.

Sie stiegen aus und gingen vorsichtig nach vorn.

Das Nummernschild und der kaputte linke Scheinwerfer waren mit blutroter Flüssigkeit vollgespritzt, die sie in so großer Menge beide noch nie zu Gesicht bekommen hatten.

»Was, glaubst du, war das?«, fragte sie

»Wahrscheinlich ein Kaninchen«, erwiderte er, bemüht locker.

»Da geht der Selbstbehalt dahin.«

Sie stiegen wieder ins Auto und schafften knapp fünfzig Meter, bevor sie unter sich ein obskures Klappern hörten. Bei jedem Knall zuckte Nick, und Ellie kniff die Augen zusammen.

»Was sollen wir tun, Nick?«

Er hatte keine Ahnung, war jedoch berauscht von dem Gefühl, dass sie sich an ihn wandte.

Sie waren immer noch zwei Stunden entfernt von Cannes und dem Komfort und der Wärme ihres Einsternhotels, und es ging auf 9:00 Uhr zu. Es war also eher unwahrscheinlich, dass die Läden noch offen hatten, und sie waren seit vielen Kilometern durch kein Dorf mehr gekommen.

Auf einem Schild stand: *Sisteron 1 km.*

»Das könnte ich zu Fuß schaffen«, sagte Nick, in der hoffnungslosen Hoffnung, dass sie sein großzügiges Angebot nicht annahm.

»Ich will ja nicht die Jungfrau in Nöten spielen, aber ich würde wirklich ungern allein im Dunkeln am Straßenrand warten, in einer Gegend, die ich nicht kenne und wo ich von Wölfen angegriffen werden könnte.«

»Gibt es in Frankreich Wölfe? Ich könnte das schnell googeln, ich habe Datenroaming.«

Sie sah ihn schweigend an, blinzelte übertrieben und fragte sich, wie sie bloß dazu gekommen war, ihm ihre Sicherheit anzuvertrauen.

Schließlich hustete sie und sagte: »Glaubst du, du könntest dein Datenroaming auch dafür benutzen, einen französischen Abschleppdienst zu finden? Den AA, vielleicht?«

Verlegen tippte er *Le AA.*

Die ersten Ergebnisse waren alle für eine Strafverfolgungsbehörde in den USA.

Er versuchte es mit *französischer Abschleppdienst.*

Die Ergebnisse waren nicht gerade ermutigend.

»Ich bekomme nur Treffer mit ›Schließen Sie eine Schutzbriefversicherung ab, bevor Sie Ihre Reise antreten. Und führen Sie die Telefonnummer des Pannendienstes stets bei sich.‹«

»So werde ich also sterben«, sagte Ellie. »Von Wölfen gefressen, neben meinem Freund, der nicht vorausplant.«

Es war nicht so verletzend gemeint, wie es rüberkam, doch sie hätte schreien können vor Frust.

»Lass uns ganz langsam in dieses Sisteron fahren.« Er deutete auf das Schild. »Das ist nur ein Kilometer.«

Ellie erklärte sich einverstanden und ließ den Motor an. Als sie losfuhren, kam Nick der Name Sisteron plötzlich irgendwie bekannt vor. Er sagte ihn im Rhythmus zu dem Klappern vor sich hin, das schnell zu einem Knirschen wurde, das schnell unerträglich wurde, bis Ellie anhielt und explodierte.

»Hör auf, Sisteron zu sagen!«

Und da fiel es ihm ein.

»Gabby!«

Ellie stieg zum zweiten Mal aus dem Wagen und blaffte ihn über die Kühlerhaube hinweg an. »Weißt du, dass es nicht die Aufgabe deiner Familie ist, dich zu retten?«

»Was soll das denn heißen?«, erwiderte Nick, bevor er seinen Gedankenfaden wieder aufnahm. »Gabby war mal mit einem Typ zusammen, einem echten Vollidioten namens, wie hieß der noch mal? Franco? Francis? François! So hieß er. Er hat in Sisteron gewohnt. Ich habe den Typ gehasst.«

Ellie war immer noch verdutzt. »Und wie soll uns das helfen?«

»Männer tun einfach alles für Gabby. Besonders Exfreunde. Ich frag sie, ob er noch hier wohnt. Vielleicht kann er uns abholen. Oder kennt wenigstens jemanden, der das kann.«

Ellie blinzelte wieder.

»Nur dass ich das richtig verstehe. Du willst deine Schwester fragen, ob sie einen Arschloch-Exfreund fragen kann, ob er irgendeinen Kumpel fragen kann, ob er uns abholt?«

Nick war zusehends genervt davon, dass jetzt offenbar alles seine Schuld sein sollte, und dachte im Stillen – nur im Stillen –, dass sie nicht in diesem Schlamassel stecken würden, wenn er gefahren wäre.

»Und was ist dein Masterplan?«, blaffte er.

Ellie warf die Arme in die Luft und kratzte sich an beiden Seiten ihres Kopfes. Sie musste jetzt keine negativen Gedanken mehr aufspüren, sie waren überall.

Sieh nur, wie schlecht er damit klarkommt, wenn es nicht läuft. Wenn nicht alles Friede, Freude, Eierkuchen ist. Wie lang soll ich noch warten, bis er endlich erwachsen wird? Und schließlich der, den sie immer unterdrückt hatte: *Hab ich nicht was Besseres verdient?*

Sie atmete tief durch. »Gib mir fünf Minuten, Nick.«

Nach einer halben Minute hatte sie ihre Entscheidung getroffen.

»Okay. Egal. Tu's.«

Als François auftauchte, lässig aus dem Fenster seines Sportwagens gelehnt, erinnerte Nick sich an alles, was er vergessen hatte. Wie François sich bei jeder Gelegenheit über ihn lustig gemacht hatte. Wie er alles angebaggert hatte, was sich bewegte. Wie verdammt attraktiv er war.

Er stieg aus dem Wagen und küsste Nick auf beide Wangen.

»*Merci*, François. Ich weiß es wirklich zu schätzen.«

François schlug ihn scherzhaft dorthin, wo er ihn eben noch geküsst hatte, und sagte: »*Mon petit frère*, ich habe dich immer dafür gemocht, dass du versucht hast, Französisch mit mir zu sprechen. Die wenigsten von euch Engländern machen sich die Mühe.«

Er betrachtete das Auto.

»Was ist passiert?«

»*Un grand lapin*«, antwortete Nick.

Ohne zu lachen, sagte François: »Du warst schon immer sehr witzig, Nick. Ein sehr witziger Mann.«

Und dann rückte er Ellie auf die Pelle, auf ganz selbstverständliche und zugleich gruselige Art, und nahm ihre Hand.

»Also du und dieser Typ, ja?«

Ellie lächelte höflich und sagte: »Sehr sogar.«

Sie sagte das Nick zuliebe. Sie wusste, dass er unsicher war, und da sie sich inzwischen abgeregt hatte, wollte sie, dass er sich wohlfühlte. Doch innerlich schüttelte sie den Kopf über seine Entscheidung, sich demonstrativ zwischen sie und François zu stellen. François fand das vermutlich zum Schießen.

»Wie geht's Gabriella?«, fragte François mit einem ekelerregenden Zwinkern.

»Wer ist Gabriella?«, warf Ellie ein.

»Er meint Gabby«, sagte Nick und wollte sich gern einbilden, dass Ellie in der Nanosekunde, die sie glaubte, dass es in seinem Leben eine geheime Frau gab, einen Hauch eifersüchtig war. »Es geht ihr sehr gut, danke der Nachfrage. Sie heiratet nächsten Monat.«

François seufzte tief, und Nick wusste, was jetzt kam.

»Ah, was wir alles zusammen angestellt haben. Komm, du kannst mir unterwegs alles über sie erzählen.«

»Was heißt formidabel auf Französisch?«, fragte Ellie.

Es war eher ein Test als eine Frage. Wenn Nick lachte oder wenigstens lächelte, wusste sie, dass sie wieder festen Boden unter den Füßen hatten. Wenn er den Witz nicht verstand und versuchte, sie zu korrigieren, wusste sie, dass der Abend ein Reinfall war. Sie war nicht ganz sicher, was sein Schweigen zu bedeuten hatte.

Es lag, wie in jedem Witz, ein gutes Stück Wahrheit in dem, was sie gesagt hatte. Eine Seite der Wohnung war fast vollständig aus Glas und zeigte auf einen beleuchteten Pool, der ganz François gehören mochte oder auch nicht. Die offene Küche hatte superflache, eingebaute Geräte, die man nur ansehen musste, um sie einzuschalten. Jedes Kunstwerk an der Wand war entweder stark phallisch oder yonisch oder beides. Ort und Einrichtung waren ganz darauf ausgerichtet, Besuchern Atem und Unterwäsche zu rauben.

Ellie versuchte, nicht beeindruckt zu sein, wegen Nick, aber ihre Augen war so groß wie die einer Vierjährigen, die vor ihrer Geburtstagstorte steht.

»Rot oder weiß?«, fragte François. »Oder etwas Stärkeres?«

»Eigentlich möchten wir am liebsten schlafen gehen, wenn es dir nichts ausmacht«, antwortete Nick.

Er versuchte, den Blickkontakt mit Ellie zu meiden, denn er wusste, ihr Blick würde sagen: »Du bist wahnsinnig unhöflich.« Weil er ihrem Blick auswich, stieß sie ihm in die Rippen, um seine Aufmerksamkeit zu bekommen, und flüsterte es, wobei sie »wahnsinnig« gegen »übertrieben« tauschte.

»Rot, bitte, François«, fügte sie hinzu.

»Ja, rot«, plapperte Nick nach, in der Hoffnung, dass ihr Gastgeber ihn nicht auf seine erste Antwort festnagelte und ihn ins Bett schickte, während er sich bei einer Flasche Shiraz auf dem allem Anschein nach teuersten Sofa, das er je gesehen hatte, an seine Freundin ranmachte.

»Aber nur ein Glas«, flüsterte er Ellie zu.

»Okay«, flüsterte sie zurück.

»Mein Masterplan war wohl doch nicht so schlecht.«

Sie verdrehte statt einer Antwort die Augen, als François mit zwei gefüllten Weingläsern zurückkehrte, die eher an Rührschüsseln erinnerten.

»Wie viele Flaschen sind da drin?«, fragte Nick.

Während sie auf dem Sofa saßen und am Wein nippten, kroch ein wohliges Gefühl der Ruhe in ihre Knochen. Die Unterhaltung plätscherte dahin, und François war nur noch so viel François, dass Nick sich langsam entspannte.

Er erinnerte sich gern an seine Zeit in England und gab

sich trotz seines Wohlstands bescheiden. Die drei plauderten darüber, was Nick und Ellie morgen vorhatten, wenn sie in Cannes waren, und François bot ihnen eine Gratismahlzeit in einem schicken Restaurant an, dessen Chefkoch er kannte.

Der Wein begann Nick zu Kopf zu steigen, und er nahm es nicht einmal mehr übel, wenn François gelegentlich zweideutige Bemerkungen fallen ließ, was so weit ging, dass er sogar über die eine oder andere lachte.

Das Gespräch kam auf diverse Speisen, die sie gekostet hatten. Nick erwähnte, dass er und ein ehemaliger Klassenkamerad auf einer Klassenfahrt Pferd probiert hatten, und Ellie sagte, sie habe bei einem Musikfestival in Wales sowohl Alligator als auch Strauß probiert.

Nick fasste das Thema lallend mit einem Satz zusammen: »Ich probiere alles einmal aus.«

Bei diesen Worten lächelte François und entschuldigte sich. Nachdem er das Zimmer verlassen hatte, legte Nick seine Hand auf Ellies Knie und sagte: »Lass uns schlafen gehen. Ich bin durch.«

Die Müdigkeit in seinem Blick erinnerte sie an die Länge des Tages, also gab sie nach und stellte ihr noch nicht ganz geleertes Weinglas ab.

»Klar. Komm.«

Gerade als sie aufstanden, tauchte François wieder im Türrahmen auf, splitterfasernackt, mit nichts bekleidet als einem breiten Grinsen.

Nick sah auf seinen Penis.

Ellie sah auf seinen Penis.

Nick sah Ellie an.

Ellie sah Nick an.

Ellie schlug die Hand vor den Mund, um nicht in Gelächter auszubrechen.

François zog vielsagend die Augenbrauen hoch.

Er zeigte auf sich selbst. »Ich.« Er zeigte auf Ellie. »Du.« Dann zeigte er auf Nick. »Und du.«

Da er nicht wusste, was er tun oder sagen sollte, starrte Nick unwillkürlich wieder auf François' Penis. Er war ungefähr so hypnotisch wie die Schlange im *Dschungelbuch*. Erst ein selbstbewusstes »Also dann!« des nackten Mannes riss Nick aus seiner Trance.

»Nein. Nein. Nein«, sagte er und schüttelte vehement den Kopf.

Und das war der Moment, in dem Ellie vier unvergessliche Worte aussprach.

»Du bist so konservativ, Nick.«

Kaum waren die Worte aus ihrem Mund, wusste sie, welchen Schaden sie angerichtet hatte. Er war niedergeschmettert, und als sie sein Gesicht sah, verging ihr das Lächeln, und sie legte sofort beschwichtigend ihre Hand auf seine.

»Es tut mir so leid, Nick, das war ein Witz. Ein wirklich schlechter Witz.«

Sie zeigte auf François' Penis. »François, nein, wir möchten auf gar keinen Fall Sex mit dir haben.«

Dass sie die Worte sofort zurücknahm, beruhigte Nick nur unwesentlich, während François ungerührt die Schultern zuckte.

»Wenn ihr sicher seid.« Er griff hinter die Tür, vor der er stand, und zog einen Bademantel hervor. »Seid ihr sicher?«

»Wir sind sehr sicher. Und ich glaube, wir würden jetzt gern zu Bett gehen. Nur wir beide.« Ellie sprach jetzt für Nick. Denn Nick konnte keine Sätze mehr formulieren.

»Nick?«, versuchte François es noch einmal.

Nick schüttelte schweigend den Kopf, während François endlich Schwanz und Eier bedeckte.

»Euer Zimmer ist den Flur runter links. Ich wecke euch morgen. Ist sieben zu früh?«

Ellie führte Nick vom Tatort weg, wobei sie ein Kichern unterdrücken musste.

Als sie ihr Zimmer erreichten und die Tür hinter sich geschlossen hatten, ließ sie sich lachend aufs Bett fallen. Sie lachte so heftig, dass sie kaum Luft bekam. An jenem Abend lachte sie sich in den Schlaf, doch Nick lag wach und starrte die Tür an, François' Genitalien ins Hirn gebrannt.

Ellies Witz lief in Endlosschleife.

Ein mächtiger Kater überlagerte Ellies Ausgelassenheit und Nicks angstbedingte Paranoia, als sie am nächsten Tag zu sich kamen. Die Neuigkeiten vom Mechaniker verschlimmerten den Selbstekel des Morgens danach noch.

Dass die Informationen von einem unerträglich ungenierten François überbracht wurden – der das unmoralische Angebot von letzter Nacht abgehakt hatte, ohne einen weiteren Gedanken daran zu verschwenden – war das schimmlige Sahnehäubchen.

Der Mietwagen war ein Reinfall. Er sollte zum Verleih zurücktransportiert werden, doch ein Ersatzwagen stand erst lange nach ihrem Rückflug zur Verfügung. Sie hatten nun die Wahl, für weniger als einen halben Tag mit dem Bus nach Cannes weiterzufahren oder ihre Niederlage einzugestehen und es nächstes Jahr noch mal zu versuchen.

Widerstrebend einigten sie sich auf Letzteres.

Nachdem die Entscheidung gefällt war, sah François, wie bedrückt sie waren, und bot an, ihnen die Wohnung für den Rest des Vormittags zu überlassen. Sie dankten ihm für seine Gastfreundschaft und erwähnten den »Vorfall« mit keinem Wort. Er verabschiedete sich mit einem billigen Spruch darüber, dass Gabby ihn anrufen solle, wenn ihr die Ehe langweilig werde.

Während sie in der Vormittagssonne am Pool faulenzten und Cocktails aus teuren Spirituosen schlürften, von denen sie noch nie gehört hatten, waren beide eher einsilbig.

Schließlich sagte Nick: »Cannes läuft uns nicht weg. Wenn ich ein berühmter Regisseur bin, werde ich hierher zurückkehren und allen von unserem Missgeschick erzählen.«

Ellies Lächeln war kaum wahrnehmbar. Erst da dämmerte Nick, dass diese Traurigkeit, diese geistige Abwesenheit wenig mit den jüngsten Ereignissen zu tun hatte. Dass beides schon vor dem Zug, dem Flugzeug und dem Auto da gewesen sein musste.

Da er nicht wusste, was er tun sollte, geriet er in Panik. Etwas sagen und ein Gespräch eröffnen, das er unter Umständen bereuen würde? Oder schweigen und sich von seiner Phantasie in die Tiefen der Hölle entführen lassen?

»Ellie, gibt es ...« Er hatte kaum den Mund aufgemacht, da fing sie an zu weinen.

»Es tut mir so leid.« Ihr Gesicht passte zu ihren Worten. Es tat ihr eindeutig aufrichtig leid, aber er hatte immer noch keine Ahnung, was. Er musste Geduld haben, bis sie sich gefasst hatte, ihr Zeit geben, doch am liebsten hätte er geschrien: »Sag schon! Sag mir, was du hast!« Er riss sich zusammen und wurde dafür belohnt.

»Heute ist Lucas' Geburtstag.«

Er nahm sie in den Arm und zog sie an sich, während sie alles rausließ, was sich in den letzten Tagen angestaut hatte.

»Ich habe mich wirklich bemüht. Ich wollte nicht, dass es uns im Weg steht. Ich dachte, ich könnte ...«

»Schon gut.« Er rieb ihre Arme. »Schon gut.«

So verharrten sie mehrere Minuten. Er hielt sie, und sie tropfte Tränen auf sein T-Shirt. Als sie sich endlich aus seiner Umarmung löste, sah er ihr in die Augen und fragte: »Warum hast du mir nichts gesagt?«

Ellie hielt seinen Blick. »Ehrlich?«

Er nickte.

»Ich habe mir Sorgen gemacht, dass du nicht damit klarkommst. Dass du versuchst …«

»Dich zu retten?«

Sie nickte.

»Und da ist nichts zu retten. Manchmal werde ich traurig sein, vor allem an Tagen wie diesen.« Sie zögerte. »Aber ich hätte es dir sagen sollen. Hätte ich. Tut mir leid.«

Nick trank seinen Cocktail aus und schaute aufs glitzernde Wasser.

»Ich verstehe schon, warum du es nicht getan hast. Du hast recht. Ich hätte versucht, dich zu retten.«

»Vielleicht könntest du mir stattdessen, keine Ahnung, einfach beistehen.«

In diesem Augenblick war sie nicht sicher, ob er den Unterschied verstand. Sie war nicht sicher, ob sie deutlich genug gemacht hatte, dass es ihr nicht darum ging, mit etwas abzuschließen.

Eine Woche später, wieder in England, bekam sie ihre Antwort.

»Hör zu«, sagte Nick und wirkte ernster, als sie ihn je erlebt hatte. »Ich weiß, es ist ein Risiko, und ich will dir nicht, na ja, zu nahe treten und irgendetwas bagatellisieren …«

»Worum geht's?«, sagte Ellie so aufmunternd, wie es ging, denn sie wusste, er konnte ewig um den heißen Brei herumreden, wenn man ihn ließ.

Er reichte ihr eine Videokamera.

Ellie beäugte sie misstrauisch.

»Geht's um die Sache mit François, als ich gesagt habe, dass du konservativ bist? Ich habe dir doch tausend Mal erklärt, dass es ein Witz war.«

»Gott, nein! Aber man könnte sagen, es hat mit Cannes zu tun.«

Dann erzählte er ihr von seiner Idee. Er wollte, dass sie eine Nachricht für Lucas aufnahm. Er erklärte, niemand außer ihr brauche die Aufnahme je zu sehen bekommen. Sie könne alles sagen, was sie wollte. Sie solle es als Tagebuch betrachten oder als Beichte oder nur als eine Möglichkeit, ihren Erinnerungen nachzuhängen.

Sie wusste so gut wie er, dass es nicht für ihren kleinen Bruder war, es war nicht wirklich eine Nachricht an ihn. Es ging nur darum, ihn auf diesem Weg zurückzuholen. Wenn auch nur für so lange, wie sie redete.

»Ich find's super. Richtig, richtig super.«

»Wirklich? Das ist kein Versuch, dich zu retten oder so oder …«

Sie küsste ihn, um ihn zum Schweigen zu bringen, um ihn davon abzuhalten, eine schlichte, einfühlsame Geste kaputtzuerklären, denn sie verstand jede Absicht dahinter.

»Ich find's super.«

»Dann verspreche ich dir, dass ich jedes Jahr, jeden April die Kamera hervorkramen werde, damit du etwas Neues aufnehmen kannst. Denn egal, ob wir uns nur einen Tag kennen oder noch eine Million Tage mehr, ich werde immer alles dafür tun, dass es dir gut geht.«

Die Fähigkeit des Jungen, Traurigkeit in Freude zu verwandeln, ließ sich nicht bestreiten. Wenn er wollte, konnte er unglaublich einfühlsam sein. Doch das Mädchen verstand besser als er, wie wichtig Kontinuität war. Sie wusste, wenn jemand die ganze Zeit Krach macht, ist die darauf einsetzende Stille umso betäubender.

ENDE DER ZWEITEN
UNTERBRECHUNG

20

5. November 2008 – 01:59 GMT
Obama 117
McCain 73
erforderliche Mehrheit 270

Der Kuss war nur ein Kuss.

Obwohl die Situation – unsere Körper in unmittelbarer Nähe zum Bett, die unchristliche, späte Stunde, ziemlich viel Alkohol im System – sicher zu mehr hätte führen können, war weniger in diesem Fall definitiv die bessere Wahl.

Nachdem sie mir mit dem Daumen eine Träne von der Wange gewischt hatte, dankte sie mir fürs Zuhören. Ich sagte »gern geschehen«, und wir fragten uns gegenseitig abwechselnd, wie es dem anderen ging, bis es uns beiden gut ging. Das Wort »okay« fiel oft.

Sie war die Erste, die aufstand.

»So«, sagte sie. »Willst du zurück auf die Party oder …«

Ich sprang auf und antwortete zu schnell, in der Annahme, es sei die richtige Antwort.

»Ja, äh, klar, sicher, klingt gut, ich meine, wenn du zurück willst …«

»Oh, ja. Ich meine, wir sind schließlich nicht den ganzen Weg hergekommen, um kein Hähnchen zu kaufen, uns von deiner Exfreundin anzicken zu lassen, zusammen zu heulen und dann rumzuknutschen.«

»Sie war nie meine Freun…«

Diesmal unterbrach ich mich selbst.

»Du machst dich schon wieder über mich lustig.«

»Oh, ich werde nie aufhören, mich über dich lustig zu machen, Nick, der Wichser.«

»Das ist okay«, räumte ich ein. Und es war mehr als okay.

»Und ich bin okay, und alles ist okay. Außer dass ich« – lauscht auf das gedehnte »au« in der Mitte – »unglaublichen Hunger habe. Soll ich uns schnell ein Sandwich machen?«

Die Küche war das reinste Chaos.

Während selbst die ordentlichsten Menschen ein unordentliches Schlafzimmer verschmerzen, ist eine unaufgeräumte Küche nicht hinnehmbar. Zunächst einmal sind da die gesundheitlichen Bedenken. Dies war London, die nächste Ratte war nie mehr als zwei Meter entfernt. Man brauchte sie ja nicht noch anzustacheln.

Außerdem nervt, dass es nichts gibt, was man benutzen kann. Wenn die Spüle überquillt, muss man das schmutzige Geschirr nach etwas Brauchbarem durchstöbern. Nein. Das kam nicht infrage.

»Wo sind die Gummihandschuhe?«, fragte ich in einem ziemlich matronenhaften Tonfall.

Ellie war erst erschrocken, dann neugierig, wo das hinführen würde.

»Unter der Spüle könnte ein Paar sein.«

Ich öffnete den Schrank und erwartete, von einer Krake begrüßt zu werden oder zumindest einer irritierten Mäusefamilie, verärgert über diese Störung so früh am Morgen. Stattdessen fand ich nur die Handschuhe – unbenutzt – und einige Spinnweben.

Ich räumte alles aus der Spüle und befüllte sie mit Billigspülmittel und lauwarmem Wasser, während Ellie ein fragwürdig aussehendes Brot aus dem Schrank über meinem Kopf nahm.

»Ist das noch gut?«, fragte ich mit unverhohlener Skepsis.

Sie antwortete mit einem Gesicht, das »entspann dich« heißen sollte, und den wenig beruhigenden Worten: »Ich bin sicher, es schmeckt noch«, was mich nur noch skeptischer machte.

»Du brauchst nicht abzuwaschen. Das wollte ich morgen machen.«

Ich zog eine Augenbraue hoch.

»Wollte ich wirklich«, ereiferte sie sich. »Jetzt lass die Augenbraue wieder runter und sag mir, was du auf dein Sandwich willst.« Sie öffnete den Kühlschrank. »Käse oder Schinken?«

»Welches Haltbarkeitsdatum steht auf dem Schinken«, fragte ich mit Rücksicht auf meine schwache Konstitution.

Ich sah, wie sie es las und das Gesicht verzog. Sie warf die Packung in den überquellenden Mülleimer und drehte sich lächelnd um.

»Dann also Käse.«

Ich wusch schnell die Sachen ab, die sie brauchen würde, aus Angst, dass sie sich sonst einfach einen schmutzigen Teller schnappen würde. Sie hielt das Brot ins Licht, rümpfte die Nase und erachtete das Brot als geeignet für den menschlichen Verzehr. Ich hatte plötzlich keinen Hunger mehr, doch ich wusste, ich würde das Sandwich als Geste des guten Willens trotzdem essen.

»Ich habe gehört, dass Bill Murray manchmal auf College-Partys auftaucht und den Abwasch macht«, sagte Ellie.

»Ich habe gehört, dass er Leuten in der U-Bahn an die Schulter tippt und sagt: ›Niemand wird Ihnen je glauben‹, bevor er in die Nacht entschwindet«, erwiderte ich.

»Wie Batman.«

»Er hätte einen großartigen Batman abgegeben. Ich verfluche dich, Tim Burton.«

»Hey, ich liebe Tim Burtons Filme.«

Ich zog theatralisch meine Handschuhe aus und warf sie ins Seifenwasser.

»Das war's. Ich dachte, wir hätten eine gemeinsame Zukunft, aber ich könnte nie eine Frau lieben, die die Filme eines gewissen Timothy Burton liebt.«

Sie errötete, und mir wurde klar, dass ich mein Rollenspiel zu weit getrieben hatte, indem ich unüberlegt und viel zu früh das L-Wort eingebracht hatte. Ich zog die Handschuhe wieder an, widmete mich wieder meiner Aufgabe und tat, als hätte ich nichts gesagt, in der Hoffnung, dass sie mitspielte.

»Allerdings mochte ich *Big Fish.* Was macht das Sandwich?«

Ich drehte mich um und bekam – »Ta-daa!« – ein Sandwich überreicht, das die Form eines kleinen Männchens hatte. Weil sie nicht warten wollte, bis das Geschirr abgewaschen war, hatte sie sich mit einer Lebkuchenmann-Plätzchenform beholfen. Ich bewunderte ihren spontanen Überlebensinstinkt.

»Das ist mit das Wunderbarste, was ich je gesehen habe«, sagte ich, bevor ich das Brot nahm und das kleine Männchen mit den Zähnen köpfte.

Ich erhöhte meinen Einsatz. »Hast du Lust, mit mir ins Kino zu gehen?«

Sie blinzelte zweimal. »Du hast es ganz schön eilig. Sollten wir nicht abwarten, wie der Rest der Nacht läuft?«

»Nein, ich meine heute Nacht, jetzt. Hast du Lust, mit mir ins Kino zu gehen?«

Sie sah demonstrativ auf die Uhr.

»Es ist drei Minuten nach zwei. Und wir müssen noch auf eine Party.«

Ich zog die Kinoschlüssel aus der Tasche.

»Ich hab einen Schlüssel.«

Sie zögerte keine Sekunde.

»Ich bin dabei.«

21

Vor zwei Tagen hat Ellie mir eine Nachricht geschickt, in der es hieß, sie habe wichtige Neuigkeiten. Aus Gründen, die nur die Götter der Ironie kennen, haben wir beschlossen, uns in einem Pub in Camden namens The World's End zu treffen.

Es sind dann auf den Tag genau zwei Monate, seit ich sie zuletzt gesehen habe. Diese belanglose Tatsache ist ebenso herzzerreißend wie rätselhaft. Dass wir es geschafft haben, einander so lange aus dem Weg zu gehen, erscheint wie eine olympische Meisterleistung, doch jetzt sind wir hier.

Seit ihrer Nachricht gehen mir ihre großen Neuigkeiten ständig durch den Kopf. Ich sehe sie auf Zeitungen in Schwarz und Weiß durch die Druckerpresse rotieren und mit einem dumpfen Aufprall herausfallen, ihr Name Aufhänger für die entsetzlichen Wortspiele der Zeitungsmacher in der Fleet Street.

ELLIE EILT FLINK IN FREMDES BETT – so wird man von ihrem neuen Freund erfahren.

WAS BRÄT IN BROWNS RÖHRE? – Nun, das spricht für sich selbst.

Aber wäre das möglich? Eine größere Neuigkeit gibt es kaum. Könnte es von mir sein? Japp, unser Streit ist erst acht Wochen, drei Tage und vierzehn Stunden her.

Wenigstens würden wir dann Weihnachten wieder zusammen feiern.

Während mir dieser letzte Gedanke durch den Kopf schweift, merke ich, dass ich mich aus Versehen ziemlich betrunken habe. Dabei ist sie nicht mal spät dran. Ich war zu früh, und da ich am Abend zuvor schon total besoffen war, haben sich die beiden doppelten Gins in einem Zeitraum von dreißig Minuten mit dem Wein vom Vorabend verbündet, um mir bei dem bevorstehenden Zweikampf einen Nachteil zu verschaffen. Vielleicht ist es gar kein Nachteil. Vielleicht ölt es mir die Zunge.

Als sie durch die Tür kommt, sieht sie umwerfend aus, und jeder vermeintliche Vorteil löst sich auf wie … wie Kartoffelchips in Tee? Gott, ich bin voll.

Ich stehe auf, um sie zu begrüßen und schwanke ein wenig. Sie beugt sich vor und nimmt mich in den Arm. Wir peilen beide die falsche Wange für einen unverbindlichen Kuss an und brechen ab. Ich frage mich, was die anderen im Pub von dieser plumpen Begrüßung halten. Denken sie, es ist unser erstes Date? Dass wir verwandt sind? Als unbeteiligter Beobachter wäre meine Vermutung nach einer so hochnotpeinlichen Umarmung, dass sie die Freundin seines besten Freundes ist, der kürzlich verstorben ist, und sie abgemacht haben, gemeinsam die Beerdigung zu planen, obwohl sie sich eigentlich nicht leiden können. Bis ich merke, das klingt wie die Kurzfassung einer ziemlich beschissenen romantischen Komödie.

»Willst du was trinken?«, fragt sie. »Noch mal dasselbe?«

Nervös schiebe ich meine leeren Gläser zur Seite.

»Bitte. Gin and Tonic.«

»Netter Sommerdrink. Ich nehme auch einen.«

Sie hängt ihre Jacke über den Stuhl, und ich husche zurück auf meine Seite des Tisches. Sie öffnet ihre Handtasche und nimmt ihr Portemonnaie heraus.

»Gleich wieder da.«

Ich hole meinen zerknitterten kleinen Notizblock hervor und blättere gezielt zu der abgegriffenen Liste namens *Warum*

Ellie mich verlassen hat. Die Erinnerung an unsere Cannes-Reise hat mich dazu inspiriert, das – zugegeben weinerliche – *WEIL ES NIE SO LÄUFT, WIE MAN ES SICH WÜNSCHT* hinzuzufügen. Ich glaube, da hatte ich schon ein paar intus. Es stand unter *WIR HABEN ES ÜBERSTÜRZT, ICH BIN EIN KLOTZ* und *PRAGMATISMUS (sie) vs. IDEALISMUS (ich).*

Ich wünschte, ich hätte mehr Stichpunkte aufgeschrieben, und frage mich, ob ich je das Gespräch darauf bringen werde, als ich ihr Telefon auf dem Tisch vor mir entdecke. Ich versuche, zu kalkulieren, ob mir genug Zeit bleibt, herauszufinden, mit wem sie Kontakt hat, was sie so treibt.

Wahrscheinlich bin ich betrunken genug – und tief genug gesunken –, um tatsächlich so etwas unglaublich Dummes und Kontraproduktives zu tun, doch glücklicherweise ist die Bar fast leer und sie ist zurück, bevor ich das bisschen Vertrauen, das zwischen uns noch übrig ist, missbrauchen kann.

»Dein Gin Tonic«, sagt sie und reicht mir meinen dritten Drink innerhalb von dreißig Minuten.

»Danke«, erwidere ich. Mach langsam, ermahne ich mich still.

»Wie ist es dir ergangen?«, fragt sie, bemüht um einen unbekümmerten Tonfall. »Ich habe dich auf Facebook gestalkt, aber ich habe keine Updates gesehen.«

»Ich bin gerade nicht aktiv auf Facebook«, log ich, denn wenige Augenblicke vor ihrem Erscheinen, hatte ich noch ihre Seite gecheckt. »Und um deine Frage zu beantworten, es ging mir schon besser. Und dir?«

»Höhen und Tiefen.«

»Und was ist deine große Neuigkeit? Ich nehme an, eine ›Höhe‹?«

Auch ohne die Sorge, die sich auf ihrem Gesicht abzeichnet, bin ich geistesgegenwärtig genug, um zu merken, dass ich mich wie ein aggressives Arschloch benehme. Allerdings bin ich nicht geistesgegenwärtig genug, um damit aufzuhören.

»Ich habe übrigens auch Neuigkeiten«, fahre ich fort und lenke das Gespräch auf mich und mein Befinden.

»Okay. Erzähl!«

»Meine Eltern gehen nach Neuseeland!«

Ihr Gesichtsausdruck deutet an, dass meine Neuigkeit nicht das Zeug zum Aufmacher hat, und ich begreife, dass ich die Schlagzeile vermasselt habe.

»Das ist doch schön für sie. Ich hätte gar nicht gedacht, dass sie auf Fernreisen stehen. Haben sie ihr Postleitzahlgebiet überhaupt je verlassen?«

»Nein. Für immer. Ich meine, sie gehen für immer nach Neuseeland. Sie wandern aus. Für immer wahrscheinlich. Ich meine, wie lange haben sie noch? Höchstens zwanzig Jahre. Wahrscheinlich ist es für immer.«

Ihr Gesicht ist voller Mitleid, dabei habe ich mir das Beste noch aufgehoben.

»Da ist noch etwas.«

»Nick, geht es dir gut?«

»Ich habe noch mehr Neuigkeiten ... Na ja, das von der Wohnung weißt du ja. Außerdem wurde ich entlassen.«

»Oh, Nick! Das tut mir leid.«

Ihr Mitgefühl ist echt, und das gibt mir den Rest. Sie sieht mich so an wie früher, und ich würde am liebsten schreien, wie leid es mir tut und dass ich es wiedergutmachen will. Dass ich alles erfahren möchte darüber, was sie heute gemacht hat und gestern und jeden einzelnen Tag, seit sie ausgezogen ist. Aber ich tu's nicht. Denn sie fragt mich:

»Warum hast du mir nichts gesagt?«

Und schon gerät mein Blut in Wallung.

»Weil du mit mir Schluss gemacht hast«, sage ich.

Ihr Blick schaltet in Sekundenschnelle von sanft zu zornig, ein seltener Anblick.

»Nein, das hab ich verdammt noch mal nicht.«

Doch, hatte sie.

»Du warst es, der eine Trennung auf Zeit wollte«, sagt sie, und ihre Stimme zittert ein bisschen.

Hat sie den Verstand verloren?

»Hast du den Verstand verloren?« Mit jedem Satz werden unsere Stimmen lauter.

Sie fing sich wieder. »Wir hatten einen Riesenstreit. Ich habe ein paar Dinge gesagt, Dinge, zu denen ich immer noch stehe, Dinge, die für dich wahrscheinlich schwer zu verkraften gewesen sind. Und dann, nachdem du mich einen ganzen Tag ignoriert hast, habe ich dich gefragt, was du willst, und du hast gesagt: ›Das jedenfalls nicht. Da können wir uns ebenso gut trennen.‹ Ich habe gesagt, dass ich dir etwas Freiraum lasse und ein paar Tage zu meinem Vater ziehe und dass du dich melden sollst, wenn du so weit bist.«

Sie beugte sich über den Tisch, für die große Pointe.

»Du hast dich nie gemeldet.«

Wir schweigen uns ein paar Minuten wütend an, während ich versuche, mir irgendetwas einfallen zu lassen, um mich nicht dem Gedanken zu stellen, dass sie recht hat mit dem, was sie gerade gesagt hat. Ich finde die perfekte Ablenkung, um keine Verantwortung übernehmen zu müssen, die Sache, die mich die ganze Nacht wach gehalten hat. Die große Neuigkeit.

»Und was ist deine Neuigkeit? Neuer Freund?«, spucke ich giftiger als giftig aus.

Das entlockt ihr ein Lächeln.

»Ich glaube an die Zehn-Prozent-Regel. Irgendein Idiot hat mir mal gesagt, dass man mindestens zehn Prozent der Zeit, die man in einer Beziehung war, braucht, um sich darüber klar zu werden, was in der Beziehung falsch gelaufen ist, bevor man sie hinter sich lassen kann.«

Fast wäre ich eingeknickt, aber ich zucke nicht mal mit der Wimper.

»Mir wurde ein Job angeboten«, eröffnet sie mir.

»Schön für dich.«

Würde ich nicht in meiner eigenen Haut stecken, würde ich sieben Sorten Scheiße aus mir rausprügeln. Die Rolle, die ich spiele, widert mich an. Ich hoffe, sie weiß, dass ich nie so eine Gleichgültigkeit ihr gegenüber empfinden könnte. Dass ich nur meine Arme um sie schlingen und in allen Einzelheiten erfahren will, was sie gemacht hat, seit wir uns zuletzt gesprochen haben. Ihre Neuigkeiten hören. Wie ihr Tag war.

Doch irgendetwas zieht mich in die Tiefe.

Sie steht auf. »Vielleicht ist dies nicht der richtige Zeitpunkt.«

»Setz dich hin, komm schon. Wir sind doch Freunde, oder? Erzähl mir von deinem neuen Job.«

Die ekelhafte Art, wie ich »Freunde« sage, wäre Rechtfertigung genug für sie, zu gehen. Stattdessen setzt sie sich wieder, und ich weiß instinktiv, es geht um mehr als einen neuen Job.

»Von wem ist das Angebot?«

»Von AP.«

Sie sieht, dass ich keine Ahnung habe, was das ist.

»Associated Press. Eine Non-Profit-Nachrichtenagentur. Sie sammeln Nachrichten aus aller Welt und verteilen sie an andere.«

Ich zucke die Schultern.

Sie knirscht mit den Zähnen und fährt fort.

»Jedenfalls haben die überall in der Welt Büros. Aber die Zentrale ist in New York.« Sie macht eine dramatische Pause und senkt die Stimme. »Und dort werde ich arbeiten.« Wieder eine Pause. »Wenn ich den Job annehme.«

Meine Augen werden noch größer als zuvor, und meine Augenbrauen versuchen über meinen Kopf zu fliehen.

Ich bin Bambi im Scheinwerferlicht eines Sattelschleppers.

Es gelingt mir, ein paar Laute von mir zu geben, die als »oh«, »okay« oder »also« durchgehen könnten. Außerdem entfährt mir ein schrilles »das«, aber ich schaffe es nicht, den Satz zu beenden. Stattdessen finde ich noch einige Male zu einem »also« zurück.

Ich komme gerade so weit zur Besinnung, um meinen Drink runterzukippen, in der Hoffnung auf eine alkoholische Ohrfeige. Ellie nippt zaghaft, fast verlegen an ihrem. Die Ohrfeige funktioniert, und ich lehne mich mit neuem Elan vor. Ich klatsche sogar aus irgendeinem Grund, den nur mein Nervensystem kennt, in die Hände.

»Ellie«, sage ich, und es klingt komisch, wie ich ihren Namen ausspreche. »Das freut mich wirklich sehr für dich. Davon hast du immer geträumt.«

Sie rückt ein Stück vor. »Ich muss mich bei dir bedanken. Ich habe meiner Bewerbung ein paar Aufnahmen von der Obama-Sache beigelegt.«

Sie sagte nicht »von unserer Nacht«, wofür ich, ehrlich gesagt, wahnsinnig dankbar bin. Sonst hätte mein Gin zu zwei Dritteln aus Tränen bestanden.

»Im Feedback hieß es, ich hätte ›einen historischen Moment aus einer einzigartigen Perspektive eingefangen‹. Ich weiß nicht, was an einer Gruppe weißer liberaler Mittzwanziger, die in England die Wahl verfolgen, so einzigartig ist, aber ich habe das Kompliment angenommen.«

Es hätte ein glücklicher Moment für sie sein sollen, die Verwirklichung eines lebenslangen Traums, doch sie wirkt demoralisiert. Und das ist meine Schuld. Wenn meine Liste irgendwas gebracht hat, dann die Erkenntnis, dass sie ohne mich besser dran ist.

Nr. 2 ICH BIN EIN KLOTZ. ICH BIN EIN KLOTZ. ICH BIN EIN KLOTZ.

»Wann hast du dich beworben?«

»Erinnerst du dich an den Abend, als meine Mutter vorbeigekommen ist?«

Margarets betrunkener Besuch. Bis zu meinem Tod.

Ich nicke.

»Am nächsten Tag. Ich war ziemlich mies drauf und hab alles in die Bewerbung gelegt.«

»Wann geht es los?«

»5. Oktober.«

»In einem Monat!« Der Barmann und unsere Mittrinker sehen zu mir herüber.

Alles andere, was mir einfällt, würde bitter und beleidigt klingen, deshalb halte ich den Mund und überlasse das Reden ihr.

»Und die Entlassung? Ab wann …?«, fragt sie.

»Nächste Woche.«

»Das geht ja schnell.«

»Ich habe mich für eine freiwillige Kündigung entschieden. Hat ja keinen Sinn, das Unvermeidliche hinauszuzögern.«

Der mitleidige Blick ist wieder da. Derselbe, den Seb und Lizzie und so ziemlich jeder aufsetzt, mit dem ich in letzter Zeit zu tun hatte. Ich habe es satt. Im Moment werde ich lieber gehasst als bemitleidet.

»Hast du eine anständige Abfindung bekommen?«

»Fast fünftausend.«

Ich kann immer noch erkennen, wenn ihr eine Idee kommt: Sie schielt leicht und beißt sich auf die Unterlippe, sodass die Zähne fast in ihren Mundwinkeln sind.

»Nun. Du könntest ja mit mir mitkommen.«

»Wohin?«

»In die Äußere Mongolei, Nick. Was glaubst du denn? Nach Amerika.«

Ich werde mir nicht erlauben, sie runterzuziehen.

»Warum? Wir haben keine gemeinsame Zukunft.«

»Sagst du.«

»Habe ich denn kein Mitspracherecht?«, platze ich heraus und merke noch während ich es sage, dass es keinen Sinn ergibt.

»Natürlich hast du das. Wenn es das ist, was du willst. Aber hör auf, den Leuten – oder dir selbst – einzureden, dass ich mit dir Schluss gemacht hätte. Hör auf, vor Selbstmitleid zu zerfließen und mir die Schuld daran zu geben, dass du dein Leben nicht auf die Reihe kriegst.«

Scharfes Einatmen. Auf beiden Seiten.

Das zweite Schweigen dieser Art innerhalb von zwei Monaten.

Keiner von uns gibt nach.

Sie zähneknirschend.

Ich schmollend.

Wir warten, dass der andere einlenkt, und das Warten dauert ein ganzes Leben.

22

5. November 2008 – 02:21 GMT
Obama 175
McCain 97
erforderliche Mehrheit 270

Ich kann mich ums Verrecken nicht erinnern warum, aber Ellie machte sich vor Lachen fast in die Hose. Ich erinnere mich nur, dass ich stolz darauf war, der Grund dieses Lachens zu sein. Wir hatten ihre Wohnung verlassen und waren auf dem Weg ins Kino, die kalte Nacht noch kälter.

Bevor wir gingen, hatte ich sie gefragt, ob sie mir ein Buch aus ihrem Regal lieh. Es hieß *Sex, Drugs und Cocoa Puffs* und war von einem Autor, den ich mochte. Er schrieb hauptsächlich über die Popkultur, aber würzte seine Bücher mit bizarren hypothetischen Fragen darüber, wie es wäre, seine Stimmbänder mit Rockstars zu tauschen, oder wie viel mehr man verdienen müsste, um jeden Tag in Abendgarderobe zur Arbeit zu gehen.

Ich hatte das Buch schon ein paarmal gelesen und wusste mit ziemlicher Sicherheit, wo mein Exemplar sich befand, aber ich wollte einen Vorwand haben, Ellie wiederzusehen.

Ich fühlte mich ein bisschen schlecht, weil ich a) behauptet hatte, das Buch nie gelesen zu haben und b) so einen billigen Trick benutzte, um sie wiederzusehen. Lachte sie, weil sie meine List durchschaut hatte? Nein, denn darüber wäre ich wohl kaum glücklich gewesen. Und ich war definitiv glücklich. Hatte ich einen Witz erzählt? Nee. Kann mich nicht erinnern. Was es auch war, sie kriegte sich gar nicht wieder ein, und ich strahlte, als hätte ich einen Oscar gewonnen.

»O Gott, das ist gut«, sagte sie schließlich, während sie die Tränen fortwischte und wieder zu Atem kam.

Sie hatte ein tolles Lachen, und sie lachte oft. Sie zum Lachen zu bringen war eines meiner liebsten Dinge auf der Welt.

»Bekommst du Schwierigkeiten, wenn du mitten in der Nacht jemanden mit ins Kino nimmst?«, fragte sie auf eine Art, die ich nur als zutiefst kokett beschreiben kann, und ließ sich das Wort »Schwierigkeiten« auf der Zunge zergehen.

»Nee, ich bringe ständig Mädchen mit.«

Es gelang mir, ein bierernstes Gesicht zu machen, und diesmal war sie es, die pikiert wirkte.

»Der war gut, oder?«, gestand ich meinen Witz eilig ein.

Sie nickte, die Mundwinkel nach unten gezogen, sodass sie aussah wie Robert De Niro, und ich fragte mich ein wenig verwirrt, warum mich das anmachte.

»Gut gespielt, Sir. Aber hast du?«

»Habe ich was?«, sagte ich und begriff, was die Frage war, noch bevor ich den Satz beendet hatte. »Mitten in der Nacht andere Mädchen mit ins Kino gebracht?«

Ich war selbst verblüfft, dass ich es noch nie getan hatte. Es hätte absolut zu mir gepasst.

Andererseits hatte mir vorher nie eine die *Cinema-Paradiso*-Antwort gegeben. Also war es praktisch keine wert gewesen.

Als wir den Hinterhof des Kinos erreichten, beschlossen wir unabhängig voneinander, so zu tun, als wären wir die weltbesten Bankräuber beim Einbruch des Jahrhunderts. Stellt euch Newman und Redford in *Der Clou* vor, George Clooney und Konsorten in den *Ocean's*-Filmen oder den Katzeneinbrecher bei den *Simpsons*, der hinter dem größten konischen Zirkon der Welt her ist.

Wir hielten uns im Schatten, schauten ständig über unsere Schultern – und einmal über die Schulter des anderen. Wir erstarrten, als wir in einer Seitengasse eine Katze kreischen hörten, und ließen uns beide zu Boden fallen, als Polizeisirenen aufheulten.

Nachdem die Bullen die Fliege gemacht hatten, sprangen wir auf, und ich bedeutete ihr – SEK-mäßig –, dass wir uns an der Hintertür treffen.

»Das war geniales Timing, mit den Sirenen und allem«, sagte sie.

»Eigentlich nicht«, meinte ich ungerührt. »Hier hört man ständig Polizeiautos, weil dieser Teil der Stadt wahnsinnig gefährlich ist. Vor allem um diese Zeit.«

Sie puffte mich in den Arm, immerhin so fest, dass ich ihn reiben musste.

Ich zog meine Schlüssel hervor und öffnete die Tür, worauf sofort der Alarm losging.

»Scheiße«, kreischte Ellie. »Ich dachte, du hast gesagt, es ist okay!«

Ich muss gestehen, dass ich ihre Überreaktion ein wenig genoss, nach den ganzen Sticheleien, die ich von der ersten Sekunde an über mich hatte ergehen lassen müssen. Doch aus Angst, dass sie wegrannte und sich verlief, beruhigte ich sie eilig.

»Schon gut, ich kenne den Code.«

Ich machte die kleine Taschenlampe an meinem Schlüsselbund an, die ich benutze, wenn ich mir bei der Kopienkontrolle Notizen mache, und fand die Alarmtafel.

»2001«, sagte ich und drückte vier Tasten, »für Mr Kubrick. 333 für Kieslowski.« Weitere drei. »Und 7 für Mr Fincher.« Das schrille Piepen hörte auf.

Ich drehte mich um und sah, wie Ellie die Augen verdrehte. »Du bist so ein Nerd.«

»Das war erst der Anfang!«

Wir rannten durch eine Doppeltür ins Foyer.

Es war schwer, etwas zu erkennen, weil das Licht auf die niedrigste Stufe gestellt war, nur ein lila Leuchtstreifen auf dem Boden und surrendes Neon über jedem der acht Eingänge zu den Kinosälen. Dass ich jahrelang nach Geschäftsschluss noch im Dunklen hier rumgegeistert war, gab mir die wunderbare Gelegenheit, Ellie an die Hand zu nehmen.

»Sag eine Zahl zwischen eins und acht.«

»Vier.«

»Nein, vier mag ich nicht, man sitzt zu nah an der Leinwand, und in der Ecke oben rechts ist eine kleine Macke.«

»Okay.« Ihre Stimme klang leicht frustriert, eine Warnung, es nicht zu übertreiben. »Wie wäre es mit sechs?«

»Gute Wahl.«

Wir betraten den Zuschauerraum, und ich drückte einen Schalter, sodass die Lichter über der Leinwand angingen und die Vorhänge zu beiden Seiten beleuchteten. Ich finde, das ist ein herrlicher Anblick, eine leere weiße Leinwand, Platz für einen Arsch voll Möglichkeiten.

Ich war mal bei einer Fragestunde einer meiner Lieblingsfilmkritikerinnen, und sie wurde gefragt, ob sie sich auf schlechte Filme ebenso freute wie auf gute, weil sie dann ja einen lustigen Verriss schreiben konnte.

Sie sagte: »Jedes Mal, wenn ich in einem Kino sitze und darauf warte, dass der Film anfängt, hoffe ich mit jeder Faser meines Körpers, dass mir in den nächsten zwei Stunden etwas Unglaubliches gezeigt wird. Dass ich mich wieder ins Kino verliebe, wie früher als Kind. Egal, wie oft ich enttäuscht werde, diese Hoffnung verliere ich nie.«

Ich sah Ellie an und lächelte.

»Gut, oder?«

Sie starrte auf die leere weiße Leinwand und blinzelte.

»Fehlt noch was, meinst du nicht?«

»Na schön. Komm mit.«

Ich führte sie die Stufen hoch. Oben angekommen fiel ihr Blick auf die letzte Reihe, und sie blieb stehen.

»Hey hey hey, ich habe dir doch gesagt, heute gibt es keinen Sex.«

Statt einer Antwort stieß ich einfach die Tür auf, die sie offenbar nicht bemerkt hatte, und bedeutete ihr, mir zu folgen.

»Hier entlang, zu dem Ort, wo Träume wahr werden.«

»Du genießt das richtig, oder?«

Ich strahlte, als sie mir über die Stufen zum Vorführraum folgte.

»Du hast ja keine Ahnung.«

Im Kabuff bekam Ellie einen kleinen Schnappschuss meines wahren Ichs zu sehen. Filmplakate zierten die Wände, Filmzeitschriften stapelten sich in einer Ecke neben einem schmuddeligen, kaputten Stuhl, und CDs – hauptsächlich Soundtracks – lagen auf dem Tisch verstreut, wo wir die Filme aufbauten.

Ich hatte das Gefühl, als würde ich ihr mein Zuhause zeigen, nicht meinen Arbeitsplatz.

»Willkommen in der Welt der Projektion. Alles in allem haben wir acht Projektoren – James und Donna, Ingrid und Cary, Humphrey und Katharine, hier drüben ist Billie, und das da ist Meg. Meg, das ist Ellie, Ellie, das ist Meg. Nächstes Jahr bekommen wir auch einen digitalen Projektor, aber das ist nur so ein kurzlebiger Trend.«

»Ein Roboterprojektor? Den müsst ihr dann Brigitte nennen, nach dem Maschinenmenschen in *Metropolis.*«

»Gott, das ist gut. Das klaue ich.«

»Unbedingt.«

Ich lehnte mich ironisch-verführerisch an Meg und flüsterte: »Willst du sie anschmeißen?«

Ellie nickte, und wir machten ein paar kleine Schritte auf einen sehr großen Schrank zu.

Darin befand sich ein Regal mit der (ziemlich peinlichen) Aufschrift: *Nicks Gigs.* Auf dem Regal lagen zehn Minifilmrollen mit meinen Lieblingstrailern von Filmen, die zwischen 2002 und 2008 herausgekommen waren. Es waren, in willkürlicher Reihenfolge: *Adaption, Shaun of the Dead, Before Sunset, Station Agent, Oldboy, Children of Men, Vergiss mein nicht!*, eine Neuauflage zum dreißigstens Geburtstag von *Chinatown* und, der jüngste Neuzugang, *WALL·E.* Den zehnten Trailer ließ ich schnell hinter meinem Rücken verschwinden.

Ich war zu langsam.

Ellie sah es und fragte: »Was war das?«

»Nichts?«

Das wissende Grinsen kehrte zurück.

»*Garden State?*«

Ich nickte beschämt und legte ihn ins Regal zurück.

»Was wünscht die Dame denn an diesem Abend zu sehen?« Ich korrigierte mich. »An diesem Morgen?«

Sie studierte die Auswahl sorgfältig, bevor sie einen nahm und sich mit einer aufgesetzt vornehmen Stimme an einen Mitarbeiter (mich) wandte.

»*Children of Men* wäre eine ausgezeichnete Wahl, aber vielleicht für den Anlass etwas zu düster?«

Ich nickte weise und genoss meine Rolle als Butler, während sie etwas anderes aussuchte.

»*Station Agent?* Von dem habe ich noch nie gehört.«

»Ein amerikanischer Independent-Film, Ma'am. Von 2003. Drehbuch und Regie von einem gewissen Mr Thomas McCarthy. Über einen kleinwüchsigen jungen Mann, der ein Leben in Einsamkeit lebt, bis ...«

»... er erkennt, dass es sich besser in Gesellschaft lebt?«

»Sehr scharfsinnig, Ma'am.«

Sie ließ das Theaterspiel ebenso schnell fallen, wie sie es aufgenommen hatte.

»Oooh, *Oldboy*. Ich liebe diesen Film.«

»Nichts passt besser zu einem ersten Date als ein stinksaurer Koreaner mit einem Hammer.«

Sie drehte sich zu mir um und korrigierte mich.

»Das hier ist kein erstes Date.«

Ich neigte den Kopf.

»Ich habe dich ins Kino eingeladen, und du hast ja gesagt.«

Sie neigte den Kopf zur anderen Seite.

»Das hier ist kein erstes Date. Und obwohl«, sagte sie, während sie mir eine Filmspule reichte, »es etwas ganz Besonderes wäre, Jake Gittes auf der großen Leinwand zu sehen, kann ich Joel und Clem nicht widerstehen.«

Mit einer Verbeugung nahm ich ihr den Trailer ab und holte ein Startband aus dem Schrank, während ich kommentierte, was ich tat.

»Wie du siehst, hat Meg, Megan, Meggie das, was wir ein ›Teller-System‹ nennen. Um unseren kleinen Film abzuspielen, müssen wir ihn mit Hilfe eines ›Startbands‹ auf diese ›Spule‹ ziehen.«

»Willst du bei jedem halbwegs technischen Begriff Gänsefüßchen in der Luft machen?«

Ich drehte mich um und machte wieder Gänsefüßchen.

»Ja.«

Ich legte mir das Klebeband zurecht und hielt die scharfen Ränder des Films zwischen Zeigefinger und Daumen.

Nachdem ich das Gummiband und das kleine Etikett des Trailers entfernt hatte, klebte ich den Film an das Ende des

Startbands und begann ihn aufzurollen. Als ich bemerkte, dass mein Publikum nicht gerade verzückt von dem Vorgang war, lud ich sie ein, es einmal selbst zu versuchen.

»Ich?« Sie stellte sich doof, legte eine Hand an die Brust und sah sich im leeren Kabuff um, ob nicht doch jemand anders gemeint war.

Ich nickte.

Ich trat zurück, und sie nahm meinen Platz ein.

Sie hielt den Film gegens Licht. Da sie sich mit Fotografie auskannte, brauchte ich sie nicht zu ermahnen, das Bild nicht zu berühren. Sie nahm ihn mit genau der richtigen Mischung aus Vorsicht und Geschick.

»Sieh nur, es ist ein Mini-Mark-Ruffalo, und er tanzt in Unterhose!« Ihr Mund war vor Freude weit geöffnet. »Was ist das wellige?«, fragte sie und zeigte auf die Tonspur.

»Der Ton.«

»Oooh, die Mini-Mark-Ruffalo-Stimme.«

»Du magst Mark Ruffalo wohl?«

»Wer nicht?«

Das war eine berechtigte Frage.

Sie wickelte den Film weiter auf, zog plötzlich die linke Hand zurück und schrie vor Schmerz. Ich sah die schmale Wunde an ihrem Finger, fast als hätte sie sich an Papier geschnitten.

»Tut mir leid«, sagte ich und zuckte zusammen. »Ich hätte dich warnen sollen. Wenn man zu fest anfasst, kann man sich verbrennen.«

Ich hielt zwei schwielige Zeigefinger hoch.

»Soll ich weitermachen?«

Sie trat zur Seite und bedeutete mir, die Sache zu Ende zu bringen, was ich tat, indem ich den Ring auf den Teller verfrachtete.

Einen Film einzulegen hat etwas Graziöses: das Drehen

und Wenden, die spiralförmige Bewegung des Films, wenn er sich auf die Rollen zieht und durch den Tonabnehmer fädelt. Die Bilder und Zahnkränze auf Stand zu bringen ist Fummelei, und normalerweise braucht man ein paar Versuche und das gelegentliche »ach Scheiße«, »oh Kacke« und »fuck«. Aber dann zieht sich der Film elegant auf den anderen Teller.

Ich trat zurück, um meine Arbeit stolz zu bewundern. Ellie schaute zu, angemessen beeindruckt.

»Also, sobald ich den Knopf gedrückt habe, bleiben uns dreißig Sekunden, um zu unseren Plätzen zu gelangen. Bereit?«

Sie hielt beide Daumen hoch. »Bereit.«

Ich drückte den Knopf.

23

Ellies Pub-Enthüllung hat zu längst überfälligen Änderungen an meinem Opus *Warum Ellie mich verlassen hat* geführt. Ich weiß, es braucht einen neuen Titel. Einen ehrlichen. Der nicht verschleiert, bei wem die Schuld liegt. Nachdenklich kritzle ich in meinem Notizblock, als der Bus um die Ecke kommt.

Ich schreibe: *Die Gründe, warum wir nicht mehr zusammen sind.*

Ich bin genauso an der Trennung beteiligt wie sie, und mir das einzugestehen ist in etwa so, als würde ich bei einem Treffen der Anonymen Alkoholiker aufstehen. Was ich immer noch nicht weiß, ist, warum. Ich habe den Verdächtigen. Mich. Den Ort. Eine Wohnung in Clapham. Ich muss nur noch die Mordwaffe finden.

Auf der Liste stehen noch immer vier Gründe, und alle sind stichhaltig. Ich denke darüber nach, was in den letzten Monaten passiert ist. Es gibt sicher Faktoren, die ich verdränge. Ob ich für diese Faktoren verantwortlich bin oder nicht, vermag ich noch nicht zu sagen. Ich bin noch nicht bereit für die Wahrheit. Doch die Wahrheit ist irgendwo da draußen.

Gerade als ich ganz kurz vor so etwas wie einer Erkenntnis stehe, niest der Fahrgast neben mir auf meinen Notizblock. Entschuldigend hebt er eine Hand, und ich packe den Block in meine Tasche und starre aus dem Fenster.

Die Kräfte des Universums haben sich gegen mich verschworen, sodass mein letzter Arbeitstag auf den Tag nach der Abreise meiner Eltern fällt. Anfang September bin ich zu ihnen gezogen, aber in sechs Tagen sind sie weg, und dann bin ich sowohl obdachlos als auch arbeitslos. Für beides habe ich noch keine Lösung gefunden.

So melancholisch das alles auch klingt, ich bin immerhin auf dem Weg ins Kino. Und deshalb fühle ich Hoffnung und Freude. Denn kein Tag kann schlecht sein, wenn dieser Tag mindestens einen Kinobesuch beinhaltet.

Dieser Besuch jedoch wird hart.

Eigentlich sollte ich heute gar nicht hier sein, aber Seb hat mir Bescheid gesagt und eine zusätzliche Mini-Schicht in den Dienstplan eingetragen. Er wusste, auch wenn es schwer für mich war, würde ich dabei sein wollen.

Das Massaker – in Ermangelung eines besseren Wortes – ist schon in vollem Gange.

Seb hat Dave dafür ausgesucht, was einleuchtet, da er von allen am besten mit einem Inbusschlüssel umgehen kann. Billy ist schon auseinandergenommen, seine Einzelteile über den Boden verteilt.

Meg ist die Nächste.

Schweigend trete ich ein und stelle mich an die Seite. Dave blickt auf und nickt andächtig. Er hat den Schutzanzug bereitgelegt, die Kartons für die Lampe und den ganzen anderen Kleinkram, der verpackt und irgendwohin geschickt wird.

»Macht es dir etwas aus, wenn ich …?«, frage ich und halte eine CD hoch.

Ich hab mich vorbereitet.

»Weil du es bist.«

Ich lege die CD ein und wähle den passendsten Song, den ich mir vorstellen kann – die reduzierte AOL-Sessions-Live-Version von *Yoshimi Battles the Pink Robots, Pt. 1* von The Flaming Lips. Seb kommt rein und stellt sich neben mich. Er klopft mir auf die Schulter, als Dave die Schutzmaske aufsetzt. Mit dem Gesichtsschutz aus Plastik und dem knallgelben Anzug sieht er aus wie Marty McFly, als er 1955 aus dem DeLorean steigt.

»Könnt ihr beide einen Schritt zurücktreten? Ihr wisst schon, Gesundheit und Sicherheit?«

Die Warnung ist berechtigt. Die Lampen haben 7000 Watt und sind mit Xenon gefüllt. Wenn man das ins Gesicht bekommt, sieht man aus wie Mel Gibson in dem Film über den Mann ohne Gesicht.

Es macht ein dumpfes Geräusch, als die Lampe sich löst. Es fühlt sich an, als würde Dave Megs Herz entfernen. Er legt es behutsam in die Kiste und zieht seine Sicherheitskleidung aus.

Als Nächstes wird das Objektiv abgeschraubt und in Schaumstoff gepackt. Das sind ihre Augen.

Die Verstärker und das Soundsystem bleiben hier, ihre Ohren für den neuen übermächtigen digitalen Lehnsherrn geerntet.

Tut mir leid, Yoshimi. Die bösen Roboter haben gewonnen.

Seb und ich stehen unten an der Feuertreppe und rauchen. Ich muss an die guten Zeiten denken, die wir hier hatten, im Winter bibbernd, im Sommer Zuflucht vor der Hitze suchend. Frühmorgens Kaffee, spätabends Bier. Wir erzählten uns unser Wochenende und holten uns Beziehungsratschläge.

Ich hoffe, wir bleiben Freunde, aber man weiß nie. Er hat Kinder, eine Frau, ein Zuhause, einen Job. Es steht vier zu null für ihn.

»Das war ganz schön brutal«, sage ich schließlich.

»Dass du ihnen Namen gegeben hast, macht es unendlich viel schwerer«, gibt er zu bedenken.

Da mag er recht haben. Ich weiß nicht, ob die *Toy-Story*-

Filme so viele Kinder – und Erwachsene – zum Heulen gebracht hätten, wenn unsere anthropomorphisierten Helden nur als Der Astronaut und Der Cowboy aufgetreten wären.

»Du hast dich mit Ellie getroffen, stimmt's?«, fragt Seb. »Wie ist es gelaufen?«

Die Frage erinnert mich an den Tag nach dem Abend, als ich und Ellie uns kennengelernt haben. Ich hatte so eine Freude daran, Seb alles über unseren albernen Abend zu erzählen, und er hatte so eine Freude daran zuzuhören.

»Das Treffen mit Ellie? Es war schlimm. Ungefähr so schlimm wie *Matrix Revolutions.*«

Das blanke Entsetzen lässt ihn bei dem Gedanken daran zusammenzucken.

Ich fahre fort: »Sie hat einen neuen Job. In New York.«

Er antwortet mit einem einzigen und vollkommen angemessenen »Fuck«.

Ich deute sein mitfühlendes Fluchen als grünes Licht dafür, alles rauszulassen.

»Seb, ich war so ein erbärmliches Arschloch. Sie war geduldig und lieb, und es ist ein verdammtes Wunder, dass sie nicht nach dreißig Sekunden aufgestanden und gegangen ist.«

Dass Seb nickt, baut mich nicht gerade auf. Er kann sich lebhaft vorstellen, wie ich mich im Pub aufgeführt habe, denn er kennt meine streitsüchtige Seite, die gern zum Vorschein kommt, wenn gewisse Filme, die ich hier nicht nennen will, meine Erwartungen nicht erfüllt haben.

»Während sie versucht hat, mir von ihren Neuigkeiten zu erzählen und offen mit mir zu reden, konnte ich die ganze Zeit nur denken: ›Du hast Schluss gemacht, du hast Schluss gemacht, du hast Schluss gemacht‹.«

»Ihr wart vier Jahre zusammen. Es ist ganz natürlich, dass du ein bisschen verbittert bist. Es muss ein Schlag für dich gewesen sein, als sie dich verlassen hat.«

In meinem tiefsten Innern weiß ich, dass ich die Lüge nicht stehenlassen kann, und so …

»Aber das hat sie ja gar nicht.«

»Was?«

»Beschlossen mich zu verlassen.«

Seb blinzelt und guckt, als würde er versuchen, einen David-Lynch-Film zu verstehen.

Ich erlöse ihn aus seinem Elend.

»Sie hat nicht mit mir Schluss gemacht. Ich meine, sie hat nicht um mich gekämpft, aber das ist nicht dasselbe.«

»Und was ist passiert?«

»Ich weiß es selbst nicht genau.«

Das ist nicht ganz wahr.

Ich überlege, ob ich erwähnen soll, dass Ellie mich gefragt hat, ob ich mit ihr nach New York gehen will, aber da sie ganz offensichtlich nur aus Mitleid gefragt hat, entscheide ich mich dagegen. Und dann, als hätte er in meinem Gehirn rumgestochert …

»Du könntest doch mit ihr gehen. Ein romantischer Wettlauf mit der Zeit zum Flughafen klingt ganz nach Nick Marcet. Vielleicht noch eine Jukebox über deinem Kopf, die *Back For Good* von Take That spielt.«

Eine Anspielung auf eine Anspielung. Seb versteht mich.

»Gibt es wirklich keine Möglichkeit, dass ihr beide wieder zusammenkommt?«

»Ich hasse mich schon genug, ohne ihr bei einem super Job in Amerika im Weg zu stehen. Hätte ich diese Erkenntnis schon vor einer Woche gehabt, wer weiß. Aber jetzt …«

Ich atmete tief durch.

»Unser Wiedersehen hat mich an eine Sache erinnert, die ich verdrängt hatte. Als wir im Pub waren, ist mir eingefallen, dass ich mit ihr immer lieber hinter verschlossenen Türen war als in der Öffentlichkeit. Ich habe gespürt, wie die Leute uns anstarren, obwohl wir nicht mal zusammen sind. Fremde Leute wundern sich, dass wir ein Paar sind. Als müsste ich superreich oder berühmt sein, weil es sonst undenkbar wäre, dass jemand ihres Kalibers mit so einem Normalo wie mir zusammen ist.«

Seb hat diesen Gesichtsausdruck, mit dem er manchmal seine Kinder ansieht. Väterliche Sorge, aber mit einer Spur »Eigentlich-solltest-du-es-doch-besser-Wissen«.

Ohne ein Wort zu sagen, nimmt er mich in den Arm.

Er kann gut umarmen.

Ich werde ihn vermissen, wenn unsere Freundschaft ihren unvermeidlichen Tod stirbt.

24

5. November 2008 – 02:41 GMT
Obama 200
McCain 115
erforderliche Mehrheit 270

»Los, los, los!«

Wir kicherten wie Kinder, als wir aus der Tür rannten, die Treppe runter, bemüht, nicht über unsere Füße zu stolpern. Sie war schneller, übersah jedoch den Hintereingang zum Kinosaal.

»Hier entlang! Sieben Sekunden.«

Ich erwog, was von Neneh Cherry zu singen. Klugerweise ließ ich es bleiben.

Wir rannten die Stufen runter und setzten uns auf unsere Plätze, als gerade die Pseudowerbung für Lacuna Incorporated auf die Leinwand fällt.

Vergiss mein nicht! ist eines jener seltenen Beispiele für einen guten Trailer zu einem tollen Film. Obwohl es im eigentlichen Film gar nicht vorkommt, kann ich *Mr. Blue Sky* vom ELO nie wieder hören, ohne an den Werbesport zu denken.

Die Schauspieler waren nie besser. Es ist Carreys beste Rolle, Winslets beste Rolle, Wilkinsons beste Rolle, Dunsts beste Rolle. Okay, vielleicht ist Ruffalo in *Zodiac* noch besser, aber das ist der Einzige, der überhaupt zur Debatte steht, und es ist schwer, Mr Mark Ruffalo subjektiv zu beurteilen. Er ist einfach immer toll.

Wie um das zu bestätigen, kreischte Ellie leise auf, als er in der zuvor erwähnten Unterhosen-Tanzszene auf der Leinwand erschien.

Und so schnell wie er begonnen hat, ist der Trailer vorbei und die Leinwand wieder weiß. Ich sehe zur Öffnung hoch, wo der Staub im Scheinwerfer des Projektors tanzt.

»Ich weiß, wir müssen los, aber eine Sache muss ich dir noch zeigen.«

»Das ist spektakulär«, sagte sie atemlos.

Ehrlicherweise sollte erwähnt werden, dass die Atemlosigkeit wahrscheinlich ebenso viel mit dem Aufstieg über die Feuertreppe wie mit der Aussicht zu tun hatte. Sie war wirklich spektakulär.

Wenn man den Blick bewusst von den sofort ins Auge fallenden Sehenswürdigkeiten abwendet – The Gherkin, Canary Wharf, St Paul's –, sieht London jedes Mal anders aus. Als ich anfing, als Vorführer zu arbeiten, bin ich fast jeden Abend aufs Dach geklettert, doch hatte ich nie jemanden dorthin mitgenommen, der kein Kollege war, ebenso wenig wie in den heiligen Schrein des Vorführraums.

Ich schaute zu Ellie und sah, dass sie nicht ganz glücklich wirkte, eher ein wenig nachdenklich und ernst.

»Alles okay?«

»Ja, liegt nur am Film. Macht mich immer ein bisschen traurig, verstehst du.«

Verstand ich nicht.

»Aber es ist ein glücklicher Film … na ja, zumindest endet er glücklich.«

Sie sah mich zweifelnd an.

»Wie das?«

Ich erklärte: »Na ja, am Ende sind sie zusammen. Sie treffen sich in Montauk. Sie lernen aus ihren Fehlern und …«

»Aber das tun sie doch gar nicht.«

»Was tun sie nicht?«

»Aus ihren Fehlern lernen. Genau darum geht es ja. Nächstes Mal werden sie wieder dieselben Fehler machen, mit dem einzigen Unterschied, dass sie jetzt wissen, was passiert, wenn man seine Erinnerungen löscht, weshalb zu hoffen ist, dass sie sich diesem Verfahren nie wieder unterziehen. Aber Clem wird als äußerst impulsiv dargestellt, deshalb ist es gut möglich, dass sie in ein paar Monaten wieder bei Lacuna Incorporated hereinmarschiert und das Ganze wiederholt. Deshalb ist das Ende nicht Jubel, Trubel, Heiterkeit. Es ist verhalten. Es ist bittersüß. Höchstens.«

Ich dachte ein oder zwei Sekunden über ihre Sichtweise nach.

»Das ist ein klein wenig pessimistisch, Ellie.«

»Darum geht es doch gewissermaßen bei dem Film, Nick.«

Ich fand diesen letzten Satz irgendwie herablassend, und die Stimmung zwischen uns änderte sich.

Damals hätte ich sie fragen sollen. Ich hätte sie fragen sollen: »Glaubst du an die wahre Liebe?« Ich hätte rauskriegen sollen, ob die Gesinnung stimmt, ob wir philosophisch auf derselben Wellenlänge sind. Tat ich aber nicht. Ich wartete einfach, dass der unbehagliche Moment verging.

Und als er es nicht tat, half ich mit Diplomatie nach: »Das macht einen guten Film doch aus. Dass man andere Dinge sieht als die Person, die neben einem sitzt. Dass man ein und dieselbe Szene auf hundert verschiedene Arten interpretieren kann.«

»Ich stimme dir nur halb zu«, räumte sie nur halb ein.

Einer beschwichtigenden Pause folgte ein Zwinkern und der außerordentlich ärgerliche Spruch: »Aber du weißt, dass ich in diesem Fall recht habe!«

Es war etwas über drei Stunden her, seit ich Ellie Brown begegnet war, und ich steckte schon viel zu tief drin. Ich wusste, dass ich mit ihr zusammen sein wollte, und deshalb musste ich Kleinigkeiten durchgehen lassen. Kleinigkeiten wie abweichende Interpretationen der modernen Klassiker des Kinos.

An jenem ersten Abend, in jenem Moment redete ich mir ein, dass ich ihr irgendwann beweisen würde, wie falsch sie lag und wie richtig ich lag. Ich konnte es aufschieben, bis wir bei unserem ersten Jahrestag den Film in seiner vollen Länge sahen. Ich würde mit Vergnügen ein ganzes Leben warten, um ihr zu beweisen, dass Joel Barish und Clementine Kruczynski Seelenverwandte waren, dass sie füreinander bestimmt waren.

Ich hatte alle Zeit der Welt.

25

Ich lasse mir bis zu meiner letzten Schicht Zeit, um Ellies neuen Job zu googeln. Es ist eine unglaubliche Chance für sie, und ich spüre erneut Selbstekel in mir aufsteigen, weil ich ihr die Freude darüber vermiest habe. Ich überlege, sie anzurufen, um ihr zu sagen, dass es mir leidtut, dass ich ihr alles Gute wünsche und dass ich mich für sie freue.

Ich kann sie nicht bitten, meinetwegen zu bleiben. Das wusste ich vorher, aber es wird erst jetzt konkret, wo ich all das vor Augen habe: die Büros, das Renommee der Agentur, den Riesenkarrieresprung.

Weil der Übergang zum Digitalen so nahtlos verlaufen ist und alles jetzt automatisch funktioniert, gibt es nichts für mich zu tun. Ich mache dort weiter, wo ich bei meiner letzten Schicht aufgehört habe: Ich suche einen Job, indem ich bei Indeed.com das Wort »Film« eingebe, und bin entsetzt über die Ergebnisse.

Die Stelle am Empfang einer kleinen Independent-Produktionsfirma weckt meine Hoffnungen, die bei den tödlichen Worten »Erfahrung wird vorausgesetzt« sogleich wieder zunichte gemacht werden. Wäre Ellie an meiner Seite, würde sie mich beschwören, es mit Praktika und Aushilfsjob zu versuchen, weil ich ja irgendwo anfangen muss, und dass sie mich unterstützt. Sie würde mir sagen, dass ich wieder anfangen soll zu schreiben. Kurze Drehbücher an Londoner Regisseure zu schicken. An Drehbuch-Wettbewerben teilzunehmen. Mich anzubieten. Und wenn es nur ist, um ein Feedback zu bekommen.

Aber ich hasse Feedback. Außer es ist positiv, und positives Feedback ist seit einiger Zeit Mangelware.

Auf dem Bildschirm sehe ich, dass der letzte Film in dreißig Minuten zu Ende ist.

Noch dreißig Minuten, dann ist mein Leben als Vorführer zu Ende.

Ich ringe noch mit meiner Entscheidung zu springen, als ich geschubst werde.

Noch siebzehn Minuten.

Früher hatten wir keinen durchgehenden Countdown. Natürlich kannten wir die Lauflänge des Films und wussten, wann er anfing, es war also schlichte Mathematik, auszurechnen, wann er endete, aber wir hatten nie so eine tickende Uhr, die zur Apokalypse runterzählt.

Vorher haben wir einfach auf den Teller geschaut und anhand dessen, was vom Film noch übrig war, geschätzt, na ja, wie viel vom Film eben noch übrig war.

Die anderen Vorführer sind schon im Pub, für die Abschiedsdrinks. Ronnie hat seit der Ankündigung der Entlassungen keine einzige Schicht mehr gehabt, und Lizzie und Dave wurden beide informiert, dass sie wahrscheinlich bis Weihnachten arbeitslos sind. Seb sah es als beste letzte Gelegenheit, noch einmal zusammenzukommen. Ich habe überlegt, nicht hinzugehen, aber ich habe Angst, dass er mich jagt wie ein T-1000, wenn ich nicht auftauche.

Noch sechzehn Minuten.

Es fühlt sich an wie jede andere Schicht, und dennoch ganz und gar eigentümlich.

Heute ist der erste Tag vom Rest meines Lebens.

Jeder Tag war der erste Tag vom Rest meiner Zeit in diesem Kino.

Bis heute.

Noch vier Minuten.

Ich sehe auf die Kontrolltafel des digitalen automatischen Systems, und ich sehe auf den Hammer, der daneben liegt. Die Anlage ist Hunderttausende Pfund wert, und ich könnte sie innerhalb von Sekunden zerstören.

Was wäre überhaupt mein Verbrechen? Sachbeschädigung? Wie viel Jahre bekommt man dafür? Eine schnelle Online-Recherche sagt: sechs Monate. Ich könnte im Knast etwas lernen. Der nächste Andy Dufresne werden. Ohne den nicht-einvernehmlichen Analsex.

Trau dich, Nick.

Eine Minute.

Das war's also.

Es gibt keine Fanfare. Keinen Applaus, als ich das Gebäude verlasse. Ich habe nicht einmal einen Karton mit Sachen unter dem Arm. Allerdings muss ich mein Namensschild und das Walkie-Talkie abgeben. Es liegt etwas Symbolisches darin.

Apropos. Ich greife für eine letzte Durchsage zu meinem Walkie-Talkie.

»Mark, hier ist Nick. Beim letzten Film läuft der Abspann. Ich bin in fünf Minuten unten.«

Eine undeutliche Stimme antwortet mit einem schlichten »Japp«, und ich schalte ein letztes Mal alles aus und gehe zu den anderen in den Pub.

»Nick Marcet, letzter Überlebender der *Nostromo*, meldet sich ab.«

Auf dem Weg nach draußen klaue ich eine Filmklebepresse.

Meine vier ehemaligen Kollegen und Freunde hocken in der dunkelsten Ecke des Pubs beim Hinterausgang.

Als sie mich entdecken, johlen die drei Typen und schlagen auf den Tisch, aber dezent, sodass es nicht zu viel Aufmerksamkeit erregt. Ich sehe sofort, dass Dave und Seb einen sitzen haben. Ronnie trinkt keinen Alkohol, denn wenn man so viel Gras raucht wie Ronnie, ist Alkohol das Letzte, was man braucht.

Lizzie hat sich aufgebrezelt. Was ungewöhnlich für sie ist. Oder vielleicht auch nicht. Es ist eine Weile her, seit ich sie in etwas anderem als der Kino-Uniform, bestehend aus schwarzem Polohemd, schwarzer Hose und schwarzen Schuhen, gesehen habe. Ich bin irgendwie davon ausgegangen, dass sie ein Grufti ist, aber das ist sie wohl nicht. Jedenfalls sieht sie hübsch aus und als hätte sie sich Mühe gegeben.

Während ich mich dem Tisch nähere, setze ich einen Nordlondoner Akzent auf und sage: »Will einer von euch kleinen Sch…«

Bevor ich den Satz beenden kann, legt sich ein breites Grinsen über Sebs Gesicht, während Dave, Lizzie und Ronnie mich verfluchen. Sie geben ihm jeder einen Fünf-Pfund-Schein, worauf er einen vorgekritzelten Zettel hochhält, auf dem *Shaun of the Dead* steht.

Ich applaudiere seiner Voraussage. »Und? Will einer?«

Seb steht auf und umarmt mich ungestüm.

»Setz dich. Ich bezahle mit meinem Wettgewinn. Du musst aufholen? Was möchtest du?«

»Einen vierfachen Gin?«

Er lächelt und gibt mir eine Ohrfeige, gerade fest genug, dass es brennt.

»Braver Junge.«

Ich setze mich zwischen Ronnie und Lizzie. Ronnie legt mir die Hand auf die Schulter und sieht mir mit seinem »Ich-kenne-die-Geheimnisse-des-Universums«-Blick tief in die Augen.

»Ich weiß, es läuft im Moment nicht so gut«, sagt er, »aber auch das geht vorbei. Auch das geht vorbei.«

Ich habe nicht die Absicht, zu barsch auf Ronnies Gerede zu reagieren.

»Ich weiß, Mann, danke.«

»Die Chinesen benutzen dasselbe Wort für Krise wie für Chance.«

Ich nicke schweigend, aus Angst, dass verbale Zustimmung weitere Weisheiten herausfordert, und drehe Lizzies Zettel um, auf dem *There Will Be Blood* steht.

Sie schüttelt den Kopf. »Ich dachte, du kommst rein und sagst: ›Ich bin fertig.‹« Sie ahmt Daniel Plainview fast so gut nach wie Adam Buxton, und zum ersten Mal seit einer ganzen Weile muss ich lachen.

Lizzie rückt ihren Stuhl näher. »Seb sagt, du suchst vielleicht eine Bleibe?«

Ich sehe zur Bar, wo Seb mit einem der Angestellten streitet, und ich frage mich, wann er endlich mit meinem Drink rüberkommt. Ich weiß nicht, ob ich es nüchtern hier aushalte.

»Ja, in ein paar Tagen bin ich gewissermaßen obdachlos«, antworte ich.

Ronnie mischt sich ein. »Du kannst bei mir wohnen, Alter, du musst nur was sagen.«

»Danke, Ronnie, ich geb dir Bescheid. Ich muss meine Optionen abwägen.« Die Vorstellung, die nächsten zwanzig Jahre in Ronnies Hotbox-Wohnzimmer aufzuwachen, erfüllt mich mit diversen Ängsten.

Lizzie beugt sich vor und flüstert: »Wenn du darauf keine Lust hast, einer meiner Mitbewohner ist letzte Woche ausgezogen, und wir suchen noch einen Nachfolger für sein Zimmer. Du kannst gern vorbeikommen und es dir ansehen, bevor du dich entscheidest.«

Da ich dem Vorschlag nicht sofort ablehnend gegenüberstehe, bedanke ich mich aufrichtig, und dann kommt Seb mit meinen Drinks.

»Der Wichser sagt, er kann mir keinen vierfachen in einem Glas geben, deshalb habe ich drei doppelte genommen. Das wird ihm eine Lehre sein.«

Ich verstehe nicht, was die Lehre ist – oder wie Seb in seiner Verfassung überhaupt jemandem eine erteilen könnte –, aber die Drinks nehme ich gern. Er erhebt sein Glas, und wir alle folgen seinem Beispiel.

»Ein Toast! Auf Meg, Billy, Ingrid, Cary, Jimmy, Donna, Humphrey und Katharine. Ihr wunderbaren Metallmiststücke. Macht's gut und danke für die ganzen Filme.«

Wir stoßen an, und ich kippe meinen ersten Drink.

Ich amüsiere mich bestens. Die Drinks helfen natürlich, aber oft vergesse ich, wie toll alle sind.

Die letzte Stunde haben wir damit verbracht, unsere Erinnerungen an die besten und schlechtesten Tage im Vorführraum auszutauschen. Dave gewinnt den »Preis für den schlechtesten Tag«, weil ihm am Premierenabend eine Kopie von *Der Herr der Ringe: Die Rückkehr des Königs* runtergefallen ist. Ich erinnere mich noch, wie ich die Treppe hochgerannt kam und ihn in dem spaghettiartigen Wirrwarr wild um sich schlagen sah.

Seine MacGyver-mäßig improvisierte Lösung des Problems war jedoch eine architektonische Meisterleistung, bei der Frank Lloyd Wright sich bepisst hätte. Er fädelte die andere Kopie so ein, dass sie auf zwei Projektoren gleichzeitig lief. Eine in manchen Kinos übliche Praxis, aber nicht in unserem, das dafür nicht ausgerüstet war. Der einzige Nachteil war, dass er den Film während der gesamten Laufzeit festhalten musste.

»Dreieinhalb Stunden auf dem Rücken, um das verdammte Ding festzuhalten«, brüllt Seb, zu Daves Stolz.

Ich belege den zweiten Platz für den Tag, an dem ich versehentlich den Trailer für *Kill Bill – Volume 2* vor eine Kids-

Club-Vorstellung von *Findet Nemo* geklebt habe. Ich leide immer noch unter Albträumen, dass ich den Kindern damit das Kino für den Rest ihres Lebens verleidet habe.

Lizzie spuckt ihr Bier aus, als Dave sich erinnert, dass wir den Vorfall »Killing Nemo« nannten.

Ich vergesse manchmal, wie lustig Lizzie ist und wie viel Gemeinsamkeiten wir haben. Wir lieben dieselben Filme, dieselbe Musik, wir hassen dieselben Politiker, dieselben Promis. Und sie sieht gut aus heute Abend. Richtig gut. Ihr Outfit hat was von Diane Keaton in *Der Stadtneurotiker.* Ich wünschte, sie würde »Tanderadei« sagen.

Seb geht gerade vollkommen in einer Geschichte über unseren früheren Chef auf, ein echter Widerling, der im Kinosaal 3 bei etwas erwischt wurde, was er nicht hätte tun sollen.

»Ich schwöre bei Gott, diese kleine Kartenabreißerin, sie war fast noch eine Schülerin, kommt zu mir gerannt und schreit« – er ahmt eine schrille Mädchenstimme nach –: »›Da ist ein Mann im Saal, und ich glaube, er‹« – er legt den Handrücken an die Stirn wie eine Südstaaten-Debütantin, die kurz davor ist, in Ohnmacht zu fallen – »›fasst sich an!‹«

Der Tisch bricht in Gelächter aus.

»Oh Gott, welcher Film war das noch?« Seb schüttelt nachdenklich den Kopf, kann sich jedoch wegen seines Blutalkoholgehalts, der sich auf Richard-Burton-Level befindet, nicht erinnern.

Lizzie lächelt. »Ihr dreckigen, verdorbenen Typen. Ich wette, ihr habt das alle schon mal gemacht. Allein im Dunkeln.«

Ein Chor wenig überzeugenden Protests erhebt sich.

»Lügner«, sagt sie kopfschüttelnd. »Also, ich schon.«

Sie kippt ihren Drink runter und erklärt anschließend, dass sie die nächste Runde ausgibt, während wir unsere Kinnladen wieder hochklappen. Als sie zur Bar geht, versuchen die Jungs – und in diesem Augenblick sind wir Jungs – mit dem nicht unerquicklichen Bild klarzukommen, das Lizzie in unseren Köpfen hinterlassen hat.

Die Stille ist ohrenbetäubend und wird erst von Seb gebrochen:

»Es war *Shrek 2*! Er hat sich zu *Shrek 2* einen runtergeholt!«

Angesichts der saulustigen Erinnerung färbt sich sein Gesicht in ein wirklich wundervolles Rot, während er nach Atem ringt.

Es ist weit nach der Rauswurfzeit, als wir auf die Straße torkeln. Durch die frische Luft, die plötzlich in die Lungen dringt, dreht sich die Welt ein bisschen schneller.

Ronnie hat sich schon vor einer Weile verabschiedet, weil er dem Gefasel von vier Betrunkenen nicht mehr folgen konnte. Bevor er ging, hat er noch mal betont, dass ich jederzeit bei ihm wohnen kann, aber ich weiß, welches von den beiden Angeboten – versiffte Kifferbude / Frauen-WG – ich bevorzuge.

Seb sieht aus, als wäre er nur eine schlechte Entscheidung von einem LSD-induzierten Autodachlauf entfernt, nur ohne LSD. Deshalb stachle ich ihn an. Spaßeshalber.

»Hey, Seb«, sage ich grinsend. »Weißt du noch, als du noch cool warst? Als du über Autodächer gerannt bist wie Jason Bourne?«

Dave sieht ihn mit neu erwachtem Respekt an, und ich weiß, was kommt.

»Was meinst du mit ›als du noch cool warst‹?«, grölt Seb. »Ich *bin* cool.«

Und innerhalb von Sekunden steht er auf dem Dach eines Volvos.

»ICH BIN EIN GOLDENER GOTT!«

Dave macht es ihm nach, wie ich es vorausgesehen habe.

»ICH LIEBE DIESE STADT!«

Sie springen von Auto zu Auto, bis der unvermeidliche Alarm sein schrilles Kreischen ausstößt, und schon kommt, megaunglücklich getimt, ein Polizeiwagen um die Ecke gerast.

Seb und Dave fliehen in die Nacht, und ich gehe lässig in die andere Richtung. Der Alkohol beseitigt jedes Schuldgefühl angesichts der misslichen Lage meiner Freunde.

»Sollen wir ihnen folgen, sehen, ob alles okay ist?«, fragt Lizzie.

»Da würde ich mir wirklich keine Sorgen machen. Dave ist ziemlich schnell, und Seb kann sich aus allem rausreden. Die kommen schon zurecht. Soll ich dich nach Hause bringen?«

Sie lächelt und nimmt den Arm, den ich ihr anbiete.

Wäre ich nicht mehr als ein bisschen beschwipst, würde ich die nächste Frage nie stellen.

»Lizzie? Als ich und Ellie frisch zusammen waren …«

»Du meinst die Sache mit dem Podest, oder?«, fragt sie.

Ich sollte mir ein paar T-Shirts besorgen, auf denen *Nick, der Vorhersehbare* steht.

»Genau. Du hast einen ziemlich bösen Spruch darüber gebracht, dass ich Ellie auf ein Podest stelle.«

Sie bleibt stehen und reibt sich mit dem rechten Daumen das linke Handgelenk.

»Erstaunlich, dass du vier Jahre gebraucht hast, um zu fragen, aber ja, ich mochte dich.«

Sie geht weiter.

»Echt?«

Dieses »echt« ärgert sie ein bisschen, und sie schenkt mir den gleichen Blick wie Seb, als ich ihm erzählt habe, wie unbehaglich ich mich mit Ellie in der Öffentlichkeit fühle.

Sie fährt fort, als würde sie die Situation einem Kleinkind erklären. »Ja. Ich mochte dich echt. Ich meine nicht, dass ich dich *echt* mochte. Ich war nicht auf der Suche nach dem

Mann fürs Leben. Aber, ja, warum nicht. Du erfüllst die Kriterien eines potenziellen Partners.«

»Ich erfülle die Kriterien? Wie romantisch.«

»Hör zu, du Schwachkopf«, sagt sie mit einem Lächeln. »Das war vor vier Jahren. Reite nicht so darauf herum.«

»Mach ich nicht. Versprochen. Ich bin nur überrascht, das ist alles. Und geschmeichelt.«

»Tja, du warst noch nie der Schnellste, wenn es um menschliches Verhalten geht.«

»Sonst wäre ich wahrscheinlich auch nicht …«

Sie unterbricht meinen Satz und meine Schritte.

»Obdachlos, arbeitslos, bla, bla, bla.« Sie unterstreicht den letzten Teil des Satzes mit einer wegwerfenden Handbewegung. »Kleiner Rat von einem Mitglied des anderen Geschlechts, diese Ach-ich-Unglücklicher!-Masche ist nicht gerade berauschend, wenn du verstehst, was ich meine.«

»Tut mir leid.«

Sie zeigt auf das Haus, vor dem wir stehen, und zum ersten Mal an diesem Abend habe ich ein Ellie-Flashback.

»Hier wohne ich. Danke fürs Nachhausebringen. Du bist ein wahrer Gentleman.«

»Und nicht zu vergessen, ein potenzieller Partner.«

Sie betritt den Weg zu ihrem Haus und schließt die Pforte zwischen uns, ein physikalisches Hindernis, damit ich nicht auf dumme Gedanken komme.

»Du hast ja meine Nummer, oder?«, fragt sie.

Ich nicke.

»Vielleicht ist es für dich noch zu früh, aber falls du Lust hast, dich zu verabreden …«

Sie zuckt die Schultern, lässt ihr Angebot so stehen und entflieht, ohne von einem Bären verfolgt zu werden.

26

5. November 2008 – 03:02 GMT
Obama 200
McCain 115
erforderliche Mehrheit 270

Die geringfügige Meinungsverschiedenheit über die Ballade von Mr Carrey und Miss Winslet sorgte auf dem Rückweg zur Party für schlechte Stimmung.

Was Ellie empfand, kann ich nicht sagen, aber ich hatte verletzt bis gereizt auf ihr »darum geht es bei dem Film doch gewissermaßen, Nick« reagiert. Ich glaube, es lag an dem »Nick«. Eigentlich erstaunlich, wie selten die Leute einen im Gespräch mit dem Namen anreden. Es fühlte sich irgendwie unangenehm an. Vielleicht weil ihr Tonfall ein bisschen herablassend klang. »Nick« – mit einem strengen *K*.

Ich wollte es ansprechen. Damit sie nicht dachte, ich wäre sauer, weil sie bei einem Film anderer Meinung war. Ich wollte. Aber am Ende zweifelte ich selbst daran, dass es die Wahrheit war.

Glücklicherweise bot sie mir auf recht ungewöhnliche Art einen Ausweg.

»Also, wie viele?«

Mein Blick sollte sagen, dass ich nicht zu hundert Prozent sicher war, worauf sich die Frage bezog. Ihr Blick sagte: »Du bist sehr wohl zu hundert Prozent sicher, worauf sich die Frage bezieht.«

»Wegen des Mädchens im Hähnchenladen?«, fragte ich.

»Nein«, antwortete sie, und es klang glaubwürdig.

»Na gut. Weniger als es *Halloween*-Filme gibt, mehr als es *Rocky*-Filme gibt«, sagte ich, weder stolz noch zerknirscht.

»Oh.«

Plötzlich war ich nicht sicher, ob ich die richtige Frage beantwortet hatte.

»Du meintest doch, mit wie vielen Leuten ich geschlafen habe?«

»Gott, nein!«

Sie sagte es so überzeugend, dass ich eine Weile brauchte, um zu begreifen, dass sie sich wieder über mich lustig machte. Noch länger dauerte es, bis die Röte wieder aus meinem Gesicht wich.

»Und du?«

Sie blieb stehen und wippte den Kopf von einer Seite zur anderen, jedes Wippen vermutlich ein neu hinzugefügter Lover.

»Wie viele *Halloween*-Filme gibt es?«, fragte sie.

»Zehn.«

»Und wie viele *Rocky*-Filme?«

»Sechs.«

»Dann zähl sie zusammen.«

»Sechzig!«, heulte ich auf.

Sie wich zurück, teils weil sie gekränkt war, teils weil mein Aufschrei so laut war, dass in einem der umliegenden Häuser das Licht anging.

»Warum hast du sie malgenommen?!«, schrie sie zurück. »Ich habe gesagt, zusammenzählen! Sechzehn. Ich hatte mit sechzehn Leuten Sex!«

Das Fenster, hinter dem das Licht angegangen war, öffnete sich plötzlich, und eine gebrechliche Achtzigjährige steckte den Kopf heraus und rief: »Schön für dich, Schätzchen, aber es ist schon spät!«

Ich glaube, unangenehmer als die Zahl an sich war ihr, die nette alte Dame gestört zu haben, aber ich wollte nicht, dass sie sich schlecht fühlte, etwas so Intimes offenbart zu haben, wollte ihr klarmachen, dass ich sie dafür nicht verurteilte.

»Sechzehn ist eine gute Zahl. Ich meine, es gibt definitiv sechzehn Leute, mit denen ich gern geschlafen *hätte*. Würde ich so gut aussehen wie du und wäre selbstbewusster, hätte ich es wahrscheinlich auf zwanzig gebracht, ohne groß etwas zu bereuen.«

»Oh, ich habe ein paar bereut.«

Das Gespräch ging in eine Richtung, die mir gar nicht gefiel, die Schatten vergangener Dämonen, die ihre hässlichen Köpfe reckten.

»Nun, ich wette, die bereuen, dich nicht besser behandelt zu haben.«

An ihrem Lächeln sah ich, dass sie wieder in der Gegenwart war.

»Du bist süß.«

»Und wegen meiner Süßheit werde ich Nummer siebzehn.«

Sie boxte mich in den Arm, an genau derselben Stelle wie zuvor. Aber sie widersprach nicht.

»Und«, fragte ich, bemüht, keine große Sache daraus zu machen, obwohl ich wusste, dass es sehr wohl eine große Sache war. »In wie viele von den sechzehn warst du …«

Ich überlegte, ob es eine weniger kitschige Formulierung gab, aber Ellie kam mir zu Hilfe, bevor ich Thesaurus spielen musste.

»Verliebt? Das weiß ich gar nicht so genau. Ich weiß, dass ich nach Oliver verrückt war. Er war mein Erster, weißt du.«

Ich wusste.

»Ich war vierzehn. Was manche wohl für zu jung halten. Jedenfalls das Gesetz und meine Eltern. Aber er war so süß, und wir waren total verrückt nacheinander. Nicht viele Jungs würden in der Schule Händchen halten. Das galt als uncool. Aber Oliver hat es getan.«

»Was ist passiert?«

»Eigentlich nichts. Er ist auf ein anderes College gegangen. Das hat gereicht. Ich habe geweint und geweint und geweint. Hab mich eingeschlossen und still geschluchzt.«

»Wieso still?«

»Ich fand's meinen Eltern gegenüber nicht fair. Die hatten größere Probleme.«

Neben diesem schönen Wesen, das seinen Liebeskummer allein bewältigte, um seine Eltern zu schonen, kam ich mir wie der schlechteste Mensch der Welt vor. Selbst als meine Oma krank wurde, also krankenhauskrank, als ich fünfzehn war, widmete ich mich ganz meinen Beziehungsdramen.

Nicht zum ersten Mal an diesem Abend war ich überzeugt, dass ich es nicht verdiente, mit jemandem wie ihr zusammen zu sein.

27

»Hipp, hipp, hurra.«

Nur bei Andrew, dem Buchhalter, klingt so ein idiotischer Ausruf noch leerer.

»Hipp, hipp, hurra.«

Gott, ich hasse sein dummes Gesicht.

»Hipp, hipp, hurra.«

Leck, leck, leck mich, eher.

Ich bin von wohlgesinnten Menschen umzingelt, die nur das Wohl meiner Eltern im Sinn haben, während die ihren eigenen Sohn im Stich lassen, für ihre Suche nach schneebedeckten Gipfeln und Sam Neill.

Das Zweitschlimmste an Veranstaltungen wie dieser ist der Ort. So etwas findet immer in Hotels statt, in denen sich seit den Achtzigern nichts verändert hat. Dort gibt es unweigerlich eine Bar mit zwei Sorten beschissenem Bier, eine von besagten Getränken klebrige Tanzfläche, eine »Disko«, bestehend aus einem roten, einem grünen, einem blauen und einem gelben Licht und Teppich wie in *Shining.*

Hier wird Spaß großgeschrieben.

Das Schlimmste an Veranstaltungen wie dieser ist die Wiederholung der Fragen, die ich mir anhören, und Antworten, die ich geben muss. Vielleicht wäre es nicht so schlimm, es immer und immer wieder zu sagen, wenn die Antworten lauteten: »Super, danke, habe gerade eine Wohnung gekauft«, »Japp, vielleicht sind wir die Nsächsten, die ihnen ein Enkelkind schenken« und »Na ja, es ist noch streng geheim, aber ja, ich habe grünes Licht für meinen ersten Spielfilm. Ich glaube, der Kipplaster mit Geld kommt Donnerstag.« Aber meine Versuche, die Tatsache schönzureden, dass ich sowohl bei der Fortbildung wie bei der Fortpflanzung versagt habe, machen mich zu einem wenig reizvollen Gesprächspartner.

Tante Tess versucht es trotzdem.

»Nicky, mein Schatz, herrlicher Tag, nicht wahr?«

Ich schaue aus dem Fenster der Hotelbar in den grauen, bedeckten Himmel und frage mich, welche Medikamente sie gerade nimmt und ob ich was davon klauen soll.

»Ja, sensationell. Wie geht's Ed?«

»Edward geht es großartig, er lässt sich entschuldigen. Er zieht …«

Sie unterbricht sich.

»Er hat. Er hat viel zu tun im Moment.«

Gott, denke ich. Diese Pillen müssen guter Stoff sein.

»Und Kat?«

»Katharine, ach, der geht's super. Hat gerade eine Bef…«

Wieder unterbricht sie sich mitten im Satz.

»Einen Befund, einen Befund bekommen, dass alles in Ordnung ist.«

Mir wird schnell klar, dass eine Info unter den nächsten Nachbarn und Verwandten rumgeschickt wurde, mir gegenüber die Themen Beziehung, Arbeit oder Wohnung zu meiden, aus Angst, dass ich womöglich vollkommen ausraste, meine Kleidung in Brand stecke und schreiend auf die geschäftige Hauptstraße renne.

Könnte lustig sein – wenn auch gemein –, Tante Tess zuzusehen, wie sie versucht, drei so große Themen zu umschiffen, aber mir fehlt die Kraft dafür. Ich schlafe nicht gut. Ich habe Ronnies Angebot eines Hanfdachs über dem Kopf angenommen – vorübergehend. Sein Schlafsofa ist alles, was ich mir erträumt habe, und weniger. Nicht, dass ich ihm nicht wahnsinnig dankbar wäre, dass er mich mietfrei bei sich wohnen lässt, da meine Optionen auf seine Wohnung oder die Kinotreppe begrenzt waren.

Als ich noch erwerbstätig war, habe ich mir manchmal ausgemalt, wo ich in dem unwahrscheinlichen Fall, dass ich untertauchen müsste, leben würde. Ich sah mich als einen Bruce-Banneresken Landstreicher, der von Programmkino zu Programmkino zieht und sein Insiderwissen dazu nutzt, um in Treppenhäusern, hinteren Reihen und Behindertentoiletten herumzulungern, und von Popcorn, Nachos und den Resten in den Slush-Maschinen lebt.

Tante Tess ist immer noch am Zurückrudern – »Aber wie soll ich wissen, ob sie trotz Job und Wohnung und Beziehung alle beide wirklich glücklich sind?« –, während ich grüble, wie lange ein Mann sich wohl ausschließlich von Süßigkeiten ernähren kann.

Das ist typisch britisch. Den Erfolg der eigenen Kinder runterspielen, damit der andere sich weniger beschissen fühlt.

Ich sehe mich hilfesuchend nach Gabby um, aber die lässt sich gerade von allen – vom Reisebürobesitzer bis zu dem Pärchen aus Nummer 30, deren Namen ich mir nicht merken kann, den Bauch tätscheln. Ein Nachteil an Gabbys Schwangerschaft ist, dass sie mich ständig daran erinnert, wie lange Ellie und ich schon getrennt sind. Ihr Stichtag ist in weniger als zwei Monaten, also ist es drei Monate und zwei Tage her.

Da Gabby beschäftigt ist, winke ich meinen Eltern, damit sie Tante Tessies Qual ein Ende bereiten.

»Mum! Dad! Tess erzählt mir gerade, wie super es bei ihren Kindern läuft!«

Ich weiß, das wird meine Tante furchtbar aufregen, und es tut mir ein bisschen leid, aber ich will, dass sie aufhört.

»Ich habe gar nicht behauptet, dass es bei ihnen gut läuft!«, protestiert sie.

»Schon gut, Tess«, beschwichtigt mein Vater sie. »Nick zieht dich nur auf.«

»Gar nicht«, sage ich trotzig, als hätte man mich gerade beschuldigt, ein anderes Kind gehänselt zu haben. »Und wenn, dann nur, weil ihr offenbar allen erzählt habt, wie mies es bei mir läuft.«

Dad schnaubt und verliert ganz offensichtlich die Geduld mit mir.

»Gut gemacht, Nick. Du hast also mitgekriegt, dass wir die Leute gebeten haben, ein wenig aufzupassen, was sie in deiner Gegenwart sagen. Was für furchtbare Eltern wir doch sind, dass wir an deine Gefühle denken.«

Tess sattelt die Pferde.

»Tut mir leid, ich wollte keine Spannungen heraufbeschwören. Ich wollte nicht andeuten, dass es bei meinen Kindern besser läuft als bei euren. Ich meine, bei Gabby ist doch alles super!«

»Japp, hier gibt es nur einen Versager!«, sage ich.

»Nick«, sagt Mum und reibt meinen Rücken, eine typische Mum-Geste. »Du bist kein Versager. Außerdem habe ich gute Neuigkeiten. Erinnerst du dich an Jim und Paula aus Nummer 30?« Mum zeigt auf sie, und sie winken mit übertriebener Begeisterung, wie in einem Horrorfilm. »Sie haben einen Job für dich.«

»Sie wollen meine Organe?«

»Sie haben eine kleine Spendenorganisation gegründet, und sie brauchen jemanden fürs Telefon.«

Sie freut sich so, dass sie mir dieses Angebot übermitteln kann. Aber …

»Oh, danke, Mum«, sage ich und ertränke alle in Sarkasmus. »Ich habe immer davon geträumt, ein Telefondepp zu werden. Aber glaubst du, ich habe es drauf? Glaubst du wirklich?«

»Ich dachte nur …«

Ich mache weiter.

»Worte in ein Telefon sprechen. Muss ich auch die Nummern wählen? Ich weiß nicht, ob ich mit so viel Verantwortung umgehen kann. Vielleicht sollte ich Katharine und Edward und Gabriella um Hilfe bitten.«

Tess wird wieder nervös.

»Ich wollte ihn nicht aufregen. Ich-ich-ich …«

»Das hast du nicht«, sagt Dad. »Er benimmt sich nur daneben.«

Mum spielt die Diplomatin.

»Warum gehen wir nicht an die Bar und besorgen dir noch einen Drink, Tess?«, sagt sie und geht voran. Doch dann dreht sie sich noch mal zu meinem Vater um und zischt: »Genau darüber haben wir gestern Abend geredet.«

Ich und Dad bleiben schweigend zurück.

Weil er vor Wut rot angelaufen ist, sehe ich mich nach einer Fluchtmöglichkeit um und entdecke, dass Gabby endlich frei ist. Ich steuere auf sie zu, in der Hoffnung auf ein freundliches Gesicht. Was ich bekomme, ist ein unfreundliches, das chinesische Frühlingsrollen mampft.

»Alles klar, Hugh Laurie?«, spotte ich.

Gabby antwortet mit einem Knurren und saugt eine Nudel ein, ohne auf meine clevere Stichelei einzugehen. Deshalb erkläre ich sie.

»Hugh Laurie hat Dr. Gregory House in der Serie *Dr. House* gespielt, und du bist …«

Sie stopft sich eine Handvoll Käsebällchen in den Mund und nuschelt: »So groß wie ein Haus.«

Ich lege den Zeigefinger der linken Hand an die Nase und schwinge den rechten Arm, um auf sie zu zeigen, als hätte sie einen Preis gewonnen. Ich ernte nicht einmal die Andeutung eines Lächelns.

»Deine Anspielungen werden auch immer lahmer. Und immer nerviger.«

»Na gut, du Stinkstiefel, brauchst du was zu essen?«

Sie packt mich an der Jacke und schüttelt mich kräftig.

»Ich habe alles aufgegessen, Nick! Das Catering war für fünfzig Leute, und nur dreißig sind gekommen. Und trotzdem ist alles weg, weil ich es gegessen habe. Ich habe für zwanzig Leute gegessen. Und ich habe immer noch Hunger.«

Sie lässt von mir ab, und über ihre Schulter sehe ich Andrew auf uns zu schleichen. Das wird lustig.

»Kann ich dir was holen, meine Süße?«, fragt er mit ekelhafter Unterwürfigkeit. Ich reibe mir die Hände in Erwartung der vernichtenden Antwort meiner Schwester, ungefähr so etwas wie: »Wie wär's mit einer Tüte Schwänze, die du lutschen kannst, du Weichei?«

Doch stattdessen streichelt sie zärtlich beide Seiten seines Gesichts und bedeckt seine Nase mit flüchtigen Küssen.

»Ich könnte ein Kebab vertragen«, erwidert sie mit so sanfter, liebevoller Stimme, dass ich mich frage, wo der Bauchredner ist.

»Natürlich, Schnucki. Für dich auch etwas, Nick?«

Ich schüttle den Kopf und starre Gabby entsetzt an, während Andrew den Fleisch-Laufburschen macht.

»Schnucki?«, wiederhole ich ungläubig.

»Wag es ja nicht, auch nur ein einziges schlechtes Wort über diesen Mann zu verlieren. Er ist ein Gott. Im Vergleich zu ihm bist du nichts als ein kleiner erbärmlicher Mistkäfer.«

»Ganz ruhig.«

»Nur dass Mistkäfer nützlich sind, aber was ist eigentlich deine Daseinsberechtigung?«

Schön zu wissen, dass die wahre Gabby irgendwo da drinsteckt, aber ich weiß nicht, warum nur ich etwas abkriege.

Ein weiteres Tablett mit Essen lenkt sie ab, deshalb gehe ich wieder zu Dad, der sich an seinem Bier festhält und noch immer rot im Gesicht ist.

»Welche Laus ist denn nur allen über die Leber gelaufen?«, frage ich.

»Willst du das wirklich wissen? Willst du wissen, welche Laus mir über die Leber gelaufen ist, Nicholas?«

Die Farbe in seinem Gesicht wechselt zu Tiefrot, und ich bin nicht sicher, ob ich es wissen will. Doch er redet trotzdem weiter.

»Ich habe mein ganzes Leben von diesem verdammten Tag geträumt, und weißt du, was ich seit zwei Wochen von deiner Mutter zu hören kriege? ›Wir können jetzt nicht fahren‹, ›Es wäre nicht richtig‹, ›Nick braucht uns‹, ›Er wird niemals allein zurechtkommen‹.«

Typisch Mum. Immer einen Hang zum Drama. Wäre sie Schauspielerin geworden, hätte sie längst einen Oscar.

Mein Vater fährt fort und lässt meine Seifenblase platzen, indem er den Selbstbetrug entlarvt, mit dem ich alles rechtfertige. »Ich weiß, du denkst, sie übertreibt. Aber das tut sie nicht. Sie macht sich solche Sorgen um dich. Das tun wir beide. Aber du bist verdammt noch mal dreißig Jahre alt. Du musst doch in der Lage sein, auf dich selbst aufzupassen.«

»Das kann ich!«, protestiere ich wenig überzeugend.

»Es ist so schwer für sie, dich in diesem Zustand zurückzulassen. Und das bringt uns um.«

Es sind nicht nur die Worte, die schmerzen. Ich sehe die beiden vor mir, im Bett. Er will nur ein bisschen Frieden, während sie sich über mich aufregt und sich um mich sorgt, bis die ganze Aufregung und Sorge auch ihm an die Nieren geht. Und kaum hat sie sich ein bisschen beruhigt, fängt er an, alles infrage zu stellen.

Das haben sie nicht verdient.

So sehr sie mich auch nerven, sie haben sich mir gegenüber immer anständig verhalten. Ich fühle mich wie ein 24-Karat-Arschloch, deshalb bedenke ich meinen Vater mit einem bekümmerten Blick und gehe ohne ein Wort zu – Scheiße, wie hießen sie noch mal: Jeff und Pamela? John und Patricia? – und strecke die Hand aus.

»Hi.«

»Hallo, Nicholas, wie geht es dir?«

Nachdem wir die üblichen Höflichkeiten ausgetauscht haben, bringe ich ein paar Informationen über den Job in Erfahrung, die ihn erträglich klingen lassen. Ich brauche keine Erfahrung. Es gibt Rauchpausen. Das Büro ist klein, gemütlich und nicht weit von Ronnies Wohnung. Außerdem ist es für einen guten Zweck.

»Oh, und Montag geht es los. Wie klingt das für dich?«

Es klingt, denke ich, als sollte ich schleunigst eure Namen lernen.

Der Rest des Abends verläuft erfreulich. Mum ist total aus dem Häuschen, dass ich den Job angenommen habe, egal wie oft ich ihr sage, dass es erst mal nur auf Probe ist. Dad ist einfach nur erleichtert, dass er weder die Flugtickets stornieren noch das Haus verkaufen muss, das er gerade erst am anderen Ende der Welt erstanden hat.

Ich habe noch eine kleine Auseinandersetzung mit Gabby, deren Hormone offenbar verrücktspielen. Sie entschuldigt sich übermäßig wegen des Mistkäferspruchs, und ich begreife, dass sie das Gespräch eigentlich nur auf Ellie lenken will. Bohrende Fragen, die auf nichts Konkretes abzielen. Ich habe das Gefühl, sie weiß von Ellies Jobangebot, aber ich will es nicht ansprechen, falls sie doch nichts davon weiß.

Kurz vor elf mache ich heimlich einen Abgang.

Allerdings laufe ich Margaret in die Arme, Ellies Mutter.

Logisch, dass sie eingeladen ist. Unsere Eltern mögen sich und laden sich immer gegenseitig ein. Dennoch wundert mich, dass sie gekommen ist. Diese Einladungen tragen normalerweise den Vorbehalt: »Die kommen sowieso nicht, aber es wäre unhöflich, sie nicht einzuladen.«

»Hallo, Nick.«

»Margaret.«

Mir läuft ein Schauer über den Rücken. Seit »Margarets betrunkenem Besuch«, der vielleicht, vielleicht auch nicht den Weg zum Ende unserer Beziehung geebnet hat, haben wir nicht miteinander gesprochen.

»Margarets betrunkener Besuch«, über den ernsthaft nachzudenken ich nicht bereit bin.

Noch nicht.

»Gehst du schon?«, fragt sie.

»Ja, ich muss morgen früh raus », lüge ich. Dann platzt es aus mit heraus: »Ist Ellie auch da?«, und ich versuche, nicht zu verzweifelt zu klingen.

»Nein, sie hat selbst ein Abschiedsessen. Sie fliegt nächste Woche.«

»Ich weiß.«

»Ein letztes Essen. Nur sie und ihr Vater.«

»Du und er, redet ihr immer noch …«

Sie schüttelt den Kopf.

»Sind deine Eltern da drin?«

Ich nicke.

»Also, dann sag ich mal Hallo.«

Sie drückt sich links an mir vorbei, und ich bin dankbar, dass es keine peinliche Umarmung gibt.

Als ich »nach Hause« komme, ist Ronnie auf dem Sofa eingeschlafen, das auch mein Bett ist. Wir haben die Vereinbarung, wenn das passiert – und das ist oft der Fall –, kriege ich sein Zimmer. Der Kompromiss ist okay, aber mir ist mehr als ein bisschen komisch dabei zumute, ein fünfzig Jahre altes Bett mit ihm zu teilen.

Als ich mich entscheiden musste, wo ich vorübergehend wohnen wollte, machte es mir Lizzies Vorschlag, mit ihr auszugehen, fast unmöglich, ihr vorheriges Angebot anzunehmen. Ich bin grundsätzlich nicht abgeneigt, sie näher kennenzulernen. Irgendwann. Potenzieller Partner, ja. Aber der Satz »Man scheißt nicht, wo man isst« hat sich nie treffender angefühlt.

Während mir die Vorstellung von Lizzie und mir definitiv zusagt, keift eine Stimme in meinem Kopf, dass ich vorher mindestens ein Mal mit jemandem ausgehen muss, mit dem ich nicht auf Facebook befreundet bin.

Ich ziehe mich bis auf Unterhose und T-Shirt aus, schnappe mir meinen Laptop und lege mich ins Bett.

Es gibt definitiv zu viele Datingseiten.

Eine schnelle Googlesuche spuckt die großen Tiere aus: eHarmony, OkCupid, Match. Ich weiß nicht so recht, was ich von PlentyOfFish halten soll. Ich versteh, wofür der Name steht – »Gib nicht auf, die Richtige ist irgendwo da draußen, für jeden« –, aber es klingt ein bisschen nach »Kommen Sie, kaufen Sie, hier ist für jeden was dabei.« AdultFriendFinder? Nein, nicht draufklicken. Guardian Soulmates? Bisschen platt, sogar für mich.

Ich wähle eine der großen drei.

Gib Deine E-Mail-Adresse ein: whatsmymantra@hotmail.com

Wählen Sie einen Benutzernamen: JonnyBigDick klingt doch ziemlich subtil. Oh, schon vergeben. *Versuchen Sie JonnyBigDick12.* Mein Gott, es gibt elf andere JonnyBigDicks? Ich habe mir nur einen Spaß erlaubt. Vielleicht ist das nicht die beste Seite für mich, wenn ich mit elf Typen konkurrieren muss, die JonnyBigDick nicht für einen Spaß halten.

Okay, hör auf, es dir selbst auszureden. Ich brauche einen cleveren Namen, aber nicht zu clever. Etwas Filmisches, natürlich, damit ich die rausfiltern kann, die die Anspielung verstehen.

LassoTheMoon.

Das scheint mir subtil genug.

Bist du an Männern oder Frauen interessiert? Wahrscheinlich wäre es leichter, wenn ich Ersteres wähle, aber ... *Frauen.*

Altersgruppe? Jetzt nicht übers Ziel hinausschießen. *25–35?* Klingt okay.

Über dich? Nächste Frage.

Über dich? *

* *Dieses Feld muss ausgefüllt werden.*

Na schön. *Ich bin dreißig. Ich bin männlich* (wie man hoffentlich am Bild erkennt). *Ich wohne in Clapham Junction, in der Nähe vom St John's* (wenn ein Kilometer als nah durchgeht) *mit einem ehemaligen Kollegen* (fünfzigjähriger Kiffer). *Bis vor kurzem war ich Vorführer im Royalty. Jetzt arbeite ich für eine hiesige Spendenorganisation* (der Job zahlt sich jetzt schon aus!). *Ich liebe Filme und Geschichten in jeder Form, Bücher, Theater* (einmal war ich sogar da), *etc.*

Ich suche nach der Richtigen für mich.

Aus irgendeinem Grund denke ich daran, wie lange meine Eltern schon zusammen sind.

Ich glaube noch immer an die Liebe.

28

5. November 2008 – 03:20 GMT
Obama 210
McCain 130
erforderliche Mehrheit 270

Nach dem, was sie übers Händchenhalten mit ihrem ersten Freund erzählt hatte, konnte ich an nichts anderes denken, als dass ich das auch wollte. Doch selbst diese winzige Aktion, eine, bei der die Gefahr der Zurückweisung gering war, bedeutete eine zu große Hürde für mich.

Wir waren noch eine Minute von der Straße entfernt, in der Tom wohnte, und ich wusste, je mehr Zeit verstrich, ohne dass ich den Mut fasste, Ellie um ein Date zu bitten, desto unwahrscheinlicher wurde es, dass ich es überhaupt tat.

»Und deine?«, unterbrach sie meine klassischen Selbstzweifel.

»Wie bitte?«

»Deine Erste?«

»Kann ich die Erste überspringen? Ich fange gleich mit der Zweiten an.«

Der Grund, warum ich damals nicht über meine Erste reden wollte, war, dass sie zu viele Ähnlichkeiten mit Chicken-Cottage-Vicky, wie sie fortan genannt wurde, aufwies. Ich wollte nicht noch ein Bild von alkoholisiertem Gefummel zeichnen. Ehrlich gesagt, ohne Gärungsprozesse wäre ich wahrscheinlich noch mit Mitte zwanzig Jungfrau gewesen.

»Cathy. Oder Cat, wie sie genannt werden wollte. Wir haben uns in der ersten Woche an der Uni kennengelernt. Wir waren beide im Sommer davor auf demselben Musikfestival gewesen, und du kannst dir ja vorstellen, dass mein Schicksal-O-Meter verrücktspielte.«

»Du bist offenbar ein Sklave Moiras.«

»Wessen Sklave?«

»Das ist so ein Homer-Ding«, erklärte sie.

»Wie die *Simpsons*?«

»Wie die *Odyssee*.«

»Okay. Wie *O Brother, Where Art Thou*?«

Ich zwinkerte ihr zu, um anzudeuten, dass ich mehr wusste, als ich vorgab zu wissen, doch tief in meinem Herzen wusste ich, dass ich weniger wusste.

»Und …?«, seufzte sie, um aufs Thema zurückzukommen.

»Es hielt ein paar Monate. Es war lustig, aber ich glaube, keiner von uns hat erwartet, dass wir das erste Semester überstehen.«

Ihr Blick suggerierte, dass ich wichtige Informationen zurückhielt. Sie hatte recht, und so lüftete ich das Geheimnis.

»Es gab jemand anderen, den ich mochte. Ich weiß, das klingt furchtbar. Bevor du mich für einen totalen Mistkerl hältst, es stellte sich heraus, dass es auch jemand anderen gab, den Cathy mochte. Noch vor den Weihnachtsferien machte sie mit mir Schluss und bat ihn um ein Date. Ich habe gehört, dass sie inzwischen geheiratet haben.«

»Das klingt nicht gerade nach der ersten großen Liebe. Kam die danach? Das andere Mädchen, das du mochtest?«

»Oh nein, das war unerwiderte Liebe, wie sie im Buche steht. Die Liste der Verschmähungen ist lang. Um wieder Groucho zu zitieren: Ich mag keinem Club angehören …«

»… der mich als Mitglied aufnimmt.« Ellie sah trauriger aus denn je, und ich gratulierte mir zum Timing dieses Gejammers.

»Und wer *war* deine erste Liebe?«, fragte sie.

Ich verschränkte die Arme, stieß die Luft aus meinen aufgeblasenen Backen und gönnte mir eine kleine Umarmung und einen Moment des Zögerns. Einen Augenblick der Reflektion, bevor ich mich ins Verderben stürzte.

»Ich weiß nicht. Ich meine, ich habe viele Frauen geliebt.«

Wir standen jetzt direkt vor Toms Haus. Der Lärm von drinnen war so laut, dass man ihn meilenweit hören konnte.

»Aber wir reden über Liebe. Man kann nur verliebt sein«, sagte Ellie, »wenn die Liebe erwidert wird.«

29

Hey. Bist du wach?«, frage ich.
Sie antwortet: »Ich bin hier.«

Sie liegt neben mir, aber wir liegen Rücken an Rücken.

»Kann ich dich was wegen heute fragen? Wie nah bin ich daran, dich zu verlieren?«

Sie antwortet nicht. Nie.

Jede Nacht, seit sie mir ihre Neuigkeiten erzählt hat, habe ich eine Variation dieses Traums. Das bedeutet zweierlei: 1. Ich bin immer noch nicht über sie hinweg, und 2. Ich muss aufhören, *Cherry Tree* von The National in Endlosschleife zu hören.

Letzte Nacht war der Traum besonders luzide, weil heute der Tag ihrer Abreise ist.

Es wird keinen Wettlauf zu den Gates von Gatwick geben, keine überraschende Intervention auf der letzten Spule. Aus zwei Gründen. Zum einen, weil ich nie zu spät komme, zum anderen, weil Ellie mich gebeten hat, sie zum Flughafen zu fahren.

Aus einem Grund, den ich nicht ganz verstehe, habe ich ja gesagt.

Der Flug geht um scheißfrüh morgens, und wir fahren drei Stunden vorher los. Ich mache mir täglich Sorgen über eine ganze Reihe von Dingen, aber nichts macht mich so nervös wie die Möglichkeit, ein Verkehrsmittel zu verpassen.

Vielleicht hat sie mich deshalb für diesen Job ausgesucht.

Wie der Gentleman, der ich gelegentlich vorgebe zu sein,

helfe ich ihr mit den Koffern und packe sie in den Kofferraum des Mietwagens. All ihre Habseligkeiten für ihr zukünftiges Leben befinden sich in diesen beiden Koffern.

»Du hättest nicht extra ein Auto mieten müssen. Wir hätten doch die Bahn nehmen können.«

Ich habe mir geschworen, nicht mit ihr in Erinnerungen zu schwelgen, aber offenbar kommen wir nicht drum herum, uns die unselige Reise nach Cannes zu vergegenwärtigen.

»Wir haben nicht gerade eine gute Erfolgsbilanz, was öffentliche Verkehrsmittel angeht.«

Sie grinst. »Wir haben auch keine gute Erfolgsbilanz, was Mietwagen angeht.«

Ich unterdrücke ein Grinsen und konzentriere meine Aufmerksamkeit stattdessen auf den Inhalt der Koffer.

Hat sie Fotos von mir dabei? Wird mein Geist auf ihr neues Zuhause herabschauen? Wird die Fotografie eines glücklichen Ichs neben ihrem Bett stehen und über sie wachen, wenn sie schläft?

In die Koffer passt nicht viel rein. Was nicht reinpasst, ist Sir Isaac Teddington, der billige Stoffbär, den ich auf dem Weihnachtsmarkt gewonnen habe, als wir sämtliche Punkte auf meiner Liste der »schlimmsten Klischees romantischer Komödien« abarbeiten wollten. Was nicht reinpasst, ist das gerahmte Plakat von *Cinema Paradiso*, das ich für uns gekauft habe – und ja, ich meine uns –, als wir zusammengezogen sind. Ich habe es ihr bei der »Scheidung« überlassen, aber jetzt ist es zweifellos eingelagert.

Was jedoch definitiv reinpasst, sind die – räusper – »Spielzeuge«, die wir in einer betrunkenen Nacht zusammen in Soho gekauft haben. Ich kann mich nicht entscheiden, ob ich hoffe, dass sie sie dabei hat oder nicht. Was nicht reinpasst, bin definitiv ich. Es sei den, sie trennt sich vom gesamten Inhalt und sägt mich in der Mitte durch.

Ich muss die Koffer eine Weile angestarrt haben, denn Ellie steht jetzt hinter mir und schaut auf die Uhr.

»Wir liegen gut in der Zeit«, beruhige ich sie. »Wir haben zwei Stunden für die Fahrt – mit einer Stunde Puffer für dichten Verkehr; dreißig Minuten, um zum Terminal zu kommen, und noch eine Stunde fürs Einchecken.«

Bevor wir in den Wagen steigen, berührt sie mich am Arm.

»Nick«, sagt sie, »ich bin dir wirklich dankbar, dass du mich fährst. Es gibt niemanden, den ich heute lieber bei mir hätte.«

Ich schmelze für einen Augenblick dahin, weil ich sehe, wie aufgeregt sie ist.

Sei kein Arschloch, ermahne ich mich. Nur diesen einen Tag. Sei kein Arschloch.

Sie zieht drei CDs aus ihrer Manteltasche und versucht ein kitschiges Lächeln.

»Ich habe uns Musik für unterwegs gemacht.«

Jeder einzelne Song, den sie ausgesucht hat, killt mich. Jeder einzelne Song ist eine Nick-und-Ellie-Nummer. Es gibt Songs von unserem ersten gemeinsamen Abend, Songs von Jahrestagen, Songs von Konzerten, auf denen wir waren, und Songs aus Filmen, die wir gesehen haben. Ich frage mich, warum sie so grausam ist, während Sam Beam von Liebenden singt, die in den Armen des anderen sterben.

Die frühe Stunde und die Musikauswahl hat spürbar Auswirkungen auf mein »Sei-kein-Arschloch«-Mantra. Dass sie so einen Drang verspürt, die guten Zeiten aufleben zu lassen, ist wie Zuckerguss auf einer misslungenen Biskuittorte. Mein plumpes Benehmen wird durchsickern, erst in Form von einsilbigen Antworten, dann von Schweigen. Solange ich mich nicht provozieren lasse, werden wir es nach Gatwick schaffen.

»Weißt du noch, als du das erste Mal mit bei meinen Eltern warst? Du hast ganz romantisch den Stuhl für mich rausgezogen, und ich hab's nicht mitgekriegt und bin auf den Hintern gefallen.«

»Japp.«

Statt des Vier-Buchstaben-Beitrags zur Unterhaltung hätte ich am liebsten geschrien: »Wieso? Wieso tust du das? Wieso bin ich überhaupt hier?«

Sie versucht es erneut, doch ich beiße mir auf die Zunge.

»Und als du Snuffles rausgelassen hast und sie auf die Straße gerannt ist und ...«

»Mmh.«

»Weißt du ...«

Ich ertrage es nicht länger.

»Können wir die ›Weißt-du-noch‹-Sache lassen?«, sage ich gereizt.

Sie verändert ihre Sitzposition, dreht die Knie von mir weg. Ihre Körpersprache ist weitaus eindeutiger als ihr Schweigen.

»Wie läuft's mit der Jobsuche?«

Angesichts meines mürrischen Gehabes ist es ein absolutes Wunder, dass die Frage freundlich gestellt wird und nicht vor Gehässigkeit triefend.

»Ich hatte letzte Woche eine Probewoche bei der Spendenorganisation von Freunden meiner Eltern.«

»Das ist ja wunderbar! Ich meine, schön für dich.«

Sie klingt, als würde sie sich aufrichtig für mich freuen, aber vermutlich ist sie nur erleichtert, dass sie kein schlechtes Gewissen haben muss, mich am absoluten Tiefpunkt meines Lebens zurückzulassen. Ich befinde mich eine Etage über dem feuchten Keller des Lebens.

»Ist nicht Associated Press, aber es ist okay, es ist ein regelmäßiges Einkommen.«

Wir lächeln uns kurz an. Als ich den Blick wieder auf die Straße richte, spüre ich, dass sie mich noch immer ansieht.

»Wenn du jetzt ein festes Gehalt hast, kannst du deine Abfindung doch dazu verwenden, mich besuchen zu kommen. Dir ansehen, wo die *Ghostbusters* Geister gejagt haben. Das italienische Restaurant von Leon und Mathilda besuchen? Einen Ausflug nach Montauk machen?«

Ich zucke die Schultern, und aus dem Augenwinkel sehe ich, dass sie den Blick abwendet. Ich überlege, ihr zu sagen, dass das Restaurant abgerissen wurde, aber ihre verlogene Einladung hat mich verärgert. So sehr verärgert, dass ich etwas sage, was ich eigentlich für mich behalten wollte.

»Ehrlich gesagt, habe ich morgen Abend ein Date.«

Ich sehe sie an und finde, das Wort sprachlos war nie passender. Ihr Mund steht offen, und sie versucht, Vokale und Konsonanten zu formen, doch sie kommen einfach nicht.

»Sie macht einen netten Eindruck. Ihr Name ist Mia. Wir treffen uns im Ferryman.«

»In unserem Pub?«, kreischt sie so schrill, dass ich weiß, sie bereut es sofort.

Ich versuche, nicht zu arrogant zu wirken.

»Ich glaube, den gab es schon ein paar Jahre, bevor wir zusammengekommen sind.«

Sie schüttelt den Kopf und schließt die Augen, und ich frage mich, ob sie anfängt zu weinen und warum ich ihr so wehtun muss. Es stimmt, dass ich ein Date habe, aber den Treffpunkt habe ich für die maximale Wirkung erfunden.

Ich kann sie nicht zwingen, mich wieder zu lieben, aber ich kann dafür sorgen, dass sie mich hasst. Ist das der Plan? Ist es das, worauf wir zusteuern?

»Was ist mit deiner Zehn-Prozent-Regel? Wir waren vier Jahre zusammen!«

Ich kann nicht anders.

»Genau genommen, drei Jahre und neun Monate.«

»Aber zehn Prozent von«, sie rechnet schneller als ich nach, »fünfundvierzig Monaten sind immer noch viereinhalb Monate. Dein Zusammenbruch ist kaum mehr als drei Monate her.«

Wovon redet sie? Was soll das heißen, mein Zusammenbruch?

Ich gebe einen kehligen Laut von mir, der ihr bedeuten soll, fortzufahren. Stattdessen ernte ich Verachtung und ein verletzendes Lachen. Nicht, dass ich mich beschweren kann, nachdem ich so fies war.

»Nein, bitte«, sage ich herablassend, »ich will alles über meinen emotionalen Zusammenbruch hören.«

Wenn sie sich noch fester auf die Lippe beißt, wird Blut fließen.

»Es ging dir also gut in den letzten Monaten, ja? Keine Probleme zwischen uns?«

»Ich war glücklich«, murmle ich.

Sie geht fast an die Decke, sodass ich ein wenig ins Schlingern gerate und für meine Fahrweise angehupt werde.

»Glücklich! So bist du also, wenn du glücklich bist. Dann möchte ich dich nicht unglücklich erleben, Nick. Du hast den ganzen Tag Trübsal geblasen. Nie irgendetwas unternommen. Nie Pläne gemacht. Hätte ich dir in den letzten Monaten unserer Beziehung einen Navi umgehängt, hätte ich nichts als eine gerade Linie von unserer Wohnung zum Kino gesehen, von unserer Wohnung zum Kino. Es gibt mehr im Leben, weißt du?«

»Was ist mit dir?«, schreie ich zurück. »Du warst in diesen letzten Monaten verdammt unglücklich.«

»Oh, tut mir leid, dass die Trennung meiner Eltern mir ein wenig die Laune verdorben hat.«

Ich vergesse immer, dass Ellie die Königin des Sarkasmus ist.

»Du hättest versuchen können, mit mir darüber zu reden.«

Sie schüttelt den Kopf.

»Glaub mir, das habe ich. Aber in letzter Zeit – und ich schwöre, erst in letzter Zeit, Nick – ist jeder Trost von dir so wie deine Zehn-Prozent-Regel, ein Haufen Scheiße.«

Ein Wichser in einem weißen Audi fliegt von hinten auf mich zu und lässt die Scheinwerfer aufblitzen. Ich wechsle auf die rechte Spur und stelle die Musik aus, damit wir den Rest der Fahrt in völliger Stille verbringen können, abgesehen vom tristen Brummen der M25.

Ich parke ein. Wir laden das Gepäck aus. Ich nehme einen Koffer, sie nimmt den anderen. Wir warten neben einem Junggesellenabschied auf den Bus. Wenn ich raten sollte, würde ich auf Magaluf tippen. Der im Borat-Badeanzug muss der zukünftige Bräutigam sein. Ich frage mich, wie sie wohl reagieren würden, wenn ich schluchzend zusammenbrechen und Ellie anflehen würde, nicht zu gehen.

Ich bete zu Gott, dass sie uns nicht bemerken, und dieses eine Mal wird mein Gebet erhört.

»Du hast mich pünktlich hergebracht«, sagt Ellie.

»Eins der wenigen Dinge, in denen ich gut bin.«

Aus irgendeinem Grund, den nur das Flughafenpersonal kennt, ist unser Streit im Auto vergessen, sobald wir im Terminal sind. Es ist, als hätte das Leuchten der Abflugtafel eine beruhigende Wirkung. Oder vielleicht ist es auch die Erkenntnis, dass wir in wenigen Augenblicken dreitausend Meilen voneinander getrennt sein werden.

»Wir haben noch Zeit, falls du im Duty-free noch Tabak kaufen willst«, sagt sie in leicht blasierter Sherlock-Manier.

»Woher weißt du?«

»Dass du wieder rauchst? Nur so eine Ahnung. Bestätigt durch deinen letzten Satz.«

Den Trick hatte ich vergessen. Sie ist so gut in diesem Trick.

»Weißt du, ob deine Verabredung raucht? Sorry, das hätte ich nicht fragen sollen. Tut mir leid. Bitte. Vergiss, dass ich was gesagt habe.«

Sie ist fahrig, und Ellie ist selten fahrig. Das verheißt nichts Gutes für den Abschied.

»Guckst du zu, wie das Flugzeug startet?«

Ich nicke.

»Du wirst aber nicht die Sicherheitsleute wegschubsen und die Gangway runterrennen, oder?«

Ich schüttle den Kopf.

»Gut, denn nach dem 11. September würden die dich einfach abknallen.«

Ich lächle, als sie mir den Koffer abnimmt.

»Tja, Nick Marcet.«

»Ellie Brown.«

Wir haben beide feuchte Augen und brüchige Stimmen.

»Ach, Scheiße. Das hätte ich fast vergessen«, sagt sie, schluckt schwer und fasst in ihre Tasche, um eine weiter CD hervorzuholen. Auf dieser steht *Neue Perspektiven.*

Sie fährt fort. »Das sind Songs, die du noch nicht gehört hast. Neue Songs. Neue Bands. Es sei denn, du hast sie in den letzten zwei Monaten entdeckt, dann ist es eine CD mit Bands, die du neu entdeckt hast.« Ihre Stimme wird immer höher und höher, während ihr Tränen übers Gesicht strömen.

»Danke«, sage ich und wische mir den Rotz mit dem Ärmel ab. »Irgendwelche Highlights?«

»Ich denke, Kishi Bashi wird dir gefallen. Er ist lustig.«

Für andere Menschen sind wir kaum verständlich, doch wir verstehen jedes Wort, das der andere sagt.

»Kishi Bashi, okay«, sage ich.

»Ja, er hat ein Album, *151a.* Er ist wirklich gut.«

»Ich hör's mir an, wenn ich« – ich halte die CD hoch, sie ist schon nass mit salzigen Sprenkeln – »den Song hier drauf mag.«

Für jeden, der uns beobachtet, muss es aussehen, als würde einer von uns sterben. Vielleicht sogar alle beide.

»Lass dein Date sausen und komm mit mir«, sagt sie.

»Du weißt, dass ich andere nicht gern enttäusche«, erwidere ich.

»Genau«, sagt sie, und wir beide lachen durch den Rotz.

Sie schlingt die Arme um mich. Ich schließe die Augen, und ich löse mich auf.

Als ich sie wieder öffne, ist sie weg.

Alles hätte so anders sein können.

DRITTE
UNTERBRECHUNG

Mit den Überraschungen des Lebens – solchen, die einen an bedeutungslosen Dienstagen trafen, wenn man am wenigstens damit rechnete – kamen weder der Junge noch das Mädchen besonders gut klar. Der Junge versuchte, sich irgendwie durchzuwursteln, zollte ihnen jedoch nicht den Respekt, den sie verdienten. Das Mädchen brach unter ihrer Last fast zusammen, wollte und konnte diese jedoch oft nicht teilen.

Es fing mit einer SMS an.

Nick stand in der Schlange seines zweitliebsten Kinos am Leicester Square, als sein Telefon vibrierte. Statt auf Ellie zu warten, hatte er sich schon mal für die Karten angestellt.

In der Nachricht stand: *Ich bin überfällig.* Was Nick seltsam unnütz erschien, da er ja die Uhr lesen konnte und Ellie nicht dort war, wo sie hätte sein sollen.

Er schrieb zurück: *Ich weiß. Geht in 5 Min. los. Ich will den Anfang nicht verpassen. Ich hab den Anfang von* Rendezvous mit Joe Black *verpasst und die ganze Zeit nicht verstanden, warum Brad Pitt sich so komisch benimmt.*

Sofort antwortete sie mit *Das erzählst du mir jedes Mal, wenn du denkst, dass ich mit verspäte. Und ich meine nicht, ich bin spät dran. Ich meine, ICH BIN ÜBERFÄLLIG. Kannst du mich im Costa an der Ecke treffen?*

Fünf Minuten später saßen sie mit hochgezogenen Schultern in der Ecke des Coffeeshops und unterhielten sich mit gedämpften Stimmen bei zwei gigantischen Americanos.

»Wie lange bist du überfällig?«, fragte Nick und verbrannte sich die Lippe am Kaffee.

»Über zwei Wochen.«

Ellie kaute abwechselnd an der Ecke des Nagels an ihrem linken kleinen Finger und an der des rechten. Nick versuchte, sich seine Nervosität nicht anmerken zu lassen, die unter der Oberfläche brodelte.

»Könnte am Stress liegen«, sagte er. »Ich habe gehört, dass Stress die Periode verzögern kann, und dein Job war in letzter Zeit ziemlich stressig. Immer wieder Überstunden.«

Sie bedachte ihn mit einem tödlichen Blick, und er wusste, was kam.

»Der Job war nicht stressig. Und in den letzten zwei Wochen bin ich nicht ein Mal länger geblieben. Wenn du über meinen Job diskutieren willst, meinetwegen, aber können wir bitte erst über die mögliche Schwangerschaft reden?«

Nick hob kapitulierend die Hände, nippte an seinem Kaffee und verbrannte sich erneut.

»Lass ihn einfach abkühlen!«, fuhr Ellie ihn so laut an, dass die anderen Gäste sich nach ihnen umdrehten.

Als sie aufhörten zu glotzen, legte Nick seine Hand auf ihre und flüsterte: »Ich geh einen Test kaufen. Du kannst ihn auf der Damentoilette machen.«

Ellie atmete tief durch und legte ihre andere Hand auf seine zu einem Handsandwich. Dann zog sie beide Hände weg und zupfte mit den Zähnen an ihrer Nagelhaut.

»Danke.«

Als er allein im Laden an der Ecke war, ließ Nick seine Gedanken schweifen. Was bedeutete es, wenn sie schwanger war?

Sollte er ihr einen Heiratsantrag machen? Würde es ein Junge oder ein Mädchen sein? Hätte es ihre Haut und seine Ohren? Würde Ellie, die *Star Wars* nie gesehen hatte, es schnallen, wenn er versuchte, das Baby Leia oder Han zu nennen?

Die Möglichkeit, Vater zu werden, hatte Nick nie in Betracht gezogen. Er und Ellie waren seit zwei Jahren zusammen, und er wusste, dass sie die sagenumwobene »Richtige« war, nach der er die ganze Zeit gesucht hatte. Aber Vater werden? War er dafür schon bereit?

Sein bester Freund Seb war Vater. Er war Mitte zwanzig gewesen, als er und Tracy ihre Tochter Sally bekommen hatten. Sie hatten nicht mit der Wimper gezuckt. Hatten es einfach durchgezogen. Und natürlich, dachte Nick, war es mit Seb nicht mehr so lustig wie früher. Er brauchte jedes Mal eine Erlaubnis, wenn er einen Abend ausgehen wollte, und hatte Alkohol und Drogen eine Absage erteilt, doch es bestand kein Zweifel, dass er mit seinem Leben zufriedener war. Obwohl er wegen des Schlafmangels bei jeder Kleinigkeit hochging.

Nick fand den Gang mit Arzneimitteln und suchte die Regale nach einem Schwangerschaftstest ab. Jeder behauptete, zu neunundneunzig Prozent sicher zu sein. Er würde es bald wissen. Er nahm den, der um die Hälfte herabgesetzt war, weil er sich dachte, wenn alle so ziemlich unfehlbar waren, konnte er auch ein paar Pennys sparen.

Er zählte das Geld ab und reichte es mit einem stolzen Grinsen über den Verkaufstresen.

Ellie hatte ihren Kaffee immer noch nicht angerührt. Sie hatte ein schlechtes Gewissen, weil sie Nick angeschrien hatte, war aber froh, dass er jetzt nicht hier war. Sie brauchte Zeit zum Nachdenken. Zeit, um einen klaren Kopf zu bekommen.

In diesem klaren Kopf erstellte sie eine Liste mit Pros und Kontras.

Pros. Ich liebe Nick. Er wäre ein toller Vater. Eines Tages.

Die Liste mit Kontras war länger. Ich bin noch nicht bereit. Ich weiß nicht, ob ich es je sein werde. Nick ist definitiv noch nicht bereit. Ungeachtet dessen, was ich gesagt habe, ist es auf der Arbeit stressig. Aber ich liebe meinen Job. Es würde alles ändern. Wir können es uns nicht leisten. Nicht im Geringsten. London mit Kind? Auf keinen Fall. Ich bin noch nicht bereit. Ich bin noch nicht bereit.

Sie sprach den letzten Satz leise vor sich hin, als er das Café wieder betrat. Und da sah sie seine Freude, diese freudige Erregung, die so bezeichnend für ihn war. Sie wusste, sie musste schnell handeln, bevor er sich zu sehr hineinsteigerte, bevor er anfing, sich dieses perfekte Familienleben vorzustellen, dem sie nie gerecht werden konnten. Er war nicht in der Lage, sich die schlaflosen Nächte vorzustellen, die Auseinandersetzungen, die die Erschöpfung mit sich brachte, die Sorge, die ihn ihrer Überzeugung nach packen würde, wenn nicht alles nach Plan lief, wo ein Kind doch der Inbegriff der Unberechenbarkeit war.

Stattdessen würde er nur daran denken, wie er sein Kind zum ersten Mal halten würde. An die ersten Schritte. Den ersten Kinobesuch.

Sie hasste diese Rolle. Die Unromantische sein zu müssen, die Vernünftige. Die Spielverderberin.

»Bitte sehr«, sagte Nick aufgekratzt und legte die Packung auf den Tisch.

»Nick.« Sie sah ihm in die Augen, bewegte sogar den Kopf, damit er ihrem Blick nicht ausweichen konnte. »Bevor ich den Test mache: Wenn er positiv ist, bedeutet das nicht, dass wir ein Kind bekommen. Es bedeutet nur, dass wir über einiges nachdenken müssen. Und eine ziemlich große Entscheidung fällen. Kannst du damit leben?«

Nick nickte, doch die Wahrheit sah anders aus.

Die Ambulanz war überfüllt mit Kranken und Schwachen. Dass es ein Sonntag war und außerdem die dazukamen, die in der Nacht zuvor zu viel gefeiert hatten, machte es noch schlimmer. Die etwa dreißig Plastikstühle – abwechselnd rot und blau – waren alle besetzt, deshalb stellten Ellie und Nick sich in den Pulk derjenigen ohne Sitzplatz.

Die Aussicht, zwanzig Minuten anzustehen, um irgendwann innerhalb der nächsten drei Stunden einen Termin zu erhalten, hob ihre Stimmung nicht gerade. Ihr schweigender Gang zur Klinik, nachdem der Plastikstab Ellies Befürchtungen und Nicks Hoffnungen bestätigt hatte, lag wie ein Schatten über ihnen. Ellie hatte beschlossen, dass es das Beste war, sofort einen Arzt aufzusuchen, um zu erfahren, welche Optionen sie hatten. Dass er dabei nichts mitzureden hatte, hatte Nick so verärgert, dass Funkstille herrschte.

Jetzt überlegte er, Ellie zu fragen, ob sie ihr Casting-Spiel spielen sollten, bei dem sie berühmte Figuren aus Film, Literatur und Zeitgeschichte mit Leuten aus ihrer Umgebung besetzten.

Aber es fühlte sich ein bisschen zu sehr danach an, als wollte er vor allem sich selbst ablenken, deshalb hielt er den Mund.

»Scheiße, Gordon Gekko ist gerade reingekommen«, sagte Ellie mit einem zaghaften Lächeln.

Erleichterung spülte über Nick hinweg wie eine Welle.

»Hast du Huw Edwards' viel schlimmeren Bruder vorhin gesehen?«, erwiderte er, nun in dem Wissen, dass er durfte.

»Ich glaube, das *war* Huw Edwards.«

»Oh. Gott. Entweder ist die Maske bei BBC News jeden Penny der Fernsehgebühr wert, oder er ist in einer schlechten Verfassung.«

Ellie zog eine »Omeingott«-Grimasse.

»Wie lang, hat sie gesagt, dauert es noch?«, fragte Nick.

»Mindestens eine Stunde. Wenn du willst, kannst du dir die Beine vertreten. Ich komme schon zurecht.«

»Kein Problem. Ich warte hier mit dir.«

Er nahm ihre Hand und durchsuchte den Raum nach einer weiteren Shit Celebrity™, als ein dreißigjähriger Möchtegern-Mick-Jagger aus der Herrentoilette trat.

»Das ist zu leicht«, sagte Ellie.

Ihre Aufmerksamkeit wanderte rasch zu einem jungen Paar, jünger als sie selbst, mit einem Baby. Nick und Ellie hörten das kleine Mädchen quer durch den Raum röcheln, und Varianten desselben Gedankens schossen ihnen durch den Kopf, ebenso wie allen anderen Wartenden.

Hoffentlich hat das Baby nichts Schlimmes.

Dieser Gedanke hatte es jedoch eindeutig nicht in das Gehirn eines Mannes vom Typ zwielichtiger Finanzfuzzi geschafft, in Chinos und Hemd mit hochgekrempelten Ärmeln. Als die verängstigten Eltern vor ihm drankamen, beschwerte er sich lauthals darüber, dass er schon seit Ewigkeiten warte.

Ellie hatte dafür nicht das geringste Verständnis.

»Krieg dich wieder ein«, blaffte sie, sehr zum Ärger des Mannes und zu Nicks Überraschung, dessen Devise schon immer gewesen war, jeder Art von Konfrontation aus dem Weg zu gehen.

»Was hast du gesagt?«, kam die zornige Antwort, und der Mann richtete sich zum ersten Mal in seinem Sitz auf, nachdem er zuvor so breitbeinig dagesessen hatte, als müsste sein Schritt alles sehen, was die Welt zu bieten hatte.

»Sie haben sehr gut verstanden.« Eine dröhnende Männerstimme ertönte hinter ihnen. »Und wenn Sie schon mal dabei sind, können Sie sich auch gleich hinstellen. Sie sitzen schon den ganzen Morgen auf dem Stuhl und regen sich jedes Mal auf, wenn jemand vor Ihnen aufgerufen wird. Hier sind alte

Menschen und schwangere Frauen, die zu höflich sind, um etwas zu sagen. Ich bin nicht so höflich.«

Nick und Ellie sahen ehrfürchtig zu, wie der Held der Stunde sich vor dem Finanzfuzzi aufbaute.

Kleinlaut, aber mit einer beleidigten Klage über »dieses Land«, stand der Schurke auf. Ellie und der Held nickten sich anerkennend zu, als ein Achtzigjähriger den angebotenen Platz annahm und tosender Applaus den Raum füllte.

»Was ist denn in dich gefahren? Krieg dich wieder ein«, flüsterte Nick grinsend.

»Na jaaa«, erwiderte Ellie, »der Typ war ein Arschloch.«

Nick nahm ihre Hand und verschränkte seine Finger mit ihren.

»Unser Baby verleiht dir Superkräfte.«

Sie schloss die Augen und schüttelte den Kopf, bevor sie ihre Hand wegzog und rausstürmte. Der Finanzfuzzi meldete sich erneut zu Wort, aber Nick tat, als hätte er ihn nicht gehört und lief Ellie hinterher.

Draußen in der feuchten Frühlingsluft lagen anderthalb Meter zwischen ihnen, doch die Entfernung schien ungleich größer. Seine Entschuldigungen waren nicht akzeptiert worden, ebenso wenig wie ihre Bitten, allein gelassen zu werden. Jetzt standen sie in einer Pattsituation zu beiden Seiten der Doppeltür, während Patienten das Gebäude betraten und verließen.

Schließlich, nachdem sie eine Lunge voll beruhigender frischer Luft eingeatmet hatte, trat sie auf ihn zu.

»Nick, ich will kein Kind mit dir.«

Er antwortete nicht, und sie wich nicht von der Stelle. Sie kannte dieses Szenario schon und wusste, je mehr sie sagte, desto mehr hatte er zu verarbeiten und desto endloser würden die Diskussionen. So grausam die Worte auch ohne weitere Erklärung klangen, es war besser so.

Schließlich antwortete er. »Nie?«

Ellie sah ihn liebevoll an, nahm ihn in den Arm und zog ihn an sich.

»Nur nicht jetzt.«

Diesmal wich er zurück und unterbrach die Verbindung, und sie sah an seinem Gesicht, dass er einen Standpunkt parat hatte. Sie wartete geduldig.

»Okay. Ich verstehe, dass jetzt nicht der beste Zeitpunkt ist. Aber es ist jetzt passiert. Ich will dir nicht mit der Unantastbarkeit des Lebens kommen, mir ist klar, dass es nur ein paar Zellen davon entfernt ist, nicht zu existieren … aber es existiert.«

»Ich werde jetzt ganz bestimmt nicht mit dir darüber debattieren, was es ist und was es nicht ist. Ich nehme das nicht auf die leichte Schulter. Niemand tut das. Niemand will eine Ab…«

»Was ist mit Gabby?«

Ellie rieb sich die Schläfen, um ihre Kräfte zu stimulieren.

»Was ist mit Gabby?«

»Du weißt, dass sie und Andrew es versuchen …«

»Herrgott, Nick. Machst du Witze?«

»Sie könnten ihm ein schönes Zuhause geben.«

Sie hätte am liebsten geschrien. Sie hätte ihn am liebsten geohrfeigt. Noch nie hatte sie so eine Wut in sich verspürt. Ein unwiderstehliches Verlangen, ihn in der Luft zu zerreißen und jeden in der Luft zu zerreißen, der es wagte, ihr vorzuschreiben, was sie in eben diesem Moment zu tun hätte. Das Blut schoss ihr durch die Adern, und sie spürte den Druck in ihrer Stirn.

Atmen, ermahnte sie sich. Atmen und zählen.

Im Kopf zählte sie von zehntausend rückwärts. Es war eine Technik, die sie als Kind in der Therapie gelernt hatte. Neun von zehn Malen funktionierte es, und bald kam sie wieder zur Vernunft, ihr Puls beruhigte sich.

»Ich gehe jetzt wieder rein«, sagte sie gefasst. »Ich spreche mit dem Arzt darüber, was die nächsten Schritte sind. Wenn du mitkommen willst, gern.«

Ihr Angebot war ehrlich gemeint, wurde jedoch nicht von einer beschwichtigenden Geste begleitet. Keine Hand auf seiner. Kein sanftes Streicheln eines Arms. Nick sah ihr nach und ärgerte sich über sich selbst, weil er zugelassen hatte, dass seine Absichten so missverstanden wurden.

Auf dem Namensschild der Assistenzärztin stand *Dr. Hannah Flink*, und sie machte ihrem Namen alle Ehre, als sie Ellies Daten aufnahm. Blutdruck (ein bisschen hoch, aber nichts, worüber man sich Sorgen machen müsste), Gewicht, Größe, Familiengeschichte. Sie hatte Ellie gebeten, auf ein Stäbchen zu pinkeln, das dem vom Costa-Klo nicht unähnlich war, und Ellie war der Bitte nachgekommen.

Der Stab stand in einer kleinen Schale auf dem Tisch, während sie sich unterhielten. Nick saß links von Ellie und hörte nur zu. Die Fragen kamen wie aus der Pistole geschossen.

»Wann war Ihre letzte Periode?«

»Wann sie angefangen oder wann sie aufgehört hat?«

»Woran Sie sich erinnern.«

»Ich glaube, sie hat so um den 18. Mai aufgehört.«

»Irgendwelche Schmerzen? Oder Schmerzempfindlichkeit?«

Ellie schüttelte den Kopf, während Dr. Flink einen flüchtigen Blick auf den Test warf. Sie stutzte, als sie das Ergebnis sah, dann sah sie wieder zu Ellie.

»Stimmt etwas nicht?«

»Nein, nein«, antwortete die Ärztin, während sie in einer Schublade nach einem neuen Stäbchen und einer zweiten Meinung suchte.

»Würde es Ihnen etwas ausmachen, es noch einmal zu versuchen? Nur um sicher zu sein.«

Als Ellie aufstand, um die Toilette aufzusuchen, reichte Nick ihr eine Wasserflasche, und sie bedankte sich. Es war der erste Wortwechsel seit über einer halben Stunde.

»Soll ich?«, sagte er und deutete auf die Tür, durch die Ellie verschwunden war.

»Nein, schon gut. Sie können bleiben. Dauert ja nur ein paar Minuten.«

Nick stützte den Kopf in die Hände und betrachtete die Poster an den Wänden. Als Mann mit Neigung zur Hypochondrie stellte er sich vor, von jeder einzelnen Krankheit befallen zu sein, vor der sie warnten. Die Möglichkeit eines neuen Lebens brachte ihn dazu, über sein eigenes nachzudenken. Nicht, dass diese Gedanken neu waren. Je näher er der Dreißig kam, desto mehr beschäftigte er sich mit der eigenen Sterblichkeit und der Frage, was, wenn es überhaupt eine gab, seine Bestimmung war. Er kam nie auch nur annähernd zu einem Ergebnis.

»Das war nicht geplant«, platzte es plötzlich aus ihm heraus, zu seiner eigenen wie zur Überraschung der Ärztin. »Das hier. Es ist … Es ist ein ziemlicher Schock.«

Sie wandte sich von ihrem Computer ab und schenkte ihm ihre volle Aufmerksamkeit.

»Meiner Erfahrung nach ist es das selten.«

»Außer bei denen, die es unbedingt wollen …«

»Ist das nicht immer so im Leben?«

»Wenn man es am wenigsten erwartet.«

Ellie kehrte mit dem dritten Plastikstab zurück, auf den sie uriniert hatte, und gab ihn Dr. Flink, die ihn skeptisch betrachtete, bevor sie fragte: »Haben Sie noch die Schachtel von dem Test, den Sie vorher gemacht haben?«

Nick holte die Schachtel aus seiner Tasche – sein Plan war, sie in den Karton mit den Andenken zu legen – und händigte sie ihr aus.

Innerhalb weniger Sekunden stellte Dr. Flink ihre Diagnose. »Sie sind nicht schwanger, Miss Brown.«

Aus Ellies Körper schien die Luft zu weichen, ihre Schultern lösten sich, und sie stieß einen hörbaren Seufzer der Erleichterung aus. Zum ersten Mal an diesem Tag glätteten sich die Falten auf ihrer Stirn. In Sekundenschnelle holte Nick das Stirnrunzeln zurück ins Sprechzimmer.

»Diese Dinger sind zu neunundneunzig Prozent zuverlässig. Was ist passiert?«

Dr. Flink hielt die Schachtel hoch und las die Aufschrift auf der Seite. »Mindestens haltbar bis 22. April 2010. Frei verkäufliche Tests verwenden eine Chemikalie, die das hCG im Blut misst, aber wenn der Test abgelaufen ist, funktioniert die Chemikalie manchmal nicht mehr.«

Wenn Ellie bei dieser unerwarteten Enthüllung wuchs, so schrumpfte Nick. Was ihm vorher nie in den Sinn gekommen wäre, war jetzt alles, woran er denken konnte. Was für eine Ungerechtigkeit. Was, wenn sie tatsächlich versucht hätten, schwanger zu werden? Welchen Schaden konnten falsche Informationen anrichten? Wie so oft konzentrierte er sich auf das Falsche.

»Vielen Dank, Doktor«, sagte Ellie und stand auf.

Nick, sonst ein höflicher junger Mann, schlich wortlos hinter ihr her.

Das Babythema blieb wie der sprichwörtliche Elefant im Raum, bis Nick am darauffolgenden Sonntagabend wie Tarzan darauf herumritt.

Er und Ellie hatten es sich mit einer Decke über den Knien auf dem Sofa gemütlich gemacht und sahen eine BBC-Naturdoku, als er sich zu ihr umdrehte und, so empathisch wie es sein zögerliches Wesen zuließ, sagte: »Ich finde, wir sollten versuchen, ein Baby zu bekommen.«

Obwohl sie Ton und Bild von David Attenboroughs wohlklingender Stimme zum Filmmaterial von Elefanten sehr genoss, nahm Ellie die Fernbedienung und drückte den roten Knopf. Der Fernseher ging aus, und sie drehte sich zu Nick.

»Nick.«

»Lass mich ausreden. Ich sage ja nicht, dass wir Eisprungtabellen aufhängen sollen und uns Nachrichten schreiben, wenn du ein Ziepen spürst …

»Was zum Teufel ist ein Ziepen?«

»Ich sage ja nur, dass wir vielleicht die Pille wegpacken und den Dingen ihren Lauf lassen sollten.«

Da sie in den letzten sieben Tagen geahnt hatte, dass so etwas irgendwann kommen würde – ehrlich gesagt war sie beeindruckt, dass er so lange durchgehalten hatte –, war Ellie auf das folgende Gespräch bestens vorbereitet.

Sie machte lockere Scherze darüber, dass er nur mehr Sex wolle, um ihm die Befangenheit zu nehmen. Sie hielt Körperkontakt und achtete darauf, dass ihr Körper ihm zugewandt war, da sie voraussah, dass er jede ablehnende, nonverbale Kommunikation als Angriff auf die Grundfesten ihrer Beziehung verstehen würde. Und sie machte auf unmissverständliche Weise deutlich, nein, sie war noch nicht bereit für ein Kind.

Es dauerte nicht lange, bis er sich beruhigte.

»Okay. Ich verstehe. Letzte Woche war so ein Wechselbad der Gefühle. Vorher habe ich nie darüber nachgedacht, aber als es so aussah, als ob …«

Sie nickte mitfühlend.

»Ich konnte mir plötzlich nichts Besseres vorstellen, als du und ich und eine eigene Familie. Und ich bin jetzt achtundzwanzig …«

»Wenn du jetzt sagst ›Und du bist fast dreißig‹, werde ich dafür sorgen, dass es dir unmöglich ist, je Kinder zu haben.«

Um ihre Aussage zu unterstreichen, legte sie eine Hand zwischen seine Beine und grinste drohend.

»Ich wollte sagen, ich bin achtundzwanzig und fange endlich an, über solche Sachen nachzudenken. Du nicht?«

Sie nahm die Hand aus seinem Schritt und legte sie an sein Gesicht.

»Ich kann mir kein Leben vorstellen, in dem ich keine Familie habe«, sagte sie. »Und ich kann mir kein Leben ohne dich vorstellen.«

Das war alles, was er hören und wissen musste. Wenn er nur lange genug darüber nachdachte, würde er zu der Erkenntnis gelangen, dass es vor allem die unvorhersehbare Zukunft war, die ihm Angst machte. Jetzt, da sie ihm die Zweifel genommen hatte, war er wieder gelassener.

Er küsste sie dafür.

»Wir könnten ein bisschen üben«, sagte er, »für den Ernstfall.«

Das Funkeln in seinen Augen und das süffisante Grinsen über seinen eigenen abgedroschenen Spruch reichte, um sie zu erweichen, und sie kletterte auf seinen Schoß. Weil sie ihn liebte. Sie war in ihn verliebt. Sie war dankbar, dass sie jemanden gefunden hatte, der sie glücklich machte. Der sie glücklich machen wollte.

Und Attenborough, dachte sie bei sich, konnte sie sich immer noch in der Mediathek ansehen.

Der Gedanke an ein neues Leben als letzten Schritt zum Erwachsensein hätte den Jungen reifen lassen können. Doch etwas anderes entging ihm dabei. Er hatte immer noch nicht kapiert, dass das Mädchen – so anfällig sie für Rückfälle sein mochte – kein Mädchen mehr war. Sie war eine Frau. Während er eindeutig immer noch ein Junge war.

ENDE DER DRITTEN

UNTERBRECHUNG

30

5.November 2008 – 03:51 GMT
Obama 210
McCain 130
erforderliche Mehrheit 270

Mein Geständnis nagte an meinem Selbstvertrauen.

Am liebsten wäre ich in eine Zeitmaschine gestiegen, zehn Minuten zurückgereist und hätte ihr die Geschichte aufgetischt, dass meine erste große Liebe eine wunderschöne Tätowiererin gewesen sei, die mit meinem Cousin nach Mexiko durchgebrannt war. Und dass ich nach diesem Verlust schon tausendmal verliebt gewesen sei und genau wusste, was ich tat, wenn es um Beziehungen ging. Ich hatte einfach kein Glück, das war alles.

Nicht ahnungslos.

Nur glücklos.

Die Paranoia saß tief. Benahm sie sich seit meiner Enthüllung anders? Oder benahm ich mich seltsam, weil ich befürchtete, dass sie sich anders benahm? Es war ein Teufelskreis, der seit siebenundzwanzig Jahren in der Mache war.

»Wollen wir?«, fragte sie und öffnete das Tor so schwungvoll, dass ich meine nagenden Zweifel kurz vergaß.

Wir hatten die letzten Stunden in der Festung unserer Zweisamkeit verbracht, und die Realität anderer Menschen traf uns wie ein Schlag. Rückblickend hatte ich Glück, dass »Adonis« alias Nathaniel der Erste war, mit dem wir Kontakt aufnahmen.

Als wir auf das Haus zugingen, war er gerade auf dem Weg nach draußen. Er setzte unserer glücksduseligen Gemütsverfassung ein spöttisches Grinsen entgegen, und als er den Mund aufmachte, um etwas zu sagen, hasste ich ihn auf Anhieb.

»Da bist du ja«, fauchte er. »Ich habe den ganzen Abend darauf gewartet, mit dir zu reden.«

Ellie blickte über seine Schulter zur verlockend nahen Haustür.

»Da gibt es wirklich nichts mehr zu reden«, antwortete sie.

Ich überlegte, ihre Hand zu nehmen, doch ich unterdrückte den Drang, um nicht besitzergreifend zu wirken.

»Ich würde das zwischen uns wirklich ungern so stehen lassen«, fuhr er fort

Sie sah zu mir, in der Hoffnung, ihm auf subtile Weise zu verstehen zu geben, dass dies weder der richtige Zeitpunkt noch der richtige Ort für eine Aussprache war.

Er kapierte es nicht.

»Hey, Kumpel, macht es dir was aus?«

Ich hob kapitulierend die Hände, in der Hoffnung, damit zu punkten, dass ich cool blieb.

Ich sagte zu Ellie: »Ich geh kurz eine rauchen«, und stellte mich zehn Meter weiter, nah genug, um ihr gedämpftes Flüstern zu verstehen.

»Ein Raucher? Dein Ernst?«, fragte er auf die herablassendste Art, die mir je begegnet war.

Ich hörte förmlich, wie sie die Augen verdrehte.

»Bist du betrunken?«, fragte sie.

»Du weißt doch, dass ich nicht trinke. Umso mehr, als morgen das CrossFit-Finale ist. Ich hab dir davon erzählt. Ich werde wohl kaum die Konkurrenz in die Knie zwingen, wenn ich mich selbst in die Knie zwinge.«

Er prustete über seinen eigenen Witz, und ich konnte mich gerade noch zurückhalten, zu rufen: »Fick dich doch ins Knie.« Er sollte sich ins Knie ficken, weil er glaubte, dass diese Wonder Woman sich um seine irdischen Probleme scherte. Während er sich in Körperlichkeiten erging, befand sie sich auf einer höheren Ebene. Er langweilte sie nur mit seinen Triathlons und Klimmzügen.

Die Musik im Haus wurde plötzlich einen Tick lauter und beeinträchtigte meine Audiozone. Ich hörte nur noch etwas mit »Tough Mudder« und dass er schon Karten gekauft habe. Ich sah verstohlen rüber, um festzustellen, dass sie nicht beeindruckt von dieser Information war, und schwor mir, diese Band nie in ihrer Gegenwart zu hören.

Was dann kam, verwirrte mich. »Tough Mudder ist der Hammer. Eine Meisterleistung menschlichen Durchhaltevermögens.« Handelte es sich um eine Hardcore-Metal-Band? Stand Ellie auf extreme Musik? Oder er? Ich bezweifelte, dass die Antwort auf irgendeine dieser beiden Fragen ja lautete.

Bei der Suche nach Nathaniels Fehlern fielen mir meine umso mehr auf. Mich kümmerte nicht, dass er größer war und besser aussah und – seien wir ehrlich – das Potenzial besaß, ein animalischerer »Ich-drück-dich-an-die-Wand«-, »Ich-werf-dich-aufs-Bett«-Liebhaber zu sein.

Das störte mich nicht. Sehr.

Was mich störte, war, dass er mit ziemlicher Sicherheit von demselben albernen Scheiß getrieben wurde wie ich. Dass er sich wahrscheinlich über das definierte, was er liebte. In seinem Fall, Schwitzen. Dass er zweifellos schwanzgesteuert war. Dass er unbedingt jemand »Hübsches« an seinem Arm haben wollte. Dass er egozentrisch war und besorgt, was die Leute von ihm dachten. Dass er ein Mann war. Und ich ein Mann war. Und keiner von uns je so gut sein konnte, wie sie es verdiente.

»Und der?«, hörte ich ihn schreien.

Er zeigte mit seinem baumstarken Arm in meine Richtung. Ich fragte mich, ob ich ihm nah genug kommen könnte, um ihm meine Zigarette im Auge auszudrücken, bevor er mich zerstampfte.

»Das hat nichts mit ihm zu tun. Ich habe ihn erst heute Abend kennengelernt.«

Mir sank das Herz ein bisschen. Doch dann fuhr sie fort.

»Aber wenn du es wissen willst, in den wenigen Stunden, die ich mit ihm verbracht habe, habe ich mich wohler gefühlt als mit dir in zwei Monaten.«

Er schnaufte verächtlich und spähte durch die Dunkelheit zu mir rüber.

»Aber … aber sieh dir seine dünnen Ärmchen an.«

Aus meiner Sicherheitszone hörte ich Ellies entnervtes Ausatmen.

»Hör zu«, sagte sie. »Du magst mich nicht. Ich mag dich nicht. Warum fällt es dir so schwer zu akzeptieren, dass wir besser getrennte Wege gehen?«

Während er über die Antwort nachdachte, herrschte Schweigen zwischen ihnen. Ich hatte ihnen den Rücken zugewandt, während ich lauschte, doch jetzt drehte ich mich um, weil ich sein Gesicht sehen wollte. Er wirkte verloren. Ihre direkte Frage und ihr mitfühlender Ton hatten ihn kalt erwischt, und plötzlich erkannte er die Wahrheit.

»Ich verliere nicht gern«, brachte er hervor.

Dann hörte ich die letzten Worte, die er wahrscheinlich je von ihr hören sollte.

»Dann sagen wir doch, es ist ein Unentschieden.«

Sie drehte sich um und ging Richtung Tür. Seine Laune schien aufzutauen, und ich folgte ihr.

Er streckte die Hand aus und sagte: »Nathaniel.«

Ich nahm sie und sagte: »Nick.«

Ellie sah zu uns hinüber, und ich hielt meine Zigarette hoch.

»Wir sehen uns drinnen, wenn du magst. Ich rauche die noch zu Ende.«

Sie lächelte und nickte und ging weiter, und in diesem Moment veränderte sich Nathaniels Verhalten blitzartig. Er knurrte: »Bildest du dir echt ein, dass sie dich mag?«

Ich blies ihm meinen Rauch ins Gesicht, im vollen Bewusstsein, dass diese Geste mein Ende war.

»Wer weiß?«

Er lachte spöttisch und musste dann vom Rauch unfreiwillig husten.

»Na schön. Verschwende ruhig deine Zeit. Ich will nur helfen. Ich kenne sie seit zwei Monaten, und mit dir wird sie es garantiert nicht mal eine Woche aushalten.«

Ich klimperte mit den Wimpern.

»Okay«, antwortete ich knapp, um ihn auf die Palme zu bringen.

Ich sah, dass es funktionierte, als er polterte: »Mir doch egal.«

Ich offerierte ein letztes »Okay« und wandte mich ab, um ins Haus zu gehen.

Er hatte mich nicht zu Kleinholz verarbeitet.

Doch seine Gesprächseröffnung hatte bleibende Schäden hinterlassen.

31

Lass dein Date sausen und komm mit mir.

Lass dein Date sausen und komm mit mir.

Lass dein Date sausen und komm mit mir.

Lass dein Date sausen und …

»Alles in Ordnung, Nick?«, fragt Paula und späht über ihren Monitor.

»Tipptopp, danke, Paula«, versichere ich ihr, während ich die Löschtaste drücke und das Geschwafel meines inneren Jack Torrance tilge.

Jim knallt mir die vierte Tasse Tee auf den Tisch. Ich habe Koffein-Kopfschmerzen, aber ich fühlte mich noch nicht wohl genug, um schon Getränke abzulehnen.

Mein neuer Arbeitsplatz ist fast so klein wie der alte. Die Nähe schafft eine Vertrautheit, die es mir unmöglich macht, meine gegenwärtige Gemütslage vor meinen Kollegen zu verbergen. Vier aneinandergeschobene Tische. Einer für Paula, einer für Jim, einer für mich und einer für einen potenziellen zukünftigen Mitarbeiter.

»Hast du heute Abend was Schönes vor?«, will Jim wissen.

»Tatsächlich habe ich ein Date«, sage ich. Ich weiß nicht, warum ich »tatsächlich« hinzufüge, als würden es die Leute sonst nicht glauben.

»Ah, junge Liebe«, sagt Jim. »Essen gehen und Kino?«

»Essen gehen, Kino weiß ich noch nicht. Mal sehen, wie das Essen läuft.«

Mein Arbeitstelefon klingelt über die Rückruffunktion,

und ich bin dankbar für die Ablenkung. So bezaubernd Jim und Paula auch sind, und das sind sie wirklich, ich weiß, dass jedes ausführlichere Gespräch über dieses zu frühe Date mich leicht davon abbringen könnte.

Ich setze zu meiner Telefonansprache an.

»Hi, mein Name ist Nick Marcet, und ich rufe im Namen von Christian Aid an.«

Die restlichen Punkte des Gesprächs habe ich auf zwei DIN-A4-Seiten vor mir liegen. Der Trick ist, es so klingen zu lassen, als wäre jedes Wort spontan, obwohl alles peinlich genau formuliert ist, um potenziellen Spendern möglichst viel Geld aus der Tasche zu ziehen. Es mag ja für einen guten Zweck sein, aber dieses Berechnende hat etwas Zwielichtiges, und die Trigger-Worte, die Mitleid auslösen sollen, wirken taktlos.

Wie auch immer. Es funktioniert.

Ich lege auf.

»Noch mal zwanzig Pfund monatlich«, erzähle ich Jim und Paula ein wenig stolz, weil ich weiß, dass sie wie Seehunde klatschen werden. Ich glaube, ihre Begeisterung für diesen Job ist aufrichtig, und deshalb spiele ich mit, werde zur Karikatur eines glücklichen Kollegen, weil ich das Geld brauche und es schlimmere Jobs gibt.

»Ausgezeichnete Arbeit, Nick. Du machst das toll«, sagt Paula.

Ihr ist nicht klar, dass es seit langem das Erste ist, in dem ich mich hervortue, und diese Erkenntnis ist mehr als ein bisschen deprimierend.

»Das liegt nur an deinem Drehbuch«, sage ich. »Du solltest mir eins für mein Date heute Abend schreiben.«

Und wir alle lachen.

Auf eine Art, die mich innerlich umbringt.

MEIN ESSEN MIT MIA

Ein Einakter von Nick Marcet

Ein junges Pärchen sitzt an einem Tisch in einem trendigen Restaurant in Südlondon. Speisen und Getränke sind bestellt. Das Lokal ist teuer, aber nicht Weiße-Tischdecken-teuer. Das Essen wird, als es kommt, nicht auf Tellern gebracht, sondern auf Schneidebrettern, so unpraktisch das auch sein mag.
NICK (30), braune Locken und Hundeblick, sitzt gegenüber von ihr (vielleicht Anfang zwanzig), pechschwarzer Louise-Brooks-Bob, der tiefrote Lippenstift ein auffallender Akzent.
Eigentlich sollten nur zwei Leute am Tisch sitzen, doch wenige Augenblicke später gesellt sich ungebeten eine dritte Person dazu.

NICK Ich glaube, einer von uns sollte so etwas sagen wie: »Ein bisschen seltsam, das Ganze, oder?«
MIA Was ist seltsam?
NICK Na, du weißt schon, das ganze Internet-Dating-Ding.

Mia schüttelt kaum merklich den Kopf und zuckt die Schultern.

MIA Mit Online-Dating werden jedes Jahr hundertzwanzig Millionen Pfund verdient, und das allein im Vereinten Königreich, also ... nein, ich weiß nicht, ob ich es seltsam nennen würde.
NICK Dann bist du Geschäftsfrau?
MIA Nein. Ich lese nur. Ich fand dein Profil ziemlich clever, die kleinen Einschübe über die Wahrheit.

NICK Es war mir gar nicht bewusst, dass ich die drin gelassen hatte.
MIA Das ist lustig. Ich wusste, dass du nicht doof bist.

Nick spielt mit dem Rand der Tischdecke.

NICK Mia, also. Schöner Name. Machen die Leute oft Witze darüber, dass du vermisst wirst?
MIA Nö.
NICK Na ja, nur weil es die Abkürzung … Schon gut.

Der dritte Gast kommt herein. Sie entstammt Nicks Phantasie, und nur er kann sie sehen. Sie wird von einem Scheinwerfer angestrahlt, aber nur wenn sie spricht.

DIE IMAGINÄRE ELLIE Singst du ihr jetzt sämtliche Emmy-the-Great-Songs vor? *Her name was either Mia or M. I. A.* … Hast du sie in gewisser Weise deshalb ausgesucht?

Nick ignoriert den ungebetenen Gast und redet weiter mit Mia.

NICK Machst du so was öfter?
MIA Soll das ein Kompliment oder einer Beleidigung sein?
NICK Nein. Keins von beidem. Nur, dass dies mein Erstes ist.
MIA Dein erstes Date?!
NICK Online-Date. Natürlich hatte ich schon Dates, einige sogar.
DIE IMAGINÄRE ELLIE Oooooh. Einige. Hübscher Bluff.
NICK Wo bleiben die Getränke?

Nick sieht sich nach dem Kellner um.

MIA Wie kommt es, dass du noch nie ein Online-Date hattest?
NICK Als ich zuletzt Single war, war das noch nicht so ein großes Ding. Ich meine, ich wusste davon und kannte Leute, die es gemacht haben, aber ich dachte wohl, ich bin darüber erhaben. Irgendwie. Damit will ich nicht sagen, dass es doof ist oder … Nur dass es vor vier Jahren noch nicht so üblich war, nehme ich an. Äh. Ja, also, ich war vier Jahre in einer Beziehung.
MIA Okayyy.
DIE IMAGINÄRE ELLIE Oh sieh nur, sie dehnt die Worte, genau wie ich. Ihr seid füreinander bestimmt.

Der Kellner bringt die Getränke. Nick kippt seinen Drink runter, noch bevor der Kellner den Tisch wieder verlassen hat.

NICK Verzeihung, mega Durst gehabt. Kann ich noch einen haben?
DIE IMAGINÄRE ELLIE Sie ist süß. Ein bisschen jung. Hast du auf deinem Profil keine Altersbeschränkung eingegeben?
MIA Und seit wann seid ihr getrennt?
NICK Seit Ewigkeiten.
DIE IMAGINÄRE ELLIE Nicht mal zehn Prozent. Aber klar, Nick.
MIA Dann wäre ich also nicht nur ein Lückenbüßerfick.

Nick verschluckt sich fast an seinem Drink, und die imaginäre Ellie rutscht unbehaglich auf ihrem imaginären Stuhl hin und her. Nicks Verlegenheit scheint Mia zu amüsieren.

MIA Du siehst aus, als wäre dir das peinlich. Redet deine Generation nicht über Sex?

NICK Was meinst du mit *meine Generation*? Wie alt bist du denn?
MIA Alt genug.

Mia trinkt einen großen Schluck von ihrem Getränk.

MIA Weißt du, meine Generation leckt gern …

Nick täuscht einen Hustenanfall vor, um Mia zu übertönen, dann entschuldigt er sich für seinen Ausbruch bei dem älteren Paar am Nachbartisch, das Mias Kommentar fast gehört hätte. Nick starrt die imaginäre Ellie an, mehr als ein bisschen beunruhigt.

MIA Entspann dich. Ich verarsch dich doch nur.

Daraufhin formt sie lautlos mit den Lippen die Worte: »Oder doch nicht?«

MIA Aber mal im Ernst, du magst Sex, oder? Ich will hier nicht meine Zeit verschwenden.
NICK Ja, ich mag Sex. Aber ich will eher etwas … du weißt schon.
MIA Du meinst perversen Kram?
DIE IMAGINÄRE ELLIE Ist die echt?
NICK *(zur imaginären Ellie)* Bist du's?
MIA Bin ich was?
NICK Nichts. Ich habe mit jemand … Ich meinte, ich will mehr. Wie ich in meinem Profil geschrieben habe, ich glaube noch …
MIA Ha! Ich dachte, das ist ein Witz. Ein ironischer Spruch, um dich über all die traurigen Romantiker lustig zu machen, die die große Liebe suchen.

DIE IMAGINÄRE ELLIE Ich denke, ich geh dann mal. Das kann ich nicht mitansehen.
NICK Du glaubst nicht an all das?
MIA Was, Romantik und Teddybären und Spaziergänge im Regen? Nein, eigentlich nicht. Du etwa?
NICK Früher schon.
DIE IMAGINÄRE ELLIE Oh, Nick.
NICK Warum dann Online-Dating? Warum nicht einfach in einen Club gehen?
MIA Nein, danke. Da sind nur besoffene, notgeile Idioten. Ich habe grundsätzlich nichts gegen besoffen und notgeil, es ist nur nett, den Weg dahin gemeinsam zu gehen, wenn du verstehst, was ich meine.
NICK Wieso hast du mich ausgesucht?
MIA Keine Ahnung. Wie gesagt, dein Profil war anders. Und dein Foto. Du bist ziemlich fit.
NICK Findest du? Danke.

Der Kellner bringt das Essen.

NICK Das sieht gut aus.

Nick fängt an, sein Essen zu schneiden, doch es fallen Stückchen vom Rand des Schneidebretts.

NICK Was spricht gegen Teller? Ich meine, die letzten paar Tausend Jahre scheinen die ziemlich gute Dienste geleistet zu haben.
MIA Was hast du gesagt?

Nick schaut auf und sieht Mia am Handy.

NICK Nicht so wichtig.

Nick legt sein Besteck beiseite. Einen Moment lang sitzt das Paar schweigend da.

NICK Hör mal, ich weiß nicht, ob ich schon bereit für so etwas bin. Ich verstehe, wenn du lieber gehen willst.
MIA Okay. Wir können zu mir. Ich glaube, wir hätten eine Menge Spaß.

Nicks Augen weiten sich, weil er sich an seinem Essen verschluckt hat und nach Luft ringt. Gerade noch rechtzeitig kriegt er sich wieder ein und vergewissert sich mit einem Blick, dass sie es ernst meint.

MIA Wie gesagt, du wirkst ziemlich fit.
DIE IMAGINÄRE ELLIE Du musst jetzt allein klarkommen, Romeo.

Und damit verschwindet die imaginäre Ellie.

Ende der Szene.

Es gibt eine alternative Realität, in der ich Mias sehr großzügiges Angebot, hemmungslosen, ungezügelten, spektakulären Sex mit ihr zu haben, sofort annehme. Doch ich will nicht. Ich meine, ein Teil von mir will schon, aber das ist nichts für mich. Ich verurteile niemanden, der Spaß daran hat, doch meiner Erfahrung nach folgen auf One-Night-Stands unweigerlich Selbstekel, Gefühlschaos und Durcheinander.

Außerdem habe ich den starken Verdacht, dass wir gefilmt werden, und ich ein Opfer von *Versteckte Kamera* bin.

»Gabby«, flüstere ich.

»Warum flüsterst du?«, erwidert meine Schwester.

»Weil ich auf einer Toilette bin.«

»Warum bist du auf einer Toilette?«

»Ich habe ein Date.«

»Warum hast du ein Date? Ich dachte, du hast eine Zehn-Prozent-Regel?«

Fast lasse ich das Telefon in die Kloschüssel fallen.

»Könnt ihr mich alle mal mit der Zehn-Prozent-Regel in Ruhe lassen?«

Neben mir geht eine Klospülung, und ich begreife, das Flüstern nichts bringt.

»Ich brauche deine Hilfe, Gabby. Mein Date ist total aufdringlich. Sie hat mich praktisch gefragt, ob ich mit ihr ins Bett will, und wir sind noch nicht mal bei der Süßspeise.«

»Süßspeise. Wer sagt heute noch Süßspeise?«

Niemand konnte und kann mich so aufziehen wie meine Schwester. Und in diesem speziellen Augenblick bringt sie mich zur Weißglut.

»Gabby!«

»Was? Was soll ich sagen? Geh mit ihr ins Bett. Geh nicht mit ihr ins Bett. Das musst du doch wissen.«

»Ich bin ziemlich sicher, dass es eine schlechte Idee ist.«

»Dann sag nein!«

Ihr Kreischen verursacht so eine Rückkoppelung in meinem Telefon, dass ich mit der Handfläche mein Ohr reiben muss.

»Aber was, wenn sie die letzte Person ist, die je mit mir schlafen will?«

»Nick.« Ihre Stimme klingt jetzt weicher. Oder habe ich vielleicht einen Tinnitus von ihrem Geschrei?

Sie redet weiter: »Mein schwesterlicher Rat lautet, dass du noch nicht bereit für so etwas bist. Geh wieder da raus, iss deine Süßspeise und verabschiede dich höflich.«

Das kommt mir wie ein sehr guter Ratschlag vor, und für eine Sekunde bin ich tatsächlich überzeugt, dass ich ihn befolgen werde.

»Danke, Gabby.«

»Gern geschehen, du kleine Süßspeise.«

Sie legt auf, bevor mir eine knackige Retourkutsche einfällt.

Na schön, denke ich mir. Natürlich werde ich Gabbys Rat nicht befolgen, mich wie ein Erwachsener zu verhalten. Denn wenn Mia auch nur einen weiteren anzüglichen Spruch bringt, reicht meine Willenskraft nicht aus, um zu widerstehen.

Welche Optionen habe ich? À la *Nikita* durch die Küche fliehen? Ein starker Abgang, aber gespickt mit potenziellen Unfällen, die zu Verbrennungen dritten Grades führen könnten. Den Lüftungsschacht, wie John McClane und zahllose andere? Ich glaube, mir fehlt die nötige Kraft im Oberkörper dafür.

Dann sehe ich es. Das offene Fenster. Das sollte kein Problem sein.

Zum Glück habe ich noch immer das Telefon in der Hand, als mir einfällt, dass ich das Essen nicht bezahlt habe. Mich zu verdrücken und Mia für meine halb aufgegessene Pastete blechen zu lassen, wäre nicht fair.

Ich wähle die Nummer des Restaurants.

»Hi, ha ... Das mag jetzt ein wenig seltsam klingen, aber kann ich mein Essen per Telefon bezahlen ... Nein, kein Problem mit dem Service, ich musste nur früher gehen und ... Super, danke ... Die lange Nummer auf der Vorderseite? 5550 6700 0923 1121 ... April 2013 ... 195. Kann ich Trinkgeld geben? ... Wie klingen zwanzig Prozent? Ach was, machen Sie dreißig ... Ja, vielen Dank ... Sagen Sie, bevor Sie auflegen, könnten Sie mir noch einen großen Gefallen tun? ... Super ... Könnten Sie jemanden runterschicken, der mir aus dem Toilettenfenster hilft? Ich scheine festzustecken.«

32

5. November 2008 – 04:01 GMT
Obama 273
McCain 141
erforderliche Mehrheit 270

Der Jubel, der losbrach, als ich zur Tür hereinkam, war ohrenbetäubend. Und für den Bruchteil einer Sekunde dachte ich, er würde mir und Ellie gelten, ein Hurra auf unsere frischgebackene Zweisamkeit.

»Yeah! Weiter so, Nick und Ellie!«

»Nick, unser Held! Du hast tatsächlich mit jemandem kommuniziert, zu dem du dich hingezogen fühlst!«

»Du hast es geschafft, Alter, du hast den ganzen Abend durchgehalten, ohne auszurasten!«

Meine Antwort auf Letzteres war: aber nur knapp.

In der kurzen Zeit, die zwischen dem Öffnen der Haustür und dem Betreten des Wohnzimmers lag, war ich sogar überzeugt, dass Tom die euphorische Begrüßung extra inszeniert hatte, damit ich mich wie der König der Welt fühle. Dann fiel mir ein, dass er so etwas Nettes nie tun würde, solange die Gefahr bestand, dass es jemand herausfand. Und dann fiel mir ein, was der Anlass der Party war und warum die Leute in Wahrheit jubelten.

Auf dem Liveticker unter David Dimblebys Kinn stand *SIEG FÜR OBAMA*. Kaliforniens fünfundfünfzig Stimmen hatten die Landkarte blau gefärbt.

Die beiden Amerikaner – die einen rechtmäßigen Grund zum Feiern hatten – hatten die Musik übernommen (Toms Laptop und Lautsprecher) und spielten Springsteen. Die Menge johlte *Working on a Dream* so falsch, wie es nur ging. Ich hatte das Gefühl, dass Tom den Song gleich morgen früh aus seiner iTunes-Bibliothek löschen würde.

Ellie stand im Wohnzimmer an der Tür und wartete auf mich.

»Heilige Scheiße«, rief ich, eloquent wie immer.

»Ich weiß!«, schrie sie zurück. »Das ist eine echt geile Party. Und deinetwegen habe ich sie verpasst.« Sie schenkte mir ihr schönstes Grinsen und winkte einer Freundin am anderen Ende des Zimmers zu.

»Ich muss jemandem Hallo sagen, aber DU GEHST NIRGENDWOHIN.«

Als sie von meiner Seite wich, nahm auf geradezu gespenstische Weise sofort Tom ihren Platz ein, der an einer Flasche Jameson nippte.

»Alles klar, Nick?«, fragte er, unser beider Blick auf Ellie und ihre Freundin gerichtet.

»McNulty«, erwiderte ich mit einem prüfenden Blick auf den Schnaps.

»Ich sehe mich eher als eine Art Omar.«

»Kann ich mir denken. Gute Party. Haben wir was verpasst, als wir weg waren?«

Tom warf einen Blick über sein Königreich der *shiny, happy people.* Ich sah sein kaltes Herz schmelzen.

»Nur einen Haufen hoffnungsvoller Speichellecker, deren Optimismus sich in vier Jahren in tiefstes Elend verwandelt haben wird, weil Obama keines seiner Versprechen je einlösen und Jeb Bush gewählt wird.«

»Ha. Du hast Bush gesagt.«

»Ich wusste, es gibt einen Grund, warum wir Freunde sind.«

Er reichte mir die Flasche, und ich nippte daran. Von nun an musste ich einen klaren Kopf bewahren.

»Ellie Brown also?«

Ich nickte lässig.

»Du hast es nicht drauf, Nick, das mit dem lässigen Nicken«, informierte Tom mich. »Du bist kein lässiger Typ.«

»Was bin ich dann, du fetter, besoffener Ire?«

»Du bist einer von denen«, sagte er und machte eine vage Handbewegung. »Jemand mit Hoffnungen. Mit Träumen. So ein ›Federding‹. Nur geht es dir nicht um eine ideale Welt oder internationale Beziehungen. Dir geht es schlicht darum, dass eines Tages ein Junge ein Mädchen trifft, und alles wird gut.«

Ich nickte, diesmal weniger lässig, weil ich zwischen der Haustür und hier eine Entscheidung getroffen hatte. Eine dumme, eigensinnige Entscheidung. Aber es war nichtsdestotrotz meine Entscheidung.

Ich würde gern sagen, dass die Worte des baumstarken Stiernackens mich nicht tangiert hätten. Doch mochten Stock und Stein auch mein Gebein brechen, so waren es in Wahrheit Worte, die mir Pein brachten.

Obwohl Ellie den Typ ziemlich sanft abserviert hatte, wollte ich nicht, dass mich eines Tages dasselbe Schicksal ereilte. Und ich war sicher, das würde es. Ich konnte nicht gut genug für sie sein. Ich glaubte nicht daran, dass es besser war, Liebe empfunden zu haben, auch wenn Verlust damit einherging.

Meine Entscheidung also? Ich verzichtete auf die Zukunft.

Diese Nacht war etwas Besonderes. Perfekt, nahezu.

Ich konnte einfach gehen und es dabei belassen.

33

Es erübrigt sich zu erwähnen, dass ich Mia nie wiedergesehen habe.

Sie hat mich jedoch gesehen, als man mich mit den Beinen zuerst aus einem sechzig mal dreißig Zentimeter großen Fenster zog. Sie lachte schallender, als ich je jemanden hatte lachen hören, und ich war froh, dass ich ihr wenigstens das gegeben hatte. Davon konnte sie monatelang zehren.

Es gab noch einen heiklen Fenstermoment, als ich mit meinem Bauchnabel an einem Haken hängenblieb und schon sicher war, dass ich mich selbst ausweiden und somit den diesjährigen Darwin Award für die skurrilste Todesart erhalten würde.

Letztendlich wurde nur mein Ego verletzt, und da war nicht so viel übrig, das verletzt werden konnte.

Ich habe eine Regel aufgestellt: Wenn ich bereit bin, mich mit anderen Frauen zu verabreden, werde ich nicht mehr auf Ellies Facebook-Seite nachsehen, was sie in New York treibt. Ich hielt mich genau einen Tag daran.

Sie hat ihren Wohnort vor zwei Wochen zu *New York, New York* geändert, jedoch seit ihrer Ankunft kein Update. Ihr letzter Post stammt vom Tag vor ihrer Abreise: *Bis wir uns wiedersehen, Mrs England.*

Aber – und das ist das große Update – sie hat drei neue Freunde.

Zwei weibliche.

Und einen männlichen.

Ich habe herausgefunden, dass eine der Frauen auf dieselbe Schule gegangen ist wie Ellie und vor ein paar Jahren nach New York gezogen ist. Logisch, dass sie Kontakt haben. Die andere ist Kundenberaterin bei Associated Press. Neue Kollegin. Geht ebenfalls klar.

Aber Brad Bright? Wer zum Teufel bist du? Warum ist dein Account privat? Warum kann ich nichts anderes über dich rausfinden als deinen Superheldennamen? Was hast du zu verbergen, Brad?

Ich starre auf mein Telefon und versuche aus Brads winzigem, unscharfem – scheißpseudokünstlerischem – Profilfoto wichtige Informationen zu gewinnen, als Gabby anruft und mich zu Tode erschreckt, weil mein Gesicht so nah am Display ist.

Ich sammle mich und begrüße sie mit: »Alles klar, Fatty Arbuckle?«

Worauf Gabby prompt erwidert: »Wenn dieses Baby draußen ist, werde ich dich mit seiner Plazenta erschlagen, mal sehen, ob du dann immer noch Dickenwitze reißt.«

Die Formulierung »Dickenwitze« gibt mir zu denken.

»Weißt du, wenn ich denken würde, dass sie dich wirklich ärgern, würde ich sofort aufhören«, lenke ich ein.

Wärme sickert in ihre Stimme.

»Natürlich, du kleiner Softie. Aber nett, dass du's erwähnst.«

»Ich bin nett. Und was verschafft mir die Ehre?«

»Nichts. Wollte nur mit meinem kleinen Bruder plaudern.« Ihre Stimme ist jetzt nicht mehr warm, sondern vage.

Es entsteht eine lange Pause, während Gabby überlegt, wie sie das Gespräch in die gewünschte Richtung lenken soll. Die Pause dauert so lang, dass ich meinen Laptop aufklappe und auf Brad Brights Profil gehe, Blendenfleck und blauer Himmel.

Die Pause nimmt kein Ende, deshalb sage ich: »Na los, Gabby, spuck's aus.«

Und da kommt es.

»Ich habe mit Ellie gesprochen. Gestern Abend. Sie hat mich angerufen, nicht dass du denkst, ich wär dir gegenüber illoyal.«

Ich gönne ihr nicht mal einen Bruchteil der erwarteten Pause.

»Schon gut«, sage ich so gleichgültig, dass ich mich fast selbst überzeuge. »Ihr wart gut befreundet. Ich würde nie verlangen, dass du nicht mehr mit ihr redest.«

»Das ist sehr erwachsen von dir.«

Die Überraschung in ihrer Stimme macht dies zum Anwärter auf das zweifelhafteste Kompliment der Woche.

»Also, wer ist dieser Brad Bright?«, frage ich unvermittelt.

»Wer?«

»Ellies neuer Freund.«

»Sie hat keinen neuen Freund.«

Das beruhigt mich. Gabby war noch nie jemand, der Scheiße erzählt, und Ellie übrigens auch nicht. Aber noch kann ich mich nicht entspannen, denn ich weiß, es gibt einen Grund für Gabbys Anruf. Allerdings habe ich keine Ahnung, welchen.

»Wie ist dein Date neulich noch gelaufen? Hast du deine Hose anbehalten?«

»Mehr oder weniger«, sage ich und verschweige das Klofenster-Ende, aus Angst, dass sie daraus eine Anekdote macht, die bei jedem Familientreffen der nächsten zwanzig Jahre ausgepackt wird.

»Du hast also nicht …« Sie tut, als müsste sie sich räuspern, um die Worte »mit ihr geschlafen« anzudeuten, eine kokette Geste für jemanden mit dem Vokabular eines Hafenarbeiters.

Ist es das? Ein Spionage-Anruf für Ellie? Meine Nackenhaare stellen sich wieder auf.

»Nein. Hab ich nicht. Kannst du deiner Freundin ruhig ausrichten, wenn du nächstes Mal mit ihr sprichst.«

»Du weißt schon, dass es nicht nur um Männer geht, wenn zwei Frauen sich unterhalten, oder?«, kontert Gabby.

Es folgt längeres Schweigen, vermutlich weil Gabby überlegt, wie sie nach diesem Kommentar dazu überleiten kann, dass sie doch über mich geredet haben. Denn seien wir ehrlich, warum sollte sie sonst anrufen, um mir zu erzählen, dass sie mit ihr gesprochen hat?

»Na gut«, räumt sie schließlich ein. »Dein Name ist gefallen. Ein paarmal.«

Bevor sie dazu kommt, weshalb sie angerufen hat, spüre ich, wie sich mein Magen zusammenzieht. Schmerz und Scham und Kummer des letzten Jahres kommen in mir hoch, und ich möchte dieses Gespräch nur noch beenden, eine DVD einlegen und mir mit der wilden Hemmungslosigkeit eines modernen Orson Welles Pizza und Pringles reinstopfen.

»Sie sagt, du fehlst ihr.«

»Dann hätte sie um mich kämpfen sollen.«

»Du hast es ihr nicht gerade leicht gemacht.«

»Ach ja, fast hätte ich vergessen, dass ich zuerst ausgezogen und dann fünftausend Kilometer weit weggeflogen bin.«

Und der Preis für die selbstgerechteste Entrüstung in einem Telefongespräch geht an …

»Willst du immer noch keine Verantwortung dafür übernehmen, wie du dich dieses Jahr verhalten hast? Ich weiß nicht, was in deinem Kopf vorgeht, aber …«

»Genau. Tust du nicht.«

»Dann sag es mir!«

Ich schweige so lange, dass Gabby einen tiefen, frustrierten Seufzer ausstößt. Ich benutze ihn als Stichwort, um das Gespräch zu beenden, auf das ich sowieso keine Lust hatte.

»Nächstes Mal, wenn du mit ihr sprichst, grüß schön und richte ihr aus, dass ich mich für sie und Brad freue.«

Ich klappe das Telefon zu, ohne mich zu verabschieden, so wie es Leute in Filmen machen, aber nie im wahren Leben.

Dann klappe ich es wieder auf.

Und schreibe Lizzie.

34

5. November 2008 - 04:09 GMT
Obama 273
McCain 141
erforderliche Mehrheit 270

Tom wurde ungeduldig. »Ich frage dich noch mal. Ellie Brown also?«

Ich ließ mir mit der Antwort Zeit. Es war schließlich eine komplexe Frage mit einer Vielzahl möglicher Antworten. Ich begann aufzulisten, welche Gründe für den »Plan der einen perfekten Nacht« sprachen.

1. Wem mache ich etwas vor?

Wie Nathaniel gesagt hat: »Glaubst du echt, sie mag dich?« Ich meine, vielleicht mag sie mich ein bisschen – der Kuss, die Scherze –, aber nicht auf Augenhöhe, nicht wie jemanden, mit dem sie zusammen sein möchte. Was mich zu zweitens brachte.

2. Ich habe dummerweise gesagt, dass ich noch nie verliebt war.

Das schien mir der schlüssigste Grund zu sein. Und der, von dem ich dachte, dass Tom ihn am ehesten nachvollziehen konnte. Durch dieses kleine Geständnis sah sie mich als jemanden, der keine Ahnung von Beziehungen hatte. Und jedes Mal, wenn es in der Kommunikation hakte, würde sie es auf meine Unerfahrenheit schieben, bis sie irgendwann genug hatte.

3. Sie hat erwähnt, dass sie unbedingt in New York leben will.

Schon damals war mir klar, dass dieser dritte Grund der Strohhalm war, an den ich mich klammern würde. Wer war ich schon, ihrem Traum im Weg zu stehen? Was, wenn wir zusammenkamen und sie nach ein paar Monaten wegflog? So eine Zurückweisung glaubte ich nicht ertragen zu können.

Wenn ich Tom die Wahrheit sagte – die drei Gründe, warum ich mir keine Zukunft vorstellen konnte, die nicht in Tränen endete –, würde er mich zu ihr schleifen und mich zwingen, ein Wiedersehen mit ihr zu verabreden. Was meinem Plan der einen perfekten Nacht zuwiderlaufen würde.

Ich entschied mich für einen Mittelweg zwischen Wahrheit und Lüge.

»Sie ist sehr cool! Aber ich glaube, sie ist noch dabei, über eine Trennung hinwegzukommen.«

»Das stimmt nicht«, erwiderte Tom sofort. »Ich meine, sie hatte zwar was mit so einem Poser – sein Name ist Nathaniel –, aber für den hatte sie nie irgendwelche Gefühle. Es war ihre Entscheidung, es zu beenden, und sie ist definitiv drüber hinweg. Dann magst du sie also?«

Dieses aggressive Verhör ging mir auf die Nerven.

»Ja, wie gesagt, sie ist ziemlich cool. Ich weiß nur nicht, ob …«

»Ob sie dich mag? Hast du nicht gerade den ganzen Abend mit ihr verbracht? Hat sie dir nicht gerade gesagt, du sollst nicht weggehen?«

Was hatte er vor?

»Ich weiß nur nicht, ob wir viele Gemeinsamkeiten haben.«

»Habt ihr. Sie liebt Filme, hat einen tollen Musikgeschmack. Sie ist smart, witzig, supertalentiert und ehrgeizig.«

»Na, das haben wir dann schon mal nicht gemeinsam.«

Mir wurde schnell klar, dass Tom und Ellie mehr verband,

als ich geahnt hatte. Ich fühlte mich ein bisschen wie Han Solo auf Endor, als Leia anfängt, sich darüber auszulassen, wie viel Luke ihr bedeutet. Bitte lass Ellie seine heimliche Schwester sein, dachte ich. Nein. Egal. Ich würde sie nach dem heutigen Abend sowieso nie wiedersehen.

»Also«, stocherte ich vorsichtig. »Du und Ellie?«

»Du bist so subtil wie ein Vorschlaghammer und nur unwesentlich schlauer. Nein, Nick, ich steh nicht auf Ellie.«

Fast wäre ein weiteres *Puh!* fällig gewesen.

»Wieso dann das Interesse?«

Er sah mich an und trank einen großen Schluck Whisky.

»Ich weiß, du hältst mich für einen hartherzigen, zynischen Tory, dessen einziges Lebensziel es ist, England ins Viktorianische Zeitalter zurückzuführen, wo die Armen in Fabriken arbeiten und die Reichen in Herrenhäusern leben.«

»Das stimmt nicht, Tom.«

In gewisser Weise stimmte es schon.

»Doch was meine Freunde betrifft, möchte ich nur das Beste für sie. Und du, Nicholas Nickleby, bist mein Freund.«

Die ausgelassene Atmosphäre des Abends musste ihm zugesetzt haben. Er war kurz davor, mich zu knuddeln, und ich hatte ihn in meinem ganzen Leben noch nie jemanden umarmen sehen.

Er fuhr fort. »Als meine Schwester mir von Ellie erzählt hat, dachte ich sofort an dich. Und als ich sie traf, war es, als würde ich deiner anderen Hälfte begegnen. Ich habe sie heute Abend hierher eingeladen, weil ich gehofft hatte, dass du den Mut hast, sie anzusprechen. Was du sagenhafterweise auch getan hast. Ich habe den Boden für dein »Du-sein« bereitet, aber ich habe nicht berücksichtigt, wie »du« du sein kannst. Denn auch wenn du gerade mit ergebenem Hundeblick ein Mädchen angaffst, das dir gefällt, und das dich, wenn ich mich nicht täusche – und ich täusche mich nie –, ebenfalls mag, bist du auf dem besten Wege, die Sache zu sabotieren. Hab ich recht?«

Ich schwieg, genervt und beeindruckt davon, wie recht er hatte. Im Gegenzug wurde er noch ernster, legte die Hände auf meine Schultern und sah mir tief in die Augen.

»Was auch immer du vorhast zu tun oder nicht zu tun. Lass es.« Er zögerte und versuchte, nüchtern zu wirken, damit ich seinen Rat ernst nahm. »Oder tu es. Tu es.«

Ich nickte, obwohl ich sicher war, dass er falschlag und ich richtig.

Der Plan der einen perfekten Nacht stand noch immer.

»Einstweilen, mein Freund«, sagte ich, »bleibt mir nur zu hoffen, dass diese Party niemals endet.«

Er schüttelte den Kopf und trat einen Schritt zurück.

»Und wenn das nicht funktioniert?«

Sein Fatalismus konnte mich nicht runterziehen, so zutreffend er auch war.

»Glaubst du, du schmeißt in vier Jahren wieder eine Party?«

35

Ich gebe zu, das Timing meiner Verabredung mit Lizzie hätte besser sein können.

Zwar fällt sie nicht genau auf das Datum, an dem mein und Ellies vierter Jahrestag gewesen wäre – das war zwei Tage vorher –, aber der Abend ist ebenso symbolisch. Denn heute ist die Präsidentenwahl 2012.

Die Nacht ist noch jung, und es ist noch lange hin, bevor die ersten Ergebnisse reinkommen. Im Fernseher in der Ecke des Pubs läuft noch keine Wahlberichterstattung, und dafür bin ich dankbar. Tom gibt natürlich wieder eine Party, in der Hoffnung, dass Amerika, in seinen, definitiv nicht meinen Worten, »den Schaden rückgängig macht, den es angerichtet hat«. Und ja, meine Entscheidung, Lizzie ausgerechnet heute zu fragen, ob sie mit mir etwas trinken geht, liegt zum Großteil darin begründet, dass ich Ablenkung brauche.

Aber.

Sie liegt auch darin begründet, dass ich in letzter Zeit oft an Lizzie gedacht habe. Ich muss die Vergangenheit hinter mir lassen, und das Fiasko mit Mia hat mir gezeigt, dass Online-Dating für jemanden in meiner Verfassung nicht unbedingt geeignet ist.

Lizzie – und das ist nicht als Beleidigung gemeint – ist eine sichere Bank. Sie hat gesagt, dass sie mich mag, deshalb kann der große Teil meines Gehirns, der mich hasst, mal die Klappe halten. Wir teilen dieselben Interessen, die Konversation sollte also ein Kinderspiel sein. Als sie endlich durch die Tür kommt, wird mir bewusst, dass sie objektiv eine attraktive, coole und interessante Frau ist und ich dankbar sein sollte, dass sie mich gebeten hat, sie um eine Verabredung zu bitten.

Ich stehe auf, und wir umarmen uns unbeholfen. Eher kumpelhaft.

»Wie geht's dir?«, frage ich.

»Gut. Auf der Arbeit ist es komisch, aber wir …«

Ich halte meinen Zeigefinger hoch, und sie verstummt, denn sie weiß, was kommt.

»Erste Regel. Keine Gespräche über vorherige Jobs. Ich weiß nicht, ob mein zartes Herz das verkraftet. Zweite Regel …«

Sie unterbricht mich: »Keine Gespräche über vorherige Beziehungen.«

Wir geben uns die Hand und grinsen.

»Warte«, sagte Lizzie. »Heißt nicht über die Arbeit reden etwa auch, nicht über Filme reden?«

»Gott, nein!«, rufe ich. »Ich wüsste gar nicht, wie ich einen Tag überstehen sollte, geschweige denn ein Date, ohne über Filme zu reden.«

Bei diesen Worten strahlt sie.

»Super. Denn gestern Abend habe ich einen Film gesehen, den du lieben wirst!«

Trotz des launigen Schlagabtauschs und der äußerst angenehmen Gesellschaft wandert mein Blick immer wieder zum Fernseher hinter Lizzies Kopf, und schließlich stellt sie mich zur Rede.

»Läuft da ein Fußballspiel?«

Sie dreht sich um und checkt, was mich ablenkt.

»Ach ja, die Wahl.«

Dann fällt der Groschen.

»Ach ja. Die Wahl. Du und Ellie …«

Ich hebe kapitulierend die Hände.

»Ich weiß. Ich weiß. Das Timing ist echt seltsam, aber wenn ich dir etwas gestehen darf …«

Sie nickt.

»Diese Ablenkung ist viel schöner, als ich für möglich gehalten hätte. Ich glaube, das habe ich gebraucht.«

Sie legt ihre Hand auf meine und schenkt mir ein mitfühlendes: »Schon okay«, bevor sie aufsteht und unsere leeren Gläser abräumt.

»Dann wollen wir dich mal richtig ablenken. Noch mal dasselbe?«

Während Lizzie zur Bar geht, hole ich mein Telefon raus und sehe vier Nachrichten von Seb. Da wir nicht wollten, dass er sich in den Gedanken verrennt, haben Lizzie und ich beschlossen, ihm – und auch sonst niemandem – von unserem Date zu erzählen. Jetzt versucht er gerade, mich mit fehlerhaft buchstabierten Nachrichten wie *Ohne Nck Nick ist die Party keine* dazu zu bewegen, zu Toms Wahlparty zu kommen.

»Machst du schon dein nächstes Date klar?«, fragt Lizzie, als sie mir meinen vierten Drink reicht.

»Ja, ich bin so was von einem Casanova. Nein, das ist Seb. Versucht mich zu überreden, zu einer Party zu kommen.«

Lizzie nippt nervös an ihrem Getränk, und es herrscht zum ersten Mal peinliches Schweigen zwischen uns.

»Ich hatte absolut nicht vor hinzugehen«, gebe ich zu Protokoll. »Aber. Wir können. Wenn du willst?«

Sie zieht überrascht die Augenbrauen hoch und fängt an, begeistert zu nicken, ohne jedoch eine Meinung zu äußern. Es ist, als wäre sie stumm geworden und ich müsste von ihren Kopfbewegungen ablesen, was sie will.

»Du würdest gern hin?«, frage ich vorsichtig.

Ihr Kopf macht winzige, schnelle Bewegungen von links nach rechts, doch diesmal kommen widersprüchliche Worte aus ihrem Mund.

»Ja. Ich meine, klar. Ja«, antwortet sie. »Wenn du Lust hast?«

Würde man mir eine Waffe an den Kopf halten und mich fragen, ob Lizzie grundsätzlich Lust auf die Party hat oder nicht, läge die Chance, dass mein Gehirn an die Pubwände spritzt, bei fünfzig zu fünfzig.

Ich versuche es ein letztes Mal.

»Ehrlich, es liegt ganz bei dir. Ich freu mich ...«

»Super. Ich auch.«

Damit ist es abgemacht. Wir gehen ausgerechnet dorthin, wo ich um keinen Preis hinwollte.

Ben Folds singt darüber, wie seltsam es ist, wieder hier zu sein. Und er liegt zu hundert Prozent richtig.

Es ist nicht das erste Mal seit November 2008, dass ich bei Tom bin. Weil er ein gemeinsamer Freund war und eine so entscheidende Rolle dabei gespielt hatte, dass wir schließlich zusammenkamen, wurden Ellie und ich zu vielen besonderen Anlässen eingeladen, einschließlich Weihnachtsfeiern, gelegentlichen Grillabenden und der Unterhauswahl 2010. Letztere war ein großer Sieg für Team Tom und die Anhänger des Libertarismus.

Heute Abend fühlt es sich jedoch auf schlimmste Weise seltsam an.

Verglichen mit 2008 ist die Party bestenfalls farblos. Halb so viele Leute wie vor vier Jahren und ein Viertel der Euphorie. Vielleicht liegt es daran, dass es nie so historisch werden kann wie Obamas erster Sieg, vielleicht liegt es daran, dass der ganze Abend ausgemachte Sache zu sein scheint. Romneys »47-Prozent-Kommentar«, mit dem er knapp die Hälfte aller Menschen, die ihn wählen könnten, abgeschrieben hatte, schien den meisten Kommentatoren zu reichen, um ihn als Dead Candidate Walking zu sehen.

Außerdem ist er wahrhaft langweilig. Es heißt oft, dass

Amerika den Mann wählt, mit dem man am liebsten ein Bier trinken würde, unabhängig von seiner Politik. Im Mormonen Romney sieht niemand einen Saufkumpan.

Meine Saufkumpanin, Lizzie, ist wesentlich amüsanter als Mitt Romney.

Ich würde gern behaupten, dass ich es bin, der die Party ein bisschen aufmischt, aber es ist ganz allein Lizzie. Innerhalb von fünf Minuten hat sie sich mit einer seriösen Debatte über Kirche und Staat sowie einer Runde Bier Pong mit Toms Kifferfreunden bei Tom beliebt gemacht.

Und trotzdem. Und trotzdem.

Ich weiß, Ellie ist in Amerika, aber ich bin überzeugt, ihr hier zu begegnen, an dem Ort, wo alles begann. Tom und Seb bemerken, dass ich ständig zur Tür sehe, und machen es sich zur Pflicht, einzuschreiten, bevor Lizzie etwas mitkriegt.

»Ich mag sie«, sagt Tom fast schon lüstern.

»Ja«, erwidere ich. »Sie ist sehr liebenswert.«

Sie wechseln unverhohlen einen besorgten Blick.

»Jetzt macht euch mal locker«, sage ich zu ihnen. »Wir wissen noch nicht, was daraus wird. Und ja, natürlich ist mir klar, dass dies der seltsamste Ort für ein erstes Date ist, aber sie wollte unbedingt herkommen. Jedenfalls glaube ich das.«

Wir sehen zu, wie Lizzie einen weiteren Tischtennisball in einen roten Becher wirft und Jubel erntet. Sie bedankt sich für den Applaus und kommt zu uns dreien zurück, zwei Biere in den Händen.

»Ich hab ein Bier für dich gewonnen«, sagt sie und reicht mir eines.

»Ich dachte, das Konzept von Bier Pong ist, den Gegner betrunken zu machen«, sage ich.

»Das stimmt. Aber eigentlich ist das doch Quatsch. Deshalb habe ich meine eigenen Regeln aufgestellt, nach denen man selbst das Bier bekommt, wenn man trifft.«

Alle nicken, angemessen beeindruckt.

»Das hier ist nicht gerade wie 2008, oder?«, sagt Seb, ohne zu merken, dass er genau das Falsche sagt.

Ich überspiele es. »Ich erinnere mich noch gut an deine Reaktion auf Obamas Rede, Tom.«

»Klappe!«

»Was war denn?«, fragt Seb.

Ich sehe Tom an, der rot anläuft.

»Nichts.« Ich grinse.

Das Grinsen verschwindet schnell wieder, als ich ein vertrautes Gesicht entdecke. Nathaniel.

Es ist plausibel, dass er hier ist, aber sein Anblick ist trotzdem nicht willkommen, ein Geist vergangener Wahlen.

»Lust, eine zu rauchen?«, frage ich Lizzie.

Als Lizzie mich im Garten hinter Toms Haus küsst, nur wenige Meter von der Stelle, wo Ellie und ich einem Mädchen geholfen haben, das in seinen Schuh gespuckt hatte, trifft es mich mit voller Wucht.

Ich sehe unsere ganze Beziehung vor mir.

Sie beginnt mit guten Filmen und großartigem Sex und dem Schwelgen in schönen gemeinsamen Erinnerungen, wie heute Abend. Sie hat Verständnis, dass ich gerade eine längere Beziehung hinter mir habe und lässt mir Zeit, darüber hinwegzukommen. Ich ziehe praktisch sofort bei ihr ein, weil die Umstände es verlangen. Im Lauf der Monate verbittert sie, weil Ellies Geist *Rebecca*-mäßig über unseren Köpfen schwebt. Doch letztlich wird sie meine Lüge akzeptieren, dass ich damit abgeschlossen habe.

Dann kommt der Mittelteil, wo wir dazu übergehen, die alltäglichen Annehmlichkeiten zu genießen, die es mit sich bringt, mit jemandem zusammen zu sein, den man einigermaßen gernhat. Das Kino wird uns ständig daran erinnern, dass wir viele Gemeinsamkeiten haben, ein Beweis dafür, sagen wir uns, dass wir zueinander gehören, obwohl beide irgendwo wissen, dass es nicht so ist. Ich werde ihre Freunde kennenlernen und mich bewusst darum bemühen, von ihnen gemocht zu werden, weil es sich so gehört, während ich unbewusst versuche, sie vor den Kopf zu stoßen, in der Hoffnung, dass es reicht, einen Keil zwischen uns zu treiben, nicht der perfekte zukünftige Schwiegerfreund zu sein.

Am Ende ist es nur noch eine Qual. Weil ich alles versuchen werde, damit es funktioniert. Weil ich alles tun werde, um nicht der Böse zu sein. Und es dadurch unvermeidlich bin. Mit jedem Tag, der verstreicht, werde ich immer mehr wie Michael Myers. Der nächste Darth Vader. Harry Lime, Schwester Ratched und Tommy DeVito in Personalunion.

Sie wird mich fragen, ob ich glücklich bin, und ich werde sagen: »Klar.«

Sie wird mich fragen, ob ich sie liebe, und ich werde sagen: »Natürlich.«

Ich werde bis zu dem Tag lügen, an dem sie so etwas sagt wie: »Findest du nicht, wir sollten darüber nachdenken, eine Familie zu gründen?« oder: »Kannst du dir vorstellen, wie wir als altes Ehepaar sind?«, und dann werde ich kaum hörbar flüstern: »Nein.«

Hat Ellie mich verlassen, weil sie es nicht länger ertragen konnte, so zu tun, als würde sie mich lieben?

Ich ziehe den Kopf zurück und sehe, wie Lizzies glückliches Lächeln erstirbt, als sie meinen Gesichtsausdruck sieht.

»Ich kann das nicht«, sage ich.

Ihr neuer Gesichtsausdruck ist seltsam. Wenn ich ihn definieren müsste, würde ich sagen, es ist eine Mischung aus Kränkung und Genugtuung. Als hätte sie gewusst, dass es so kommen würde. Sie schüttelt es ab und fängt sich wieder. Wirkt kühl und gefasst.

»Ich habe eine kleine Rede vorbereitet, für den Fall, dass so etwas passiert«, sagt sie. »Aber jetzt kommt sie mir, ehrlich gesagt, ein bisschen ausschweifend vor. Ich könnte dir eine gekürzte Version mit den Highlights geben, wenn du magst?«

Ich nicke.

»Ich wusste, dass es ein Risiko sein würde. Dass es zu früh sein würde oder sich falsch anfühlen oder was auch immer. Aber ich dachte, es ist einen Versuch wert, weil ich dich, wie gesagt, mag. Du erfüllst die Kriterien …«

»… eines potenziellen Partners.«

»Meine Angst war, dass es für dich nie besonders genug sein würde. Groß genug. Dass ich schon Burt Bacharach für den Soundtrack unsere Liebesgeschichte engagieren müsste, damit es für dich nicht zu profan ist, dass zwei gute Freunde zusammenkommen. Es wäre unmöglich, ein Hirn und ein Herz zu überzeugen, dass totale Romantik will. Ein kleiner Pieps, eine geringfügige Abweichung von der Hollywood-Story und …«

Ich starre auf meine Füße, dann sehe ich Lizzie wieder an.

Ich möchte ihr sagen, dass es nicht ihre Schuld ist, aber ich bin ziemlich sicher, dass sie keinen Bedarf für eine halbherzige »Es-liegt-nicht-an-dir«-Rede hat. Die Wortwahl ist entscheidend.

»Du weißt, dass es nicht an dir liegt«, sage ich. »Ich übernehme die volle Verantwortung für meine Defizite als Mensch. Nichts von dem, was du gesagt hast, ist falsch. Ich bemühe mich.«

»Aber dein System ist einfach noch so voll von Ellie.«

»Ich weiß nicht, ob es das jemals nicht sein wird.«

Sie schenkt mir ein mitfühlendes Lächeln, nimmt meine Hand und verschränkt ihre Finger mit meinen.

»Das, Mr Marcet, liegt ganz bei Ihnen.«

Ein Schatten bewegt sich am Fenster über uns, und ich bin ziemlich sicher, das ist Seb, der uns nachspioniert, um sich zu vergewissern, dass alles okay ist.

Es ist nicht okay. Wir wissen beide, das wäre es nie gewesen. Jetzt, wo das geklärt ist, ist es relativ okay.

»Wie wäre es, wenn wir versuchen, statt potenzielle Partner einfach echte Freunde zu sein?«, schlägt Lizzie vor.

»Das klingt nach einer sehr guten Idee«, stimme ich zu.

Lizzie verabschiedet sich zeitig. Ich bin froh darüber.

Obwohl wir freundschaftlicher auseinandergegangen sind, als ich mir zugetraut hätte, war die Situation peinlich. Seb und Tom haben beide versucht, ihr die Befangenheit zu nehmen, doch sie ließ sich nicht davon abhalten, zu gehen, noch bevor der erste Staat verkündet wurde.

Jetzt, wo sie weg ist, habe ich nur noch eine Aufgabe. Mich besinnungslos zu betrinken. Weil ich das Geschick eines tremorgeplagten Zyklopen habe, beschließe ich, dass Bier Pong ein guter Anfang ist. Ich spreche zwei Unbekannte mit grell gefärbten Haaren an, einmal rot, einmal grün – so ein New-Punk-Ding, glaube ich –, und frage sie: »Lust auf eine Runde?«

»Klar, Opa, wir spielen gegen dich.«

»Opa?«, erwidere ich ungläubig. »Leck mich am Arsch. Wie alt seid ihr?«

Sie antworten im Chor: »Neunzehn.«

Ihr erster Wurf trifft, und ich trinke.

»Und woher kennt ihr Tom?«

Ich werfe daneben.

Wieder im Chor: »Wir verkaufen ihm Gras.«

»Und wie alt bist du?«, fragt Grün, während Rot einen weiteren Treffer versenkt und ich gezwungen bin, noch einen Becher lauwarmes Bier zu trinken.

»Dreißig.«

Mein Ball springt vom Rand eines Bechers ab und trifft ein Pärchen, das auf einem Sofa knutscht. Sie bemerken es nicht mal.

Rot fährt fort: »Dann könntest du absolut Opa sein. Rechne mal nach. Wenn du mit fünfzehn Sex hattest und dein Sohn Sex hatte, als *er* fünfzehn war ...«

Schon möglich, wenn ich meine Unschuld irgendwann um meinen fünfzehnten Geburtstag herum verloren hätte, und ich werde nicht darauf verweisen, wie sehr er sich irrt.

»Willst du was rauchen, Opa?«, fragt Grün und zieh einen Joint hervor, der es mit der Camberwell Carrot aus *Withnail* aufnehmen kann.

»Hab nichts dagegen«, sage ich, und während die Worte meinen Mund verlassen, wird mir klar, dass ich ordentlich einen im Tee habe.

Als ich inhalieren will, kommt Tom, gerade noch rechtzeitig genug, um mir die psychotrope Substanz aus den Fingern zu reißen.

»Ihr zwei verschwindet«, schreit er. Rot und Grün tun, wie ihnen geheißen.

»Hey! Entspann dich«, sage ich in bester Kiffermanier.

Toms Gesichtsausdruck ist die Definition von oberlehrerhaft.

»Wann hast du das letzte Mal Gras geraucht, Nick?«

Ich zucke die Schultern. »Keine Ahnung, vor fünf Jahren.«

»Dann bist du schlecht gerüstet für die Partydrogen der neuen Generation.«

»Kann ich wenigstens ein bisschen Gin kriegen?«

Er schimpft mich aus wie einen ungezogenen Hund.

»Nein. Du weißt doch, wie Gin bei dir wirkt.«

Es ist leicht, den Gastgeber einer Party abzuschütteln, und etwa fünf Minuten nachdem ich den Gin gefunden habe, finde ich neue Freunde – eine Gruppe Politikinteressierter, die vor dem Fernseher sitzt. Ich kenne keinen von ihnen, deshalb betrachte ich es als sicher, mich zu ihnen zu setzen. Ich tue dies mit einem schlichten Kopfnicken.

Das Nicken wird erwidert, und ich setze mich zwischen einen Typ mit Radiohead-Shirt, der aussieht wie ein junger Steve Buscemi, und ein Mädchen mit walisischem Akzent, das sich optisch offenbar an Lena Dunham orientiert.

»Großartig, oder?«

Meine Gesprächseröffnung wird vorsichtig lächelnd und mit großem britischem Unbehagen aufgenommen.

»Ich meine, dieser Typ.« Ich zeige auf den Bildschirm, auf dem Obama mit amerikanischen Wählern diskutiert. »Der ist doch unglaublich.«

Die walisische Lena versucht mir beizuspringen.

»Er hat wirklich einiges erreicht in den vier kurzen Jahren.«

Mini-Buscemi mischt sich ein. »Stellt euch vor, wie viel mehr er hätte erreichen können, wenn die Republikaner ihn nicht ständig ausgebremst hätten.«

Ich schlage ihm plump vertraulich aufs Bein und setze seiner Entrüstung noch eins drauf.

»Gott, du hast recht. Diese Wichser. Warum können die ihn nicht einfach in Ruhe lassen? Stecken überall ihre Nase rein. Machen alles kaputt.«

Mein nüchternes Ich wüsste, dass mein Überschwang zu viel des Guten ist, mein betrunkenes Ich hält mich für einen Knaller.

»Haltet mir meinen Platz frei«, sage ich zu meinen neuen Freunden. »Ich muss nur kurz was erledigen.«

Ich schwöre zu Gott, ich weiß, dass Richard der Letzte ist, dem ich schreiben sollte. Ich habe nur gerade alte Nachrichten von Ellie gelesen und bin bei einer gelandet, in der die Nummer ihres Vaters steht. Ich kann mich nicht mal erinnern, warum Ellie mir die geschickt hat. Ich glaube, ihr Telefon war alle und sie wollte in Kontakt bleiben. Uneingeschränkter Zugang zu meinem Handy ist in meinem gegenwärtigen Zustand ein großer Fehler. Vergesst Fingerabdruckerkennung. Das nächste iPhone sollte einen Promillemesser haben.

Sechs Nachrichten sind schon verschickt, und ich bin gerade bei der siebten, als Tom und Seb zusammen um die Ecke kommen. Dass ich meine wütenden Nachrichten an Ellies Vater statt Ellie schicke, sollte mir was sagen. Aber in meinem Zustand komme ich nicht drauf, was.

Als Erstes reagiert Seb und nimmt mir das Handy weg. Unmittelbar gefolgt von Tom, der mir den Drink aus der Hand reißt und daran schnüffelt, um den Alkoholgehalt zu prüfen.

»Das ist Gin! Ich habe dich vor Gin gewarnt! Du verträgst keinen Gin, Nick.«

»Aber ich fühle mich dann wie in *1984*«, lalle ich.

»Was soll daran gut sein?«

»Wem hast du geschrieben, Nick?«, fragt Seb, ein Versuch, das Gespräch in eine andere Richtung zu lenken und den Schaden zu begrenzen, den ich angerichtet habe.

»Ist doch egal, oder? Ich habe sie abgeschickt. Zu spät, mein Freund. Angeschmiert.«

Ich schnappe mir mein Handy und mache, dass ich wegkomme.

Im Haus, im warmen Schein des Fernsehers und David Dimblebys, geselle ich mich wieder zu der walisischen Lena Dunham und dem jungen Steve Buscemi. Mein Wiederauftauchen wird nicht mit der erhofften Begeisterung aufgenommen, und die Ginflasche in meiner Hand wird kritisch beäugt.

»Wo waren wir stehen geblieben?«

Schweigen.

»Irgendjemand Gin?«

Ich biete die Flasche an, und sie wird höflich abgelehnt.

»Jetzt weiß ich's wieder. Wir haben darüber geredet, dass die Republikaner totale Arschlöcher sind. Erinnert ihr euch an 2008?«

Sie nicken höflich.

»Gott, das war unglaublich, oder? Diese Hoffnung. Diese Möglichkeiten.«

Ich trinke aus der Flasche, das Glas, das ich eben noch hatte, ist irgendwie verschwunden.

»Damals war er noch so jung. Sein ganzes Leben lag noch vor ihm. So etwas Großes lag vor ihm. So etwas Unglaubliches.«

Lena und der junge Steve sehen mich jetzt mit einem veränderten Blick an. Aus Verärgerung und Unbehagen ist Sorge und Mitgefühl geworden.

»Alles okay?«

»Mir geht es gut. Alles ist gut. Er braucht nur eine zweite Chance, nicht wahr? Um alles in Ordnung zu bringen. Um sein Versprechen einzulösen.« Ich nehme noch einen Schluck und hinterlasse Rotz und Tränen am Flaschenrand.

»Gin?«, frage ich erneut.

»Nein, schon gut, Kumpel.«

Lena winkt jemanden rüber. Aus dem Augenwinkel sehe ich Tom und Seb auf mich zukommen.

»Gib uns die Flasche, Nick.«

Ich mache eine Riesenshow daraus, aufzustehen und meinen rechten Arm auszustrecken, um sie aufzuhalten. Ich führe den linken Arm mit der Flasche zum Mund. Gebt mir ein bisschen Besinnungslosigkeit.

Bis es ihnen gelingt, mir den Alkohol abzunehmen, ist nur noch ein Spuckschluck übrig.

Das vertraute Gefühl nachgebenden Bodens ergreift von

mir Besitz. Wände und Decke greifen nicht mehr ineinander. Ich höre den nächsten Satz aus meinem Mund, bevor ich ihn gesagt habe. Bevor alles schwarz wird.

»Ich habe einen Fehler gemacht.«

36

5. November 2008 – 04:21 GMT
Obama 273
McCain 141
Barack Hussein Obama voraussichtlich Wahlgewinner

Die Fernsehkamera schwenkte auf Sarah Palin, und die Partygäste buhten, als wären sie im Kasperletheater. Der Hipster mit Wollmütze (drinnen, bei laufender Heizung, meine ich) sagte: »Eine Schande, dass ausgerechnet sie die erste weibliche Vizepräsidentschaftskandidatin sein musste«, und Tom wäre fast explodiert angesichts der Fehlinformation und jagte ihn durchs ganze Haus, wobei er ununterbrochen »Geraldine Ferraro« skandierte, als wäre er Al Pacino in *Hundstage.*

Dave, mein Kollege von der Arbeit, dem ich den ganzen Abend noch nicht begegnet war, weil ich meine Zeit mit The Most Amazing Woman in the World™ verbracht hatte, stand neben mir.

»Wer ist das?«, fragte er, ohne einen Hauch Ironie.

Ich fragte mich, wie ausführlich meine Antwort ausfallen sollte, da ich a) wusste, wie wenig der von mir übermittelten Informationen er behalten würde, und b) zu sehr damit beschäftigt war, nach Ellie Ausschau zu halten. Hatte sie ihre Meinung geändert und war dem Muskelprotz nachgelaufen? War sie von einem Krokodil entführt worden? Hatte sie beschlossen, dass diese Nacht, so wie sie war, perfekt war, und ließ mich deshalb sitzen?

Nee. Nur ein Idiot würde sich so etwas ausdenken.

»Das ist Sarah Palin«, sagte ich.

Über seinem Kopf ging eine Glühbirne an, und kurz glaubte ich, Daves Kenntnisse in Sachen Zeitgeschehen unterschätzt zu haben.

»Ach ja, natürlich. *Nailin' Pailin*«, sagte er und bezog sich auf einen aktuellen und leidlich gut gemachten Porno. »Hast du den gesehen? *Nailin' Pailin*?«, fragte er.

Als ich gerade wahrheitsgemäß antworten wollte, tauchte Ellie plötzlich neben mir auf.

»Hast du, Nick?«, fragte sie breit grinsend und wimpernklimpernd.

Ich schluckte, scharrte mit den Füßen und gab undeutliche Laute von mir, die jede Deutung zuließen, bis sie mich endlich vom Haken ließ, indem sie sagte: »Ich ja. Die Ähnlichkeit ist frappierend.«

Versuch's nur weiter, Ellie. Ich habe mich entschieden. *Got My Mind Made Up*. Wie 2Pac.

Verdammt, ich bleib cool.

»So, genug von satirischen Schmuddelfilmen. Ich habe mich gerade mit meiner Freundin unterhalten« – sie zeigte auf eine stylishe Zwanzigjährige mit wuscheliger Achtziger-Jahre-Frisur –, »und sie sagt, im Prince Charles läuft am Sonntag *Cinema Paradiso*.«

Ich erinnere mich deutlich, wie sie beim nächsten Satz nach jedem zweiten Wort kleine Pausen ließ.

»Willst du … mit mir … reingehen?«

Denk an den Plan, Nick. Denk an deinen Plan der einen perfekten Nacht.

»Ähhh«, sagte ich.

»Ähhh« war nicht die Antwort, die sie erwartet hatte.

»Tut mir leid«, unterbrach sie mich hastig. »Das war wahrscheinlich zu direkt. Vergiss es. War nicht so gemeint.«

Die Situation war so peinlich, dass selbst Dave mitbekam, was los war.

Aber was war eigentlich los?

Ich konnte ihre Einladung ja schlecht annehmen. Ich meine, ich war schon irgendwie ein Arschloch, wenn ich einfach verschwand, aber ich war ein noch viel größeres Arschloch, wenn ich mich mit ihr verabredete und sie dann versetzte. Aber dieses »Ähhh«. Dieses »Ähhh« war einfach brutal.

»Nein, ich meine, das klingt auf jeden Fall nach etwas, das ich tun könnte. Möchte. Aber ich muss nachsehen, ob ich arbeite. Als Erstes.«

»Tust du nicht«, meldete Dave sich zu Wort.

»Wie bitte?«, fragte ich.

»Du arbeitest nicht. Lizzie übernimmt Sonntag früh und ich spät.«

Ich sah, wie Ellie neue Hoffnung schöpfte, und hätte Dave am liebsten eine gescheuert, weil er mich zwang, sie erneut zunichte zu machen.«

»Also, Sonntag?«, fragte sie.

»Kann ich dir Bescheid sagen? Ich hab das Gefühl, dass ich irgendwas vergessen habe.« Ich war ungefähr so überzeugend wie Heather Grahams Cockney-Akzent in *From Hell*.

»Klar«, sagte sie, bemüht locker. »Ich geh kurz eine rauchen. Kannst ja mitkommen. Oder nicht. Wie du willst.«

Ich hielt in einer peinlichen Geste beide Daumen hoch, als sie durch die Küchentür verschwand. Dave starrte mich an.

»Alter. Was tust du?«

Halt die Klappe, Dave, dachte ich bei mir. Ich habe einen Plan. Einen Plan, um mich selbst zu schützen. Einen Plan, damit alles perfekt läuft. Es ist ein perfekter Plan.

37

Im Krankenhaus reagieren zwei Schwestern und ein Arzt verwundert, als ich nach dem Weg zur Entbindungsstation frage. Ich weiß, dass ich nicht blute, weil ich die ganze Zeit meine Wange mit der Hand abtupfe, aber ihrer Reaktion entnehme ich, dass der Bluterguss um mein Auge geschwollen ist, und ich frage mich, ob sie denken, ich hätte eine Gehirnerschütterung.

Ich erinnere mich nicht daran, mit dem Gesicht auf den Couchtisch gefallen zu sein, und ich erinnere mich schon gar nicht daran, bewusstlos auf dem Boden von Toms Wohnzimmer gelegen zu haben. Woran ich mich allerdings erinnere, ist, dass ich mit einer Packung tiefgefrorener Erbsen auf dem Gesicht wieder zu mir kam.

Ich fühle mich furchtbar. Und nicht nur, weil der Alkohol noch in meinem Magen schwappt und mein Kopf vom Zusammenstoß mit Toms IKEA-Tisch pocht. Ich fühle mich furchtbar, weil ich, als ich nüchtern genug war, um auf mein Handy zu sehen, fünf verpasste Anrufe von Andrew und sechs von Gabby hatte.

Gabby hat um genau 23:21 Uhr Wehen bekommen, und weniger als drei Stunden später wurde Freddie Dylan Marcet geboren. Natürlich trägt das Baby ihren Nachnamen. Es grenzt an ein Wunder, dass Andrew seinen nach der Hochzeit nicht ändern musste.

Mutter und Kind seien wohlauf, informierte Andrew mich, aber sie sollten trotzdem die Nacht über im Krankenhaus bleiben. Ich sei eingeladen, sie, wann immer ich wollte, zu besuchen. Ich entschied mich für sofort.

»Hübsches Veilchen«, sagt die Frau am Empfang. »Sind Sie sicher, dass Sie hier richtig sind?«

»Ziemlich sicher«, erwidere ich. »Gabby Marcet?«

Die Rezeptionistin zieht die Augenbrauen hoch.

»Hat sie ihnen das verpasst?«

»Nein, sie ist meine Schwester.«

»Es ist nur, na ja, sie hat ein ganz schön loses Mundwerk, nicht?«

Ich nicke mitfühlend und grinse bei dem Gedanken, dass Gabby laut genug flucht, um die Komapatienten im oberen Stockwerk aufzuwecken.

»Den Gang runter, erstes Zimmer rechts, letztes Bett links.«

Obwohl sie und Andrew lächerlich reich sind, will Gabby sich nicht privat versichern. Sogar während ihrer vergeblichen Versuche, schwanger zu werden, setzte sie ihr ganzes Vertrauen in die gesetzliche Krankenkasse und sagte immer wieder: »Warum sollte ich etwas kriegen, das andere sich nicht leisten können?«

Ich teile ihre Prinzipien zwar, aber würde ich das auch, wenn ich Geld hätte? Wer weiß?

Ich finde das Zimmer, und da sind sie, am Fenster. Ich sehe ein Bild, das ich ganz sicher nie vergessen werde, solange mein Hirn noch nicht Mus ist. Die perfekte Kleinfamilie, aneinandergeschmiegt auf dem Bett. Gabby, Andrew und Freddie, nehme ich an. Nehme ich an, weil es aus dieser Entfernung ebenso gut ein um andere Handtücher gewickeltes Handtuch sein könnte. Aber wie sie dieses Ding ansehen.

Absolute und bedingungslose Hingabe.

Und dann sehen sie einander an. Und ich kapier's. Endlich kapier ich's. Nach all den Jahren.

Ich will den Moment nicht verderben, deshalb bleibe ich stehen und sehe eine Weile nur zu, bis eine übellaunige Hebamme mit Kegel-Figur mich ins Zimmer schubst.

»Hast du zu Hause Säcke vor den Türen?«, sagt sie unerklärlicherweise, als sie mich im Vorbeigehen anrempelt. Ich frage mich, ob es zwischen ihr und Gabby gekracht hat, als die jungen Eltern endlich von ihrem Erstgeborenen aufblicken und mich zu sich winken.

»Hey«, sage ich im Flüsterton.

»Hey«, antworten beide wie ein Echo.

»Herrje, was ist mit deinem Gesicht passiert?«, fragt Gabby und hält die Lautstärke noch immer auf einem schicklichen Niveau.

»Solltest wir den anderen sehen?«, versucht Andrew es. Gott, er versucht es wirklich.

»Der war nicht schlecht. Aber wie geht es dem hier? Hey, Freddie, ich bin dein Onkel Knick-Knack.«

Seine Augen sind fest geschlossen, und seine kleinen Affenhände sind zu Fäusten geballt. Es ist ein Jammer, aber die sentimentale Gabby, die ich von der Tür aus gesehen habe, ist schon wieder verschwunden. Ich frage mich, welche Version Andrew zu sehen kriegt, wenn sie allein sind.

»Hol uns zwei Kaffee«, befiehlt sie ihm, und er steht sofort still und sagt unsere Präferenzen auf.

Gabby rutscht im Bett hoch, zieht ein kleines Plastikbettchen auf Rädern heran und legt Freddie rein, als würde sie für ein Remake von *The Hurt Locker* vorsprechen.

Sie sieht sich meine Verletzung genauer an und zuckt zusammen. »Was zum Teufel ist passiert?«

»Hatte ein Date mit einem netten Mädchen. Bin mit ihr auf eine Party gegangen, auf die ich nicht hätte sollen. Hab mich so betrunken, dass ich umgekippt bin. Wurde von einem freundlichen Tisch aufgefangen. Und dein Abend so?«

»Gegen sieben kam so ein schwarzer Scheiß aus meiner Muschi, was das Schlimmste ist, was passieren kann, weil das bedeutet, dass das Baby sich in mir drin vollgeschissen hat, was eigentlich nicht sein darf. Bin ins Auto. Bin hergefahren. Na ja, erst ist Andrew gefahren, aber er hat sich wie ein Schlappschwanz angestellt und auf rote Ampeln und Fußgänger Rücksicht genommen, deshalb hab ich übernommen.«

»Vin Diesel ist nichts gegen dich.«

Sie macht eine kleine Verbeugung und zuckt zusammen.

»Was sich als genau richtig herausgestellt hat, weil Klein Freddie praktisch sofort rausgeflutscht ist, als wir hier waren.«

»Ich würde sagen, dann hattest du den besseren Abend.«

Sie sieht zu ihrem schlafenden Engel und lächelt.

»Ja.« Das Lächeln verschwindet, und sie sieht mich voller Verachtung an. »Mann, du bist echt ein Schwachkopf.«

Die plötzliche Wendung verwirrt mich ein wenig, aber ich denke mir, dass es etwas mit der Schwangerschaft zu tun haben muss, das ich nicht verstehe.

»Warum hast du neulich einfach aufgelegt?«

»Darum. Weil ich sauer war, dass Ellie dich angerufen hat. Warum hat sie dich angerufen?«, frage ich, denn das will ich sie schon seit zehn Tagen fragen.

»Weil sie verdammt wundervoll ist und nett; sie wusste, dass mein Stichtag bald ist, und sie wollte mir Glück wünschen.«

Stimmt ja. Zwei Frauen können sich unterhalten, ohne dass es dabei um einen Mann geht. Es geht nicht immer nur um mich. Trotzdem reagiere ich ein bisschen gereizt. »Vielleicht hättest du lieber mit ihr ein Kind bekommen sollen.«

»Statt mit dem langweiligen Andrew, meinst du? Ich weiß, was du von ihm denkst«, sagt sie.

Zum x-ten Mal in dieser Nacht lasse ich beschämt den Kopf hängen.

»Von ihm dachte«, gestehe ich. »Ich habe es gesehen, als ich reingekommen bin. Was du ihm bedeutest. Was er dir bedeutet. Tut mir leid, dass ich ihm das Leben so schwer gemacht habe.«

»Muss es nicht. Du würdest ihm das Leben nicht schwer machen, wenn ich es nicht täte. Und er würde es sich nicht gefallen lassen, wenn es ihm nicht gefallen würde. Die Menschen sind einfach gestrickt.«

Sie neigt den Kopf. Die Verachtung von eben gehört schon der Vergangenheit an und wird durch Neugier ersetzt.

»Kann ich dich was fragen?«, sagt sie und neigt den Kopf zur anderen Seite.

Ich nicke.

»Magst du es eigentlich, unglücklich zu sein?«

Es dauert eine Weile, aber ich lasse ein schwaches »Nein« vernehmen.

Vielleicht ist das nicht die Frage, die ich mir selbst stellen muss, aber sie ist verdammt nah dran.

Ich frage: »Als ich sie zum Flughafen gebracht habe, hat Ellie gemeint, ich hätte einen Zusammenbruch gehabt. Hatte ich doch nicht, oder?«

»Irgendwie schon.« Trotz des Flüstertons lullt mich die Weichheit in Gabbys Stimme ein. »Aber jeder bricht mal zusammen. Jeder, von Zeit zu Zeit. Wenn man alles neu überdenkt. Was einem etwas bedeutet. Was wichtig ist. Es war so verdammt schade, dass so kurz danach alles den Bach runtergegangen ist.«

»Ich denke immer noch nicht, dass es ein Zusammenbruch war«, widerspreche ich.

»Was hast du im April gemacht?«

»Keine Ahnung.« Ich zermartere mir das Hirn, um herauszufinden, worauf sie hinauswill. »Ich habe ein bisschen gearbeitet. Nichts Besonderes.«

»Und was hast du im April davor gemacht und im April davor und im ersten April, den du mit Ellie zusammen warst?«

Die Erkenntnis kommt schlagartig und schmerzt.

»Oh, verdammt.«

Ich hatte die Aufnahmen für Lucas total vergessen. Unser jährliches Ritual. Mein Versprechen, die Kamera rauszuholen. Die Wohnung zu verlassen. Um Ellie ihre Nachrichten für ihren Bruder aufnehmen zu lassen, damit sie sich besser fühlte.

»Warum hat sie nichts gesagt?«

»Wie denn? ›Hey, Nick, erinnerst du dich noch an diese herzzerreißende Geste für mich? Tja, dieses Jahr hast du sie vergessen.‹ Sie wollte nicht, dass du dich schlecht fühlst.«

Natürlich nicht.

»Wie ich am Telefon gesagt habe, irgendwas in dir ist Anfang des Jahres ausgeknipst worden. Du warst mit Ellie bei uns, das war so im März, und irgendetwas fehlte. Etwas hatte sich verändert. Du warst innerlich kollabiert. Wie ein …«

»Wie ein sterbender Stern?«

»Wie ein blöder Wichser. Ich weiß, du hattest es in letzter Zeit nicht leicht. Du hast deinen Job geliebt, und es war auch für mich ein Schock, als unsere Eltern beschlossen haben, sich ans andere Ende der Welt zu verpissen. Vor allem jetzt, wo ich diesen« – sie zeigt auf ihr herzallerliebstes schlafendes Kind – »Scheißparasiten irgendwie durchbringen muss. Aber du hast schon vorher abgeschaltet. Ich weiß nur nicht, wieso.«

Ich würde ihr gern sagen, dass es andere Faktoren gab, äußere Einflüsse, aber ich weiß, jetzt ist nicht der richtige Zeitpunkt. Doch auch wenn man die mildernden Umstände geltend macht, hat sie recht. Ich mag, wie sehr sie recht hat. Ich weiß nicht, warum ich mich bisher nie darauf verlassen habe.

»Ellie hat mir erzählt, dass sie dich nach Amerika eingeladen hat.«

»Sie hat's nicht so gemeint …«

»Herrgott, Nick!« Bei der plötzlich erhobenen Stimme zuckt Freddie, doch er beruhigt sich wieder, sodass seine Mutter ihren Sarkasmus dick auftragen kann. »Natürlich, sie wollte dich nur auf die Probe stellen. Dir einen Streich spielen. Und wenn du dann mit gepackten Koffern am Flughafen angekommen wärst, hätte sie dir ins Gesicht gelacht.« Sarkasmus Ende.

»Möglich.«

Bei Gabbys vernichtendem Blick bekomme ich Angst um ihren Sohn.

»Tja, du scheinst ja sowieso drüber weg zu sein. Mit deinem Date und so.«

Von Lizzie habe ich Gabby nichts erzählt, sie muss also Mia meinen.

»Hast du sie einfühlsam abserviert?«

Da ich vergessen habe, Gabby und Freddie ein Geschenk mitzubringen, beschließe ich, es mit der Geschichte wiedergutzumachen.

»Ich wollte durchs Toilettenfenster des Restaurants flüchten. Aber ich bin stecken geblieben, und das Personal musste mich befreien.«

Ein Lächeln legt sich über Gabbys Gesicht. Gefolgt von einem Kichern. Dann ein herzhaftes Lachen, ein Prusten, schallendes Gelächter. Sie findet so eine Freude an meinem Leiden, dass sie nicht nur Freddie, sondern auch ein paar andere Babys auf der Station aufweckt. Die bösen Blicke der anderen Mütter werden erwidert, während Gabby Freddie hochnimmt und an ihre Brust legt. Er hüpft auf und ab, während sie immer noch lacht.

»Das war ganz und gar nicht lustig.« Ich grinse über ihr Grinsen. »Lass mich raten, die Geschichte ist das Highlight deines Tages?«

Endlich beruhigt sie sich, wischt eine Träne weg und sagt: »Kann gut sein.«

Ich vergewissere mich, dass Gabby sieht, wie ich Freddie ansehe.

»Hast du das gehört, Freddie? Kaum zwei Stunden alt, und schon stellt sie meine Misere über dein Glück. Sie wird eine furchtbare Mutter sein.«

Gabby hilft Freddie mit einer Hand, sein Essen zu finden, mit der anderen hält sie meine.

»Du packst das schon«, sagt sie.

»Ich hab dich lieb«, sage ich.

»Ich weiß.«

Bevor ich das Krankenhaus verlasse, suche ich mir vor der Station einen Sitzplatz und trinke den Kaffee, den Andrew mir besorgt hat. Im Fernsehen hält Obama seine Siegesrede. Er ist unwahrscheinlich gealtert in diesen vier Jahren, die grauen Flecken in seinem Haar, das lange Gesicht noch länger. Er spricht von einer hoffnungsvollen Zukunft, dem Versprechen der Staatsgründung, davon, dass die Menschen nicht so zynisch sind, wie die Medien sie glauben machen wollen. Er sagt, dass Amerika mehr ist als »die Summe unseres individuellen Ehrgeizes ... mehr als eine Ansammlung roter und blauer Staaten«.

Es ist eine beeindruckende Rede. Noch besser als die letzte sogar, aber letztes Mal war es leichter, ihm zu glauben. So viel ist zwischen Obama '08 und Obama '12 passiert.

Als britischer Außenstehender sehe ich so viel Wut. Von beiden Seiten. Wütende Comedians wüten darüber, wie unfair und wütend die wütenden Kommentatoren sind. Und wütende Kommentatoren wüten darüber, wie wütend und unfair die wütenden Comedians sind.

Bei so viel bösem Blut, wie wollen sie da »diese Zukunft gemeinsam gestalten«? Hoffnung und Wandel scheinen eine ferne Erinnerung. Und um Dylan falsch zu zitieren: *I was so much younger then. I'm older than that now.*

Aber mit dem Alter kommt Weisheit, oder?

Gabbys Diagnose, dass ich Anfang des Jahres meinen Laden dichtgemacht habe, löst eine Lawine von Schuldzuweisungen und ausgefilterten Erinnerungen aus.

Ich habe der Liste mit *Gründen, warum wir nicht mehr zusammen sind* nichts mehr hinzugefügt, seit Ellie vor sechs Wochen weggeflogen ist.

Ich überlege, wie ich es am ehrlichsten formulieren kann.

Nr. 5 ICH HABE DICHTGEMACHT.

Wie in einer Art Beziehungsnarkolepsie habe ich meine Gefühle abgeschaltet und bin im Leerlauf gefahren. Ich habe nicht zugehört, als sie mir erklärt hat, dass sie unglücklich ist. Ich habe mir keine Mühe gegeben, als es nötig gewesen wäre. Und ich habe die verdammten Videoaufnahmen vergessen, die ihr so viel bedeuteten. Ich kann nicht genau sagen, wann genau die anderen Punkte auf der Liste griffen, wann sie anfingen, an unserer gemeinsamen Zukunft zu nagen.

Aber an diesen Moment, den Auslöser fürs große Abschalten, an den erinnere ich mich.

Und so bin ich endlich bereit, unsere Geschichte zu erzählen. Wahrheitsgemäß.

VIERTE UNTERBRECHUNG

Das Mädchen wusste, dass Veränderungen zum Leben gehören. Der Junge fürchtete sie mit jeder Faser seines Seins. Dass er sich dem Lauf der Dinge nicht beugen wollte, führte unweigerlich dazu, dass er irgendwann daran zerbrach, was dann mehr Veränderung mit sich brachte, als er verkraftete.

Die Nachricht, dass Ellies Eltern sich nach drei Jahrzehnten Ehe trennten, traf alle, die sie kannten, aus heiterem Himmel. Ganz besonders Ellie. Sie ließ das Essen, bei dem sie ihre Trennung bekannt gegeben hatten, Revue passieren, als sie wieder zu Hause war.

»Ich habe mich gefühlt, als wäre ich zwölf. So was passiert dir normalerweise in der Kindheit. Nicht mit einunddreißig.«

Sie fand klare Worte, sprach jedoch leidenschaftslos. Als würde sie die Handlung eines Buchs nacherzählen, das sie gerade las. Viel »dann hat er gesagt« und »dann hat sie gesagt«. Außerdem blinzelte sie dauernd, als würde sie immer noch versuchen, es zu verstehen.

»Ich habe fast mit einem ›Es-ist-nicht-deine-Schuld‹-Vortrag gerechnet, aber zum Glück ging es nur um ihre Eltern. Darum, wie unglücklich sie jetzt schon seit einer Weile waren. Darüber, dass sie beide in einem Alter waren, in dem sie mehr wollen, als der andere bieten kann.«

Sie hörte auf zu reden, und Nick überlegte krampfhaft, was ihr in dieser Situation am besten helfen würde. Er entschied sich dafür, sie in ihrer Erschütterung zu bestätigen.

»Ich fass es nicht«, sagte er. »Ich dachte, sie ziehen es durch. Stell dir vor, das Leben wäre ein Computerspiel, dann hatten sie das Ehe-Level fast durch. Warum ausgerechnet jetzt abbrechen?«

Er war nicht sicher, ob Ellie zuhörte, ob sie seine Weisheiten begriff. Weil er es nicht zu weit treiben wollte, bot er ihr stattdessen Tee an.

»Nein, danke. Mir wird es auch so schon schwer genug fallen, zu schlafen.«

Sie küsste ihn auf die Wange.

»Danke fürs Zuhören, Nick. Tut mir leid, dass es so spät geworden ist.«

In jener Nacht hielt sie ihn fester umarmt als sonst.

In der darauffolgenden Woche war Ellies Mutter Margaret in London, um sich mit einer Freundin zu treffen, die sie als »Leidens- und Scheidungsgenossin« bezeichnete, obwohl Richard und sie erst sieben Tage in ihrem Trennungskalender abgehakt hatten.

Ellie hatte ihr angeboten, bei ihnen zu übernachten, und bekam ein »Wenn ich in der Stadt niemanden finde, mit dem ich es treiben kann!« zurück. Ein Satz, den keine Tochter von einem Elternteil hören will.

Zum Glück war Margaret um Mitternacht gesund und munter zurück, allerdings mehr als nur ein bisschen angeschickert. Ellie war im Bad, deshalb ging Nick die Tür aufmachen, als es klingelte. Er wurde mit einer Umarmung begrüßt, einem doppelten Wangenkuss und einem eigentümlichen Geruch aus Wermut und zu viel Parfüm.

»Hi, Margaret, wie geht es dir?«, fragte er.

Sie hängte ihren Mantel und ihre Tasche auf, als würde sie seit Jahren bei ihnen wohnen und ging voran, den Flur entlang.

»Nenn mich doch Mags, Nick. Ich liebe es, wenn du mich Mags nennst.«

»Okay, Mags, kann ich dir etwas zu trinken anbieten?«

»Habt ihr Wermut?«

In diesem Moment kam Ellie dazu und warf Nick einen Blick zu, der besagte: »Bitte wähle deine Worte sorgfältiger, wenn du meiner Mutter etwas zu trinken anbietest.«

»Nein, Mum, wir haben keinen Wermut. Aber ich glaube, ein Kaffee würde dir jetzt guttun.«

Nick nickte und ließ die beiden allein, obwohl die Wohnung so gebaut war, dass er ihr ganzes Gespräch mitanhören konnte.

»Ach, Ellie, ich fühle mich so frei.«

Margaret drehte eine anmutige Pirouette, um das Wort »frei« zu unterstreichen, und ließ sich auf das Sofa sinken.

»Ich vermute, du fühlst dich auch ziemlich betrunken«, erwiderte Ellie.

»Sei nicht so ein Spielverderber, Ellie. Es ist gut für uns beide. Für uns alle. Dein Vater ist ein guter Mann, aber er ist nicht mehr der Mann, den ich geheiratet habe. Mach's gut, alte Büx!« Sie kicherte laut.

»Nenn ihn nicht so!«

»Nein, ich meine das wörtlich. Ich muss nie wieder seine Altherrenunterhosen sehen.«

Ellie musterte sie nüchtern. Es war verstörend, jemanden abstürzen zu sehen, der dreißig Jahre älter war als man selbst.

Nick ließ sich mit dem Kaffee Zeit, denn er wusste, sobald er das Wohnzimmer wieder betrat, würde er in die Diskussion reingezogen und musste Meinungen äußern und Partei ergreifen. Er konnte sich ausrechnen, dass er nie im Leben heil aus der Sache rauskommen würde.

Allein mit ihrer Mutter, versuchte Ellie, ihr Antworten auf die Frage zu entlocken, die sie noch immer umtrieb. Warum, nach allem, was sie durchgemacht hatten? Warum jetzt?

»Willst du damit sagen, ihr würdet zusammenbleiben, wenn Dad sich neue Unterwäsche kauft? Nick würde bestimmt mit ihm einkaufen gehen.«

»Du redest, als wäre das Ganze meine Idee gewesen, Ellie. So war es nicht. Es war gegenseitiges Einvernehmen. Gegenseitige Langeweile.«

Diese Worte schmerzten Ellie, und Nick, der sie durch die Wand hörte, wusste, dass sie seine Unterstützung brauchte. Er entschied sich, so zu tun, als wüsste er nicht, wie Margaret ihren Kaffee trank, um einen Vorwand für seinen Auftritt zu haben.

»Milch? Zucker?«

Er betete, dass er kein kokettes »schön süß, Nick« abbekommen würde, doch bevor Margaret antworten konnte, blaffte Ellie: »Schwarz!« und fügte der Bestellung ein großes Wasser hinzu, und zwar so, dass Nick es für das Beste hielt, sich wieder in die sichere Küche zurückzuziehen.

»Ich habe das Gefühl, dass unser Job jetzt erledigt ist«, fuhr Margaret fort. »Wir haben dich großgezogen. Du bist jetzt erwachsen.«

»Dann ist also alles meine Schuld? Ihr trennt euch, weil ich erwachsen geworden bin?«, maulte Ellie, als wollte sie das Argument widerlegen.

»Nein. Nein, du drehst mir die Worte im Mund herum.«

Margaret senkte die Stimme. Zumindest für eine Sekunde, so wie Betrunkene, die sofort wieder vergessen haben, warum sie eigentlich flüstern, und umgehend zur vorherigen Lautstärke zurückkehren.

»Du weißt nicht, wie das ist, mein Schatz.«

»Dann sag es mir, Mum.«

»Nick ist … Nick tut dir so gut, Ellie. Kann ich nicht auch jemanden haben, der mich so ansieht, wie er dich?«

Ihre Stimme trug, und Nick dachte: »Warum werde ich da

mit reingezogen? Ich bin extra in die Küche gegangen. Der Freund deiner Tochter sollte kein Grund sein, deinen Mann zu verlassen. Und bitte sag mir, dass du so etwas nicht zu Richard gesagt hast. Er hasst mich sowieso schon.«

Ellie reagierte aggressiv: »Glaubst du, nach mehr als dreißig Jahren Ehe werden mich Nicks alte Unterhosen nicht stören?«

Nick machte sich auf dem Handy eine Notiz. *Neue Unterhosen kaufen.* Und *neueste Unterhosentrends googeln. Unbedingt immer mit der Zeit gehen.*

Während er über seine Unterhosen nachdachte, konnte er hören, wie Margaret versuchte, die Phonzahl erneut zu senken, diesmal mit so durchschlagender Wirkung, dass er sich anstrengen musste, sie zu verstehen.

»Du warst schlau«, sagte sie. Und Nick dachte, wie schön es ist, wenn stolze Eltern ihre Kinder loben.

Jedenfalls bis sie ihren Gedanken zu Ende gebracht hatte.

»Du warst so schlau, Ellie. Mit Nick. So schlau. Du wolltest nicht ... hoch hinaus.«

Die Worte schmetterten ihn nieder.

»Mum!« Trotz des Flüstertons lag Wut in Ellies Stimme.

»Er kann uns nicht hören. Schon gut. Aber das bist du. Das bist du. So schlau. Du hättest jeden haben können. Aber du hast ihn gewählt, weil du weißt, dass er dich immer vergöttern wird.«

»Mum, im Ernst.«

Es gibt Zeiten, da kann man so etwas überstehen, weil man sich sagt: »Das ist der Alkohol, der da spricht.« Aber das funktioniert nur, solange man den Spruch verdrängt, dass Kinder und Betrunkene immer die Wahrheit sagen.

Die Wohnung war jetzt in Schweigen getaucht.

Nick wartete, bis das Gespräch erneut in Gang kam, bevor er Margaret ihre Getränke brachte. Er wusste, wenn er zu früh hineinging, würde das hilflose Schweigen zum Thema werden, sobald er und Ellie allein waren. Wenn sein Timing nicht stimmte, würde er über das, was er gehört hatte, lügen müssen.

»Ein Kaffee, schwarz. Und ein großes Wasser.«

Sie sprachen über London und die Arbeit und alles, was ihnen sonst noch einfiel und unverfänglich war, bis die Getränke getrunken waren. Dann begleitete Ellie Margaret ins Schlafzimmer. Als sie zurückkam, überließ Nick ihr das Sofa und machte es sich auf dem Fußboden bequem.

Sie hielt von oben seine Hand.

»Wie viel hast du gehört?«

»Nur, dass deine Mutter gesagt hat, wie toll ich bin«, log er, wie er es vorausgeahnt hatte. »Dass sie wünscht, jemand würde sie so ansehen, wie ich dich ansehe. Obwohl es nett war, das zu hören, hat mich das unglaublich traurig gemacht.«

Ellie schwieg.

»Warum? Hat sie noch etwas gesagt?«

»Nein«, log Ellie zurück. Obwohl man ihre Lüge wohl eher eine Notlüge nennen konnte. »Nichts von Bedeutung. Nur besoffenes Gefasel.«

»Alles okay?«

»Nein.«

»Kann ich etwas tun?«

»Du kannst hier raufkommen und mich in den Arm nehmen.«

Er tat, worum er gebeten wurde.

»Alles wird gut«, flüsterte er. »Mit der Zeit.«

Am Morgen ging Ellie zur Arbeit, bevor Margaret wach war, sodass Nick die undankbare Aufgabe hatte, sich um eine Schwiegermutter zu kümmern, die von einem Kater und Gewissensbissen geplagt wurde.

Er überlegte, sich einen Vorwand einfallen zu lassen, um sich zu verdrücken, vielleicht einen Notfall bei der Arbeit. Doch zwei Gründe hielten ihn davon ab. Erstens hasste er es, als schlechter Gastgeber zu gelten. Zweitens wollte er Margaret keine Gelegenheit geben, in der Wohnung rumzuschnüffeln und noch mehr Gründe zu finden, ihn für unwert zu erachten.

Er machte sich einen doppelten Espresso, weil er nicht geschlafen hatte. Weil die Worte dieser Frau ihn den größten Teil der Nacht wach gehalten hatten.

»Du warst schlau, Ellie. Du wolltest nicht … hoch hinaus.«

All die Ängste, die ihn vor Jahren geplagt hatten – schon in jener ersten Nacht –, die Ängste, die in ihm geschlummert hatten, wurden jetzt ausgespien. Er war nicht gut genug für sie. Endlich hatte jemand den Mut gehabt, es auszusprechen.

Vor letzter Nacht hätte er eine beträchtliche Geldsumme darauf verwettet, dass Richard derjenige, welcher gewesen wäre, Ellies Vater. Doch Richard verlieh seiner Verachtung nur durch nonverbale Kommunikation Ausdruck, als wäre Nick nicht einmal die Worte wert.

Jetzt war es raus. Es konnte nicht zurückgenommen werden. Und während Übelkeit in ihm hochstieg, fühlte er sich auf seltsame Weise bestätigt. Darin, zu Recht an sich gezweifelt zu haben. Darin, sich nie richtig wohl gefühlt zu haben mit dem Glück, das ihm seiner Meinung nach gar nicht zustand.

Ellie saß an ihrem Schreibtisch, unfähig sich zu konzentrieren. Ihr Postfach füllte sich langsam, aber nur mit Nachrichten, die sie leicht ignorieren konnte. Nach den jüngsten Entlassungen machte sie inzwischen den Job von drei Leuten, und sie sah sich zusehends an den Schreibtisch gefesselt, um Verwaltungsaufgaben zu erledigen. Sie vermisste es, draußen zu sein und das eine Bild einzufangen, das tausend Worte sagte.

Doch sie war dankbar für den Job. Geringere und bedeutendere Zeitungen als ihre hatten auf freie Fotografen umgestellt oder bedienten sich – was deprimierend normal geworden war – der kostenlosen, minderwertigen Beiträge von sogenannten »Bürgerjournalisten«.

Im Bewusstsein der zwangsläufigen Entlassungen hatte Ellie sich so unentbehrlich wie möglich gemacht. Kollegen kamen und gingen, verdammten jede Veränderung und beklagten, dass nichts mehr so war wie früher. Ihre Einstellung erinnerte Ellie an Nick.

Sie wollte gegen solche Gedanken ankämpfen.

Aber sie war müde. Sie war es leid, den Stimmen des Zweifels zu lauschen. Den Stimmen, die sagten, dass bereits zu lange alles stagnierte. Dass er keinen Antrieb hatte, keinen Ehrgeiz, keine Richtung. Dass sie sich schon selbst so fühlte. Apathie durch Osmose.

Sie war außerdem wütend auf die Stimmen. Sie wusste, es war nicht ihr Job, ihn zu ändern. Ihn zu retten. Egal, was die Stimmen sagten. Jemanden retten war ein Psychospiel. Um sich selbst besser, mächtiger zu fühlen. Ihr war dieses Konzept verhasst, denn es widersprach ihrer ethischen – aber niemals religiösen – Doktrin des »Was du nicht willst, dass man dir tu' …«. Frühere Partner hatten versucht, sie zu retten, und sie hatte es ihnen übel genommen, bis zum unvermeidlichen, katastrophalen Ende.

Doch Ellie wollte, dass Nick sich änderte. Und da lag der Hund begraben.

Sie öffnete eine weitere interne E-Mail. Martina hatte heute Geburtstag und Kuchen in die Küche gestellt. Ellie übergab die Nachricht dem digitalen Mülleimer und kehrte zu dem allgegenwärtigen Gedanken zurück.

»Du wolltest nicht hoch hinaus.«

Das stimmte nicht.

Nick war lieb, er war aufmerksam. Doch seit einiger Zeit war er nicht mehr glücklich, und er wurde immer unzufriedener. Dreieinhalb Jahre waren sie Teil des Lebens des jeweils anderen gewesen, und Ellie konnte Nicks Abstieg von Euphorie zu Ennui genau nachzeichnen.

Jener erste Tag, den er oft nacherzählte, das war der Höhepunkt gewesen. Der Gipfel der Freude. Doch selbst der war inzwischen fast zu einer Fiktion verkommen.

Sie hatte versucht sich einzureden, dass es für sie in Ordnung war, wenn Nick nichts mit seinem Leben anfing, solange er selbst damit zufrieden war. Sie wusste, das war ein Irrtum. Lag es nur an ihrer Zuneigung, dass sie mehr in ihm sah? Hatte sie sich etwas vorgemacht?

»Du wolltest nicht hoch hinaus.«

Das stimmte nicht.

Nick las auf seinem Handy einen Artikel über den Dominoeffekt einer Scheidung auf andere Paare, als Ellies Mutter aufwachte. Es war fast Mittag, und ihre Begrüßung war kleinlaut, sodass Nick sich in der Rolle des Erwachsenen wiederfand.

»Morgen, Nick. Ist Ellie …«

»Schon zur Arbeit? Ja. Seit ein paar Stunden.«

Sie sah auf die Uhr, und ihre Augen weiteten sich wie in einem Cartoon.

»Ist es …«

»Japp, Mittag, ziemlich spät, hm?«

Dass er ihre Sätze beendete, entsprang sowohl Nicks Mitleid als auch seinem bemitleidenswerten Rachedurst. Die Dynamik der vertauschten Rollen, in die sie verfielen, war unverkennbar.

»Ich hoffe, ich habe letzte Nacht nichts Dummes gesagt«, meinte Margaret zaghaft.

Nichts, was keine langfristige Auswirkung auf mein und Ellies zukünftiges Glück hat, dachte Nick.

»Kaffee?«, fragte er.

»Nick«, sagte sie und übernahm plötzlich die Rolle der Mündigen. »Ellie kommt mit der ganzen Sache nicht so gut klar. Ich weiß, ich war ein bisschen … albern gestern Abend, aber Richard und ich halten große Stücke auf dich und …«

Nick biss sich auf die Lippe und ließ sie weiterreden.

»… als wir überlegt haben, uns zu trennen, wussten wir, dass es Ellie gut geht, weil sie dich hat. In vielerlei Hinsicht bist du es jetzt, der sich um sie kümmert.«

Sie trank ihren Kaffee aus und stand auf. Sie versuchte, Nick zu umarmen, als sie ging, doch er reagierte nicht. Dann verschwand sie und ließ ihn mit den beiden Gedanken allein, mit denen er in den nächsten Monaten zu kämpfen haben würde.

Erstens, er musste dafür sorgen, dass es Ellie gut ging.

Und zweitens – wenn man der betrunkenen Behauptung ihrer Mutter glauben wollte – bestand die Wahrscheinlichkeit, dass es langfristig jemanden gab, der dafür weit besser geeignet wäre.

Vielleicht war es eine dumme Idee, den Ring zu kaufen.

Damals hatte es sich richtig angefühlt. Der Verkäufer, mit seinem Zwanziger-Jahre-Schnauzer und roten Hosenträgern, hatte ihm jedenfalls das Gefühl gegeben, dass es eine gute Idee war. Er hatte Nick gefragt, wo er und Ellie sich kennengelernt hatten und sich angehört, welches Setting er für seinen Antrag in Erwägung zog. Er hatte sogar ein paar Ideen für die Hochzeit gehabt. Als Nick sich erkundigte, ob er den Ring zurückgeben könne, hatte er gelächelt und gesagt, dafür gäbe es sicher keinen Grund. Bevor er ihn informierte, dass sie Umtausch gegen Gutschein anboten.

Im Nachhinein wäre Nick der Erste gewesen, der zugegeben hätte, dass er erst hätte herausfinden sollen, ob Ellie überhaupt heiraten wollte, bevor er seine Kreditkarte für einen winzigen glitzernden Stein zum Glühen brachte. Ein letztes Mal siegte das Herz über die Vernunft.

Ellies Laune hatte sich seit dem »betrunkenen Besuch« ihrer Mutter verschlechtert, und durch den viel zu schnellen Umzug ihres Vaters nach London fiel sie in ein Loch, in dem sie um die Frage kreiste, wie lange die Ehe ihrer Eltern schon kaputt war. Eine Frage, die sich zu gleichen Teilen auf »Warum habe ich das nicht kommen sehen?« und »Wie viel Schuld triff mich?« erstreckte.

Als Nick vorschlug, »Nick-und-Ellies-Abenteuer-Kasse« zu plündern – aktuelle Summe: einhundertdreiundfünfzig Pfund und dreiundfünfzig Cent –, um irgendwo einen romantischen Abend zu verbringen und schick essen zu gehen, zeigte das Enthusiast-O-Meter eine glatte Null an.

»Dann nur essen gehen?«, versuchte er es.

»Ich bin echt nicht in der Stimmung.«

»Wie wär's mit einem Konzert?«

»Können wir nicht einfach zu Hause bleiben?«

»Um was zu machen?«

Sie presste die Luft durch ihre geschlossenen Lippen.

»Keine Ahnung. Eine Flasche Wein aufmachen. Fernsehen.«

»Klar«, sagte er und fragte sich, ob er ihr nach einer halben Flasche Rotwein zwischen *University Challenge* und *Only Connect* ganz spontan einen Antrag machen sollte.

Ellie ließ sich aufs Sofa sinken, griff nach der Fernbedienung und fing an, durch die Sender zu zappen. Nick machte den billigen Supermarktwein auf und schenkte zwei Gläser ein.

»Guck mal, *Vier Hochzeiten und ein Todesfall* läuft«, sagte er. »Wenn es innerhalb der nächsten zehn Jahren keine Fortsetzung mit dem Titel *Vier Todesfälle und eine Hochzeit* gibt, fress ich Hugh Grants Haare.«

Sie verzog das Gesicht, ungefähr so begeistert, als hätte er sie gebeten, den Grill zu säubern.

»Wenn nichts Besseres läuft …«

Sie machten es sich in ihrer üblichen Position gemütlich, ihre Beine auf seinen, alle vier auf einer Fußcouch. Als Hugh Grant im Namen von Ehrlichkeit und wahrer Liebe einen Kinnhaken kassierte, fing Nick an, sich vorzutasten.

»Würdest du mir bei unserer Hochzeit eine verpassen?«

»Bei unserer Hochzeit?«, schnaubte Ellie.

Nick setzte sich so abrupt auf, dass er Wein auf seine Beine und das Sofa kleckerte, sodass Ellie ebenfalls aufsprang.

»Warum hast du so geschnaubt?«, fragte er.

Ellie starrte auf den Fleck. »Willst du das nicht wegmachen?«

Nick war wie erstarrt.

»Kannst du dir nicht vorstellen, dass wir heiraten?«

Sie schaute zwischen ihm und der Flüssigkeit, die langsam in den Stoff einzog, hin und her, bevor sie die Arme in die Luft warf und rief: »Na gut, dann mach ich's.«

Sie verschwand in der Küche und ließ warmes Wasser und Spüli in eine Plastikschüssel laufen. Sie schnappte sich die Küchenrolle, und als sie zurückkam, empfing Nick sie mit ausgestreckter Hand.

»Gib her.«

Sie schüttelte den Kopf und betupfte den Stoff.

»Wenn du nicht bereit bist, es selbst zu machen, brauche ich deine halbherzige Hilfe nicht.«

Vor Frust wurde er laut. »Was soll das denn heißen? Und warum beantwortest du meine Frage nicht?«

Sie rubbelte stärker auf dem Stoff, ihre Hand ein verschwommener Fleck.

»Welche Frage denn? Ob ich dich heiraten will? Ist das die Frage? Machst du mir gerade einen Heiratsantrag, Nick? Super Timing!«

»Was wäre, wenn?«

Nick griff nach der Fernbedienung und drückte die Aus-Taste, weil ihm in diesem Moment bewusst wurde, dass die Worte ihrer Mutter auf sie genauso Einfluss hatten wie auf ihn.

»Was wäre, wenn? Nun, dann würde ich dir ein paar Fragen stellen, nehme ich an.« Ihr Ton wurde wütender, als hätte sie nur auf eine Gelegenheit gewartet, zu explodieren. »Fragen wie zum Beispiel: Wie siehst du unsere Zukunft? Sollen wir jeden Abend, den du nicht arbeitest, auf diesem Sofa sitzen und Filme gucken? Und apropos Arbeit: Wo siehst du dich in einem Jahr? Willst du einfach im Kino bleiben, bis du weniger als eine halbe Schicht pro Woche hast?«

»Ich mag meinen Job! Was ist falsch daran, etwas zu tun, das man mag?«

Ellie, die jetzt vor der Tatsache kapitulierte, dass das Sofa nicht zu retten war, warf die zerknüllten Küchentücher in die Schüssel. Seifenwasser schwappte über den Rand auf den Teppich.

»Es ist nicht falsch. Es ist nur begrenzt. Du scheinst der Einzige zu sein, der das nicht sieht. Es wäre schön, wenn der Mann, mit dem ich plane, den Rest meines Lebens zu verbringen, einen Plan B hätte. Wann hast du zuletzt etwas geschrieben?«

Jetzt war es an Nick, mit den Füßen zu stampfen und einen Wutanfall zu bekommen.

»Ich bin kein guter Autor.«

»Sagt jeder Autor!«

»Sagt jedes verfickte Ablehnungsschreiben.«

»Schön. Lass das Schreiben. Werde Fallschirmlehrer oder

ein verfluchter Orchideensammler, aber finde etwas, das dich glücklich macht.«

»Ich habe dich! Du machst mich glücklich!«

»ABER DAS IST KEIN JOB!«

Auf diesen Gefühlsausbruch folgte der erste Moment des Schweigens zwischen ihnen. Beide verspürten diese Übelkeit im Bauch, die besagte, dass dies kein gewöhnlicher Streit war. Nichts, was sie von nun an sagten, konnte zurückgenommen werden. Dieses Gefühl mochte die Wut zügeln, die Gefühle im Zaum halten; oder sie beschlossen einfach, das Gefühl zu ignorieren und auf ihren Positionen zu beharren. Ellie entschied sich dafür, auf ihrer Position zu beharren.

»Ich kann dich nicht so lieben, wie du es dir wünschst, Nick.«

Später schob er es auf den Krach, den sein Herz machte, als es zerbrach, dass er nicht hörte, was genau sie gesagt hatte.

»Du liebst mich nicht?«, fragte er.

Die Antwort war immer noch ja, aber sie antwortete nicht, aus Angst, ihn zu verwirren.

Sie wappnete sich für das, was zwangsläufig als Nächstes kam. Sie sagte: »Ich weiß, welche Worte du von mir hören willst, aber ich kann sie nicht sagen. Ich werde mich nicht mehr an das Drehbuch halten.«

Sie rieb sich die Augen und fuhr fort.

»Ich weiß, du hast Angst ...«

»Wovor?«, fragte Nick bitter.

»Vor so vielen Dingen. Angst davor, etwas zu wagen. Angst davor, zu versagen. Angst vor Zurückweisung und allem, was damit zusammenhängt. Angst davor, allein zu sein. Angst vor einem Leben, in dem du nicht weißt, was die nächsten Worte aus dem Mund deines Gegenübers sein werden.«

Sie wusste, dass er zuhörte. Sie wusste nicht, ob er verstand.

»Und was sind die nächsten Worte?«
Ellie schüttelte den Kopf.
»Ich weiß es nicht.«

Der Junge brauchte Monate, um zu begreifen, warum das Mädchen wirklich gegangen war. Monate, um zu begreifen, dass es ebenso ein Akt der Güte wie des Selbstschutzes war. Es gab einen Weg, auf dem sie blind entlanggegangen waren, bis der Klippenrand in Sicht kam. Sie hatte den Sturz verhindert. Ihnen die Chance auf eine Zukunft gegeben. Als der Junge das endlich verstand, beklagte er die zu spät gelernte Lektion.

ENDE DER VIERTEN
UNTERBRECHUNG

38

5. November 2008 – 04:34 GMT
Obama 333
McCain 145
Senator John McCain räumt Niederlage ein

Der Teufel sagte: »Was du heute kannst besorgen, das verschiebe nicht auf morgen.« Der Engel wollte nur noch fünfzehn Minuten. Für eine letzte Unterhaltung. Nur noch ein paar Augenblicke in Ellies Gesellschaft.

Eigentlich wollte ich mir nur John McCains Eingeständnis seiner Niederlage ansehen, um meinen Abgang hinauszuzögern. Aber ich habe eine Schwäche für gute Reden, und obwohl er zuvor die Rolle des Bösewichts eingenommen hatte, machte er seine Sache richtig gut. Vor allem der Teil, wo er den Wählern sagte, diese Niederlage sei seine Schuld, nicht ihre, berührte mich wirklich. Ich weiß nicht, ob irgendjemand von der Rechten so etwas jemals zuvor getan hat. Doch dann sang er ein Loblied auf Sarah Palin und wurde wieder zur Persona non grata der Marcetsaga. Auf der anderen Seite des Raumes sah ich Dave mit Tom reden, und Tom wirkte augenblicklich besorgt.

Er kam zu mir rüber.

»Können wir kurz reden?«

»Ich sehe mir gerade …«

Bevor ich meinen Satz beenden konnte, nahm Tom mein Ohr zwischen Finger und Daumen und zog mich in den leeren Flur.

»Komm her, Francine«, schimpfte er.

»Es ist nicht das, wonach es aussieht«, erwiderte ich.

»Wonach es aussieht, hat Dave mir erzählt, nämlich dass ein total nettes Mädchen, mit dem du dich die ganze Nacht unterhalten hast, sich mit dir verabreden wollte, und statt ›Ja, natürlich, sehr gern‹ zu sagen, hast du dir irgendeine Bullshit-Ausrede einfallen lassen und sie hängen lassen.«

Es war also doch ein wenig das, wonach es aussah.

Ich wusste, Tom war ein rationaler Typ, deshalb versuchte ich, ihn mit Argumenten zu besänftigen.

»Hör zu. Ich mag sie. Wirklich. Sehr. Aber es ist wie … es ist wie *Die dunkle Bedrohung.*«

Die Analogie schien ihn nicht zu beeindrucken.

Ich fuhr unbeirrt fort. »Weißt du noch, wie aufgeregt du warst, wie du dich überschlagen hast, dir fast in die Hose gemacht hättest, als du 1999 zum ersten Mal den Trailer für *Die dunkle Bedrohung* gesehen hast?«

Er nickte.

»Und du erinnerst dich auch, wie untröstlich du warst, als der Abspann lief und dir klar wurde, dass der Film ein Haufen Scheiße ist, und du dir gewünscht hast, du hättest dir lieber noch mal *Matrix* angesehen?«

»Entschuldige, wer, bitte, ist in dieser Metapher *Matrix*?«

Ich gab es auf.

»Niemand ist *Matrix.* Es geht nicht um *Matrix.* Es geht darum, dass mich zum ersten Mal seit langem wieder etwas angemacht hat. Ein schönes Gefühl. Aber du kennst mich, früher oder später werd ich's vermasseln. Oder sie erkennt ihren Fehler und ergreift die Flucht. Ich werde es bei dem belassen, was es ist: eine einzige perfekte Nacht, von der ich noch meinen Enkelkindern erzählen werde.«

Ich sah, dass Tom sich wirklich bemühte, die Dinge aus meiner, zugegebenermaßen verqueren, Perspektive zu sehen. Doch es gelang ihm einfach nicht.

»Es gibt da ein Problem bei deinem Masterplan, Nick. Wenn du immer so denkst, wenn du zu jeder guten Sache, die dir widerfährt, nein sagst, aus Angst, es zu vermasseln, oder aus Angst, zu scheitern, wirst du nie Enkelkinder haben, denen du Geschichten erzählen kannst. Über diese oder irgendeine andere Nacht.«

Ich hatte ihn ausreden lassen. Ich hatte mir seinen Standpunkt angehört, und er hatte sich meinen angehört. Es war eine Pattsituation, jedoch verspürte ich das Bedürfnis, meinem Freund zu versichern, dass es sich hierbei um ein ganz besonderes, einmaliges Ereignis handelte und nicht um einen gefährlichen Trend, der dazu führen würde, dass ich mit fünfzig allein mit nichts als Lego-Nachbauten berühmter Filmsets dasaß.

»Diese Nacht war einzigartig. Wie oft kann man das schon sagen?«, fragte ich.

Er erwiderte kategorisch: »Jede Nacht. Das kann man jede Nacht sagen. Weil jede einzelne Nacht einzigartig ist, Nick.«

»Okay, heute Nacht war etwas Besonderes. Sie war …«

Sein Blick flehte mich an, es nicht auszusprechen.

»… wie ein Film.«

In diesem Augenblick begriff er, dass er meine Meinung nicht ändern konnte. Keine noch so schlauen Worte würden mich umstimmen. Er kannte mich gut genug, und deshalb reichte er mir Hut und Mantel vom Treppengeländer hinter sich. Während er die ganze Zeit den Kopf schüttelte.

»Wenn sie fragt …«, sagte ich.

»Was sie tun wird«, konterte er.

»… sag ihr, es war die schönste Nacht meines Lebens.«

Ich öffnete die Haustür und trat in die kalte Morgenluft, ließ die beste Party, auf der ich je gewesen war, hinter mir.

Tom rief mir ein letztes Mal nach: »Du solltest große Entscheidungen nicht aufgrund eines minderwertigen Werks von

George Lucas treffen. Du musst an seine guten Filme denken, Nick! Denk an seine guten Filme!«

Mir wurden in den frühen Morgenstunden schon schlechtere Ratschläge hinterhergerufen. Doch meine Entscheidung war gefallen. Und niemand konnte mich davon abbringen.

Ich kannte meinen Wert.

39

Mein Kater macht mir immer noch zu schaffen.

Seit der Wahl 2012 sind zwei Tage vergangen, und die Nachrichten spekulieren schon über 2016. Insider scheinen auf eine Neuauflage von Clinton / Bush zu setzen, diesmal mit Hillary und Jeb.

Ich weiß, ich muss mich bei allen entschuldigen, die das Debakel bei Tom mitbekommen haben. Ich erinnere mich nur an Fragmente dessen, was ich gesagt oder getan habe, und eins ist kristallklar, ich muss mich bei Seb bedanken, dass er auf mich aufgepasst hat.

Als ich den Weg zu Sebs Haus hinaufgehe, kommt mir Tracy, seine Frau, entgegen. Augen und Wangen rot von Tränen und Rotz.

»Dein Freund ist ein verficktes Arschloch«, informiert sie mich feindselig, ohne auch nur eine Sekunde stehen zu bleiben, um mich zu begrüßen.

Wer Tracy zum ersten Mal begegnet, kann sich möglicherweise nicht vorstellen, dass diese Grundschullehrerin – die auch Klavierunterricht gibt, im Kirchenchor singt und ausschließlich Blümchenkleider trägt – manchmal die Sprache eines Matrosen in einem Mamet-Drehbuch an sich hat. Doch wenn sie scharf gemacht wird, ist Tracy eine Ladung Dynamit.

Mehr Tränen erwarten mich, als ich das Haus betrete.

Ich folge dem Geräusch, während ich mich im Stillen wieder mal über Sebs Transformation wundere, seinen Weg von der schäbigen Wohnung über einem indischen Restaurant in

Brixton zu diesem richtigen Haus mit richtigem Garten in Südlondon.

Der beschissene Teil der Geschichte ist, dass er erst beide Elternteile verlieren musste, bevor er auch nur die erforderlichen zehn Prozent für ein Haus wie dieses aufbringen konnte. Meine sind zwar in Neu-Oz, aber ich weiß nicht, ob ich mich von so einem doppelten Schlag je erholen würde. Und ich bin mir sicher, er würde, ohne mit der Wimper zu zucken, nach Brixton zurückgehen, wenn seine Kinder dafür Großeltern hätten.

Das Haus ist jedoch nur ein kleiner Aspekt seiner Charakterentwicklung. Das Entscheidende sind die beiden Hosenscheißer Sally und Steve, deren Dolby-Surround-Geheul klingt, als wäre dies der siebte Höllenkreis.

Ich habe Seb nicht annähernd oft genug besucht, seit er Vater geworden ist. Ein Teil von mir hat nie damit Frieden geschlossen, dass er Kinder bekommen und unsere verschleppten Teenagerjahre hinter sich gelassen hat. Dass er ausgestiegen ist. Als ich ihn jetzt so sehe, wie er mit einer Hand versucht, die Vierjährige am Tisch zu halten, während sie nach Toast verlangt, und mit der anderen einen Kinderwagen vor und zurück schiebt, frage ich mich, wie oft am Tag er seine Entscheidung bereut.

»Hey, Kumpel«, sage ich. »Wie kann ich helfen?«

Ohne mein blaues Auge zu kommentieren, gibt er mir Anweisungen, wo ich das Brot finde, während Stevie, gerade zehn Monate, seine ganze Kraft darauf verwendet, sich aus seinem Vierrad-Gefängnis zu befreien. Ich nehme zwei unbenutzte, aber leicht verkohlte Windeln vom Toaster und sehe, wie Sally kichert, als ich mich umdrehe. Ich ersetze sie durch Brot und gehe zu ihr rüber.

»Roooooooaaaaaarrrrrgggggh«, brülle ich und gebe alles für meinen besten Trick: eine ziemlich gelungene Darstellung eines Velociraptors. Sallys Kichern wird zu einem ausgewachsenen Glucksen. Während ich mit gefletschten Zähnen durch die Küche stampfe, wird das Gackern ansteckend, und Stevie stimmt so begeistert ein, dass er sich in weniger als dreißig Sekunden in den Schlaf lacht.

»Entschuldigung angenommen«, sagt Seb.

»Was hast du da am Auge?«, fragt Sally und sticht mit ihrem winzigen Zeigefinger hinein.

»Au. Bitte mach das nicht noch mal, Sally«, sage ich und reibe mir den Augapfel. »Was mit meinem Auge ist? Ähm.«

»Die jugendfreie Version, bitte, Onkel Nick«, weist Seb mich an.

»Ich habe meinen Brokkoli eine ganze Woche nicht gegessen, und da hat es sich plötzlich so verfärbt.«

Sally sieht zu ihrem Vater, um sich zu vergewissern, dass ich die Wahrheit sage, doch der zuckt nur die Schultern.

Jetzt, wo die Tränen getrocknet sind, gelingt es mir, aus Seb herauszukitzeln, was ungefähr passiert ist, bevor ich aufgetaucht bin. Es war ein gewöhnlicher, schlafmangelbedingter Streit über Verbitterung und Freiheit. Seb fühlt sich gefangen, weil er einen Job machen muss, der ihn nicht mehr erfüllt. Tracy fühlt sich wertlos, weil sie keinen Job findet, der gut genug bezahlt wird, um auch nur die Kosten für die Kinderbetreuung zu decken.

»Wenn wir einfach sagen könnten: Das läuft echt sch…« – Seb unterbricht sich und sieht seine unschuldige Tochter an –, »… kaka für dich, statt unsere Probleme gegeneinander auszuspielen, wäre wahrscheinlich alles gut.«

Ich nicke.

»Aber immer wenn wir darüber reden, fühlt es sich so an, als würden wir nur versuchen, den anderen runterzumachen. Jede Vernunft geht den sch… den Bach runter.«

»Mami«, meldet Sally sich zu Wort, und als wir uns gleichzeitig umdrehen, sehen wir Tracy in der Tür stehen, das Gesicht trocken und nicht mehr fleckig.

»Kannst du jetzt sagen, dass es echt kaka für mich läuft?«, fragt sie.

Seb blickt sie an, mit Liebe, Zuneigung und genau dem richtigen Maß an Reue.

»Kann ich.«

Es sieht gut aus, aber es liegt immer noch Spannung in der Luft, in die ich nicht reingezogen werden möchte.

»Jetzt Schaukeln«, verlangt Sally.

Seb und Tracy sehen sich an, resigniert. Ein weiterer Job in der Liste nie endender Jobs taucht vor ihnen auf.

»Ich kümmere mich um die Kinder«, sage ich im Brustton der Überzeugung.

Die Eltern besagter Kinder starren mich an, als hätte ich vorgeschlagen, ihren Nachwuchs auf eBay zu verkaufen.

»Ach, kommt. Der eine schläft, und die andere will in den Park. Ich bin jetzt ein echter Onkel. Ich muss üben.«

Der letzte Satz klingt nicht gerade vertrauenseinflößend, doch nachdem Sally ihnen ein wenig zuredet, nehmen Tracy und Seb mein Angebot widerstrebend an.

»Wenn er aufwacht und weint, bringst du ihn sofort zurück«, sagt Tracy.

»Windeln und Wechselklamotten sind hier. Getränke, Snacks und Spielsachen hier.« Seb reicht mir zwei riesige Taschen, als wollte ich eine Reise durch Afghanistan antreten.

»Cool«, sage ich auf halbem Weg zur Tür. »Und eine letzte Frage. Wer ist euer Liebling? Nur falls uns Zombies angreifen und ich nur einen retten kann.«

Trotz der Jahreszeit scheint die Sonne über London, und der Park ist voll von Eltern und ihren Kindern, die das letzte Tageslicht ausnutzen, bevor es vom Winterblues verschluckt wird.

Stevie schläft tief und fest, deshalb stelle ich ihn neben die Schaukel und setze Sally drauf. Aus Angst, sie zwanzig Meter in die Luft zu schleudern, habe ich eine Schaukel gewählt, die wahrscheinlich für wesentlich kleinere Kinder gedacht ist, stoße bei ihr jedoch nicht auf Widerstand. Ich schubse sie immer höher, und jedes Mal stößt sie ein kleines Kreischen aus. Ihr simples, pures Glück erinnert mich an eine Stelle aus *Beim ersten Mal*, wo Paul Rudd so etwas sagt wie, er wünschte, er würde irgendetwas so sehr mögen wie seine Kinder Seifenblasen.

Ich habe das Gefühl, die Fähigkeit zu diesem Maß an Glück nicht mehr in mir zu tragen. Doch ich könnte mir vorstellen, es passiv durch meine eigenen Kinder zu erleben.

Eine beliebige Spielplatzmutter (BSM) kommt und setzt ihre Zweijährige in die Schaukel neben mir. Ich fürchte schon, dass sie irgendetwas sagt, weil Sally zu groß für die Schaukel ist, doch das tut sie nicht. Sie lächelt nur und nickt mir zu. Ich frage mich, ob Eltern so interagieren und nicke zurück.

»Sie ist bezaubernd«, sagt BMS.

»Danke«, sage ich, den Ruhm für fremde DNA einheimsend. Ich deute auf die skurrile Schweinebommelmütze ihrer Tochter. »Hübsche Mütze.«

Sie erzählt, dass ihre Tochter ein großer Pepper-Fan sei, was ich nicht ganz verstehe, aber ich lache gezwungen, damit es nicht auffällt.

»Es ist herrlich, wenn eins von ihnen schläft, oder?«, fragt sie rhetorisch.

»Besser noch, wenn beide schlafen, hab ich recht?«, entgegne ich.

Damit ernte ich ein volles Schmunzeln von BMS, und für einen flüchtigen Augenblick frage ich mich, ob wir flirten. Flirte ich mit einer Mutter? Sie sieht sehr gut aus und hat schöne sanfte Augen. Ihr Haar erinnert mich an Ellie und –

um Himmels willen, kann ich bitte mal für zehn Minuten nicht an Ellie denken?

Das Kind der gut aussehenden BMS fängt plötzlich an zu flennen, und ich frage mich, ob es telepathisch mit meinem Kummer verbunden ist.

»Ich geh mal lieber nach Hause, damit sie Mittagsschlaf machen kann«, sagt sie und verschwindet, ohne mich nach meiner Nummer zu fragen oder vorzuschlagen, unsere Kinder gemeinsam großzuziehen.

Wahrscheinlich besser so, denke ich. Die Sache mit Ellies Haar hätte uns ständig im Weg gestanden. Als ich wieder allein bin, kommt mir der seltsame Gedanke, dass ich diese zwei Kinder klauen könnte. Ich spiele ihn durch, um herauszufinden, wie das Ende aussehen würde. Es ist mit Kugelhagel und einem sehr enttäuschten Seb verbunden.

»Jetzt Pferdchen«, sagt Sally und reißt mich aus meinem Tagtraum.

Ich hebe sie aus der Schaukel und setze sie auf ein wackeliges Teil, das offenbar ein Pferd sein soll. Während sie auf dem Plastikpferd hin und her schlingert, laufe ich um sie herum und tu so, als würde ich Kokosnüsse aneinanderschlagen. Das führt zu hysterischem Gelächter, und wieder denke ich, wie gern ich immer so ein Publikum hätte. Während ich so tu, als würde ich stolpern, und schließlich hinfalle, erreicht ihr Lachen sein Crescendo, und sie klettert vom Pferd.

Sie hilft mir aufzustehen, obwohl es sich so anfühlt, als würde ich die ganze Arbeit machen. Als ich aufrecht stehe, neigt sie den Kopf zur Seite und sieht mich seltsam an.

»Ich mag dich, Onkel Nick. Du bist immer so lustig.«

Ich danke ihr für das Kompliment und frage sie, ob sie in letzter Zeit irgendwelche guten Filme gesehen hat.

Sie hüpft aufgeregt auf und ab. »Ich und Mami haben *Der König von Narnia* gesehen!«

»Aslan in Zeichentrick, Animatronik oder CGI?«

Sie sieht mich an, als wäre ich nicht ganz dicht, und sie hat nicht ganz unrecht.

»Ich war traurig, als Aslan krank war«, sagt sie.

»Ja, das ist ein bisschen hart.«

»Aber Mami hat gesagt: ›Am Ende wird alles gut. Wenn es nicht gut ist, ist es nicht das Ende.‹«

Sie grinst, sodass man ihre winzigen Zähnchen sieht, und rennt zur Rutsche, während ich plötzlich von einer Hoffnung erfüllt bin, wie ich sie lange nicht mehr gespürt habe. Einem Gefühl, dass sie vielleicht recht hat. Vielleicht wird alles gut. Es ist schwer zu beschreiben, aber es ist, als hätte ich einen Entschluss gefasst. Welchen, weiß ich noch nicht genau.

Sally kommt zu mir zurück und fragt, warum ich traurig bin.

Ich umarme sie und sage: »Bin ich gar nicht.« Dann wische ich mir die Nase an meiner Jacke ab. »Nur ein bisschen Heuschnupfen.«

»Aber hier ist gar kein Heu.«

Stimmt. Doch in mir nimmt so etwas wie ein Plan Gestalt an. Ich muss erst meine Entschuldigungstour zu Ende bringen. Ich muss zu jemandem gehen, der mir die ersehnte Bestätigung geben kann, dass ich das Richtige tue.

Und ich muss Seb seine Kinder zurückgeben.

Zurück bei Seb grinsen mein bester Freund und seine Frau wie Honigkuchenpferde. Sally rast wie ein Hochgeschwindigkeitszug auf ihren Dad zu, und er fängt sie auf und wirft sie hoch in die Luft. Das erinnert mich wieder daran, wie schön ihr Haus ist. Diese wunderbar hohen Decken. Hätte er den Trick in Ronnies Wohnung versucht, bräuchte er jetzt einen Krankenwagen und einen Gipser.

Er setzt seine Tochter ab, und sie läuft mit einem melodischen »Tschüss, Onkel Nick!« davon.

Seb klopft mir auf den Rücken, und ich blicke musternd in ihre strahlenden Gesichter.

»Ihr seht glücklich aus.«

Sie nehmen sich an den Händen und sagen im Chor: »Wir haben uns versöhnt.«

Ich feixe. »Ihr meint, ihr hattet Sex.«

Ohne den Blick voneinander abzuwenden wiederholen sie meinen Satz: »Ja, wir hatten Sex.«

Stevie wacht auf, und Tracy geht ihn füttern, aber vorher gibt sie mir noch einen Kuss auf die Wange und flüstert mir »Danke« ins Ohr. Ich will ehrlich sein, so nett die Geste auch ist, ich frage mich, wo ihre Lippen gerade noch waren.

»Ich fühle mich saugut«, sagt Seb, als seine Frau und die Kinder außer Hörweite sind. »Danke noch mal, Alter.«

»Jederzeit«, antworte ich und fühle mich selbst ein bisschen saugut. Seb bemerkt es sofort.

»Ist irgendwas im Park passiert? Hast du eine leckere Mami kennengelernt?«

»Hab ich, ja, aber das ist nicht der Grund für meine gute Laune. Du kannst dich bei deiner Tochter für ihren weisen Rat bedanken. Sie ist wie ein Tom Hagen in Klein. Sie hat mir zu einem echten Durchbruch bei was verholfen.«

»Das ist herrlich vage.«

Ich schüttle den Kopf. »Sobald ich es weiß, sag ich's dir.«

Als ich nach Hause komme, liegen zwei Briefe auf der Fußmatte. Richtige Briefe. Mit Briefmarken und allem. Keiner davon ist eine Rechnung oder eine Mahnung oder ein Kontoauszug. Beide sind an mich adressiert und mit Tinte geschrieben.

Nennt mich einfach Vicomte de Valmont.

Der erste Brief ist vom Filmkonsortium Edinburgh, eine Organisation, von der ich in diesem Brief zum ersten Mal erfahre. Nach einer kurzen Erklärung, dass sie meine Adresse von Sebastian Kendal haben (ich brauche etwa zwanzig Sekunden, bis ich begreife, dass Seb gemeint ist), kommen sie zum Grund des Schreibens.

Es ist eine Einladung, als freier Mitarbeiter für Schottlands viertgrößtes Filmfestival zu arbeiten. Schottland, erfahre ich später, hat vier Filmfestivals. Sie brauchen jemanden, der einen 35 mm-Projektor bedienen kann und bereit ist, zwischen Weihnachten und Neujahr zu arbeiten. Seb hat mich offenbar empfohlen, in der Annahme, dass ich in der Woche zwischen dem 25. Dezember und dem 1. Januar ziemlich einsam sein werde, da meine Eltern in Auckland Kajak fahren, Gabby mit dem kleinen Menschen an ihren Titten beschäftigt ist und Ellie ein Geist vergangener Weihnachten.

Ich hatte ihm sogar erzählt, dass meine neuen Arbeitgeber mich Weihnachten zu sich eingeladen hatten, aber es der Tiefpunkt meines ohnehin schon schlimmen Jahres wäre, hinzugehen. Es gab einen peinlichen Moment, weil er wohl dachte, ich wäre auf eine Einladung von ihm aus, doch ich erlöste ihn eilig, indem ich sagte, dass ich meine Einsamkeit genoss.

Das war nicht komplett gelogen. Seit ich nicht mehr im Kino arbeite, habe ich kaum noch Zeit für mich. Meine Tage sind normalerweise ausgefüllt mit Arbeiten, Schlafen, Freunde treffen oder Mit-Ronnie-Abhängen.

Obwohl ich abends – und ja, auch nachts – ungern allein bin, denke ich wehmütig an meine einsamen Tage als Vorführer zurück. Es ist ein seltsamer Beruf, weil man zwar von Menschen umgeben ist, jedoch kaum oder gar nicht mit ihnen interagiert.

Soll ich den Job annehmen? Selbst wenn es nur für eine Woche ist?

Die Bezahlung ist schlecht, und selbst ohne Familie ist es hart, Weihnachten nicht zu Hause zu sein. Aber wenn ich ja sage, kann ich in einem Monat wieder Filme einlegen. Ich werde darüber nachdenken. Doch nun zum zweiten Brief.

Den brauche ich nicht zu öffnen, um zu wissen, von wem er kommt.

Die Briefmarke mit der Freiheitsstatue ist Hinweis genug.

Als ich ihn öffne, fällt ein USB-Stick raus. Also doch nicht Vicomte de Valmont im Paris des 18. Jahrhunderts.

Aber einen handgeschriebenen Zettel gibt es auch.

Darauf steht schlicht:

SIEH MICH AN.

40

5. November 2008 – 04:44 GMT
Obama 338
McCain 155
Barack Hussein Obama ist designierter Präsident

Keiner konnte es mir ausreden. Keiner.
Niemand außer ihr, natürlich.

Ich war schon halb die Straße runter. Mein Kopf sagte mir, dass ich das Richtige getan hatte, mein Herz sagte mir, dass ich nie darüber hinwegkommen würde.

Und dann hörte ich sie rufen.

»Hey!«

Ich hatte keinen schlauen Spruch, keine geistreiche Entgegnung für diesen Moment auf Lager. Ich dachte ehrlich, ich hätte einen sauberen Abgang hingelegt.

»Kann ich ein Foto machen?«, fragte sie und hielt die Kamera hoch. »Um mich an dich zu erinnern, falls ich dich bei Facebook nicht finde. Oder falls ich morgen früh aufwache und denke, wie hat der Idiot, der einfach ohne ein Wort abgehauen ist, eigentlich ausgesehen?«

Die gut gelaunte Person, mit der ich die Nacht verbracht hatte, war melancholisch und bedrückt, und ich wusste, das war mein Werk.

Schnell, dachte ich, denk dir eine Ausrede aus.

»Tut mir leid, ich, äh, hab ein bisschen, äh, Kopfschmerzen …«

Ich und meine Ähs.

»Du bist ein lausiger Lügner, Nick Marcet. Aber ich hab dir tatsächlich abgenommen, dass du ein guter Mensch bist.«

Mir war nicht ganz klar, ob sie das sagte, damit ich mich besser fühlte oder um mich zum Bleiben zu bewegen.

Sie fuhr fort: »Aber nur damit du's weißt, was du jetzt tust, würde ein guter Mensch nicht tun. Wenn du jemanden, der dich mag, der deutlich gemacht hat, dass er dich mag, einfach so stehen lässt, ohne ein Wort, fragt derjenige sich, was er falsch gemacht hat. Fragt sich, was mit ihm nicht stimmt.«

Ich fühlte mich auf jede erdenkliche Weise furchtbar.

»Es liegt nicht an dir«, platzte ich heraus.

»Falsche Antwort«, erwiderte sie.

Noch bevor ich es ausgesprochen hatte, wusste ich, es war eine faule Ausrede.

»Es ist wie *Die dunkle Bedrohung* …«

Alle Muskeln in ihrem Gesicht drückten das »Wasss?!« aus, sodass ihr Mund es nicht mehr tun musste. Ich ließ mich nicht beirren.

»Erinnerst du dich, wie es war, als du 1999 *Die dunkle Bedrohung* gesehen hast?«

»Nein«, sagte sie. »Ich mag *Star-Wars*-Filme nicht so, und alle haben gesagt, er sei ziemlicher Mist.«

Obwohl ich das Thema verfehlt hatte, fühlte ich mich bestätigt.

»Siehst du!«, sagte ich lebhaft. »Damit hätten wir schon das Erste, worüber wir streiten werden.«

»Wovon redest du?«, rief sie, ebenso leidenschaftlich, aber aus einem ganz anderen Blickwinkel.

Die Straße war kalt, und ich sah, wie sich unser Atem traf, während ich zu meiner großen Rede ansetzte, die ihr die Augen öffnen würde.

»Ich hatte einen tollen Abend«, sagte ich.

Ihr Kopf nickte in einer Mischung aus Bestätigung und Frösteln.

»Ich auch. Deshalb frier ich mir hier draußen mit dir den Arsch ab, statt im Warmen einem historischen Ereignis beizuwohnen.«

»Also, ich meine, ich hatte einen echt tollen Abend. Einen spektakulären Abend, wie es ihn nur ein Mal im Leben gibt. Weißt du, wie oft ich davon träume, auf eine Party zu gehen und jemand so Wundervolles wie dich zu treffen? Als ich dich gesehen habe, musste ich sofort lächeln. Innerhalb von zehn Minuten hast du mich zum Lachen gebracht. Bei dir habe ich mich gefühlt wie ein Hauptdarsteller, nicht wie irgendein Statist. Du bist schön und klug und offensichtlich supertalentiert, und du bist so cool und gleichzeitig im genau richtigen Maß uncool.«

Ihre Wangen, schon gerötet von der Kälte, wurden mit jedem Kompliment röter.

»Und du bist so, ich weiß nicht, lustig. Ja, lustig.«

Sie schnaubte.

»Ich finde, es ist das richtige Wort. Und deine Augen. Ich könnte mich für den Rest meines Lebens in deinen Augen verlieren, und ich weiß, je besser ich dich kennenlerne, desto tiefer werde ich versinken. Und eines Tages werde ich alles vermasseln. Ich hab keine Ahnung, wie oder warum, aber das werde ich. Und nach allem, was ich bis jetzt weiß, nach allem, was ich in nur einer Nacht erfahren habe, wird es furchtbar sein, dich zu verlieren.«

Ihre Analyse meiner Schlussfolgerung war kurz und bezaubernd.

»Das ist wirklich süß, Nick. Aber total durchgeknallt.«

Und dann fing sie an zu lachen. Über mich. Vielleicht ein bisschen mit mir, aber vor allem über mich. Wie sie das tat, war faszinierend. Niemand wird gern ausgelacht. Es ist eigentlich kein schönes Gefühl. Aber kaum fing sie damit an, breitete sich ein dämliches Grinsen über mein Gesicht.

Und alles nur, weil sie noch hier war.

Als ich die Party verließ, hatte ich mir eingeredet, dass sie nur noch eine ferne Erinnerung war. Ich war mir noch nie einer Sache sicherer gewesen, als der, dass ich sie nie wiedersehen würde. Aber da war sie. Und sah mich an, als wäre ich *muy loco.* Nach einer Weile entschied sie sich, ein ernstes Gesicht aufzusetzen.

»Ich mag dich, Nick.«

»Ich mag dich, Ellie.«

Sie legte ihre Hände an mein Gesicht und küsste mich.

»Ich weiß nicht, warum du so sicher bist, dass du's vermasselst«, sagte sie. »Aber ich bin irgendwie gespannt darauf, wie du es anstellst.«

Sie zwinkerte mir zu und nahm meine Hand. Typisch Ellie, dachte ich. Übernimmt immer die Führung.

»So bin ich eben«, jammerte ich und zog die Stimmung geschickt wieder runter. »Ich glaube, ich kann gar nicht anders.«

Doch sie wollte davon nichts hören.

»Vielleicht. Aber ein schwarzer Mann, der mit zweitem Vornamen Hussein heißt, wurde gerade zum Präsidenten der Vereinigten Staaten gewählt, also ist alles möglich.«

Ich wartete, bis wir wieder am Haus waren, um stehen zu bleiben, mit den Fingern durch ihr Haar zu streichen und sie erneut zu küssen. Außerdem hatte ich eine brennende Frage, auf die ich sofort eine Antwort brauchte.

»Magst du *Star Wars* wirklich nicht?«

41

Es dauert lange, bis ich mich entscheide, die Videos anzusehen. Ganz ehrlich, ich hätte nie im Leben erwartet, sie jemals zu sehen, aber es hat etwas Schicksalhaftes, den USB-Stick zu laden und die vier Dateien zu entdecken. Etwas Unausweichliches.

Jede Datei hat einen Namen und das Aufnahmedatum: 2009, 2010, 2011. Eine heißt hintergründig *BONUS*.

Ich öffne die erste: *Ellie an Lucas – 10. April 2009.*

Ich sehe ihr Gesicht. Sie ist in meiner alten Wohnung, der vor unserer gemeinsamen. Sie sieht so aus, wie ich sie von unserer ersten Nacht erinnere. Diese Haut. Diese Augen. Der einzige Unterschied zu 2008 ist, dass Ellies rote Haare vergeblich gegen ihr natürliches Braun ankämpfen.

Ein paar Monate später waren sie für immer verschwunden.

Ich drücke Start.

Hey, Lucas. Brüderchen. Kleiner Mann. Was soll ich sagen? Ich fürchte, hier wird es viel um mich gehen. Ich vermisse dich.

Na bitte. Das ist doch ein Anfang. Ein ziemlich trauriger Anfang, aber dennoch ein Anfang.

Mum und Dad vermissen dich auch. Okay. Was Fröhliches. Was Leichteres. Worüber würden wir reden? Ich wohne jetzt in London. Ziemlich hektisch. Viele hektische Leute. Tut mir leid. Ich weiß nicht so richtig, mit wem ich rede. Ich habe vorher keine Regeln aufgestellt. Rede ich mit dir als Fünfjährigem oder als Fünfundzwanzigjährigem? Ich hätte mir vorher Gedanken machen sollen. Ich versuche Letzteres.

Der Bildschirm wird schwarz, und mein Herz setzt einen Schlag aus. Dann taucht sie, so schnell wie sie verschwunden ist, wieder auf.

Hey, Bruder. Was läuft? Du fehlst mir. London ist ziemlich geil. Ich bin jetzt schon fast ein Jahr hier. Job ist okay. Ich mache viele Fotos von Leuten, die etwas halten. Scheint so'n Lokalnachrichtending zu sein. Würden Sie diese römische Münze, die Sie in Ihrem Garten gefunden haben, für die Kamera hochhalten, bitte? Würden Sie diesen Kuchen, den Sie für Prinz William gebacken haben, für die Kamera hochhalten, bitte? Würden Sie diese Rechnung von Virgin Media, auf der steht, dass Sie Pornographie bestellt haben – obwohl Ihr Mann das Gegenteil behauptet und jetzt zu tief drinsteckt, um es einfach zuzugeben –, für die Kamera hochhalten, bitte? Der Ausdruck auf ihrem Gesicht. Oh Lucas, das war grandios.
Ich weiß nicht, ob ich über das, was jetzt kommt, wirklich mit dir reden würde, aber ich stelle mir gern vor, dass wir ein cooles Geschwisterpaar sind, das sich nahesteht. Also los. Ich habe jemanden kennengelernt. Einen Typ. Vor etwa sechs Monaten jetzt. Es war seine Idee, dass ich dieses Video aufnehme. Er ist sehr, sehr süß. Er heißt Nick. Wir sind total verliebt.
Ich denke oft darüber nach, wie ich mich wohl deinen Freundinnen gegenüber verhalten hätte. Oder Freunden. Wäre ich überfürsorglich gewesen? Hätte ich dich mit meinen Freundinnen verkuppelt? Wärst du zu mir gekommen, um dir Rat zu holen? Wäre ich zu dir gekommen?

Vielleicht ist das eine gute Idee. Das hier könnte mein Forum sein, um dich um Rat zu fragen. Ich sehe mich nie als Einzelkind. Weil ich dich hatte. Es ist mir wichtig, dass du das weißt. Der Rest ist Gelaber, aber wenn mir nur eine wichtige Sache einfällt, die ich dir sagen möchte, dann ist es das wahrscheinlich schon wert. Richtig? Richtig. Okay. Das war's fürs Erste.
Bis bald. Hab dich lieb.

Ein Teil von mir möchte es auskosten, es über Tage hinziehen, um länger etwas von ihr zu haben. Der andere Teil möchte sich die Aufnahmen reinziehen, als wären sie *Der Pate I–III*. Man kann nie nach Teil I aufhören. Auch wenn man die Mängel von Teil III kennt, muss man ihn sehen. Ich weiß, welcher Teil von mir gewinnen wird. Er hat schon gewonnen, als ich Start drücke: *Ellie an Lucas – 10. April 2010.*

Sie ist jetzt in unserer Wohnung. 2010 hat Ellie kürzeres Haar. Sie trägt eins meiner Band-Shirts (von Regina Spektors Far Tour im vorigen Sommer), also kann sie noch nicht lange auf sein. Ich habe es immer geliebt, dass sie meine Sachen zum Schlafen trägt, vor allem meine alten, und sie dadurch verzaubert.

Heute ist sie superglücklich. Sie hat Requisiten in Form eines Notizblocks. Sie wirft einen Blick darauf, bevor sie in die Kamera spricht.

Hey, Lucas. Dieses Jahr bin ich besser vorbereitet. Ich habe eine Liste mit Dingen gemacht, die ich dir sagen möchte. Statt also Unsinn zu faseln, wie letztes Jahr, habe ich fünf Punkte. Bist du bereit? Gut.
Erstens: Meine – in Anführungszeichen – Karriere läuft immer noch gut, obwohl ich jetzt freiberuflich arbeite, statt nur für die Clapham Gazette. In letzter Zeit habe ich über

ein paar Konzerte berichtet, was super ist, weil ich dann normalerweise die Bands und Sänger kennenlerne und die sich über professionelle Fotos freuen, weil sie sonst nur verwackelte Handy-Schnappschüsse kriegen. Meistens mag ich meinen Job jetzt.

Was ich dir letztes Mal nicht erzählt habe. Du bist der Grund, dass ich fotografiere. Lange Zeit waren Fotos das Einzige, was ich von dir hatte. Ich schäme mich zu sagen, dass ich dein Gesicht manchmal vergesse, aber Mum und Dad haben genug Fotos gemacht, um das zu verhindern. Ich könnte mich darin verlieren. So viel dazu.

Zweitens: Mum und Dad. Dad hat uns dieses Jahr einen ganz schönen Schrecken eingejagt. Schlimmer Fall von Lungenentzündung gleich nach Neujahr. Ich mag Krankenhäuser nicht – aus offensichtlichen Gründen –, und ihn den ganzen Tag im Bett zu sehen, war furchtbar. Er hat gesagt, es ist wie im Gefängnis, worüber ich lachen musste, denn, ehrlich, Dad im Gefängnis? Ich kann ihn mir beim besten Willen nicht mit Tattoos beim Bankdrücken im Hof vorstellen. Als er über den Berg war, war schnell alles wieder beim Alten (d. h. Mum beschwert sich, dass das Gras zu lang ist).

Drittens: Ein Update über Manchester United. Tut mir leid, aber sie waren dieses Jahr nicht Erster. Doch offenbar war das Manchester-Derby eines der besten aller Zeiten, bei dem ein Mann namens Michael Owen in der sechsundneunzigsten Minute ein Tor geschossen hat. Was, wie man mir sagt, ziemlich spät ist, um ein Tor zu schießen. Ich weiß nicht, ob das stimmt, da ich allergisch gegen Fußball bin. Ich habe das alles extra für dich recherchiert. Mit Hilfe von Nick, was mich zu …

Viertens bringt: Nick ist immer noch so ein wunderbarer Mensch wie eh und je. Ich soll dich von ihm grüßen. Er hat

beschlossen, endlich ein oscargekrönter Drehbuchautor zu werden, doch er scheint mehr Zeit damit zu verbringen, oscargekrönte Filme zu sehen, als selbst welche zu schreiben. Er nennt es Recherche. Sicher ist es das. Vor ein paar Monaten sind wir zusammengezogen. In eine sehr kleine Wohnung über einem Blumenladen. Das ist praktisch, weil Jungs, wie ich dir gesagt habe, als du vier warst, sehr leicht müffeln. Die Blumen helfen dagegen. Doch selbst wenn Nick mal richtig schlimm stinkt, ertrage ich es gern für all die guten Zeiten. Es gibt so viele gute Zeiten.
Fünftens: Das wird heftig. Fünftens hat die Überschrift: »Dich zu verlieren«. Ich war traurig. Total traurig. Für eine ganze Zeit. Danach war ich sehr wütend. Für noch länger. Vorher waren wir eine glückliche Familie – und danach war da einfach eine Lücke. Wir gingen alle zu unterschiedlichen Therapeuten, und man hat uns viel darüber erzählt, dass das Leben weitergeht, und, keine Ahnung, vielleicht ist das irgendwann angekommen. Mum und Dad wurde ständig gesagt, dass sie jetzt vor allem an mich denken müssten, und es war furchtbar, das mitzubekommen. Ich fühlte mich mies, weil es so klang, als sollten sie dich vergessen und sich auf mich konzentrieren, denn das wollte ich gar nicht. Ich wollte, dass wir über dich reden. Jahrelang haben wir das nicht getan. Und jahrelang ging es mir richtig, richtig mies. Wie gesagt, dieser Kummer verwandelte sich in Wut, und ich glaube, ich kann glücklich sein, dass es mir jetzt gut geht. Ein paar falsche Entscheidungen, und ich glaube, mit dem Hattrick aus coolem Job, genialem Freund und glücklichem Zuhause wäre es schwierig geworden.
Letzten Endes ist alles auf eine Entscheidung hinausgelaufen. Ich bin froh, dass ich mich für die Liebe entschieden habe.

Ich vermisse dich. Ich hoffe, dir gefällt dieses Video. Mir tut es jedenfalls gut.
Hab dich lieb, Lucas. Bis nächstes Jahr.

Bevor ich gierig die nächste Aufnahme starte, versuche ich zu verstehen, mit welcher Absicht sie mir diese Aufnahmen geschickt hat und warum ich mich entschieden habe, sie anzusehen. Warum tun wir uns das an? Was lernen wir daraus? Nostalgie ist auch nicht mehr das, was sie mal war.

Und jetzt fällt es mir wieder ein. Es gibt da einen Mann, den ich etwas fragen muss.

Das letzte Mal, als ich bei Richard vorbeigekommen bin, habe ich ihn eigentlich gar nicht gesehen. Ich habe nur seine Stimme über die Gegensprechanlage gehört, die mir sagte, dass er mich nicht reinlassen würde, um Ellie ihren Fahrradhelm zurückzugeben. Als er diesmal hört, dass der Exfreund seiner Tochter vor seinem schicken Battersea-Apartment steht, beschließt er, den Türöffner zu drücken.

In seinem Stockwerk angekommen, muss ich mich kurz einen Moment sammeln. Warum bin ich hier? Was erhoffe ich mir davon? Hätte ich ihm nicht einfach eine Nachricht schreiben können, um mich zu entschuldigen? Ich klopfe, und er öffnet die Tür.

Er bittet mich weder rein, noch begrüßt er mich. Er dreht der offenen Tür einfach den Rücken zu, sodass ich eintrete und sie hinter mir schließe. Um ehrlich zu sein: Das ist ein ziemlich cooler Move für einen über Sechzigjährigen.

Während ich kleinlaut über die schwarz-weißen Fliesen im Flur gehe, sehe ich die Rückseite von Richards Beinen in ein Zimmer abbiegen. Meine Gedanken schweifen ab, und ich ziehe kurz die Möglichkeit in Betracht, dass er mich nur reingelassen hat, um mich in Ruhe umzubringen und dann auf

Notwehr zu plädieren. Er könnte der Polizei erzählen, dass er keine Ahnung hatte, wer ich war, dass er dachte, ich sei ein Einbrecher, weshalb er mich mit seiner beschichteten Bratpfanne erschlagen hat.

Er hat mir immer noch den Rücken zugewandt, und er schenkt sich ein Glas Wein ein. Ich vermute, das Glas und der Wein kosten mehr, als ich heute verdient habe. Mir bietet er nichts an.

»Ich bin beeindruckt«, sagt er. »Ich hätte nicht gedacht, dass du den Mut hast, dich persönlich zu entschuldigen.«

»Wie kommst du darauf, dass ich hier bin, um mich zu entschuldigen?«

Er nippt und zuckt die Schultern, obwohl das Nippen eher ein Exen ist.

»Ehrlich gesagt, tut es mir wirklich leid. Und ich bin tatsächlich hier, um dir das zu sagen.« Ich weiß, wenn ich die Entschuldigung, die er verdient, auch nur für einen Moment hinauszögere, verliere ich den Mut.

Er greift nach seinem Handy und scrollt durch die Nachrichten, die ich ihm geschickt habe, bevor ich auf Toms Party stockbesoffen umgekippt bin.

»Es tut dir also leid, dass du gesagt hast: ›Weil du deine Frau nicht glücklich machen konntest …‹«

Ich zucke zusammen, während er weiterliest, und versinke in einem schamigen Morast aus Scham. Es ist, als würde er mir ein Video von mir im Grundschulchor zeigen, in dem mir gerade die Hosen runtergezogen werden und ich mich einnässe.

»… trägst du die Schuld an meinem und Ellies Elend.«

»Ja. Dafür. Es tut mir sehr leid.«

Er öffnet eine weitere Nachricht.

»Und dafür, dass du mich ›manschiges Paraquat‹ genannt hast?«

»Das sollte ›menschliches Paraquat‹ heißen. Aber ja. Dafür auch.«

»Was ist ein ›Para…‹?«

Ich falle ihm ins Wort. »Das ist unwichtig. Wichtig ist, dass ich nichts davon hätte sagen sollen. Ich war in einer schlimmen Verfassung und habe einen Sündenbock gesucht. Aus irgendeinem Grund warst du das. Nimmst du meine Entschuldigung an?«

Er leert sein Glas und schenkt sich noch eins ein, während er über meine Frage nachdenkt. Dann lächelt er und streckt den Arm aus, nur ein bisschen. Ich erwidere sein Lächeln und strecke die Hand aus, um den Olivenzweig anzunehmen, als er ihn zurückzieht.

»Nein, ich nehme deine Entschuldigung nicht an.«

»Warum?«, quengle ich.

»Ich habe dir dreißig Jahre Erfahrung im zu Kreuze Kriechen voraus, und das war bestenfalls viertelherzig.« Zum ersten Mal setzt er sich. Und sieht gleichzeitig zu mir auf und auf mich herab. »Wieso willst du überhaupt, dass ich dir verzeihe? Zwischen dir und Ellie ist es aus. Dafür hast du gesorgt.«

»Was soll das heißen?«, frage ich, obwohl ich sehr gut weiß, was das heißen soll. Mir ist nur nicht klar, wieso er es durchschaut hat.

»Ellies Mutter war nicht die einzige Frau, mit der ich je zusammen war«, erklärt er. »Wir sind uns erst begegnet, als ich siebenundzwanzig war. Ich weiß nicht, warum es für deine Generation so schwierig ist, sich vorzustellen, dass wir in unserer Jugend mehrere Partner hatten. Wahrscheinlich weil ihr alle solipsistisch denkt.«

Nach einem Blick in mein Gesicht erklärt er: »Ihr denkt, die Welt existiert nicht, wenn ihr nicht da seid.«

»Ich weiß, was Solipsismus ist«, erwidere ich leicht gereizt.

»Kam das mal in einem Film vor?«

Touché, Mr Brown. Touché, denke ich.

Laut sage ich: »Also, beeindrucke mich durch deinen Scharfblick. Warum haben Ellie und ich uns getrennt, Richard?«

»Ich habe nicht gesagt, dass ich weiß, warum. Ich weiß nur, was du getan hast. Ich habe es selbst getan. Wahrscheinlich auch bei meiner Frau.«

»Exfrau.«

»Ja, danke, Nick.«

Er sammelt sich und trinkt noch einen Schluck Merlot.

»Wenn du dich von jemandem trennen willst, den du liebst, gehst du Auseinandersetzungen aus dem Weg. Du streitest dich nicht – oder schlimmer noch, gehst fremd –, all das tust du nicht, weil es Gefühle aufwirbelt, und dann könnte dir klar werden, wie viel du ihr bedeutest und sie dir. Nein. Um die Sache zu beenden, verblasst man einfach nach und nach …«

Richard sieht zu dem Foto von seiner Familie, alle vier glücklich.

»… bis du ganz verschwunden bist.«

Ich gehe zur Weinflasche und gieße mir selbst ein Glas ein. Richard zuckt nicht mal mit der Wimper.

»Und warum hast du das getan?«, frage ich. Zum einen hoffe ich, seine Antwort könnte mir helfen. Zum anderen will ich es wirklich wissen, falls ich irgendwie helfen kann.

»Es gab nicht den einen Grund. So einfach ist es selten. Vor allem nach so langer Zeit. Und du?«

Ich kratze mich am Hinterkopf und reibe meinen Nacken. Plötzlich fühle ich mich sehr klein.

»Weil sie es verdient, glücklich zu sein, und ich nicht gut genug für sie war.«

Zum ersten Mal sieht er mir in die Augen.

»Ich mag dich nicht, Nick. Ich bin froh, dass du nicht mehr Teil meines Lebens bist. Du machst seltsame Witze, auf die du dir auch noch was einzubilden scheinst. Du bist auf eine

Art schwammig, die mich abstößt. Mit fast dreißig ziehst du dich immer noch so an wie ein Jugendlicher. Du sagst Sachen wie: ›Beeindrucke mich durch deinen Scharfblick‹ und denkst, die Leute merken nicht, dass du den Satz aus *Schweigen der Lämmer* geklaut hast, obwohl es eigentlich ›Faszinieren Sie mich durch Ihren Scharfblick‹ heißt.«

Scheiße, denke ich. Er hat recht.

»Aus all diesen Gründen mag ich dich nicht, Nick.«

Er unterbricht seine Urteilsverkündung für einen Augenblick, und das Mitleid kehrt zurück.

»Aber meine Tochter mochte dich.«

Das ist vielleicht das Netteste, was er je zu mir gesagt hat, und fast hätte ich auf seinen teuren Perserteppich geheult.

»Danke, Richard«, sage ich. »Ich geh dann lieber mal. Ich muss noch ein Video ansehen.«

Während er mich aus dem Zimmer begleitet, murmelt er: »Und da ist sie wieder, diese Schwammigkeit.«

»Vielleicht war das einer von meinen selbstgefälligen Witzen.« Ich erwidere den mitfühlenden Blick von eben.

»Kommst du klar?«, frage ich.

Er schüttelt den Kopf. »Wenn ich nein sage, machst du dann eine Liste mit Filmen, die wir zusammen anschauen können, um mich zu trösten?«

Er sieht den Enthusiasmus in meinen Augen, und ich sehe die Angst in seinen.

»Wenn du das möchtest.«

»Mach's gut, Nick.«

Als ich in die Wohnung zurückkomme, ist Ronnie nicht da, deshalb kann ich in Ruhe das dritte Video ansehen. Eigentlich ist es das *BONUS*-Video, auf das ich neugierig bin, doch wie ich Ellie kenne, gibt es einen Grund, warum sie will, dass ich die anderen zuerst sehe.

Ich klicke auf *Ellie an Lucas – 10. April 2011*, und wie durch Zauberhand ist sie wieder bei mir. Für Uneingeweihte sieht sie aus wie 2010. Statt des T-Shirts trägt sie einen Pulli. Die Frisur ist dieselbe, nur hochgesteckt. Die Ohren stolz präsentiert. Aber da ist noch etwas anderes. Etwas, woraus ich nicht ganz schlau werde. Etwas hinter den Augen. Ein Selbstbewusstsein, das mir damals nicht aufgefallen ist.

Ich drücke Start.

Ich bin's. Von der anderen Seite.

Dieses Mal im Präsens. Ich denke, in den letzten Jahren haben wir Neues und Altes abgedeckt, aber heute bleiben wir ganz im Hier und Jetzt. Abgemacht? Abgemacht. Na ja, jedenfalls werde ich es versuchen. Die Vergangenheit besitzt schließlich immer noch eine gewisse Anziehungskraft.

Mum und Dad geht es gut. Er interessiert sich plötzlich für Gartenarbeit. Nachdem man ihn jahrelang zwingen musste, den Rasen zu mähen und die Hecke zu schneiden, hat er jetzt Spaß daran. Er hat sogar ein kleines Gemüsebeet angelegt, auch wenn alles krumm und schief wächst. Trotzdem ist er stolz auf seine krummen Möhren, also lassen wir ihn. Mum geht nächstes Jahr in Rente, und ich bin sicher, ihr fällt etwas ein, damit die Dinger gerade wachsen. Ob sie sich vertragen, wenn sie vierundzwanzig Stunden am Tag aufeinanderhocken, weiß man nicht.

Bei der Arbeit gibt es Höhen und Tiefen. Als Freiberufler heißt es: Friss oder stirb. Ich überlege, mich wieder fest anstellen zulassen, sosehr ich den Gedanken auch hasse. Es ist schön, dass Nick eine Art festen Job hat, obwohl ich bezweifle, dass er so zukunftssicher ist, wie Nick glauben möchte.

Letzte Woche hat er mir einen alten Film gezeigt. Das macht er manchmal. Früher hat mich das ein bisschen ge-

nervt, weil ich das Gefühl hatte, er will mir seinen Geschmack aufzwingen, aber ich weiß, er will mir nur zeigen, was er liebt. Es ist okay, wenn der Film gut ist – und der von letzter Woche war gut. Jedenfalls spielt er teilweise im Himmel, und es gibt eine Szene, in der die Hauptfigur darüber sinniert, wie das Leben nach dem Tod ist: »Ich glaube, es beginnt dort, wo dieses aufhört, alle irdischen Probleme gelöst, aber mit größeren, die es zu lösen gilt.« Das hat mir gefallen. Ich habe an dich gedacht, als er das gesagt hat. Ich habe mich gefragt, ob dich da, wo du bist, meine irdischen Probleme interessieren. Nicht dass ich viele hätte. Ich weiß, was für ein Glück ich habe, und ich bin für das alles dankbar.

Aber ich mache mir manchmal Sorgen um Nick. Manchmal verschwindet er einfach. Ich meine nicht in den Pub oder so. Ich meine, er verliert sich in seinen Gedanken. Irgendjemand sagt etwas, und ich sehe ihn in die Luft starren und grübeln, was es bedeutet, als läge eine tiefere Bedeutung in einem Witz oder einer beiläufigen Bemerkung. Er nimmt sich die Dinge so zu Herzen. Ich vermute, das tun viele von uns, aber bei ihm fällt es mir mehr auf als bei irgendjemandem sonst. Das ist keine Schwäche, aber ich wünschte irgendwie, ich könnte ihn hier in der Gegenwart halten. Ich würde ihn am liebsten anschreien: »Wach auf, Nick.« Vermutlich egoistisch von mir.

Ich frage mich, was die Zukunft für uns bereithält. Wir haben über Kinder geredet, aber nie übers Heiraten. Oft fühle ich mich selbst noch wie ein Kind. Nächstes Jahr werde ich dreißig. Verrat es niemandem.

C'est la vie, mon ami.

Okay, tschüss.

Das abrupte Ende ist wie ein Schlag ins Gesicht. Wenn ich daran denke, dass ich neulich von einem Couchtisch tatsächlich einen Schlag ins Gesicht bekommen habe, ist die Analogie vielleicht nicht ganz stimmig. Der erste hat mich bewusstlos geschlagen, dieser hat eine andere Wirkung.

Sowohl Gabby als auch Ellie haben eine Diagnose gestellt, und sie irren sich selten.

Gibt es ein Heilmittel?

Um mich zu quälen, springe ich zu der Stelle zurück, als Ellie sagt: »Wach auf, Nick.« Ich spiele sie immer wieder ab, als wäre sie Pinkie Brown und dies das Ende von *Brighton Rock*.

Das ist es nicht. Aber da ich allein bin, kann ich so tun als ob.

42

5. November 2008 – 05:35 GMT
Obama 338
McCain 155
Barack Hussein Obama ist designierter Präsident

Die Kamera war auf eine leere Bühne im Grant Park in Chicago gerichtet, während *Higher and Higher* von Jackie Wilson gespielt wurde. So historisch dieses Ereignis auch war, für mich ist dieser Song so eng verbunden mit *Ghostbusters 2*, dass ich unwillkürlich an Bill Murray und Co. denken muss, als Obama die Menge mit einem rockstarmäßigen »Hallo, Chicago!« begrüßt.

»Seid still. Seid doch alle mal still!«, schrie der dreistere von Toms amerikanischen Gästen.

Und alle gehorchten. Inklusive Tom, der mit verschränkten Armen dastand und nur darauf wartete, eine geistreiche oder abfällige Bemerkung zu machen, um das Gefühl der Einheit zu unterwandern.

Der designierte Präsident eröffnete seine Rede mit einem Hinweis darauf, wie unglaublich das Erreichte war. »Wenn es da draußen noch immer jemanden gibt, der daran zweifelt, dass in Amerika alles möglich ist, wenn es jemanden gibt, der glaubt, der Traum unserer Gründerväter sei nicht mehr lebendig, der an der Kraft der Demokratie zweifelt – dann ist diese Nacht unsere Antwort darauf.«

Während die beiden Amerikaner im Raum johlten und jubelten, reagierte die britische Fraktion mit einem wissenden Nicken. Namentlich die anderen 95 Prozent im Haus.

Vielleicht lag es daran, dass alle Anwesenden – mit Ausnahme von Tom – sich wünschten, dass Obama ihr Staatsoberhaupt wäre, aber irgendwie war es auch sehr britisch, in der Eröffnung seiner Rede darauf hinzuweisen, wie total verrückt das Ganze war. Der Ton war zwar ein bisschen hurrapatriotisch, aber die Botschaft lautete: »Okay, Leute, das ist wirklich passiert.«

Eine kleine Gruppe, ein paar Jahre jünger als der Rest, nutzten die Rede für ihre Trinkspiele. Sehr zum Verdruss der Amerikaner eins und zwei. Einer der Spieler trank jedes Mal einen kurzen Southern Comfort, wenn Obama das Wort »Wandel« sagte. Er war noch vor Ende der Rede bewusstlos.

Für mich gab es einen zentralen Satz: »Was wir schon erreicht haben, macht uns Mut für das, was wir morgen erreichen können und müssen.« Auch wenn es nicht an zwei zufriedene Mittzwanziger in Südlondon gerichtet war, sahen Ellie und ich uns in die Augen, und unsere Hände fanden sich. Der Moment war vorbei, als jemand vor Lachen kreischte und auf Tom zeigte: »Weinst du? Du weinst ja!«, verspotteten sie ihn, obwohl sie selbst nasse Wangen hatten.

»Er hat Gefühle!«, rief ein anderer. Und Tom verschwand ratzfatz in einem Knäuel aus Umarmungen.

»Lasst mich los, ihr Scheißliberalen«, schrie er und schnappte nach Luft.

Während sich das Knäuel auflöste und ihm im Gehen alle noch mal das Haar verwuschelten, sah ich zu Tom rüber, der die Tränen in seine Augen zurückdrängte.

»Sie ist vermutlich ziemlich gut«, räumte er widerwillig ein.

Ich ließ Ellies Hand los, um ihn in die Arme zu schließen. Sie sah grinsend zu, als er mich ebenfalls spielerisch wegschubste.

Das übliche »Gott segne die Vereinigten Staaten von Amerika« verkündete das Ende der Rede, doch Springsteen verhieß, dass die Nacht noch lange nicht vorbei war. Ich legte meine Arme um Ellies Schultern, und wir wiegten uns im Takt der Musik.

In jenem Raum, in jener Nacht gab es keinen Zynismus, keine Zweifel. Niemand sagte, dass irgendjemand irgendetwas nicht schaffen könnte. Es gab Hoffnung.

43

Mein ursprünglicher Plan war, das letzte Video bei Ronnie zu gucken. Aber heute veranstalten er und ein paar Freunde ihr jährliches Weihnachtsbacken. Also packe ich meinen Laptop und Ellies USB-Stick ein und gehe los.

Ich wusste nicht genau, wohin ich wollte, doch ich erfreute mich an der Weihnachtsbeleuchtung, die selbst den düsteren Teilen Londons ein bisschen Glanz verleiht. Mein innerer Navi führt mich an einer Reihe von meinen und Ellies Lieblingsplätzen vorbei. Der Pub, in dem wir unser zweites Date hatten. Der Club, in dem wir Frightened Rabbit mit ihrem Album *The Midnight Organ Fight* gesehen haben. Die Bank, auf der sie immer saß, wenn sie mich von der Arbeit abholte.

Und jetzt bin ich hier und sehe an dem Gebäude hoch, in dem ich schon tausendmal war.

»Das ist ein ziemlich großer Gefallen während der Öffnungszeiten«, sagt Seb. »Wie lang ist die Datei?«

»Weniger als fünf Minuten«, antworte ich.

Er sieht auf den kleinen Zettel mit den Filmanfangszeiten. Das einzige analoge Relikt in dieser völlig neuen digitalen Welt.

»Kino 2 ist frei«, sagt er und zeigt auf eine blinkende Tafel mit Skalenscheiben und LEDs.

»Maschine statt Mensch«, scherze ich.

»Es waren schon immer Maschinen, Nick.«

Er öffnet das Fenster zwischen Vorführraum und Kinosaal und führt ein langes graues Kabel hindurch. Ein Ende schließt er an den digitalen Projektor an.

»Danke für die Edinburgh-Sache«, sage ich.

»Kein Problem. Ich weiß, es ist nur vorübergehend, aber übernimmst du den Job?«

»Ich weiß nicht genau. Ich möchte schon, aber ... Keine Ahnung, mal sehen.«

Er drängt nicht auf eine Antwort. Stattdessen schmeißt er den digitalen Projektor an, indem er irgendwelche Codes eingibt.

»Hast du ihr schon einen Namen gegeben?«, frage ich.

Seb schüttelt den Kopf.

»Darf ich sie Brigitte, der Maschinenmensch, nennen? Für einen alten Freund?«

Er legt eine gütige Hand auf meine Schulter. »Tu, was du willst, aber sei um Viertel vor hier raus. Abgemacht?«

Ich salutiere und gehe zurück in die letzte Reihe von Kinosaal 2. Ich schließe das andere Ende des langen grauen Kabels an meinen Laptop an, und der Bildschirmschoner erscheint auf der Kinoleinwand. Ich öffne *BONUS* und drücke Start.

Ellies Gesicht lächelt mir aus zwölf Metern Entfernung entgegen und sieht noch genauso aus wie am Flughafen, als ich mich von ihr verabschiedet habe. Und doch ganz anders. Vielleicht finde ich diesmal heraus, warum.

Hey, Nick – ich wette, du dachtest, ich würde ein »der Wichser« dranhängen. Nun, ich werde bald dreißig, und wie The Korgis – und neuerdings Beck – singen: Everybody's gotta learn sometime, jeder muss irgendwann lernen, und mit lernen meine ich erwachsen werden. New York ist groß. Und hoch. Ich wette, das wusstest du nicht.

Amerikaner arbeiten gern, und als Möchtegernamerikanerin tu ich das jetzt auch. Ich würde nicht sagen, dass mir der Job zu teuer verkauft wurde, vielleicht war es ein Fall von Nickeritis, wie ich ihn mir ausgemalt habe – mehr historische Ereignisse, weniger Katzenfotos –, aber es ist manchmal ein bisschen stumpfsinnig. Deshalb habe ich nach fünf Wochen wenig, womit ich dich beeindrucken kann. Obwohl ich neulich mit Michael Sheen im Fahrstuhl gefahren bin. Er hat die Frau, die bei ihm war, oft zum Lachen gebracht. Ich habe an dich gedacht.
Ich habe wieder an dich gedacht, als ich letzte Woche allein im Kino war. Ich weiß! Vier Jahre waren wir zusammen, und das kam für mich nie infrage. Ich habe mich immer geweigert, wenn du mir einen Film empfohlen hast, den du schon gesehen hattest. »Aber mit wem soll ich reingehen?«, habe ich gefragt. Und du immer: »Geh doch allein«, und ich so: »Nein, nur Loser gehen allein ins Kino!«, und du hast dann beleidigt getan.
Der Tag ist gekommen, und es war okay. Hat sogar irgendwie Spaß gebracht. Es wird dich freuen zu hören, dass du recht hattest. Jetzt fällt es mir leichter, das zuzugeben.
Der Film, den ich gesehen habe, hieß Ruby Sparks und war mit dem Stummen aus Little Miss Sunshine und einem Mädchen namens Zoe irgendwas. Du weißt ja, ich kann mir Namen nicht gut merken. Ich werde nicht zu viel verraten, falls du ihn noch sehen willst, aber es ging um einen einsamen Typ, der kein Glück in der Liebe hat, und er ist Schriftsteller, und er schreibt also über seine Traumfrau, und sie erwacht zum Leben. Klingt wahrscheinlich ein bisschen wie L. I. S. A. – Der helle Wahnsinn. Ist aber ganz anders.
Ich will das jetzt nicht bedeutungsschwanger klingen lassen, aber du solltest ihn dir ansehen. Mich würde inter-

essieren, was du von dem Typ hältst und dem Ende und … na ja, ich will nicht zu viel verraten. Er ist schon im Juni angelaufen, aber dieses coole kleine Programmkino spielt ihn noch. Läuft er bei euch schon? Das zu sagen hat sich jetzt komisch angefühlt.

Ich hoffe, Gabby und Klein Freddie geht es gut. Ich hätte nie gedacht, dass Gabby mal eine Facebook-Mutti wird, die jeden Moment festhält und im Netz teilt, aber nach der Häufigkeit ihrer Posts zu urteilen, bedaure ich dir mitteilen zu müssen, dass es so ist. Ich nehme an, du umgehst noch immer alle sozialen Medien? Ich chatte öfter mal mit Gabby und, na ja, einer der vielen Gründe, warum ich das hier für dich aufnehmen wollte, ist, dass sie mir erzählt hat, wie sehr du dich grämst, dass du dieses Jahr Lucas' Tag vergessen hast.

Bitte. Tu das nicht.

Diese Videos, diese Idee, war das Liebste, was sich je jemand für mich ausgedacht hat. Sie haben mich daran erinnert, wie lieb ich ihn hatte, und ich habe mich ihm zum ersten Mal seit Jahren wieder nah gefühlt. Du hast immer gesagt, dass sie nur für mich bestimmt sind, aber ich dachte, sie könnten dir nützen. Oder mir. Jedenfalls hoffe ich, du hast sie dir angesehen. Das würde mich freuen.

Jetzt zum schwierigen Teil. Ich weiß, es ist falsch von mir, das zu sagen, aber ich dachte immer, wenn wir mal eine schlechte Phase haben, bist du es, der uns da durchbringt. Tut mir leid, dass ich dich damit alleingelassen habe. Das war nicht fair. Oder richtig. Ich werde es ewig bereuen.

Zu guter Letzt: Ich möchte nicht, dass du denkst, Gabby und ich reden nur über dich – das hier ist an dich gerichtet, deshalb lasse ich aus, worüber wir sonst noch reden –, aber sie hat erwähnt, dass du dachtest, meine Einladung, mit

mir nach New York zu kommen, sei nicht ernst gemeint gewesen. Das war sie, Nick. Natürlich war sie das. Und sie ist es noch.
Ich weiß nicht, wie ich dich davon überzeugen kann, wenn du dich nicht überzeugen lassen willst.
Ich weiß, es ist eine lange Reise, aber wenn du je kommen willst, würde ich mich freuen.
Du fehlst mir.

Und einfach so ist sie weg. Doch nicht bevor ich endlich begreife, was an ihren Augen anders ist. Sie war gewachsen. Nachdem ich die verschiedenen Ellie-Versionen von vor vier Jahren bis heute gesehen habe, wird mir klar, wie sehr sie sich verändert hat.

Wir waren beide Kinder. Viel länger, als gut für uns war.

Es ist leicht, über die Absicht hinter geschrieben Worten zu streiten. Eine kurze E-Mail kann leicht missverstanden werden. Eine SMS noch eher. Das hier dagegen, das ist so echt. Ich spüre die Worte. Und in diesen Worten spüre ich Ellie. Ich spüre, dass sie einsam ist, und ich spüre ihre Liebe zu mir. Und ich wünschte, ich wünschte mir so sehr, dass ich diese beiden Dinge trennen könnte, um herauszufinden was davon stärker ist.

Weniger als vierundzwanzig Stunden später habe ich einen Brief an Ellie entworfen. Ich sage entworfen. Was ich meine, ist, ich habe ihn vierzehn Mal geschrieben. Manchmal habe ich die Einzelheiten meines langweiligen Jobs weggelassen. Andere Male erzähle ich sie. Ein paar Versionen enthalten eine Zusammenfassung von *Obamas Wahlnacht II: Die Dröhnung*, in der ich meine abscheulichen Taten berichte. Eine enthüllt sogar die volle Wahrheit über mein Date mit Mia. Inklusive Fenster.

Diese letzte Version, die ich in der Hand halte, ist die, die ich abschicken werde.

Sinn und Zweck des ganzen Dokuments ist vor allem, dass Ellie sich besser fühlt, deshalb habe ich einen Absatz hinzugefügt, in dem ich ihr verspreche, dass Solo-Kino kein Dauerzustand sein wird, wenn sie das nicht will. Dass sie, wenn sie die Zehn-Prozent-Regel erfüllt hat – die von einem Genie erfunden wurde, füge ich hinzu –, jeden Typ von Brooklyn bis zur Bronx haben kann. Und was die Zehn-Prozent-Regel angeht, schreibe ich, habe ich inzwischen den unwiderlegbaren Beweis, dass es das absolute Minimum der benötigten Zeit ist.

Ich nutze den Brief auch, um mich zu entschuldigen. Für die »Narkolepsie«, wie Gabby es nennt. Ich sage ihr, dass ich zwar hoffe, sie weiß das, aber falls nicht, dass ich mich für sie freue. Dass ich sie toll finde und dass es gut ist, dass guten Menschen gute Dinge widerfahren.

Ich lasse sie wissen, dass es neben der Zehn-Prozent-Regel eine Drei-Monats-Regel für jeden neuen Job gibt, und deshalb soll sie sich, wenn sie nach drei Monaten nicht glücklich ist, was Neues suchen. Wohin auch immer es sie verschlägt. Alles, was sie wissen muss, wird sie innerhalb dieser zwölf Wochen erfahren, und wenn der Job nichts für sie ist, ist das Leben, wie sie bei diversen Gelegenheiten selbst gesagt hat, zu kurz, um unglücklich zu sein.

Der schwierigste Teil des Briefes war, etwas zu den Videos zu schreiben. Ich habe sogar überlegt, selbst eins aufzunehmen: darüber, wie toll sie ist, aber es klang immer, als wollte ich sie zurückgewinnen.

Das kann ich nicht in einem Brief.

Wenn sie nur wieder hier wäre. Wenn sie nur die Straße runter …

Ich danke ihr erneut für die Einladung. Gebe zu Protokoll, dass ich jetzt weiß, es ist ernst gemeint. Mache sogar einen

Scherz darüber, dass ich, da ich ja ihre Adresse habe, vielleicht eines Tages mit einem Hotdog und einer Baseballkappe vor ihrer Tür stehe.

In meinem Brief steht, dass ich wieder schreibe, und ich danke ihr für Stift und Notizblock, die sie für mich versteckt hat. Ich erzähle ihr, dass ich wieder Absagen bekommen habe, aber eine Produktionsfirma meint, mein Zeug hätte Potenzial. Sie haben Verbesserungsvorschläge gemacht. Der alte Nick hätte seine Spielsachen aus dem Kinderwagen geworfen und sich geweigert, auch nur ein Wort zu ändern. Jetzt tröste ich mich mit der Erkenntnis, dass ein Drehbuch nichts wert ist, wenn niemand etwas daraus machen will.

Ich hoffe, sie nimmt es mir nicht übel, aber ich habe ein bisschen über uns geschrieben. Hab die Namen geändert, um die Schuldigen zu schützen. Ich erzähle ihr, dass ich über unser erstes Weihnachten geschrieben habe. Über die unselige Reise nach Cannes. Über die Schwangerschaft, die keine war, und den Streit, der einer war.

Ich habe die Geschichten abgetippt, erzähle ich ihr, auf meinem Laptop gespeichert und mir selbst gemailt, damit sie nicht verloren gehen. Aber ich finde, sie sollte die Originale haben. Ich habe sie in den Umschlag gesteckt, bevor ich das Haus verlassen habe.

Was ich nicht in dem Brief erwähne – weil ich nicht glaube, dass es ihr hilft –, ist, woran ich gerade arbeite. An mir selbst. Das ist etwas, das ich ihr nur persönlich sagen kann. Gabby war im Krankenhaus ganz nah dran, die richtige Frage zu stellen. Sie hat gefragt: »Magst du es eigentlich, unglücklich zu sein?«, doch was sie hätte fragen sollen, war: »Magst du dich selbst eigentlich, Nick?« Viel zu oft ist die Antwort nein.

Und das ist die Wahrheit, vor der ich die Augen verschlossen habe.

Mit Ellie und mir ist es nicht vorbei, weil wir es überstürzt haben. Es ist nicht vorbei, weil sich das Leben gegen uns verschworen hat. Es ist nicht vorbei, weil alles irgendwann vorbei geht. Und es ist auch nicht vorbei, weil ihre Eltern Zweifel in uns gesät haben.

Es lag an keinem dieser Gründe und an allen.

Beziehungen enden, wenn die Menschen sich nicht mehr reinhängen. Und aus vielerlei kleinen Gründen – und einem großen – habe ich mich nicht mehr reingehängt.

Es ist meinetwegen aus. Wegen der Entscheidungen, die ich getroffen habe. Weil, wie ich zu ihrem Vater gesagt habe, sie es verdient, glücklich zu sein. Wie in jener ersten Nacht, als ich versucht habe, wegzulaufen, weil ich Angst hatte, ja, aber auch, weil ich ehrlich glaubte, dass ich sie nicht verdiene. Ellies Magie lag darin, dass ich, solange sie ganz da war, nie an mir gezweifelt habe. Mit ihr war die Antwort ja.

Sie hat es hinbekommen, dass ich mich mochte.

Für eine kurze Phase, in der sie mich mir selbst überlassen musste, in der sie Hilfe brauchte, war ich nicht für sie da. Ich kreiste nur um mich und stellte mir vor, wie ich mich fühlen würde, wenn sie mich verließ. Ich hatte Angst, wieder allein zu sein, und ich wollte auf keinen Fall, dass sie diese Entscheidung traf. Ich schützte mich auf die einzige Art, die ich kannte. Indem ich dichtmachte. Was ich getan habe, war egoistisch, grausam und blind. Ein wahnsinnig dummer Akt der Selbstsabotage. Doch jetzt stehe ich hier. Ich bin traurig. Ich bin frei. Frei von den Zweifeln, dass ich ihre Liebe nicht verdiene.

Und jetzt kommt die Moral von der Geschicht'. Denn wenn ich etwas aus den ganzen Filmen, die ich gesehen habe, gelernt habe, dann dass es immer eine Moral gibt.

In dieser Geschichte – meiner Geschichte – spielt es keine Rolle, was Ellies Mutter gesagt hat. Oder was Ellies Vater denkt. Oder wie die Leute im Restaurant uns anstarren. Oder was ich von mir selber halte. Wichtig ist nur, was die wichtigen Menschen denken. Und im Allgemeinen sehen sie mich in einem besseren Licht.

Und was Ellie angeht? Es war nie meine Entscheidung, ob ich gut genug für sie bin.

Es war ihre.

Als ich bei der Post ankomme, um die kleinen Briefumschläge mit rot-blau-weißem Rand zu kaufen, strecke ich meine steife Hand in die kalte Luft. Sie ist ziemlich müde vom Schreiben der vielen Versionen letztlich sehr ähnlicher Briefe. Ich wusste die ganze Zeit, was ich sagen muss, ich wollte es nur richtig machen.

Weihnachten steht bevor, die Gänse werden fett, und die Schlange am Postschalter ist länger als die schwarze Liste des Weihnachtsmanns. Eine blinkende Tafel informiert mich, dass der Wechselkurs bei 1 GBP = 1,59 UDS steht. Ich halte auch meine Antwort auf das Stellenangebot als Vorführer in Edinburgh in der Hand. Von der gibt es nur eine Version. Ich weiß, wo ich Weihnachten verbringen werde. Ich weiß, dieses Jahr werde ich an meinen Neujahrsvorsätzen festhalten. Zum ersten Mal seit langer Zeit weiß ich, wohin es geht.

44

5. November 2008 – 06:45 GMT
Obama 338
McCain 155
Barack Hussein Obama ist designierter Präsident

Bitte lächeln«, sagte Ellie, und als ich mich umdrehte, sah ich direkt ins blendende Blitzlicht. Es hinterließ beim Blinzeln diesen kleinen weißen Fleck vor meinem Auge. Sie schüttelte das Polaroid und erklärte, dass jedes dieser Dinger ungefähr ein Pfund koste, weshalb sie diese Kamera selten benutze, außer zu besonderen Anlässen.

»Aber ich mag ihre Unmittelbarkeit«, sagte sie, während das Bild Gestalt annahm. »Und das hier? Das ist eins fürs Leben.«

Sie zeigte mir das Foto, und mir gefiel das Ergebnis. Ich fand selten, dass ich gut aussah, aber die Art, wie sie mich ansah, gab mir Selbstvertrauen. Wenn ein Mädchen wie sie einen Jungen wie mich so ansehen konnte …

»Fürs Leben? Ist es nicht ein bisschen zu früh für solche Aussagen?«, fragte ich.

»Du hast wahrscheinlich recht. Wohl eher für ein Jahr.«

»Wie wär's mit vier? Wir könnten uns bei der nächsten Wahl wieder hier treffen. Uns ein zweites Mal ver…« Ich korrigierte mich. »Ein zweites Mal kennenlernen.«

Ich sah mich um, inmitten all der glücklichen Leute, und beschloss, dass es kein schlechter Plan war.

Die Party ging allmählich zu Ende, und einige vertraute Gesichter strebten zum Ausgang. Ein junges Pärchen, das Händchen hielt, erkannte ich sofort wieder. Er war der Unglücksrabe, dem beim kurzlebigen Trinkspiel das Wort »Wandel« zugeteilt worden war. Er hatte sich erstaunlich schnell erholt. Sie, das fiel Ellie und mir gleichzeitig auf, trug nur einen Schuh.

Ellie zeigte auf den nackten Fuß des Mädchens, als sie vor uns zur Tür hinausgingen.

»Ist das …?«

»Ich glaub schon«, erwiderte ich, während wir ihnen folgten und beobachteten, wie sie die Stufen zum Garten bewältigten. Die Sonne machte sich bereit für den neuen Tag.

»Alle Achtung!«, sagte Ellie.

»Wie lange gibst du ihnen?«, fragte ich.

»Oh, das ist der Anfang von etwas ganz Besonderem für die beiden«, sagte sie voller Überzeugung. »Und damit meine ich Heiraten, Kinderkriegen, das ganze Drama.«

Wir verfolgten, wie das Pärchen das Ende des Wegs erreichte. Sie blieben stehen, küssten sich, dann wandten sie einander den Rücken zu und kotzen in perfekter Synchronität. Danach gingen sie in entgegengesetzte Richtungen davon.

»Also.« Ellie wandte sich mir zu. »Bist du sicher, dass du es nicht bei einer einzigen besonderen Nacht belassen willst?«

Ich tat mit einem in die Länge gezogenen »Äääh«, als würde ich über die Frage nachdenken, weshalb sie mich völlig zu Recht in den Arm boxte. Ich würde mich daran gewöhnen müssen, dachte ich. Oder aufhören, schlechte Witze zu machen.

»Jemand hat mir erzählt, dass Sonntag im Prince Charles *Cinema Paradiso* läuft«, sagte ich augenzwinkernd.

»Ach, wirklich?«, antwortete sie und zog die Augenbrauen hoch. »Und wer war dieser Jemand?«

»Ich glaube nicht, dass du sie kennst. Ich meine, sie ist was ganz Besonderes. Witzig, hübsch, talentiert. Die Art Mensch, die man nicht oft trifft. Aber wenn es passiert, möchte man jeden Moment festhalten.«

Ich zögerte.

»Wenn ich drüber nachdenke, bin ich nicht sicher, ob ich ihr viel zu bieten habe.«

Sie blinzelte zweimal.

»Du solltest ein wenig mehr Vertrauen in dich selbst haben.«

45

Mein bester Tag mit Ellie ging einher mit der Party eines Libertären, einem Schuh voll Kotze, einer zornigen Ex vor einem Chicken Cottage, einem Witz, an den ich mich nicht erinnere, einer Aussicht, die ich nie vergesse, und einem fast dreisten Gefühl, dass alles möglich ist.

Wäre der Brief an Ellie eine E-Mail gewesen, hätte ich ihn abgeschickt und wäre jetzt nicht hier. Ich frage mich, wie viele schlechte Entscheidungen schon getroffen wurden, die man hätte vermeiden können, wenn es die sekundenschnelle Kommunikation nicht gäbe. Als ich an den Postschalter kam, wusste ich, es war an der Zeit. An der Zeit – in den Worten von Ewan McGregor im schlechtesten aller *Star-Wars*-Filme –, mein Leben zu überdenken.

Ich bin zu einer Entscheidung gekommen, was die beiden größten Fragen angeht, die ich beantworten muss. So gern ich die Zeit auch zurückdrehen würde, ich kann es nicht. Es war einmal ein großer Teil meines Lebens, aber das ist jetzt vorbei und gehört der Vergangenheit an. Deshalb habe ich den netten Leuten vom Edinburgh Film Festival abgesagt.

Ich blicke jetzt nach vorn und mache einen Schritt nach dem anderen. Ich habe mehr Geduld mit vielen Dingen. Ich habe mein Verhaltensmuster endlich durchbrochen. Obwohl ich erst seit ein paar Monaten für Jim und Paula arbeite, haben sie mir ein phantastisches Zeugnis geschrieben und mich mit einigen ihrer Freunde an fernen Orten in Kontakt gebracht. Manchmal zahlt es sich aus, etwas zu tun, das nicht perfekt erscheint, um dorthin zu gelangen, wohin man möchte. Das hat Ellie mir beigebracht.

Sie hat mir viel beigebracht.

Sie hat mir zum Beispiel beigebracht, dass Liebe veränderlich ist. Sie ist aufregend, und sie ist langweilig. Sie ist kopflos, und sie ist kopflastig. Sie ist glücklich, und sie ist traurig. Manchmal ist sie wie im Film. Und meistens ist sie das nicht. Und ich verdiene jede Variante, genau wie jeder andere auch.

Warum sollte ich die Hälfte von einem Ganzen sein.

Eins und eins macht zwei.

Entscheidend ist, dass man zuhört.

Hört eurer Familie zu. Den Leuten, mit denen ihr arbeitet. Mit denen ihr das Sofa teilt. Das Bett. Hört zu.

Hört auch bei den Sicherheitsanweisungen zu. Sie könnten euch das Leben retten.

Ich kann mich nicht entscheiden, ob ich *Das Bourne Vermächtnis* ansehen soll – hat zweifelhafte Kritiken bekommen – oder noch mal *Brügge sehen … und sterben.*

Brügge sehen … und sterben war einer der ersten Filme, die ich mit Ellie gesehen habe. Ich weiß, das war falsch, aber mir war wichtig, dass wir ihn beide mochten. Ich liebte das Ende. Es ist einer der wenigen Filme, wo der Abspann im perfekten Moment anläuft. Nicht mehr. Nicht weniger.

Vielleicht sehe ich lieber eine Serie oder höre Musik. Ich liebe das Kishi-Bashi-Album, von dem Ellie mir erzählt hat. Der zweite Track, *Manchester*, ist genial. Genau die Art ichbesessener Zeilen, von denen ich nicht genug bekommen kann. Es geht sogar in irgendeiner Passage darum, dass jemand am liebsten in einem Film wäre.

Der dritte Track, *Bright Whites*, ist wahrscheinlich das mitreißendste Popstück, das ich in den letzten zehn Jahren gehört habe. Es macht mich glücklich und erinnert mich daran, dass ich gern glücklich bin. Und dank meiner Freunde und Familie und der Menschen um mich herum weiß ich, dass ich es sein kann.

Vermutlich könnte ich einen anderen Film ansehen, aber es fühlt sich falsch an, etwas, das für die große Leinwand gedacht ist, auf einem Bildschirm an der Rückenlehne eines Sitzes zu sehen. Andererseits fühlt es sich auch falsch an, in 12 000 Meter Höhe in einem Metallrohr durch den Himmel zu sausen.

Diese Entscheidung aber, diese Entscheidung fühlt sich richtig an.

DANKSAGUNG

Ohne die folgenden Menschen gäbe es dieses Buch nicht und ihr würdet mit leeren Händen dastehen.

Der größte Dank geht an meine Partnerin Nina. Es gibt eine Million Zitate, die ich klauen könnte, um auszudrücken, was du mir bedeutest (die meisten von Billy Crystal). Stattdessen sage ich nur: Du hast das hier möglich gemacht, und du machst jeden Tag besser. Auf die nächsten zehn Jahre.

Oscar und Isaac. Bevor es euch gab, habe ich nur so getan, als wäre ich Schriftsteller. Ihr gebt mir jeden Tag einen Grund, zu schreiben.

Dank geht ebenfalls an:

Hayley Steed, meine Wunderagentin. Habe ich je Danke gesagt? Danke, Danke, Danke. Mein Ratschlag für angehende Schriftsteller ist, besorgt euch einen Agenten, der so auf eure Worte blickt wie Hayley auf meine. Dank auch an das tolle Team der Madeleine Milburn Agency. Ich weiß nicht, wie ihr das macht, aber ihr macht es.

Meine brillante Lektorin Jess Whitlum-Cooper, die bis jetzt in allem recht hatte. Möge das noch lange so bleiben.

Und alle bei Headline, die diese Erfahrung zu einem echten Vergnügen gemacht haben.

Meine Eltern, Julie und Keith. Meinen Bruder und meine Schwester, Gareth und Hannah. Ihr habt mich zu dem gemacht, der ich bin. Das könnte als Schuldzuweisung für meine Defizite missverstanden werden, aber ich meine es als Dank für alles, was ihr getan habt und noch tut.

Meinen ersten und besten Leser Jake Marcet. Du hast mir nicht nur deinen Nachnamen überlassen, sondern mich auch »wundervoller Scheißkerl« genannt, nachdem du den ersten Entwurf gelesen hast. Mehr Bestätigung brauchte ich nicht, um weiterzumachen.

Meine nächsten Leser Suzanne Sharman, Lewis Swift, Rob Perry und Sarah Courtauld. Danke, dass ihr mir geholfen habt, als ich nicht sicher war, ob Jake nur so begeistert war, weil sein Name darin auftaucht.

Wie George Bailey am besten weiß: »Ein Mann, der Freunde hat, ist nie ein Versager.« Ich bin froh, die zu haben, die ich habe. Ich gebe euch allen ein Nogger aus.

Das National Centre For Writing, angefangen mit demjenigen, der die ersten Kapitel dieses Buchs aus dem Stapel mit Einsendungen gezogen und für das Escalator Scheme vorgeschlagen hat. Ich danke dir, meinem Escalator-Mentor Benjamin Johncock, für deine Zeit und deinen Rat. Laura Stimson dafür, dass sie alles organisiert hat, und Cathy Rentzenbrink für ein Frühstück, das mir das Gefühl gegeben hat, ein echter Schriftsteller zu sein. Und natürlich geht ein Riesendank an meine Escalator-Kollegen. Zum Glück seid ihr jetzt meine Freunde und nicht nur diese Wahnsinnsautoren, deren Werke mich ein bisschen einschüchtern.

Wie so viele, die davon träumen, veröffentlicht zu werden, musste ich meine Rechnungen mit einem Bürojob bezahlen und hatte Glück, die letzten Jahre mit dem Studio Team von Discovery House verbringen zu dürfen. Dazu gehörte auch das stets hilfsbereite Copy Team, bestehend aus Rich Skelton, Rob Perry und Becky Done. Ein besonderer Dank geht an meine Mittagspausen-Schriftstellerkollegin und erste Lektorin Hannah Harper. Balloon Room für immer. Oder jedenfalls bis kurz nach halb zwei.

Schließlich möchte ich allen ehemaligen UCI/Odeon-Mitarbeitern danken, die dieses Buch, im Großen oder Kleinen, beeinflusst haben, vor allem dem Vorführteam, bestehend aus Mark, Joe, Lewis, Rob, Tony, Jodie, Andy, Matt, Jon, den Johns, Clara, Roger und Chris. Zu guter Letzt möchte ich dir danken, Amanda, die du in vielerlei Hinsicht alles ins Rollen gebracht hast, indem du mir vor all den Jahren einen Job gegeben hast. Ich hoffe, ich liebe meinen neuen Job so sehr, wie ich es geliebt habe, mit euch allen zu arbeiten, als ich noch ein kleiner Pimpf war.